KB052435

재림

재림

안치우

황금가지

목차

1장 **재림**   7

2장 **만남, 그리고 시작**   199

1장

재림

1

왜 죽는가. 나는 지금 처음이자 마지막으로 이 물음에 전력하고 있다. 그동안 내게 죽음이란 화두는 그저 골방에 유배된 실체 없는 괴물이었다. 이제 나는 그 거대한 담론 앞에 내몰려 있다. 주어진 시간은 시 한 수 겨우 읊어델 수 있는 찰나에 불과하다.

좋은 기억을 되새기기에도 빠듯한 이 처절한 순간에 얄궂게도 '장태경'이 떠올랐다. 정확히는 그 원수 놈이 입버릇처럼 내뱉던 신곡의 한 구절이다. "여기 들어오는 자, 모든 희망을 버려라." 사후에 대한 그 가설이 정말 맞을까? 예수천국·불신지옥? 아니면 도의 세계? 윤회의 반복? 참으로 부질없는 호기심이다. 얼마 후면 증명될 문제에 끙끙대는 것은, 그래, 본능의 장난질이라고 해두자. 인간은 급박한 순간에 돌연 얼간이가 돼버리는 본능을 타고났다. 의심과 방어로 무장한 채 경계하고 있었던 나조차도 결정적인 순간에 멍청한 실수를 저지르고 말았으니. 아니, 이왕이면 신의 장난이라고 거들먹거리자. 신의 질투를 사고 있다는 착각 속에서라면 이 불운도 제법 달콤하게 느껴질 테니까.

저 실패한 사냥꾼은 연달아 한숨을 쏟아내고 있다. 다부진 등판이 무언가 깊은 고민에 빠진 듯 움츠러들었다. 로댕 흉내라도 내려는지 왼쪽 팔꿈치를 턱에 괴었다. 팔꿈치 위로 불에 그슬린 흉터가 선명하게 드러났다. 납치돼 놈의 소굴로 끌려온 후에 내가 해낸 처음이자 마지막 저항의 흔적이다. 끓고 있던 주전자 쪽으로 온힘을 다해 녀석을 밀어붙였지만, 거기까지였다. 놈은 비명을 지르면서도 동시에 내 머리를 각목으로 후려쳤다. 이미 호랑이굴에 갇혔는데 저항해 본들 무슨 소용이 있었겠는가. 정작 내 집에서조차 속수무책으로 당했거늘. 서랍 안에 미리 준비해 둔 전기 충격기와 가스 분사기가 있었지만 써보지도 못한 채 정신을 잃고 말았다. '사이버 비문'의 예언대로 됐다는 깨달음이 희미해지는 의식 속에서 나를 비웃을 뿐이었다.

놈은 아무것도 없는 바닥을 현미경 들여다보듯 한동안 주시하더니 갑자기 먹잇감 쪽으로 고개를 돌렸다. 나를 응시하는 눈질에서 분노가 비등점을 넘어 끓어올랐다. 처음으로 유쾌한 기분이 들었다. 기력이 다 빠져나가 임종 직전의 늙은이가 된 것 같은 처참한 마음자리에서도 놈을 향한 비웃음이 설핏설핏 일렁거렸다. 놈의 저 눈빛은 무당에게 농락당하는 작두의 민날을 닮았다. 처량한 적의. 무당의 기세에 정복당한 우울한 칼날이 놈의 불만 가득한 면상과 겹쳐 보인다. 원래부터 말수가 적은 나는 고통 앞에서도 과묵했다. 고문의 흔적과 반사적인 모질음만 있었을 뿐 놈이 기대하던 참회와 구걸은 없었다. 놈의 의도와 달리 난 별로 불행해 보이지 않았다.

학대는 한 차례 더 이어졌지만 결국 놈은 패자의 표정을 지은 채 나를 고문 형틀에서 풀어주었다. 내 마비된 몸뚱이는 놈의 비밀이 묻혀 있는 바닥 쪽으로 나가떨어졌다. 놈이 계단 위로 올라가는 소리가 들렸다. 오늘은 이걸로 끝인 건가. 그나저나 너무 가까워. 표식이 조금이라도 손상되면 안 돼. 내 만신창이 몸뚱이보다 천만 배는 더 중요하지. 도저히 움직여지지 않는 몸뚱이를 간신히 아주 간신히 몇 뼘 밀어냈다. 내 피로 만든 표식이다. 설사 내가 죽더라도 언젠가 이곳이 발견된다면, 저 흙속에 새겨 넣은 내 최후의 작품이 모든 걸 밝혀줄 것이다. 놈을 잡을 수 있는 결정적인 단서가 돼줄 것이다.

다시 계단을 내려오는 소리가 들렸다. 놈이 다가와 바닥에 눌어붙은 나를 내려다보았다. 부어터진 시야 속에서도 놈이 노려보는 눈빛은 알아볼 수 있었다. 시각이 아닌 마음으로 느껴지는 살기가 언뜻 번뜻 아른거렸다. 놈은 고문 형틀 쪽으로 가서 뭔가를 교정하는 듯했다. 곧이어 내 몸뚱이가 들려졌다. 다시 고문 형틀에 매달렸지만 이번에는 물구나무 선 자세였다. 안 그래도 울렁거리던 몸뚱이가 뒤집힌 세상과 마주하자 구역질이 치솟아 울컥울컥 찔러댔다. 혈압이 솟구치고 모든 중력이 머리통으로 달려들어 짓밟았다. 눈길 가는 곳마다 시야가 왜곡돼 환영과 환청이 똬리를 틀며 겹겹이 밀려들었다. 며칠 전에 땅바닥에 게워냈던 음식 찌꺼기가 지네 떼로 돌변해 스멀스멀 기어오고, 고문 도중에 흘렀던 말라붙은 핏물이 마그마 불줄기로 휘몰아쳤다.

놈이 더 가까이 다가와 자기 발끝에 맞닿은 내 얼굴을 응시했다. 나는 짓눌린 동공으로 간신히 칩떠보았다. 놈의 일그러진 눈빛 아래로 더 일그러진 미소가 스쳐갔다. 그게 마지막이었다. 내 시각이 감지한 마지막 잔영. 형틀에 묶인 살가죽 위로 돌연 날아든 금속성 이물질. 그 쇠붙이가 내뿜는 충격음과 내 목에서 터져 나오는 비명이 시각을 압도하고 환각마저 짓이겨버렸다. 오로지 비명만이 맴돌았다. 낯선 고통이 온 우주를 뒤흔들었다.

심장이 극렬하게 발작하며 가슴팍을 쥐어뜯는 동안 비명소리는 지쳐 쓰러졌다. 무력해진 육신은 신음조차 뱉지 못한 채 고통을 빨아들였다. 아무 생각도 떠오르지 않았다. 그저 고통뿐이었다. 좋은 추억도 나쁜 추억도 어떤 사소한 삶의 기억도 나를 배웅해 주지 못했다.

문득 아득해졌다. 고통 대신 고요가 뒤덮었다. 그리고 아무것도 없었다.

2

박진우는 하늘을 보기 위해 텃밭으로 나왔다. 먹물을 푼 우유처럼 음산하게 이지러진 하늘이 벌판에 홀로 서 있는 박진우를 삼킬 듯이 덮쳐왔다. 거의 한 달 동안 닫혀 있던 그의 입매에 기꺼운 미소가 차올랐다. 다른 예술가들처럼 그에게도 그만이 느끼는 영감의 원천이 있었다. 치명적인 적막을 품은 여름 낮의 냉담한 하늘. 오늘처럼 잿빛 실구름이 추임새까지 넣어주는 날이면,

그는 최고로 인심 좋은 뮤즈라도 만난 양, 영감에 겨워 작업실로 잠적해 버린다. 오늘 찾아 온 뮤즈는 어느 때보다도 황홀했다. 박진우는 곧장 뒤뜰 구석으로 달려가 컨테이너 작업실 안으로 들어갔다. 디지털 자물쇠가 잠긴 뒤, 문은 한 번도 열리지 않았다. 새 몇 마리가 잠시 와서 쉬었다 갈 뿐, 인간의 소리는 질척한 대기 속으로 사라져버렸다. 먹빛 하늘의 살기와 병풍숲의 기세마저 압도하는 견고한 정적이 작업실을 향해 모여들었다.

해질녘이 돼서야 문명의 소리가 자연 속으로 끼어들었다. 차 한 대가 작달비를 뚫고 외딴집 앞으로 다가와 멈춰 섰다. 한복 차림의 노부인과 청년이 우산을 받쳐 들고는 빛 한 줌 새어나오지 않는 집으로 들어가 전등을 밝혔다.

"진우는 어디 갔나?"

"작업실에 있겠죠."

"녹두부침개 싸온 것 좀 갖다 줘."

"작업실에 가는 거 싫어하잖아요."

"아이구, 녹두부침개 가져왔다고 혀봐. 화내기는커녕 얼씨구나 지."

동생은 칭찬받을 생각에 신이 나 부침개 꾸러미를 팔랑거리며 뒤뜰로 걸어갔다. 훤히 켜진 작업실 쪽창 밖으로 금속성 소리가 새어나왔다.

'이번에는 동판화인가보네.'

동생은 문을 두드리기 전에 팻말이 있는지부터 먼저 살폈다. 집안의 가장이요 물주인 형에게 된통 혼나 용돈까지 삭감당한 뒤로는 철저하게 팻말을 확인했다.

'절대!'

절대! 이건 말 그대로 '절대' 방해하지 말라는 뜻이다. 녹두부침개는 물론 황금부침개로도 출입할 수 없다는 얘기다. 예술혼에 심취해 걸작을 뽑아내고 있는 상황이므로 단 한 줌의 방해도 용서치 않겠다는 가장 센 경고 팻말이다. 어차피 작업실 문도 안으로 잠가놓은 상태일 테니 열 수도 없다. 동생은 근처에 왔다는 것조차 들키지 않으려고 살금살금 뒤뜰을 빠져나갔다.

비보라가 거하게 다녀간 뒤로 일주일이 넘게 불볕이 계속되었다. 어머니는 텃밭을 일구다말고 아들의 작업실을 슬쩍 바라보았다. 벌써 2주일째다. 대형 작품에 매달리면 족히 한 달은 안에서 먹고 자는 게 아들의 오래된 습관이라지만, 모친은 매번 마음이 무거웠다. 어미의 본능을 따르자니 자식 놈의 예민한 성정이 걸리고, 그냥 모른 척하자니 하루만 못 봐도 안쓰러운 심정이 옥죄어온다. 더구나 빚에 허덕이는 누나를 해방시켜 주려고 저리 무리한다는 걸 잘 알기에 안 그래도 아린 가슴이 응어리로 뭉키어 눈물이 되고 만다.

모친의 애끓는 심정을 아는지 전담 큐레이터가 박진우의 경기도 자택으로 찾아왔다. 그는 박진우가 유일하게 방해를 허락하는 인물이다. 빚잔치할 품삯을 조달해 줄 유능한 거간꾼이기 때문이다. 그러나 방해라는 것도 어디까지나 전화에 한정된다. '절대'라는 팻말이 있는 한, 막역한 동업자도 식겁하긴 마찬가지다.

"아유, 잘 오셨어. 점심 안 들었스믄 자시고 가셔. 감자수제비랑 부추전 좋아하시재? 내 금방 해드릴게."

"아니에요, 어머니. 괜히 힘드시게."

"아유, 그런 말 말어여."

"어차피 빨리 가봐야 하거든요. 박 화백하고 하도 연락이 안 돼서 온 거예요."

"지금 작업실에 있는데."

"네. 알아요. 며칠 전에 통화했어요. 작품 판매 문제로 오늘 다시 전화한 건데 받을 수 없다는 메시지만 계속 나오더라고요."

"그래여? 전지 닳은 걸 깜빡 혔나. 어여 가 봐여. 얘기하는 동안 부추전 해놓을 테니께 집에 갈 때 싸 가시구."

큐레이터가 뒤뜰 모퉁이를 돌아 작업실 쪽으로 걸어갔다. '절대' 팻말의 의미를 잘 알지만 곧장 문을 두드렸다. 대답이 없었다. 두드리는 강도가 점점 커져 조용한 주변이 쩌렁쩌렁 울렸지만 안에서는 어떤 기척도 들리지 않았다. 쪽창 역시 굳게 잠겨 있었다. 불길한 굉음에 놀란 모친이 손에 밀가루 반죽을 묻힌 채 뛰쳐나왔다. 모친의 낯빛은 이미 아찔한 생각으로 탈색돼 있었다.

큐레이터는 모친을 돌아보고는 떨리는 손으로 휴대폰을 열었다. 비밀번호가 아니면 열리지 않는 강철 문이니 열어주거나 부셔줄 사람이 필요했다. 119에 전화를 넣는 동안 황당한 물음표만 머릿속을 맴돌았다. 외딴집 식구들은 구조대가 올 때까지 집안에 있는 둔기로 문짝을 후려쳤지만 흠집만 날 뿐 끄떡도 없었다. 장비를 갖고 도착한 구조대원들은 능숙하게 철문을 해치웠다.

모친이 먼저 뛰어 들어갔다. 작업도구는 즐비했지만 도구 주인은 보이지 않았다. 작업대 위에 있는 동판화는 밑그림이 새겨지다 만 상태였다. 모친은 아무 말 없이 바닥에 주저앉았다. 행여 부정이라도 탈까, '우리 아들이 어디로 사라졌을까'라는 말은 떨어지지 않았다. 순경이 도착해 무심히 고개를 들이밀 때까지 모친은 작업실 바닥에 멍하니 앉아 있었다.

"잠깐 자리를 비운 거겠죠. 다 큰 성인이잖아요. 식구들 몰래 다녀올 데가 있었나보죠."

"아니에요. 순경 아저씨야 가족이 아니니까 모르시겠지만, 이 친구는 작업 중일 때는 오로지 작업실 안에만 있어요."

"그럼 납치라는 얘기예요? 납치 흔적이나 실랑이 흔적도 전혀 없는데?"

"납치 여부를 떠나서 뭔가 이상하다는 거죠. 이 친구가 이럴 사람이 아닌데."

"그건 가족 분들께서 잘 상의해 보시고요. 내 생각에는 그냥 모른 척 기다려주는 게 제일 좋을 것 같은데. 어디 갔다 왔냐고 무안하게 캐묻지 말고."

무슨 상상을 하는지 순경이 속웃음을 쪼갰다. 침묵이 위안인 양 늘어져 있던 모친이 흐느끼기 시작했다. 큐레이터가 모친을 다독이는 사이, 순경은 지구대로 돌아갔다.

식구들은 순경의 말이 사실이길 바라며 소식이 오기만을 기다렸다. 유일한 연락망인 휴대폰이 꺼져 있는 상태니 그저 무작정 기다려 볼 뿐이었다. 기다림이 5일째 되는 날, 어머니와 동생은 인내의 한계와 논리의 한계를 느꼈다. 아무리 은밀히 다녀올 데가 있다고 하더라도 5일이나 연락두절이라는 건 말이 안 된다. 분명 심각한 사단이 난 것이다. 두 사람은 물정 밝은 큐레이터를 앞세워 경기 경찰청으로 찾아갔다. 큐레이터의 마당발 인맥 덕분에 광역수사대 쪽 사람과 면담할 기회를 얻었다.

강력계 팀장과 마주한 큐레이터는 말주변 없는 식구들을 대신해 팀장과 논쟁을 벌였다. 팀장은 연줄을 이용해 찾아온 것부터가 못마땅했다.

"실종이 틀림없어요. 납치였건 외출이었건 뭔 일이 생긴 게 분명해요. 여태까지 연락 안 할 사람이 아니라고요."

"총각들이야 언제라도 훌쩍 역마살이 발동할 때가 있지 않습니까."

자신을 황 팀장이라고 소개한 형사는 지난번 시골 순경처럼 요상한 웃음을 흘렸다.

"아니여어!"

모친이 버럭 언성을 높였다. 움찔한 팀장은 더 이상 신소리는 뇌까리지 않았지만 실종 가설에는 여전히 미적지근했다. 그냥저냥 눙치고 있다 보면 제풀에 지쳐 돌아가겠거니 본숭만숭 형식적으로 대했다. 안 그래도 연쇄살인사건 때문에 정신없는 판국인데, 아들 궁한 노인네가 안달복달 들이미는 억측에 흠칫할 이유가 없었다.

큐레이터는 모친이 막내아들 손에 이끌려 휴게실에 간 사이, 팀장에게 음료수 꾸러미를 건네며 말을 붙였다.

"전 그 사람 식구도 아니고 절친한 친구도 아니에요. 그냥 업무적으로 긴밀한 사이죠. 그 사람은 화가고 저는 작품을 매매하는 중개업자거든요. 그러니까 아까 그 어르신처럼 감상적인 입장이 아니란 얘깁니다."

음료수 선물 때문인지 침착해진 말투 때문인지 팀장은 처음으로 귀여겨들었다.

"박 화백은 그렇게 연락 두절하고 나 몰라라 떠날 위인이 못 돼요. 제 돈벌이와 밀접한 사람인데, 제가 그 정도 파악도 안 해놨겠어요? 예술가들 중에는 방랑벽이 심한 사람이 많아서 저 같은 중개업자들은 성향을 정확히 파악하고 있어야 하거든요."

큐레이터는 경찰청에 오기 전에 그럴 듯한 가설 하나를 생각해 두었다. 그걸로 경찰을 설득할 수 있을지는 모르겠지만 일단 꺼내보기로 했다.

"제가 생각 좀 해봤는데요, 광역팀에 찾아온 것도 그것 때문이고."

팀장의 호기심이 더욱 진지해졌다.

"요즘에 경기도 연쇄살인사건 때문에 난리들이잖아요. 만약에 박 화백이 그 사건 피해자라면."

팀장의 표정이 다시 원점으로 돌아갔다.

"에이. 피살자들 다 여자예요. 우선은 조그만 더 기다려 봅시다. 아저씨가 어르신 좀 잘 설득해 주세요. 어째 여기서 밤샐 작정……"

"형사님, 아직 제 말 안 끝났는데요."

큐레이터는 황 팀장의 짜증스런 눈질에도 주눅 들지 않았다.

"연쇄살인 피해자 중 한 명이 발견된 곳 말이에요, 뉴스에서 본 건데, 전라도에 있는 골메산 등산로더라고요. 경기도에서 실종됐는데 발견은 골메산에서."

"그래서요?"

"박 화백이 골메산에 별장 삼아 지은 통나무집이 하나 있거든요. 박 화백은 어쩌면 거기에 간 걸지도 몰라요. 어머니한테 말도 없이 그것도 한참 작업하던 도중에 갔다는 게 평상시하고는 너무 다른 행동이긴 하지만, 형사님 말대로 문득 역마살이 발동했을 수도 있죠. 그리고 골메산에 간 후에 산책하러 나왔다가 마침 그때 살인자가 피해자를 유기하는 현장을 목격한 겁니다."

황 팀장이 다시 호기심을 곤두세웠다.

"범인이 물색하는 대상이야 여자뿐이겠지만, 목격자까지 성별을 가리겠어요? 목격자가 여자면 잡고 남자면 그냥 보내주나요?"

큐레이터는 마지막 질문에 비웃음을 살짝 섞었다. 황 팀장은 비웃음은 간파하지 못한 채 큐레이터를 솔깃한 눈질로 응시했다.

"그 통나무집 어디 있는지 알아요?"

"저는 모르고, 어머님이 잘 아시죠."

"모시고 오세요. 당장 조서 꾸밉시다."

큐레이터는 형사의 말이 끝나기도 전에 모친이 있는 곳으로 달려 나갔다.

* * *

경찰은 골메산 탐문에 앞서 박진우의 행적에 대해 전산기록을 훑었다. 휴대전화와 신용카드 내역이 골메산 이외의 지역에서 잡힌다면 전라도까지 발품 팔 이유가 없었다. 하지만 신용카드는 한 달 전 기록이 마지막이었고, 휴대전화는 실종되기 전에 큐레이터와 통화한 이후로 흔적이 끊어진 상태였다. 정황상 미심쩍은 게 분명해졌다. 집에 하나뿐인 자동차도 그대로 있고 비행기 탑승 기록도 안 나온 걸로 봐서는 철도나 버스를 이용한 걸로 추정되지만 신용카드 기록이 없으니 구매 여부가 확인되지 않았다. 현찰로 구매했다면 기록은 남지 않는다. 혹은 누군가와 함께 승용차로 이동한 것일 수도 있다. 황 팀장은 헛발품이 될지언정 골메산에 가보기로 결정했다. 연쇄살인사건 때문에 독촉 당하는 처지라 낮은 가능성에도 기대를 걸 수밖에 없었다. 부하 형사 두 명 외에 산행 길잡이를 해 줄 박진우의 가족도 동행했다.

갈맷빛 덤불이 도처에 배수진을 친 골메산 자락을 외지인들이 줄줄이 헤치고 지나갔다. 등산로라는 말에 형사들은 운치 있는 오솔길, 적어도 한 사람은 넉넉히 지나갈 수 있는 상식적인 길목을 예상했었다. 어찌나 거칠고 빼곡한지 일부러 길이 아닌 곳만 골라서 가고 있는 것 같은 기분이 들었다. 길잡이를 하고 있는 모친이 치매가 아닌지 의구심이 들 무렵, 형사들 앞에 돌연 탁 트인 갈림길이 나타났다. 그 길을 따라 모퉁이를 돌아들어가니 우거진 수풀 속에 벌거숭이 공터가 숨어 있었다. 뜬금없이 뚫린 갈림길이나 더 뜬금없는 공터나 자생적인 환경으로는 보이지 않았다. 인위적으로 수풀을 깎고 터를 다듬어 길을 낸 흔적이 역력했다. 평지 위에는 원시림을 울타리 삼은 통나무집 한 채가 고즈넉이 웅크린 자세로 방문객을 맞이했다.

바깥벽에 나란히 붙어선 형사들이 서로에게 조심하라는 눈질을 보냈다. 형사 하나가 문고리를 돌렸다. 힘없이 열리는 문짝 사이로 두 형사가 총을 겨눈 채 들어갔다. 빼곡한 어둠과 마주치자 한 사람은 문지방에서부터 자빠지고 한 명은 도로 튀어나왔다. 열린 문으로 스며들어간 햇빛이 집안 내부를 어렴풋이 비춰주었다. 가재도구가 바닥에 잔뜩 널브러져 있는 모습이 파편적인 빛줄기에 아른거렸다. 황 팀장은 손짓으로 형사들을 제지했다. 내부 상태를 그대로 유지해야 한다. 현장이 훼손되면 첫 단서부터 물 건너간다.

부실한 쪽창과 수풀이 우거진 주변 배경 때문에 한낮임에도 통나무집 내부는 어두침침했다. 황 팀장은 손전등 하나 가져오지 않은 게 아쉬웠다. 모친이 황 팀장 옷깃을 잡아당겼다. 자기가 들어가겠다는 눈짓을 보냈다. 형사들이 물러서자, 모친은 벽 구석에 있는 초롱을 단번에 찾아 주머니에서 라이터를 꺼내 불을 지폈다. 초롱불빛에 드러난 집안 몰골은 아수라장이었다. 한바탕 몸싸움이 벌어졌다는 걸 말해 주듯 집안에 있던 가재도구며 화방 도구가 깨지고 자빠진 채 분기를 뿜어내고 있었다. 불길한 모양새를 확인한 순간, 모친은 깨진 석고판 옆으로 풀썩 주저앉고 말았다. 형사는 현장이 망가지지 않도록 모친을 조심스레 부축해 데리고 나왔다.

황 팀장은 노총각의 은밀한 외출이 아니라는 쪽으로 심증은 갔지만, 수사 의욕이 일떠서지는 않았다. 집안 꼴을 아수라장으로 만드는 데에는 여러 가지 이유가 있다. 중요한 건 자신이 맡은 연쇄살인 사건과 얼마나 쓸 만한 연관성이 있느냐였다. 지금으로선 육감 상으로나 논리적으로나 무관해 보였다. 시체가 발견된 골메산 등산로와 통나무집은 거리상으로도 너무 멀리 떨어져 있는데다가 연쇄살인범이 유기장소로 애용한 산은 골메산 말고도 네 군데가 더 있었다. 그놈은 길거리에서 여자를 납치해 살해한 후 보란 듯이 등산로에 피해자를 전시해 놓았다. 하지만 이번 사건의 경우, 귀신도 못 찾을 은밀한 별장에서 집주인과 몸싸움을 벌인 놈이다. 이 두 놈이 동일인물일 거라는 생각은 들지 않았다. 황 팀장은 왠지 낚인 기분이 들었다.

부하 형사가 집안을 살피는 동안 팀장은 모친이 널브러져 있는 덤불 길목으로 걸어 나왔다. 족적 보존을 위해 마당을 포함한 통나무집 전체를 차단시켜야 하기 때문에 부득이하게 모친을 덤불 구석으로 모셨다.

"이 집, 옛날부터 있던 거예요?"

막내아들이 대신 대답했다.

"아니요. 집터가 있긴 했는데요, 다 허물어져서 거의 평지였어요. 통나무집은 형이 직접 지은 거예요."

"참 신기하네. 이런 미로 같은 평지는 어떻게 찾아낸 건지. 형이 여기 지리를 다 꿰고 있었나 보죠?"

"여긴 엄마가 알려주신 곳이에요."

"네?"

팀장이 다시 모친을 응시했다. 노인은 시선을 허공에 둔 채 입을 열었다.

"우리 아부지가 산꾼이었는디, 내도 종종 아부지 따라 돌아댕겨서 구석구석 아는 데가 많았어여. 젊었을 때는 관광객들 산잽이도 해 주구. 우리 큰애가 산속 골진 데다 작업실 하나 짓고 싶다구혀서 여길 가르쳐줬었지여. 오래 전에 암자로 쓰였던 사유진디, 땅 주인이 아는 집 양반이고, 어차피 놀리는 땅이니 얻는 데도 문제없었고……"

팀장은 능숙하게 덤불을 헤치던 노인의 모습이 그제야 이해되었다.

"요새가 따로 없구만. 이러니 뭔 사단이 나도 알 길이 없지."

황 팀장이 내뱉은 혼잣말이 모친의 애통한 심사를 자극했다. 왜 이곳을 알려줬던가. 골메산에 별장이 없었더라면 이런 참담한 일도 없었을까. 일그러진 눈망울에서 자책감이 추적추적 흘러내렸다.

"팀장님."

라텍스 장갑을 낀 신참 형사가 통나무집 안에서 나왔다. 그는 망연자실한 모친을 안쓰럽게 바라보고는 일부러 태연하게 말했다.

"잠깐만 들어와 보세요."

눈치 없는 팀장은 '왜?'를 연발하며 따라 들어갔다. 신참이 가리킨 곳은 구석 벽이었다. 한때 축축하게 퍼졌다 지금은 말라붙은 핏자국이 벽을 따라 흩어져 있었다. 둥글넓적한 혈흔과 길쭉한 혈흔이 서로 대치하듯 마주 붙어 있는 모양새가 뚱뚱이와 홀쭉이 듀오를 연상시켰다. 위치상으로는 둥글넓적한 혈흔이 길쭉한 혈흔보다 위쪽이었다.

황 팀장의 머릿속이 복잡해졌다. 이쯤 되면 강력사건으로 분류할 수밖에 없다.

"다른 건 발견된 거 없어?"

"간이장 서랍에서 전기충격기랑 가스분사기가 나왔어요. 옷 속에 가지런히 숨겨져 있는 걸로 봐서는 집주인 거였나 봐요."

"가지런히 있어? 써보지도 못하고 당했군. 민간인이 호신 무기를 두 개나 갖고 있었다는 건 이런 사태를 짐작했다는 얘긴데."

"원한 관계일 확률이 크겠죠?"

"그렇겠지. 우선 감식반에 연락해."

"네."

황 팀장은 초동수사 절차만 마무리한 후 사건에서 손을 뗐다. 광역수사대가 맡고 있는 연쇄살인사건과 무관한 것으로 판단되면서 박진우 사건은 관할 경찰서로 이관되었다.

감식결과가 나오는 동안, 담당 형사들은 기본적인 탐문 조사를 벌였다. 원한이나 채무 관계, 강도 여부, 가출 확률, 심지어 스토킹 피해 가능성에 이르기까지 삶의 이면을 속속들이 뒤지고 다녔다. 하지만 박진우는 털어서 먼지 안 나는 사람이었다. 청렴결백하다는 뜻이 아니라 맹탕 같은 대인관계에, 무색무취의 일상사로 점철된 존재였다. 컴퓨터나 이메일 내역도 뒤졌지만 스팸메일이거나 큐레이터와 주고받은 메일이 전부였다. 개인 블로그를 갖고 있긴 하지만, 애초에 방문객을 받지 않는 비공개 블로그여서 별다른 게 없었다. 게시 글 주제도 달랑 한 가지였는데, '사이버 비문'이라는 요상한 게시문만 줄줄이 올라와 있었다. 내용은 묘비명 그림과 비문 몇 개가 다였다. 독특한 취미를 갖고 있다는 사실 외에 사건과 연결될 만한 단서는 보이지 않았다.

이리도 단서랄 게 없다니, 형사들은 참으로 싱거운 삶이라고 투덜거렸다. 굳이 일탈이라면 신학대 중퇴가 고작이었다. 그 이유도 부정적인 게 아니라 존경하던 스승이 불명예 퇴직하자 덩달아 그만뒀다는 것이다. 친구 따라 강남 가듯 스승 따라 입학했다 스승 따라 그만 둔 경우였다. 베테랑 형사들의 육감으로도 건질 만한 게 없어 보였다. 물이 너무 맑으면 고기가 안 살 듯이, 대인관계가 맹탕인 사람이 원한 같은 사적인 이유로 테러를 당할 가능성은 제로에 가깝다. 결국 남은 가능성은 '생면부지의 흉악범에게 재수 없게 걸려 당했다'는 가정뿐이었다.

이미 처음부터 미궁에 빠져버린 상황이지만, 형사들은 국과수가 보낸 감식보고서에 기대를 걸었다. 이번 사건에서는 벽에 튀긴 불규칙한 혈흔이 중요 단서였다. 두 사람의 것으로 판명됐는데, 둥글넓적한 쪽이 박진우의 것이고 길쭉한 쪽은 미상자, 즉 용의자의 것으로 판단된다는 내용이었다. 이외에도 몇 가지 단서가 잡혔다.

미상자(용의자) 혈흔 분석-길쭉한 혈흔적 :

O형. 남자. 흩어진 형태로 보아 예리하고 가는 흉기에 순식간에 베이면서 분출한 것으로 분석된다. 그러나 흩어진 양이 미비하므로 깊은 상처는 아니다. 힘주어 찌른 형태가 아닌 스치듯 베인 흔적이다.

반면에 박진우의 둥글넓적한 혈흔적은 피가 흘러나온 신체 부위가 벽에 눌리면서 생긴 형상이라고 했다. 흉기에 찔린 후 몸싸움이 있었던 것으로 추정됐다. 부패된 혈흔에서도 증거를 추출해 내는 혈청학적 감식기술은 훌륭했지만 여기까지가 한계였다. 핏방울은 지문이 아니기 때문에 용의자를 지목해 내지는 못한다. 용의자를 좁힌 후에나 요긴하게 쓸 수 있을 뿐이다. 혈흔을 통해 나온 '남성'이라는 성별 분석 결과'도 새삼스러울 게 없었다. 형사들의 오랜 경험상, 당연히 년이 아닌 놈으로 단정하고 있었다. 더구나 범인의 흔적은 혈흔과 운동화 족적 말고는 발견된 게 없다. 분가루 덮어쓰며 어렵게 채취해 간 지문들도 죄다 박진우의 지문이었다. 운동화 족적도 흔해빠진 평균치였기에 당장은 별 쓸모없이 묵혀둬야 했다.

결국 박진우 건은 실종이다 가출이다 이리저리 치이다가 은근 슬쩍 뒷방 파일로 밀려나버렸다. 애타는 쪽은 오로지 박진우의 애끓는 모친과 돈줄 막힌 동생뿐이었다. 이제 모친에게 남은 유일한 희망은 큐레이터였다. 빈약하기 짝이 없는 박진우의 인맥 속에서 큐레이터 같은 유익한 지인이 있다는 것은 기적이었다. 이번에도 그는 절망 속으로 곤두박이치던 박진우의 가족에게 솔깃한 정보를 물어다 주었다.

"아무래도 사설탐정을 고용해야겠어요."

"탐정이요?"

서양에서나 통용될 법한 단어에 모친과 동생은 황당한 표정을 지었다.

"우리나라에도 그런 게 있어요?"

"나도 이번에 처음 안 건데, 그런 게 있다더라. 공식 명칭은 '민간조사원'이라나. P.I.라고도 부르고."

"피…… 아이?"

모친의 어눌한 발음에서 지푸라기라도 잡고 싶은 애절함이 묻어나왔다.

"흥신소 말씀하시는 거예요? 조폭 같은 사람들?"

"아니야. 내가 소개받은 사람들은 변호사 사무실에 소속돼 있어서 법적으로도 문제될 게 없대. 어머님, 저희 화랑 단골 컬렉터가 소개해 준 건데요. 경찰에서 해결 못한 걸 그쪽에서 해결해 준 적이 있다고 칭찬이 대단하더라고요."

모친의 풀죽은 눈빛에서 희망이 꿈틀댔다.

"밑져야 본전이니까 한번 만나보시죠."

모친은 두 손을 모은 채 간절하게 중얼거렸다.

"그래여. 가 봐여. 뭐라도 제발."

3

탱고 선율이 중년 부부의 익숙한 몸놀림을 쫓아 들썩거렸다. 예순이 멀지 않은 독 소장은 노련한 팔사위로 아내의 몸을 솜사탕 뽑아 돌리듯 낚아채며 바닥을 휘저었다. 다른 중년 커플들은 독 소장 부부를 흘깃흘깃 눈동냥하며 간신히 팽이 치듯 파트너를 내돌렸다. 상대방의 서툰 스텝에 어이쿠야, 왜 이래, 각종 추임새가 교습소 안을 달궜다. 얼굴들 위로 즐거운 미소가 탱고 박자만큼 맛좋게 쿵작거렸다.

'둥~둥~둥~!!!' 간드러진 댄스 음률 사이로 돌연 둔탁한 북소리가 끼어들었다. 중세시대 전쟁을 알릴 때 쓰던 진고 소리처럼 경건하고도 위협적인 음색이 울려 퍼졌다. 춤 삼매경에 빠져 있던 커플들이 일제히 독 소장을 응시했다.

"변호사님, 사건 터졌나 봐요."

"그러게요. 어서 받아보세요."

독 소장은 미안쩍은 미소를 흘리며 옷걸이 쪽으로 달려갔다. 북소리가 흘러나온 곳은 독 소장의 휴대폰이었다. 재킷 주머니에서 휴대폰을 꺼내 교습소 밖 복도로 부리나케 뛰어나갔다.

둥둥둥~! 평상시 벨소리는 탱고 선율이지만, 사무실의 독수리 전화기한테서 걸려올 때는 진군 북소리가 울려 퍼진다. 독수리 전화기는 수사 의뢰 전용으로 개설한 전화통인데, 독 소장의 아내가 탐정업 개시 기념으로 선물했던 놈이다. 종횡무진 날렵하게 범인을 낚아채라는 의미에서 독수리라는 애칭이 붙었다. '탐정'은 독 소장이 셜록 홈즈를 흠모하던 유년 시절부터 오랫동안 꿈꿔 왔던 단어였다. 한국 땅에서는 탐정업이 아직 합법화되지 않았지만 변호사의 업무로 끼워 넣는 건 문제될 게 없었다.

독수리 전화기 울림이 유독 우렁차게 들렸다. 평상시에는 한가하기 짝이 없는 물건이라서 이리 화들짝 울려줄 때면 설렘마저 감돈다. 독 소장은 총책임만 맡을 뿐 수사요원들은 따로 있지만, 의뢰를 받는 것만으로도 벅찬 기분이 들었다. 그는 둥둥둥 벨소리를 접하는 순간 어명을 받는 유생처럼 경건해진다.

독 소장은 숨을 고른 후 휴대폰 폴더를 열었다. 사무장의 투박한 사투리가 쩌렁쩌렁 쏟아져 나왔다. 의뢰 내용을 속사포로 냅다 지르고는 "자료 준비됐습니다. 빨랑 오이소." 뚜우~, 곧장 전화가 끊어졌다. 독 소장은 식상할 때도 됐건만 이번에도 사무장의 무뚝뚝한 성품에 웃음을 터뜨리고는 폴더를 닫았다. 일전에 전화로 실종사건 하나가 접수됐는데, 드디어 자료수집이 완료된 모양이다. 독 소장은 의욕이 울컥 달아올랐다. 어느새 아내가 재킷을 챙겨와 옆에 서 있었다. 그는 미소로 답례하고는 무도복 차림에 그대로 재킷만 걸친 채 계단을 서둘러 내려갔다. 차차차 스텝을 밟듯이 유려하게.

사무장은 두 통을 더 걸어야 했다. 단축버튼 2는 계속 먹통이었다. 신호음은 가는데 전화 임자는 통 받을 생각을 안 했다. 이번에는 단축버튼 3을 눌렀다. 수신자는 강승주였다. 벨소리 세 번

만에 곧장 반응이 왔다.

"사무장님이세요?"

"빨리 온나."

뚜우~. 사무장은 끊자마자 다시 단축번호 2를 눌렀다. 열 번 정도 신호가 갔을 때가 돼서야 목소리가 들려왔다.

"갈게요."

뚜우~. 이번에는 사무장이 말할 틈도 없었다.

권민은 방금 통화를 끝낸 휴대폰을 지퍼백 안에 넣었다. 그녀는 물이 뚝뚝 떨어지는 민소매 티셔츠와 스판덱스 반바지 차림으로 강가 지평선을 배경 삼아 우두커니 섰다. 180센티의 군살 없는 훤칠한 체격이 위압적인 그림자를 강물 위로 늘어뜨렸다. 올림픽 경기장에서 비현실적인 근육질로 뛰어다니는 여자 육상선수들을 떠올리게 하는 몸이었다. 오랜 세월 단련된 복근의 팽팽한 윤곽이 젖은 티셔츠 밖으로 얼비쳤다.

권민은 수건으로 젖은 몸을 대충 닦았다. 짧은 머리를 툭툭 쓸어 올리자 표정이 드러났다. 영양크림 한 번 발라본 적 없는 듯한 날것스러운 피부였다. 천연 그대로의 민낯 위에 새겨진 깊은 눈매와 예리한 콧날이 지그시 닫힌 입시울과 어우러져 무표정하지만 압도하는 존재감을 선연히 내비쳤다. 외까풀 눈두덩이 속에 펼쳐진 적막한 눈빛은 어두운 수풀 속에 숨어 먹이를 조준하는 표범을 연상시켰다.

누워 있었던 강물 한 쪽 위로 잔물결이 잘게 퍼졌다. 권민은 수영을 즐기다가도 무심코 수면 위에 멈춰 떠 있곤 한다. 그녀만의 명상법이다. 세상의 잡음이 들리지 않는 공간에 누워 하늘을 받아들이는 동안 온갖 생각의 조각들은 정리돼 산화하거나 흩어진다. 그리고 그 조각들이 밀려난 자리에 무념무상의 평화가 찾아온다. 권민의 일상 자체도 무념무상이다. 어떤 번뇌도 갈등도 무력하게 비껴나갈 것만 같은 싸늘한 평온이 얼굴 언저리를 한 번도 벗어난 적이 없다. 초면이든 구면이든 그녀를 마주하는 사람은 공포와 안정이라는 정반대의 감정을 동시에 느낀다. 공포와 안정의 경계 어딘가, 지옥과 천국 사이, 그렇다고 연옥도 아닌, 무언가 부유하는 몽환 속으로 사람들을 최루시킨다.

권민은 젖은 몸 위에 수건을 두른 채 오솔길을 따라 걸어갔다. 강에서 300여 미터 떨어진 곳에 마을이 나타났다. 마을 어귀에 우뚝 선 떡갈나무를 지나 굽잇길로 들어가자 앞뜰이 널찍한 슬래브 집 하나가 나왔다. 대문 없이 탁 트인 마당에 양옥 식으로 현관문을 해달은 단층집이라 주차하기도 좋고 문단속도 편리했다. 일터인 서울과 가까우면서 강가를 끼고 있는 마을을 찾던 권민의 눈에 단박에 들어온 집이었다. 모양새가 변변했지만 집주인 부부가 빚 독촉에 시달리다 자식을 죽이고 동반 자살한 내력이 있던 터라 매매는커녕 세 들어 살려는 사람조차 없었다. 섬뜩한 속사정이 있건 말건 권민은 개의치 않았다. 덕분에 전세 비용을 헐값으로 치루고 거저 눌러앉을 수 있었다.

권민이 이사 들어와서 달라진 건 딱 하나였다. 이동식 소형 컨테이너 하나가 마당 반쪽을 차지했다. 컨테이너에는 탐정 일을 하면서 요긴하게 썼던 소품들이 차곡차곡 정리돼 있었다. 소품 자체만으로는 평범하기 짝이 없는 잡동사니처럼 보이지만 사건해결의 역사가 고스란히 담긴 목격자요 조력자였다. 한번 요긴하게 쓰인 물건이라면 언제고 또 도움이 될지도 모를 일이었다. 동네 사람들은 그저 살림살이나 넣어둔 창고려니 스쳐보며 관심을 끊었다. 갑자기 나타난 외지인인데다 흉흉한 집구석인 걸 알고도 기꺼이 들어온 여자라면 가까이 해서 좋을 게 없다고들 생각했다. 자연스레 권민은 고립되었고 바로 이 점 때문에 그녀는 마을이 더욱 맘에 들었다.

외출준비는 금세 끝났다. 옷 디자인은 늘 뻔했기 때문에 옷 고를 시간 같은 건 필요 없었다. 이번에도 먹색 티셔츠와 데님 바지였다. 집 뒤뜰 너머로 숲새의 지저귐 소리가 괴괴히 웅얼거렸다. 검정개 한 마리가 뒤뜰에서 뛰어 나와 마당에 서 있는 권민을 올려다보았다. 아담하지만 다부진 몸매에 먹물을 뒤집어쓴 것 같은 깜장 때깔이 일품인 녀석이었다. 권민이 기르는 개는 아니고 동료 직원인 강승주가 지방에 볼일이 생겨 녀석을 잠시 맡겨놓은 상태였다. 쓰다듬어 달라며 엉덩이를 흔드는 애교에도 권민은 아무 반응이 없었다. '럭비야, 우리 귀염둥이 럭비.' 요 한마디 들으려고 애쓰는 순박한 짐승에게 미소 한 가닥 흘려주지 않았다. 그러거나 말거나 럭비는 신이 나 권민 주변을 폴짝폴짝 뛰어다녔다. 승주의 원룸에서만 갇혀 지내다가 가끔씩 권민의 시골집에 놀러올 때면 자연세계를 마음껏 누비는 기쁨에 들떠, 그렇잖아도 발랄한 녀석이 한술 더 떠 온몸으로 애교를 떤다. 권민은 밥그릇과 물그릇에 사료와 물을 채워놓고는 푸르죽죽한 해치백 자가용을 끌고 동네 길목 너머로 사라졌다. 문간에 서서 자동차가 안 보일 때까지 지켜보던 럭비는 사료 한 줌을 오도독거리고는 다시 뒷동산으로 유람을 나갔다.

* * *

사무소에는 독 소장과 강승주가 먼저 와 있었다. 승주는 지방 대학 강의에 다녀오자마자 불려온 터라 몸은 피곤했지만 간만에 도착한 의뢰 소식에 들썩이는 마음으로 부리나케 달려왔다. 사무 장은 상담실로 들어와 의뢰내용이 적힌 보고서 파일 세 부를 내 밀었다. 간략한 내용은 각자 폰으로 전송받아 미리 살폈지만 본 격적으로 상세 파일을 확인해야 했다. 전직 경찰인 사무장의 수 완으로 사건 보고서 작업은 매번 신속히 이뤄졌다. 독 소장과 승 주가 각각 파일 한 개씩 가져가 읽었다. 두 사람의 풍부한 얼굴 근육이 걱정, 안타까움, 호기심, 흥미 등으로 변화무쌍하게 수축 이완돼갔다.

권민이 건물 입구로 들어섰다. 뒤로 여러 명의 발기척이 따라 붙었다. 큐레이터 일행이었다. 큐레이터가 전화상으로 사건을 미 리 접수해 놓긴 했지만 찾아오는 건 이번이 처음이었다.

"여기네요, 독고잉걸 변호사 사무소. 몇 층인가?"

"저기 3층이라고 써져 있어요."

권민이 먼저 계단을 올라갔고 큐레이터 일행이 뒤따랐다. 권민 과 그들이 연달아 사무소 안으로 들어섰다.

"아저씨, 여기 직원이세요?"

권민이 고개를 돌리자, 세 사람의 표정에서 흠칫 미안한 기색 이 스쳤다. 뒤태는 영락없이 훤칠한 사내였는데, 앞태는 중성적이라고는 해도 여성적인 굴곡이 있었다.

"수사 의뢰하신 분들입니까?"

"예."

"잠깐 기다리세요."

그녀의 낮고 깊은 음색이 주는 중압감이 세 사람을 소파에 저절로 눌러 앉혔다. 그들은 권민이 들어간 상담실 문을 멀거니 응시했다. 어느 틈에 나타난 사무장이 그들 앞에 냉녹차 세 잔을 내려놓고 사라졌다. 모친은 갑자기 나타난 물 컵에 흠칫하고는 이내 막내아들의 물 컵까지 들이켜며 불안을 달랬다.

권민이 보고서를 읽는 동안 독 소장과 승주는 각자 사건 추리에 빠져 있었다. 권민은 마지막 줄을 읽고는 독 소장 쪽으로 고개를 돌렸다.

"지금 밖에 의뢰인들 와 계십니다."

"엉? 벌써 오셨어?"

독 소장이 날렵한 몸매로 미끄러지듯 문을 나섰다. 침묵 속에 찌그러져 있는 큐레이터 일행 앞으로 상냥한 얼굴이 불쑥 다가섰다.

"박진우 씨 가족 되시나요?"

세 사람은 카바레에서 튀어나온 듯한 옷차림을 보고는 선뜻 입이 떨어지지 않았다.

"기다리시게 해서 죄송합니다. 사건 검토에 열중하느라 오신 줄도 몰랐네요."

독 소장의 푸근한 미소와 말투에 세 사람은 긴장이 풀어졌다. 큐레이터가 소파에서 일어나 말문을 열었다.

"홍 회장님 소개로 왔습니다."

"네. 알고 있어요. 전 사무소 소장을 맡고 있는 독고잉걸입니다. 보통 줄여서 독 소장이라고들 부르죠."

"아저씨, 아니, 선생님이 변호사세요?"

문장 끝이 유독 올라간 질문에는 카바레 외모에 대한 의구심이 묻어 있었다.

"제가 춤추다가 급히 오는 바람에 옷을 못 갈아입었네요. 댄스학원에서 오는 길이거든요. 제 아내와 함께 다닌답니다. 부부 스포츠댄스요."

"……."

세 사람은 소장의 취미 같은 것에는 관심이 없었다.

"자, 일단 상담실로 들어가시죠."

"근데 저기……"

모친이 난처한 미소로 독 소장을 응시하며 눈치를 살폈다.

"네, 말씀하세요."

"여기 상담료가 어떻게 되나요. 변호사님 만나뵐라믄 시간당으론가 내야 된다든디."

모친의 걱정을 알아차린 독 소장이 더 경쾌하게 대꾸했다.

"저희는 상담료 안 받아요. 조사비용만 내시면 돼요."

주눅 들어 있던 세 명 얼굴에 화색이 돌았다. 모친은 아들이 실종된 이 마당에도 금전 사정을 따져야 하는 처지가 죄스러웠다.

"그럼 조사비용은요?"

이번에는 큐레이터가 물었다. 넉넉지 못한 살림인 걸 뻔히 아는데, 괜스레 효력도 없이 탐정씩이나 쓰게 했다가 돈만 날리는 것 아닌가, 오는 내내 심기가 불편했다.

"홍 회장님한테 물어보니까 자세히는 말 안 해 주시는데 꽤 비쌌던 것 같은데. 죄송해요. 비용부터 자꾸 물어서."

"아닙니다. 당연히 짚고 넘어가야 될 문제죠. 비용은요, 그때~ 그때~ 달라요! 하하."

혼자 웃음보가 터진 독 소장을 세 사람이 어리둥절 바라보았다.

"이런, 제 개그가 썰렁했나요? 그러니까 제 말씀은, 사건에 따라서 저렴하기도 하고 비싸기도 합니다. 비용이 많이 들 경우는 의뢰인한테 미리 통보하고 조정하기도 하니까 너무 걱정하지 마세요."

큐레이터가 한결 편안해진 기분으로 덧붙여 말했다.

"전화 접수할 때 대강 알려드리긴 했는데, 사무장님이라는 분한테요. 변호사님한테 다시 말씀드려야 되겠죠?"

"아니요. 저희는 그런 식으로 시간낭비 안 합니다. 그게 또 저희 장점이지요. 사건은 신속해결이 생명이거든요. 벌써 관련사건 파일 입수해서 어느 정도 파악했어요."

"예? 벌써요?"

"그럼요. 자나 깨나 신속해결! 자, 자, 우선 안으로 들어가실까요. 한시가 급합니다."

독 소장은 큐레이터 일행을 상담실로 안내했다. 들어가자마자 기다렸다는 듯이 안에서 발랄한 목소리가 튀어나왔다.

"어서 오세요~!"

강승주는 독 소장보다 더 싹싹한 목소리로 세 사람을 반겼다. 들쑥날쑥 층을 낸 귀밑 단발머리가 굴곡진 머릿결로 찰랑대며 곱상한 얼굴의 미덕을 더 돋보이게 만들었다. 33세 남성이라는 생물학적 호칭이 무색할 만큼 발랄한 표정으로 노부인에게 다가가 손을 맞잡았다. 애교스런 눈웃음이 야광물질처럼 반짝반짝 피어 오르고, 횟집의 팔팔한 횟감처럼 싱싱한 미소가 탄력 있게 주변 으로 통통 튀어 번졌다. 슬픔에 잠긴 사람 앞에서 저리 생글거리 는 낯짝은 울화통을 도발하기에 충분하건만, 워낙 천성에서 우러 나오는 자연스런 분출이다 보니 모친은 그늑한 미소로 화답했다.

"다덜 좋은 분들 같아서 맴이 놓이네여."

모친은 창밖만 바라보며 망부석처럼 서 있는 권민을 흘끗 곁 눈질했다.

"어머님, 소파에 편히 앉으세요. 차 좀 갖다드릴까요?"

모친은 승주의 살가운 손길에 의지해 소파에 기대앉았다.

"고마워여. 차는 아까 탁자에 있길래 마셨어여. 저기, 우리 아 들 꼭 좀 찾아주셔여."

굵직한 눈물방울이 주름진 눈가로 불끈 솟아올랐다. 승주의 다감한 손마디가 모친의 등을 어루만지자, 참았던 눈물이 소낙비 처럼 후드득 쏟아져 내렸다.

독 소장이 숙연한 어조로 힘겨운 얘기를 시작했다.

"경찰 기록을 입수해서 읽어봤는데요, 통나무집에서의 상황만 기록돼 있더라고요. 힘드시겠지만, 자택 상황에 대해 여쭤볼게요. 아드님을 마지막으로 대면했던 날에 대해서 말씀해 주시고요, 왠 지 낌새가 이상하다고 느꼈던 일이 있으면 다 말씀해 주세요."

모친이 울먹임을 가다듬으며 말꼭지를 뗐다.

"마지막으로 본 거는 작업실 들어가기 전이니께 아침밥 챙겨 줄 때였네여. 그날 집안네 잔치가 있어서 하루 종일 집에 없었어여. 아휴, 이럴 줄 알았으믄 맛난 것 좀 해 줄 것을."

모친이 울먹이자, 막내아들이 계속 이어갔다.

"형은 일단 필 받으면 곧장 나가서 작업실에 짱박혀 있거든요. 작업실 간다거나 하는 얘기 일절 없어요. 작업실에 불이 켜져 있으면 아, 작업 중이구나 하는 거죠."

"작업실이 집 안에 있는 게 아닌가요?"

"집 밖이요. 뒷마당 쪽에 있어요. 컨테이너 가옥인데요, 디지털 도어록까지 설치해 놔서 아무나 못 들어가요. 우리도 형이 작업 중일 때는 절대 안 건드려요. 워낙 방해받는 걸 싫어해서. 아예 작업실 문까지 잠가놓고 작업하기 때문에 들어갈 수도 없어요. 안에 화장실도 있고 미니냉장고에 조리기구도 있어서 그 안에서 한동안 먹고 자고 그래요. 가족들이야 워낙 습관이 돼 있으니까 작업실 불 켜진 것만 봐도 작업실 근처에는 얼씬도 안 하죠."

"그럼 작업실에 정말 갔던 건지 어쩐지 정확히 모른다는 건가요?"

"아니요. 직접 본 건 아니지만, 판화 작업하는 소리가 새어나오는 걸 들었어요. 분명히 그 안에 있었다고 봐야죠."

"음……"

상상력 과잉인 독 소장은 트릭 하나를 생각해 냈다. 범인은 박진우가 작업실 안에 있는 것처럼 속여서 시간을 번 것은 아닐까? 실종 사실이 알려졌을 때는 이미 뒤처리는 물론이고 얼씨구나 휴가까지 다녀왔겠지. 트릭이야 그저 판화 작업하는 소리를 녹음해서 반복재생 버튼만 눌러놓으면 되는 거고. 그렇다면 범인은, 박화백이 일단 작업실에 들어가면 지척에 있는 가족과도 완전히 차단된다는 사실을 아는 면식범이겠지. 음, 가족 외에 그렇게 속속들이 알만한 사람은 저 큐레이터뿐인데. 그렇다면 저 자가?

"분명히 있었어여. 문 열리기 전날 밤까정도 우리 진우는 작업실에 있었어여. 틀림없구면여."

모친이 눈물을 훔치며 단호하게 대답했다.

"작업실 불이 꺼져야 내도 잠이 들기 때문에 잘 알지여. 그날 밤에도 작업실 불 끄는 거 보고나서 내도 잠들었으니께."

독 소장은 자신의 추리가 실패한 것도 잊은 채 노부인의 모정에 감탄했다.

지켜보고 있던 큐레이터가 대뜸 가설을 제시했다.

"사라진 시각이 아마도 문이 열리던 날의 전날 밤이지 싶어요. 불 끄고 자고 있을 때, 범인이 들어와서 납치한 거 아닐까요?"

"전날 밤이 아니라 당일 오전인 것 같군요."

낮은 음성이 불쑥 튀어나왔다. 권민은 사람들 쪽으로 방향만 돌렸을 뿐 여전히 창문 옆에 바투 서 있었다. 독 소장과 승주는 기대에 찬 시선으로 권민을 응시했다.

"경찰의 통나무집 감식 결과를 보면, 집안 바닥에 박진우 씨의 운동화 족적과 일치하는 진흙 발자국이 있었습니다. 운동화 밑창에도 진흙이 말라붙은 흔적이 남아 있었죠. 진흙 자국이 있다는 건 박진우 씨가 통나무집에 들어섰을 때 질척한 땅을 밟고 왔다는 얘기가 됩니다. 산길이 질척한 이유야 비 때문일 테고요."

동생이 끼어들었다.

"어, 그날 비 한 방울도 안 왔는데요. 계속 가물어서 무지 더웠어요."

"자택이 있는 경기도 지역에는 안 왔지만 전라도 골메산 쪽은 왔습니다. 기상청에 알아보니까, 당시에 골메산 지역에 비가 온 시 각은 작업실 문이 열리던 날 정오 무렵부터였어요. 전날 밤에 골 메산으로 출발했다면 비가 오기 전에 통나무집에 도착했겠죠."

동생의 표정 위로 감탄사가 살짝 내돋쳤다.

"용의자의 족적도 발견되긴 했지만 젖은 족적은 박진우 씨 것 만 검출됐더군요. 용의자는 비가 그친 후 땅이 말랐을 때 통나무 집에 온 걸로 추정됩니다. 박진우 씨가 먼저 도착하고 그 이후에 범인과 맞닥뜨린 거죠. 그러니까 박진우 씨는 본인 스스로 작업실 을 나가 통나무집으로 간 거라고 봐야 합니다."

큐레이터는 여전히 자기가 생각해낸 가설이 더 맘에 들었다.

"일리 있는 말씀이긴 한데, 납치가 아니라 스스로 간 거라면, 왜 뜬금없이 거길 간 걸까요? 어머니한테 말도 없이."

"어머니께 굳이 얘기하고 싶지 않았겠죠. 해봤자 걱정만 하실 테니까. 마침 좋은 핑계도 있어 보이는군요. 작업 중이었다는 점 이요. 작업실에서 안 나온다는 걸 가족도 알고 있으니까 가족 몰 래 다녀와야겠다고 생각했을 겁니다."

"그건 그렇다 쳐도 한창 작업 도중이었는데요. 박 화백은 작품 이 완성되기 전까지는 외출은커녕 밥 먹는 시간조차 아까워하는 사람이거든요. 박 화백 성향으로 보건대, 막말로, 미치지 않고는 작업까지 중단하면서 통나무집에 갈 리가 없어요."

"갈 수밖에 없는 이유가 있었다면요. '미치지 않고는 갈 리가 없다'는 말 자체가 강력한 반증입니다. 거부할 수 없을 만한 아주 특별한 이유가 있었던 거죠."

"그 이유가 뭘까요?"

"이제부터 밝혀내야죠. 그 이유가 사건을 푸는 열쇠예요. 그 의문만 해결되면 박진우 씨의 행방을 찾을 수 있을 겁니다."

"하지만 작업실에서 납치당했을 가능성도 배제할 순 없잖아요. 젖은 족적 때문에 전날 밤에 간 게 아니라고 하셨는데, 어쩌면 납치된 후에 한참 있다가 범인이랑 골메산에 같이 간 걸 수도 있잖아요. 어머님께서 전날 밤에 박 화백이 불 끄고 자는 걸 분명히 보셨다니까, 자는 동안 뭔 사단이 일어나지 않았을까요? 암만 생각해도 그쪽이 더 신빙성이 있는데요."

"글쎄요, 가장 신빙성이 적어 보입니다."

"어째서죠?"

"작업실이 컨테이너 가옥이라고 했죠? 그럼 출입문을 통하지 않고는 들어갈 수 없는 밀폐된 구조예요. 출입문도 항상 안에서 잠가놓는다고 동생분이 말했고요. 더구나 그림을 쌓아두는 곳이라 창문에도 방범망을 해놨을 것 같군요."

동생이 얼른 맞장구쳤다.

"맞아요. 해놨어요."

"창문 방범망이나 출입문 보안장치에 손상이 있었나요? 침입 흔적이 있었냐는 질문입니다."

"아니요. 음……"

자신에 차 있던 큐레이터의 어조가 다소 찌그러들었다.

"그럼 박진우 씨가 직접 열어줬다는 얘기가 되는데요. 이 경우 두 가지 중에 하납니다. 갑자기 찾아온 불청객이거나 만나기로 미리 약속한 손님이거나. 우선 불청객 가설부터 상상해 보죠. 박진우 씨는 가족들이 작업실에 오지 않는다는 것, 그것도 심야에 작업실 문을 두드릴 리가 없다는 걸 잘 알 테니까, 뜻밖의 방문자가 문을 두드렸을 때는 분명 경계했을 겁니다. 경계심이 있는 상태라는 건 어느 정도 마음의 준비를 하고 있다는 뜻이고, 그럼 설사 불시의 공격을 받는다고 하더라도 비명 한마디 정도는 지를 여유가 있었겠죠."

권민은 모친 쪽으로 고개를 돌렸다.

"좀 전에 아드님 작업실 불이 꺼진 걸 보셔야 잠이 든다고 하셨는데, 어르신 방이 작업실과 마주 보이는 위치에 있나 봅니다."

"예. 그래여. 마주 보이는 데예여."

"작업실과의 거리는 어느 정도죠?"

"아주 지척이에여."

동생이 다시 끼어들었다.

"원래 제 방이었는데요, 작업실 생기고 나서는 엄마가 바꾸자고 하셨어요. 형 작업실 불 꺼지는 거 확인하려고 바꾼 건 줄은 몰랐네."

권민의 건조한 목소리가 추리를 이어갔다.

"지금 모친의 몇 마디만 들어봐도 아드님에 대한 애정이 깊다는 걸 알 수 있습니다. 그런 분이라면 잠결일지라도 작업실 쪽에 신경이 곤두서 있었을 거예요. 만약 비명 소리가 들렸다면 분명 알아채셨을 겁니다. 엄마들이 깊이 잠들어 있다가도 아기가 칭얼대는 소리에 귀신같이 깨어나는 것처럼 말이죠."

모친이 눈물을 머금은 채 고개를 끄덕였다.

"비명 소리까정 갈 것도 없여. 누가 찾아왔다믄 문 두드리는 소리만으로도 깼을 거구만여. 철문인데다가 주변이 허허벌판이라서 문 두드리는 소리가 쩌렁쩌렁 울리니께여. 안 그래도 잠귀가 밝아서 탈인디, 작업실 쪽에서 뭔 소리가 났다믄 안 깼을 리가 없어여. 우리 진우가 자는 동안에는 아무 일도 안 일어난 게 틀림없어여."

끄덕거리는 다른 사람들과 달리 큐레이터는 여전히 미련을 버리지 못했다. 권민이 마저 설명했다.

"이번에는 두 번째 경우를 가정해 보죠. 불청객이 아니라 만나기로 미리 약속한 손님이었다면, 박진우 씨는 상대방이 문을 두드리기 전에 먼저 문을 열어줬겠죠. 그리고 작업실로 들어간 범인은 방심하고 있는 박진우 씨를 기절시킨 후 납치했을 수도 있습니다. 은밀하게 이뤄진 납치니까 가족한테 들키지도 않았을 테고요."

큐레이터 얼굴에 생기가 불끈 되살아났다.

"그래요, 바로 그거예요! 납치 가능성도 확실히 있다니까요."

"아니죠. 치명적인 오류입니다."

"네?"

"경기도 집에서 납치한 사람을 다시 골메산으로 데려가서 납치를 재연할 이유가 있습니까?"

독 소장과 승주는 웃음이 삐져나오려는 걸 용케 참았지만, 박진우의 동생은 코웃음을 화들짝 토해버렸다. 큐레이터는 민망해진 시선을 멀찍이 떨어뜨렸다.

권민의 무미건조한 눈길이 모친 쪽으로 옮겨갔다.

"전날 밤, 전등불이 몇 시경에 꺼졌는지 기억나십니까?"

"그럼여. 거의 항상 같은 시간에 꺼지기 때문에 잘 알지여."

"같은 시간에요?"

"우리 애는 거의 9시 경이면 불 끄고 자여. 그라믄 저도 안심하고 자구여. 가족 잘못 만난 죄로 고생만 하는 아들인디, 내만 편히 잘 수가 없어서."

"규칙적이었군요. 그럼 꼭 자고 있었다고 볼 수도 없겠네요."

"예?"

"동생분 말처럼 '필 받으면 무작정 짱박힐' 정도로 몰입이 강한 사람이라면, 9시 경에 규칙적으로 잠든다는 건 말이 안 됩니다."

듣고 있던 네 사람은 예술가적 습성을 떠올리며 권민의 말에 고개를 끄덕였다. 하지만 모친은 의아한 기색을 내비쳤다.

"아니, 자는 게 아니라믄, 와 불을 껐겠어여?"

"효심이죠."

"......?"

"박진우 씨는, 아들이 잠자리에 들어야만 자신도 잠이 드는 모친의 성향을 오래전부터 눈치 챘을 겁니다. 그러니 9시면 보란 듯이 불을 끈 거겠죠. 하지만 모친 방에 불이 꺼진 걸 확인한 후에 다시 불을 켜고 작업을 계속 했을 거예요."

모친은 고개를 떨어뜨리고는 울컥 울음을 쏟았다. 아아, 그리도 속 깊은 자식을, 그리도 다감하고 속 깊은.

* * *

의뢰인 일행이 떠난 뒤, 독 소장 팀은 본격적인 사건 씹기에 들어갔다. 탐정 업무의 첫 단계는 수집된 문서기록만 가지고 사건의 본질을 캐내는 작업이다. 단편적인 사건 보고서에 의지할 수밖에 없으니 그 기록들의 행간에 감춰진 실마리를 잘근잘근 씹어 뽑아내야만 한다. 이 작업을 독 소장 팀은 사건 씹기, 혹은 단서 낚시라고 부른다. 오로지 믿을 건 기록들 틈새에 낀 단서들을 뽑아올리는 낚시 능력뿐이다. 눈치, 경험치, 육감, 심안을 총동원해서 추리적 상상력을 좁히고 좁혀 가장 그럴 듯한 가설을 상정한다. 그리고 바로 그 순간부터 진짜 수사가 시작된다.

"이거 완전 셜록 홈즈스럽지 않아? 꼭 밀실 사건을 보는 것 같은 기묘한 느낌이란 말이지. 감쪽같이 없어졌어. 감쪽같이."

툭하면 추리백일몽에 빠지는 독 소장이 낯꽃을 피우며 두 사람을 번갈아 응시했다. 승주가 먼저 자신의 가설을 늘어놓았다.

"아무래도 면식범인 것 같아요. 박진우 씨가 작업하다 말고 갑자기 통나무집으로 갔다는 건 범인한테서 연락을 받았다는 얘기잖아요. 아, 물론 휴대폰이나 집 전화 통화기록에 수상한 게 없는 걸로 나왔다니까 전화연락은 아닐 테지만. 직접 연락을 받았건, 어떤 간접적인 암시를 받았건 간에 범인과 만날 수밖에 없었던 거겠죠. 그리고 통나무집에서 만난 뒤 변을 당한 거고요. 우선 통나무집의 존재를 아는 사람으로 범위를 좁혀야겠어요."

"그렇지? 그래서 난 큐레이터가 의심스럽더라니까. 가장 범인에 근접한 스타일이란 말이지. 이른바, 반전용 인물로 제격이야."

승주는 장난기 가득한 가자미눈으로 툴툴거렸다.

"소장님, 그런 썰렁한 농담일랑은 제발 참아주세요. 모르는 사람이 들으면 진담인 줄 알고 깜짝 놀라겠어요. 웬 백치미냐고."

"거, 까칠하기는. 자네는 미학자니까 코믹릴리프(comic relief)

가 뭔지 잘 알 거 아냐. 기분전환 효과 말이야. 심각한 얘기만 하다 보면 사람이 삭막해져서 못써. 더구나 이런 악랄한 사건을 다루는 작업일수록 유머가 중요하다고. 썰렁한 유머마저도 없으면 환멸이 쌓이고 쌓여서 심신이 황폐해진다니까. 거, 니체 선생도 그랬잖은가. 네가 어둠을 들여다보면 어둠도 너를 들여다본다고. 그 얼마나 오싹한 명언이냐고. 오죽 명언 중의 명언이면 미드고 한드고 영화고 간에 지겹게도 인용하잖냐."

"뭐, 소장님의 휴머니즘이야 익히 잘 알고 있습죠. 다만 내 소중한 독 소장님이 백치미라고 오해받는 건 싫지 말입니다."

"흥, 거짓말! 호시탐탐 내 실수를 노리고 있다는 거 다 알거든?"

자칫하면 두 사람의 만담 행렬이 몇 십 분은 이어질 것이다. 권민은 낮은 음성으로 불쑥 끼어들어 두 사람의 만담 의욕을 단숨에 꺾어버렸다. 근엄한 공명이 짙게 깔리는 그녀의 음성 앞에서는 제아무리 강력한 풍수 분위기도 어느새 비장한 기류로 급속 냉동되고 만다. 승주는 권민의 음성에 대해 '호랑이 음파'라는 가설을 만들어냈다. 호랑이의 포효소리에 담긴 초저주파 진동음이 주변 짐승들의 오금을 저리게 하듯이 권민의 음성에도 좌중을 눌러 앉히는 파동이 숨겨져 있다는 주장이다. 더구나 권민은 포효가 아닌 낮은 음향으로 그런 효과를 만들어낸다. 발언 내용과는 상관없이 음성만으로도 이미 좌중은 압도돼 꼬리를 내리고 만다.

"통나무집의 존재를 아는 사람을 캐야 하는 건 맞아. 하지만 어떤 논리적인 전제 없이 그거 하나만 제시하는 건, 총알 없이 총을 쏘려는 거나 마찬가지지."

승주가 익살스레 인상을 구기며 미소를 실룩댔다.

"이런. 또 틀린 거야? 선배도 그 얘기부터 할 줄 알았는데. 대체 이 사건에서 총알은 뭐야? 어떻게 찾는 거냐고."

"왜."

"왜?"

"어떤 사건이든지 '왜?'부터 시작해. 가설의 오류를 최대한 줄이려면 먼저 '왜?'를 충분히 분석해야 돼."

승주는 모범생 표정으로 귀 기울였다.

"범인을 만나고 납치됐다는 사실 자체는 중요한 게 아니야. 진짜 핵심은 원인이야. 만남과 납치라는 결과를 초래한 원인. 사건 기록에는 그와 관련된 단서가 숨어 있으니까 구슬을 꿰듯 '왜?'를 줄줄이 엮어가다 보면 핵심에 도달할 수 있겠지."

"그렇다면, 음, 왜 통나무집으로 갔나?"

"그건 다섯 번째 정도 될걸. 첫 번째 왜는 아니야."

"음……"

승주는 사건 보고서를 다시 훑었다. 독 소장이 일부러 불퉁거렸다.

"뭐야, 벌써 한 10분은 지난 것 같은데. 승주 학생이 정답 맞추긴 그른 거 같으니까, 권 탐정은 더 이상 지체 말고 답을 고하시게. 심히 궁금스럽구먼."

"참나, 의리 없게시리. 권 마왕을 상대로 똘똘 뭉치자고 손가락 걸 때는 언제고. 이리 단칼에 배신을 때리십니까?"

"글쎄, 난 금시초문인데. 우리 완전 소중한 권 탐정, 어서 어서 털어놓으시게."

권민은 두 사람의 만담에 대해선 일절 논평하지 않은 채 오로지 본론만 읊어댔다.

"시간순서대로 나열하기만 하면 됩니다. 1번. 왜, *박진우는 전기 충격기와 가스분사기를 샀는가?* 그 물건들은 누군가한테서 자신을 방어하기 위해서다. 즉, 막연한 구매가 아니라 확실한 불안요소가 있었다는 뜻이다. 2번. 왜, *그 호신무기들을 자택이 아닌 통나무집에 두었나?* 자택이 아닌 통나무집에서 마주칠 거라는 걸 알고 있었기 때문이다. 3번. 왜, *그림 작업을 중단하면서까지 가야 했는가?* 정말 갑작스럽게 간 게 맞는가? 가족의 증언대로라면, 박진우는 일단 작업에 들어가면 끝나기 전까지는 작업실 밖으로 나오지 않는다. 그리고 그날 누군가한테서 연락을 받았다는 실질증거는 없다. 그렇다면 예정에 없이 갑작스럽게 간 게 아니라 애초에 만나기로 약속했던 날짜에 맞춰 간 것은 아닐까. 약속 날짜를 받아놨다고 해서 아무 일도 안 한 채 넋 놓고 기다릴 필요는 없으니까, 일은 일대로 열심히 하다가 날짜가 돼서 간 것뿐이다."

권민이 독백을 끝내자 두 사람은 일제히 박수 치는 시늉을 했다. 그들의 행동은 캐리커처 삽화처럼 우스꽝스러웠지만 권민의 포커페이스에 아무런 변화도 일으키지 못했다.

"이 시점에서 4번이 무지막지하게 궁금해지는구먼. 이 몸이 한번 해볼까나?"

"소장님이요? 좋아요. 난 이미 5번을 맞췄으니까 현재 스코어는 1대 0인 겁니다."

"허, 치, 참. 이보게, 젊은이. 맞췄다고 다 같은 게 아니야. 앞 순서를 맞추는 게 더 중요한 거라고!"

"아, 글쎄, 맞춰나 보시라니까요."

독 소장은 호기롭게 읊었다.

"4번. 왜, 범인은 늦게 도착했는가? 정황 상, 박진우가 통나무집에서 범인과 만난 건 통나무집에 간 당일이 아니라 하루나 이틀 뒤로 추정된다. 범인이 늦게 도착한 이유가 뭘까?"

놀릴 기세였던 승주가 고개를 끄덕였다.

"음, 그럴듯한데요."

"반은 맞았습니다."

"그럼 반은 틀린 거야? 아깝군. 왜 반만 맞은 거지?"

"소장님은 제가 시작한 추리의 관점을 박진우에서 범인으로 바꿔버리셨어요. 일관된 관점이 중요합니다. 지금은 박진우의 관점으로 보는 단계죠."

"아하, 그렇군."

독 소장의 얼굴에서 장난기가 사라졌다. 학구열 넘치는 학생처럼 권민을 향해 오감을 집중시켰다.

"4번. 왜, *박진우는 범인보다 먼저 갔는가?* 세 가지 가설이 가능하다. 첫째, 박진우는 준비가 필요했다. 통나무집 안에 호신무기가 있다는 점에서 알 수 있듯이 박진우는 범인을 맞을 채비를 하기 위해 미리 앞당겨 갔다. 둘째, 박진우는 미리 간 게 아니다. 제 날짜에 갔지만 범인이 약속 날짜보다 늦게 왔다. 범인이 박진우를 공격할 시간을 벌기 위해서다. 셋째, 약속이란 건 아예 없다. 박진우는 누군가를 만나러 간 것이 아니라 뭔가를 하러 간 것일 뿐이다."

승주가 눈썹을 치켜떴다.

"셋째는 3번 추리하고 안 맞잖아. 3번에선 누굴 만나러 간 거라며."

"3번 역시 가설이니까 언제라도 바뀔 수 있지. 하지만 본질적으로는 같은 얘기야. 사람을 만나러 갔느냐 어떤 일을 하러 갔느냐의 차이만 있는 거니까. 핵심은 '일부러 특정 날짜에 맞춰 갔다'는 점이지."

독 소장이 의문점을 되짚었다.

"만약에 서로 약속한 게 아니라면 말이야, 대체 범인은 박진우가 통나무집에 올 거라는 걸 어찌 알고 나타난 걸까?"

"범인이 박진우를 오도록 유도한 거겠죠. 어떤 식으로든."

"대체 어떻게?"

권민이 대답하려는 순간, 독 소장이 얼른 말머리를 가로챘다.

"잠깐. '이제부터 밝혀내야죠.'라고 말하려고 그랬지?"

"네."

"흐흐, 거봐, 거봐."

독 소장은 대단한 정답이라도 맞춘 양 득의만만했다. 승주도 지지 않으려는 듯 끼어들었다.

"그러니까 한 줄 요약하면 말이야, '박진우는 특정 날짜에 일부러 통나무집으로 갔다! 우연히 간 게 절대 아니다!' 도대체 대관절 왜 갔을까나? 그건, 이제부터 밝혀내야죠!"

승주는 권민의 건조한 말투를 흉내 내며 키득거렸다. 독과 강은 서로 마주보며 흉내 능력을 겨루려는 듯, '밝혀내겠다니까' '밝혀 줄게' '밝힐 테다' '밝혀 주리라' 등, 온갖 밝히다의 동사형을 주거니 받거니 읊어댔다. 권민의 반응은 늘 그렇듯 무덤덤했다.

4

독 소장 일행이 박진우의 경기도 집에 도착한 것은 오전 9시경
이었다. 작업실 조사에 이어 골메산 통나무집까지 훑으려면 일찌
감치 부지런을 떨어야 했다. 세 사람은 차에서 내려 집 마당으로
들어섰다. 신선한 주변 공기 곳곳에 부침개 자글거리는 냄새가 가
득 배어 있었다. 독 소장과 승주의 코가 냄새에 반응하는 순간,
두 사람은 온 신경이 요동치는 느낌을 받았다. 한 줄기 욕망이 혀
끝을 타고 불꽃을 파팍 터뜨렸다. 그 어떤 본능이 저 냄새를 거부
할 수 있으랴. 부침개의 감칠맛을 한번이라도 겪어 본 자라면, 그
리고 권민처럼 미각구조조차 무뚝뚝한 특이체질이 아니라면, 누
구라도 정신이 몽롱해질 만큼 경천동지할 냄새였다. 독 소장과 승
주는 프라이팬 위에서 깨고소한 아우라를 풍기며 이리 뒹굴 저리
뒹굴 애간장을 녹일 부침개를 떠올렸다. 최소한의 이성은 남아 있
는지라 평소처럼 왁자하게 노닥이지는 않았지만 각자 머릿속에서
는 냄새만으로도 오징어니 부추니 새우니 하며 부침개에 들어간
부속재료에 대해 맛있게 떠들어댔다.
　　부침개 냄새를 뒤집어쓴 동생이 문을 열어주었다. 독 소장과
승주는 집안으로 들어서자마자 냄새가 부르는 방향으로 이끌렸
다. 구수한 음률을 지휘하고 있는 마에스트로는 예상대로 모친이
었다. 노인의 손은 아름다운 피조물을 다루고 있었으나 표정은

피붙이의 시신이라도 태우는 듯 침울했다.

"형이 제일 좋아하는 음식이거든요. 부침개 부치는 게 아주 하루 일과가 돼버렸어요. 저렇게라도 해야 속이 풀리시는 건지."

모친은 인기척을 알아채고는 그제야 부침개질을 멈췄다.

"아유, 어서오세여. 오시느라 고생하셨지여? 이거라도 좀 자시고 하실래여?"

독과 강의 마음속에 환호성이 와자그르르 터져 흘렀다. 긍정어린 대답을 쏘아 올리려는 찰나, 강력한 훼방꾼이 잽싸게 끼어들었다.

"시간이 많지 않아서요. 작업실로 바로 가는 게 좋겠습니다."

이성적으로야 훼방꾼의 말이 백번 맞다. 부침개 잔치를 벌이며 오순도순 수다 떨고 있을 짬이 없다. 더구나 피해자의 생사가 이미 엇갈렸을지도 모를 이 급박한 시점에 애끓는 모정으로 빚어진 부침개를 신나게 썹어 넘길 만큼 야박한 심보는 아니란 말이다. 두 사람은 감쳐 도는 군침을 애써 고르잡고는 권민의 뒤통수를 흘기며 따라갔다.

작업실 철문은 경첩 기능조차 헐렁해진 채 지름돌에 간신히 걸쳐 있었다. 지름돌을 걷어내자 문짝이 벌렁 자빠졌다. 삐거덕하는 청승맞은 소리에 모친은 울컥 눈물을 삼키고는 본채로 돌아갔다.

작업실 입구 맞은편 벽에 기대 서 있는 유화 한 점이 시선을 끌었다. 100호쯤 돼 보이는 중대형 작품이었다. 권민은 그림을 응시했다. 첫 눈에는 그저 영감에 의해 급조된 추상화로 보였지만 그 추상성에는 정교하게 계획된 의도가 숨어 있었다. 공포. 밝은

색에서 음산한 색감으로 소용돌이치며 꼬여 들어가는 형상은 어떤 입구를 묘파한 것이 분명했다. 비스듬히 비껴 드러난 구멍 형상은 괴수영화에서나 볼 법한 괴물의 아가리보다 더 섬뜩한 냉기를 지그시 흘려보냈다. 무언가 기하학적인 물체가 그 심연 속으로 빨려 들어가고 있었는데, 이끌리는 속도가 워낙 빨라서 추상체가 된 것일 뿐 분명 낯익은 형체였다. 공포에 찬 인간의 눈매. 절망으로 일그러진 안구 두 개가 빛의 속도로 먹혀 들어가는 와중에도 안광을 선연히 번득였다. 안광을 가진 것이 인간만은 아닐 터, 저 불운한 주인공이 덫에 걸린 들짐승일 수도 있겠으나 같은 인간만이 느낄 수 있는 허망한 직감이 권민의 신경을 잡아끌었다. 평화로웠던 생명체는 입구 안으로 휩쓸리면서 검푸른 안광만을 남긴 채 증오어린 붓질 속으로 흩어져버렸다. 칠흑색의 습격으로 얼룩덜룩 뜯겨진 선홍색 소용돌이에서 피비린내가 나는 것 같았다. 제목도 인장도 없는, 그린 자의 흔적은 어디에도 보이지 않았다. 그저 그림 자체만으로 그린 자의 결기를 분연히 일갈하고 있을 뿐이다.

동생이 그림에 빠진 권민 옆으로 붙어 섰다.

"이 그림 관심 있으신가 봐요. 근데 되게 으스스한 그림이지 않아요? 형이야 원래 설명이란 걸 안 해 주니까 자세한 내막은 모르겠고. 제목도 좀 이상하던데. 아무튼 저기 떡 하니 걸어놓은 거 보면 형이 무지 좋아하는 그림인 거 같아요."

"제목이 뭐라고 하던가요?"

"유신론자요."

권민의 무표정에 미세한 동요가 스쳐지나갔다. 뒤늦게 승주가 관심을 보였다.

"유신론자요?"

그림을 훑는 승주의 표정은, 부침개 생각은 완전히 사라진 듯 점점 권민의 표정과 닮아갔다.

"형님이 혹시 무신론자였나요?"

"네? 그런 건 왜 물으세요?"

"하여간요."

"본인 입으로 그렇다고 말한 적은 없지만, 아마 무신론자였을 거예요."

생글방글 너스레나 떨던 승주의 낯빛에서 예상치 못한 진지함이 흘러나오자, 동생은 아리송한 표정을 지었다. 지적인 역할은 주로 권민이 전담하는 것이라 단정하고 있었다. 이 곱상한 수다쟁이 형은 그저 사무직이거나 잔심부름이나 하는 쪽인 줄 알았다. 권민은 정확한 타이밍에 승주의 수다욕구를 원천봉쇄하는 게 특기지만, 이번에는 어쩐 일인지 아예 저만치 걸어가 다른 집기들을 훑어보았다. 승주가 말을 이었다.

"유신론자를 주제로 저런 고딕스럽고 니힐리즘스런 그림을 그렸다는 건 심상치 않군요. 더구나 신학대까지 다닌 경력이 있다면서 말이죠. 아무래도 무슨 특별한 사연이 있을 것 같은데."

"사연이야 있긴 하지만, 별로……"

"내키지 않은 표정인 거 보니까 정말 특별한 사연이 있었나 보네요. 남들한테 알려주고 싶지 않은 뭔가 불쾌한 기억이라도?"

동생은 곧장 불쾌한 표정을 드러냈다.

"그런 얘기가 형이 실종된 거랑 무슨 상관이 있죠?"

"매우 상관있답니다. 특별한 사연일수록 더더욱."

"왜요?"

"저희는 지금 박진우 씨와 범인 사이에 어떤 밀접한 관계가 있다고 추론해 놓은 상태거든요. 즉, 불특정다수를 겨냥한 범죄가 아니란 얘기죠. 둘 사이의 어떤 관계로 인해 발생한 범죄라고 생각하는 거예요. 하지만 현재로선 아무 정보도 단서도 드러나 있지 않잖아요. 이런 오리무중의 상황이라면 범인을 프로파일링하기 이전에 피해자를 먼저 프로파일링해야 하거든요. 그래야 범인과의 연결고리를 추출해 낼 수 있으니까."

동생은 지금 대화하고 있는 대상이 권민인지 강승주인지 어리벙벙했다. 이 곱상한 형은 여전히 부침개 쪽을 흘깃거리고 있는 변호사 아저씨랑 같은 과가 아니었던가.

"저 그림을 보세요. 제목이 유신론자라면, 저 무섭게 빨려 들어가고 있는 형체가 유신론자라는 거겠죠? 그렇다면 저 음산한 구멍은 신의 품일 테고요."

"……"

"아, 우선 유신론자가 뭔지부터 얘기해야겠군요. 유신론자는 단순히 '신을 믿는 자'란 뜻이 아니에요. 초인간적인 존재를 믿는 부류는 다신론과 자연신론, 범신론도 있으니까요. 유신론은 주로 인격신, 즉 유일신을 뜻하는 거예요. 오로지 단 하나의 신! 그런데 말이죠, 유신론을 주제로 저런 살벌한 그림을 그렸다면, 혹시 형님께서 유일신 종교 쪽하고 원한이라도 있었나요?"

동생은 곧바로 대답할 수 없었다. 너무 정곡을 찔린 터라 놀란 가슴을 보듬어줄 짬이 필요했다.

"그림 하나만 봐도 그런 게 다 보이세요?"

"이 그림이 유독 정체성이 강렬하네요."

동생은 한숨을 길게 뽑으며 말을 이어갔다.

"형은요, 신학대 그만두기 전까지만 해도 독실한 기독교인이었어요. 윤 선생님이 쫓겨나시고 그 충격으로 심장병이 악화돼서 돌아가신 후부터는 집안에 있던 성물을 죄다 갖다 버리더라고요."

"윤 선생님은 누구죠?"

"형 고등학교 때 담임선생님이요. 그때 형이 집안사정이 갑자기 안 좋아져서 자퇴하려고 했었거든요. 근데 선생님이 도와주셔서 학교도 계속 다니게 됐고, 또 미대 합격했을 때는 입학금까지 해 주시고. 하여튼 형이 아버지처럼 따르던 분이셨어요. 정말 천사 같은 분이셨는데."

말꼬리에 슬픔이 묻어 나왔다.

"형이 미대 졸업할 때쯤인가, 윤 선생님이 신학대 교수님이 되셨거든요. 형도 선생님같이 훌륭한 사람이 되고 싶다고 신학대로 진학했어요. 그림이야 목회자가 돼서도 계속 그릴 수 있는 거라고. 근데……"

더 깊은 슬픔이 말꼬리를 잠시 막아섰다.

"교리해석인가 뭔가 하는 문제로 신학교랑 선생님이랑 사이가 무지 안 좋았데요. 재단 이사장이 근본주의 보수파라서 더 말이 많았다던데. 아무튼 그 일로 선생님은 학교에서 퇴출되신 건데요, 영구제명 당했다는 얘기도 있었고. 그 충격으로 선생님 병이 악화돼서 얼마 있다 돌아가셨는데. 원래 심장이 좀 안 좋으셨어요."

동생은 힘겨운 고백을 마친 뒤 시무룩이 벽에 기댔다. 승주는 더 이상 캐묻지 않았다. 더 물을 것도 없었다. 간략하게 설명해 준 정황만으로도 짐작이 갔다. 그는 한국의 교조주의 개신교 사회에서 어떤 종교적 마찰이 벌어지는지 잘 알고 있었다. 학회에 제출하기 위해 종교미학 논문을 쓴 적이 있다. 그때 알게 된 지기 하나도 교회의 불문율에 걸려 치도곤을 당한 후 자취를 감춰버렸다. 불현듯 뇌리 한끝으로 친구 놈의 질편한 너털웃음이 아프게 스쳤다.

근본주의 경향이 강한 교회 재단이 쥐고 흔드는 조직 안에서라면 사소한 교리해석만으로도 신학자가 파문당하는 게 현실이었다. 박진우가 겪었을 비극이 승주의 머릿속에 맴돌았다. 예수의 가르침을 실천해 온 스승이 오히려 예수라는 명분에 의해 파문당하고 비참한 죽음으로 시들었으니 박진우는 교계의 폐쇄성과 불관용에 절망했을 테고, 급기야 분노는 신으로까지 이어졌을 것이다. 침묵하는 신을 보며 신의 존재에 대한 회의와 울분을 느꼈을 터. 그 분노가 바로 저 그림 속에서 데일 듯한 증오로 으르렁거리고 있지 않은가.

승주는 한 인간의 절망을 상상하며 돌연 우울해졌다. 의뢰받은 사건으로만 인식됐던 박진우가 이제는 반드시 살아있기를 바라는 뜨거운 생명으로 다가왔다. 탐정이 이런 연민어린 감정을 품는 건 바람직하지 않다. 승주는 숙연한 기분을 애써 떨치며 주위를 둘러보았다. 독 소장은 문간에 기대 여전히 부침개 신을 향해 경배 중이고, 권민은 무표정이라는 장막을 휘두른 채 박진우의 노트북 앞에 앉아 있었다. 동생은 세 사람을 흘끔거리다가도 문득 문득 우울한 회상에 젖었다. 모두 각자의 관념 속에서 생각에 잠겼다.

침묵을 깬 것은 권민이었다.

"동생 분, 잠깐 와보시죠."

"네."

"이거 박진우 씨만 사용하는 블로그니까?"

"네. 저도 이번에 처음 알았어요. 원래는 비공개 블로그였는데, 경찰이 조사한다고 공개로 풀어놨더라고요."

"사이버 비문이라고 적혀 있는데, 몇 쪽에 걸쳐 암호 같은 말만 있군요. 내용에 대해 짐작 가는 거 없습니까?"

"그렇잖아도 형사 아저씨들이 물어봐서 몇 번 읽어봤는데요, 전혀 모르겠더라고요. 그냥 그림 작업에 쓰려고 만든 건지. 어쨌거나 이런 게 중요한 건 아니잖아요."

"아, 글쎄, 중요한지 안 중요한지 단정하면 안 된다니까 그러시네."

수다스런 본성을 회복한 승주가 훈계를 내질렀다. 동생이 히쭉 웃으며 고개를 끄덕였다.

권민의 시선이 승주 쪽으로 향했다.

"무덤하고 비석 그림을 그려놨어. 각 무덤마다 비문을 적어놨고. 사진이 아닌 그림인 걸로 봐서는 실제 존재하는 무덤이나 비석은 아닌 것 같아. '사이버 비문'이라고 이름 지은 것도 그래서고. 무덤과 비석 그림은 대충 그린 느낌이야. 하지만 비문 내용은 확대해서 다시 그려 넣었어. 글자 크기도 커. 비문 내용이 그만큼 중요하다는 뜻이겠지. 총 세 페이진데, 비문에 적힌 문장들이 아주 의미심장해 보여."

"그래? 어디 좀 볼까."

    권민이 자리를 내주자 승주가 의자에 앉아 노트북을 마주 하고 읽어 내려갔다. 대학 강단에 시간강사로 나가고 있는 승주는 미학 강의 틈틈이 문체 심리학 강론도 곁들이는데, 엉뚱하게 탐정 쪽으로 빠지지 않았더라면 지금쯤 문예이론 하나 개발해서 전임 자리를 따냈을지도 모른다. 주변사람들은 고리타분한 미학자가 탐정인지 뭔지로 돌변한 사실을 한동안 안줏거리로 삼아 씹다가 뱉다가 되씹었다. 보따리 시간강사로 전전하더니 결국 정신분열이 일어난 거라는 동정어린 소문도 나돌았다. 변두리 지식인에서 불쌍한 몽상가로 한 단계 더 추락한 강승주, 먹물계에서는 그렇게 쑥덕거리곤 했다.

    "이거 완전 흥미로운데. 1쪽하고 2·3쪽 문체가 완전 달라."

    솔깃한 말이었다. 권민이 더 귀 기울였다.

    "가만 가만. 오호, 다른 사람이 쓴 거네. 1쪽이랑 2·3쪽 쓴 사람이 달라. 확실해."

    승주는 모처럼 아는 걸 발견한 꼬마처럼 달뜬 목소리로 생글거렸다. 독 소장이 흘끗 돌아보았다.

    "문체란 게 말이야, 단어 선택과 토씨의 특성만으로도 확 달라지거든. 문체는 곧 글쓴이의 정체성이라고 할 수 있지. 건조한 사람은 건조체, 화려한 사람은 화려체, 누구처럼 무뚝뚝한 사람은 무뚝뚝체, 부침개스런 사람은 부침개체. 저기요, 동생 분, 혹시 형님이 다중인격체는 아니셨겠죠?"

    "예에?"

    "하하, 농담입니다."

    승주는 강단에 설 때 하던 버릇이 나왔다. 다리를 꼰 채로 의자 등받이에 비스듬히 기대 팔짱을 끼고는 얼굴 각도를 살짝 비껴 틀면서 '지성미+반항기' 아우라를 풍겼다. 그러면 옴므파탈 영화의 조연급 정도는 돼 보이는 착시현상이 일어나곤 했다.

"모든 글들이 다 '비분강개'를 주제로 하고 있지만, 분노의 결이 상당히 달라. 1쪽은 단호하면서도 유려해. 직접적인 표현을 썼음에도 품격이 있어. 예를 들어, 이 문장."

이 자의 정체성은 지옥문이었다. 죄악에 대한 열거, 이웃에 대한 응징, 숱한 저주의 예언들. 감히 그것이 善이라고 착각했다. 이 묘비명은 이 자를 기억하는 사람들을 위한 것이 아니다. 이 자를 향한 진실의 외침이다. 그대 혼령은 똑똑히 볼지어다. 그대가 세상을 경계코자 입버릇처럼 내뱉던 말, '여기 들어오는 자 모든 희망을 버려라.' 허나 진정 경계해야 할 대상은 그대였음을. 그대는 지옥으로 이끄는 입구였으며 지옥 그 자체였다.

"여기에 언급된 사람이 누군지는 모르지만, 이걸 본다면 무지 섬뜩하겠지? 단테의 『신곡』에 나오는 지옥문 구절을 빗대서 표현했어. '여기 들어오는 자 모든 희망을 버려라.' 비문 주인더러 네가 지옥이라고 대놓고 말하네. 야, 인마, 너 자체가 지옥이야~! 비문 주인이 이미 죽은 사람인지, 아직 살아있는 사람인지는 모르겠지만, 어쨌거나 당사자나 측근이 들으면 기분 꽝이겠어. 차라리 육두문자 몇 마디 듣는 게 낫지."

독 소장이 관심을 보이며 가까이 다가와 경청했다.

"자, 자, 또 하나 볼까? 음, 이 문장."

이 자는 뱀의 혀를 지녔다. 위선과 탐욕 두 갈래로 갈라진 혀로써 겉으로는 사랑을, 속으로는 탐욕을 설교했다. 무지한 복종 앞에서 혀의 독은 말씀이 되고 우상이 되고 전부가 된다. 지금은 혀만 남은 그대여, 그대의 독이 그대의 육신과 영혼을 난자하리라. 그것이 그대의 혀가 가진 유일한 미덕이다.

"역시나 섬뜩하지만 고상한 문체란 말이지. 그래서 더 무서워. 개새끼라고 욕하면 유치하긴 해도 인간미는 있잖아. 근데 이건, 뭐, 무지 차분하게 냉혹해. 용서 가능성은 개미 오줌만큼도 안 보여. 대체 어떤 사연이 있길래 이런 으스스한 글을 적은 건지 무지 궁금하네."

승주는 2쪽과 3쪽을 번갈아 클릭했다.

"이번에는 2·3쪽을 볼까나. 1쪽 비문들이 간결하고 명쾌한데 비해, 2·3쪽 글들은 장황하고 난해해."

감히 도덕을 가르치지 말라. 폭죽의 불꽃처럼 느닷없이 다가올 승리의 역사가 두렵지 않느냐. 재산 따위가 아까워 선지자들의 명예를 흑암의 발 아래로 처넣을 것인가. 오만한 주둥이와 추잡한 선동이 복음의 성전을 들쥐처럼 취급하고, 영광된 언약을 썩은 생선처럼 짓밟다니. 감히 용기라고 미화하지 마라. 복종의 의무를 저버린 흑암의 권세일 뿐이다. 갈 것이다. 너의 거짓된 교탁으로. 내 직접 증거할 것이다. 제자들이 세뇌되는 그곳에서 너의 공포를 접수하리라. 들어라, 야바위 같은 유혹에 영혼을 판 사악한 무리들아. 죄악에 맛들인 사탄들아. 죄인 된 자의 얼굴과 사는 곳을 나는 안다. 어서 시인하라. 그렇다고 말해라. 그래야 죄 사함의 기회라도 있을 것이니. 보혈의 권능 앞에 무릎 꿇고 그렇다고 말해라. 예, 나는 죄인입니다.

"이것저것에 비유하며 잔뜩 멋은 부렸지만 횡설수설한다는 느낌을 주는 글이야. 문체를 보면 그 사람의 인간성까지 알 수 있지. 일종의 정신감정 텍스트라고나 할까. 1쪽 글들이 알싸한 청양고추 맛이라면, 2·3쪽 글들은 으깬 양파 맛이야."

잘 따라오던 동생은 양파 대목에서 갸웃거렸다.

"으깬 양파 먹어본 적 없어요? 안 먹어봤다면 상상을 해봐요. 양파란 모름지기 아삭 씹어 먹어야 제 맛인데, 으깨놓으면 그 미덕이 사라지죠. 질척하고 끈적끈적하고. 물론 으깨도 매운 맛이야 남아 있지만 맛은 개운치가 않단 말이죠."

동생은 승주가 말한 그대로를 상상하며 끄덕거렸다.

"자, 자, 정리하면, 1쪽은 정갈하면서 예리하게 매운 맛이고, 2·3쪽은 구리텁텁하게 매운 맛인 거지. 한 사람이 똑같은 주제로 글을 쓰는데 이렇게 달라질 수 있을까?"

경청하고 있던 독 소장이 반론을 던졌다.

"그것만 갖고 다른 사람이 썼다고 단정할 수는 없지. 문체가 사람에 따라 달라지기도 하지만, 똑같은 사람이라도 기분에 따라 달라지기도 하잖아. 울적하면 울적한 문체, 즐거우면 즐거운 문체."

"어, 소장님은 부침개 신과 영접 중인 줄 알았는데. 접신 다 끝난 건가요?"

"지금 정곡을 찔리니까 말 돌리는 거지?"

"그걸 간절히 원하시겠지만, 아니걸랑요. 지금까지는 문장의 정서적인 인상에 대해서만 언급한 거고요, 더 중요한 건 어법의 차이랍니다. 먼저 1쪽에 있는 비문들은 3인칭에서 2인칭으로 이동하는 구조를 취하고 있어요. 처음에는 '이 자'라고 지칭했다가 마지막에 가서는 '그대'라는 2인칭 호칭으로 바꾸고 있죠. 반면에, 2·3쪽에 있는 비문들은 2인칭으로 시작해서 1인칭으로 끝나요. '그대'라는 존칭어는 없고 '너'라고 반말로 해버리네요. 결정적인 차이가 또 하나 있는데요, 1쪽 비문은 그냥 설명문이지만, 2·3쪽 비문은 선언문처럼 보인단 말이죠. 내가 친히 가겠다느니, 직접 증거해 주겠다느니."

독 소장이 솔깃한 표정을 지으며 바짝 집중했다.

"그리고 비유법에도 차이가 있어요. 1쪽 비문에서는 직유법을 안 쓰고 은유적인 표현을 썼어요. '너는 ~이다' 식으로요. '지옥문 같았다'가 아니라 '지옥문이었다.' '뱀의 혀 같은'이 아니라 '뱀의 혀'라고 표현하고 있거든요. 은유법을 쓰면 단정적이면서도 간결한 어감을 준답니다. 하지만 2·3쪽에선 죄다 직유법만 썼단 말이죠. 비유로 끌어오는 표현들도 거칠고 조악해요. 들쥐, 썩은 생선, 야바위 등등. 1쪽이 은밀한 독침을 쏘고 있다면 2·3쪽은 대놓고 칼부림 하는 어법이라고나 할까."

독 소장은 박수 치는 시늉을 하고는 엄지손가락을 들어올렸다. 권민은 숨은그림찾기라도 하는 듯 모니터를 응시하며 말했다.

"그럼 단서 하나는 나왔군. 1쪽과 2·3쪽 비문은 서로 다른 사람이 썼다는 거."

"그런데 말이야, 선배, 이 비문들이 특정한 누군가를 가리키는 거라면, 그 사람들 이름은 왜 안 적어 놓은 걸까? 이름을 콕 집어서 언급해야 속이 더 후련할 텐데 말이지. 역겨운 이름들이라 굳이 적어 넣고 싶지 않았던 건가?"

"적어놨어."

권민의 시큰둥한 대답에 좌중은 술렁거렸다. 권민이 모니터 쪽으로 고개를 숙이며 마우스를 쥐었다. 세 쌍의 호기심 가득한 눈들이 권민의 뒷덜미로 모여들었다. 권민이 마우스를 드래그해 1쪽 전체를 블록으로 지정하자 각각의 비문 아래로 글자들이 뚜렷이 떠올랐다. 글 내용을 감춰 쓰기 할 때 사용하는 색반전 효과였다. 숨겨졌던 글자가 두둥실 나타나는 순간, 구취가 섞인 탄성들이 권민의 뒤통수로 쏟아졌다. 네 개의 비문에 각각 떠오른 글자들은 사람 이름이 분명했다. 장태경, 조영철, 이도영, 최희도.

"저기 아…… 아는…… 이름 있어요. 저기……"

동생은 말까지 더듬으며 흥분과 놀라움을 주체하지 못했다. 독소장은 급체한 사람 다루듯 동생의 등짝을 토닥토닥 두드렸다. 감정이 급히 터져 나오려다 얹힌 것이니 급체 상태와 비슷했다. 동생은 한참을 얻어맞고서야 말문이 열렸다.

"장태경이요!"

"아이쿠, 귀청 떨어지겠네. 진정해요. 천천히, 침착히! 오케이?"

"아, 네. 죄송해요. 너무 놀라서. 저기 저 장태경이요, 윤 선생님 밀고한 새끼예요. 수업 내용이 신성모독이라나 뭐라나. 그 새끼가 형이랑 신학대 동기였거든요. 우리 집에 한 번 놀러 온 적도 있어요. 여기 말고 예전 집이요."

독 소장과 승주의 얼굴이 환희로 달아올랐다. 제자리에서만 맴돌던 단서들에 처음으로 구체적인 포문이 열렸다.

"그렇다면 1쪽은 분명 박진우 씨가 썼다는 얘기네. 2·3쪽에는 감춰 쓰기 한 글자 없어?"

"없어."

"오호! 그럼 2·3쪽 글은 다른 사람이 썼다는 게 더 확실해졌군. 대체 2·3쪽 쓴 인간은 누구야? 남의 비공개 블로그에다."

승주가 동생을 돌아보았다.

"형님 성격에 누군가랑 비공개 블로그를 공유했을 것 같진 않은데요."

"그럼요. 그럴 리가 없어요. 제가 장담해요!"

동생은 탐정단보다 더 잘 아는 게 있다는 사실이 자랑스러웠다. 독 소장은 호기심이 점점 더 곤두섰다.

"그럼 해킹 당했다는 얘긴데."

승주 생각도 같았다.

"그러게요. 박진우 씨의 묘비명 블로그가 있다는 걸 알게 된 누군가가 블로그를 해킹한 다음에, 요 싸가지 없는 비문을 남긴 거 같네요."

동생이 갸웃거렸다.

"남이 쓴 게 맞는 거면요, 왜 형이 2·3쪽 글들을 안 지운 거예요? 해킹당한 건데. 되게 기분 나쁜 일이잖아요."

권민의 낮은 목소리가 끼어들었다.

"증거로 남겨둔 거겠죠."

"네?"

"누가 이런 짓을 했는지 밝혀야 하니까. 더구나 협박하는 내용인데 당한 입장에서는 분석해 볼 필요가 있었겠죠."

독 소장은 사건 해결의 물꼬가 트자 의욕이 불끈댔다.

"비문에 적힌 이름들도 탐문해 봐야 되겠는걸. 장태경이라는 사람 외에 나머지 세 명도 어쩌면 그 윤 선생님이라는 분과 관련된 사람들일지도 모르겠네. 제자였던 박진우는 일종의 응징 차원으로다가 살벌한 비문을 쓴 거 같구면."

승주의 표정도 의욕으로 달아올랐다.

"스승님 사건이 박진우 씨한테 무지 큰 충격이었나 봐요. 이렇게 무시무시한 비문까지 만든 거 보면. 저기 있는 유신론자 그림도 그렇고. 하여간 이 비문은 정말이지 인문학적이고 미학적인 응징이란 말이죠. 네들 죽을 자리에 내가 이 비문을 꽂아주겠다, 뭐, 이런 거잖아요. 섬뜩하면서도 지적인 일침!"

권민이 블로그 주소를 스마트폰에 입력해 넣고는 노트북을 덮었다.

"비문은 나중에 더 얘기하기로 하고. 우선 통나무집부터 가시죠."

권민은 말이 끝나자마자 작업실 밖으로 사라졌다. 세 사람은 토 달 새도 없이 급히 뒤따랐다.

*   *   *

골메산 초입에 다다르자 승주는 웅장하게 치솟은 산세에 기가 죽어 한숨이 울컥거렸다. 우중충한 날씨 때문에 마음이 더 불안해졌다.

"어째 날씨가 영. 비가 올라나."

독 소장이 같은 걱정으로 끄무레한 하늘을 치훑었다.

"얼른 가야겠어. 우산도 없는데 비 오기 전에 빨리들 가자고."

길잡이 하는 동생도 따라가는 탐정 일행도 가속도를 높이며 부지런히 산행을 이어갔다. 비행기에서 내려 쉴 틈 없이 이동한데다 험한 골메산 자락까지 서둘러 올라온 탓에 권민을 제외한 나머지는 죽을 것 같은 몰골로 통나무집 숲길 바닥에 나가떨어졌다. 체력마저 무념무상인 권민은 주변을 둘러보았다. 비가 잦은 계절이다 보니 족적 보존을 위해 경찰이 마당 전체를 방수포로 덮어 놓은 상태였다. 마당 한쪽 구석에 경찰들이 드나들던 임시 통행로가 보였다.

권민은 통행로를 따라 집 안으로 들어갔다. 덧신이 씌워진 권민의 운동화가 어둠 속으로 발을 내디뎠다. 손전등을 비추자 놀란 공기들이 흩어지며 먼지를 토했다. 내부는 처음 발견된 당시 그대로 보존돼 있었다. 나가떨어진 집기들, 벽에 그을린 핏자국, 매캐한 냄새. 형사들의 한숨까지 보태진 을씨년스런 공기가 조그마한 내부에 터질 듯이 들어찼다. 권민은 출입문을 활짝 열어 돌로 질러놓은 후, 수사 기록에 적혀 있던 기록을 떠올리며 내부를 시시콜콜히 훑어보았다.

나머지 일행은 기력을 회복하고 나서야 안으로 들어갔다. 그들은 각자 관심 가는 쪽으로 이동하며 손전등 불빛을 휘저었다. 독 소장은 혈흔이 묻은 벽으로, 승주는 석고판과 그림액자가 떨어져 있는 바닥으로, 동생은 탐정단의 행동을 지켜보기 좋은 출입문 옆 벽으로 가서 기대섰다.

권민이 간이장 서랍을 열었다. 수사 기록에 의하면 호신무기가 들어 있던 곳이다. 무기는 형사들이 수거해 간 듯, 주인 잃은 옷가지만 들어 있었다.

승주가 권민을 불렀다.

"선배, 이것들 좀 봐봐."

권민이 다가가 바닥으로 숙여 앉았다. 조각품과 그림액자는 다른 집기들에 비해 유독 깨지고 바스러진 정도가 심했다.

"작업실에 있던 '유신론자' 그림의 노골버전쯤 되겠는걸. 십자가와 교회를 콕 집어 그렸어. 석고판 안에 양각으로 조각해 놓은 십자가는 마치 고생대 화석 같고, 여기 유화로 그린 교회 그림은 완전 흉가나 폐가 느낌이야."

독 소장이 다가와 참견했다.

"이렇게 난장판을 만들어 놓은 거 보니까 대판 싸운 모양이구먼. 무지하니 원수진 사이인가 봐."

"글쎄요, 적어도 이 현장만 봤을 때는 몸싸움이 일어난 건 아닙니다."

"오, 그래?"

세 사람의 시선이 기다렸다는 듯 권민을 향해 꽂혔다.

"가재도구가 여기저기 나가떨어져 있다 보니 언뜻 보기에는 범인과 피해자가 몸싸움한 흔적처럼 생각되겠지만 일종의 착시현상이에요. 경찰 기록에 나와 있듯이, 박진우는 호신무기에 아예 손도 안 댔어요. 일부러 안 댔을 리는 없고 호신무기를 꺼낼 시간조차 없었던 거죠. 만약 범인과 몸싸움 할 시간이 있었으면 박진우는 호신무기를 쓸 기회가 있었거나, 최소한 사용하려던 흔적이라도 남겼을 겁니다. 하지만 '옷 속에 은밀히 감춰져 있었다'고 기록돼 있습니다. 사용은커녕 건드리지도 못했다는 뜻이죠. 박진우는 불시에 일격을 당해서 곧장 제압당했을 겁니다. 둔기로 급소를 가격하거나 마취제를 쓴다면 단번에 제압할 수 있죠."

"그럼 왜 가재도구가 파괴돼 있는 거지?"

"자세히 보면 파괴된 가재도구들은 규칙성이 있어요. 무작위로 파괴된 것이 아니라 특정 물건과 관련된 가재도구들만 망가져 있습니다."

"특정 물건?"

"석고판과 그림액자요."

"엉?"

좌중의 시선이 액자들이 깨져 있는 바닥으로 곤두박이쳤다.

"그림들에는 다 걸쇠가 있어요. 벽에 걸려 있었다는 얘기죠. 벽을 보세요. 그림을 걸었던 못과 액자 모양으로 탈색된 흔적이 보이죠?"

"오, 그렇군."

"액자가 걸려 있었던 벽에 선반이 붙어 있습니다."

좌중은 벽에 걸린 빈 선반으로 시선을 돌렸다.

"지금은 선반이 비어 있지만, 바닥에 떨어져 있는 물건들과 선반의 수납 정도를 대조하면, 떨어진 집기들은 선반에 있던 걸로 보입니다. 선반 한편에 주전자 바닥 굽 흔적이 나 있어요. 바닥에 떨어져 있는 주전자는 선반에 있었던 게 확실합니다. 반면에, 그림액자가 걸려 있지 않은 반대편 벽을 보세요. 호신무기가 들어 있던 간이장 쪽 벽이요. 간이장 위에 있는 화분은 고스란히 남아 있지 않습니까? 형사들이 일부러 올려놨을 리는 없고."

"형사 아저씨들은 일절 손 안 댔어요. 제가 봤어요!"

동생의 외침에는 아무도 반응하지 않았다. 독 소장과 승주는 바닥 집기들과 벽을 번갈아 훑었다.

"허, 정말 그러네. 이거 참."

"그럼 뭐지? 범인이 지 혼자 깽판 쳤다는 얘긴데. 유독 그림 쪽 물건들만 왜. 아, 알겠다. 목적은 그림액자들이었던 거네. 그림을 쳐부수는 와중에 주변 물건들도 와장창 떨어진 거고. 음, 그림이 무지 맘에 안 들었나 보네."

승주는 자신이 무심코 내뱉은 마지막 말에 흠칫 놀랐다. 독 소장이 맞장구쳤다.

"그래, 그거야! 범인이 그림을 싫어했다?! 그림 내용은 신성모독적인 것이었고. 그렇다면 범인은……"

"아, 블로그! 사이버 비문! 쓴 사람은 달랐지만 둘 다 응징하는 듯한 뉘앙스였잖아요. 아하, 그러고 보니. 사용된 단어들이요. 지옥문이니 뱀이니, 흑암이니 사탄이니 죄 사함이니. 다 계시종교에서 단골로 등장하는 용어들이잖아요."

"그렇구먼. 어쩌면 여기 난장판으로 만든 놈이 2·3쪽 비문 쓴 놈일 수도 있겠는데."

"제 말이요."

독 소장과 승주가 손을 맞잡고 기뻐하는 사이, 권민은 화방도구가 쌓인 한 귀퉁이에서 소포 상자 하나를 집어 들었다. 포장 테이프가 벗겨진 소포는 이미 개봉된 상태였고 상자 입구는 가지런히 접혀 있었다. 배달 주소지는 통나무집이었다.

골메산, 이정표 '하늘나리' 지점에서 동북쪽 덤불숲 언덕길을 헤치고 450m 들어가면 나오는 통나무집

"그건 또 뭐야?"

독 소장이 상자를 뺏어 들었다.

"주소 좀 봐라. 이런 안드로메다 주소로도 택배가 오네. 이 회사 표창감일세."

승주가 상자를 흘끗 보았다.

"르네상스 택배네요. 여기는 미술품 같은 고가품을 전문으로 하는 회사라 이런 주문도 가능해요. 언제 보니까, 섬마을 산꼭대기 주소로도 배달가더만요. 뭐, 박진우 씨가 화가니까 단골이기도 했을 테고요."

"맞아요. 형이 그 택배 회사 단골이에요. 화랑에 그림 붙여줄 때 그 회사 이용하거든요. 큐레이터 형네 화랑하고도 계약돼 있는 회사고요."

독 소장이 상자 입구를 벌려서 안을 살폈다.

"요게 배달된 물건인가 본데. 무슨 미술품이라도 되는 건가. 막대기 같기도 하고 십자가 같기도 하고. 체인에다 펜던트 형태인 걸로 봐선 목걸인가? 목걸이치곤 너무 큰데. 골동품인 건지 원. 나야 이쪽으론 막눈이니."

독 소장은 승주에게 소포상자를 건넸다. 주물 재질로 된 묵직한 물건 하나가 상자 안에 들어 있었다.

"십자가 맞네요."

승주가 라텍스장갑 낀 손으로 십자가 줄을 들어올렸다. 체인을

따라 커다란 십자가 펜던트가 허공에서 대롱거렸다. 모양새가 이상했다. 십자가를 거꾸로 뒤집어놓은 듯한 형태라서 얼핏 보면 십자가로 보이지 않았다.

"이렇게 생긴 십자가도 있어? 줄에 잘못 낀 거 아냐? 거꾸로 달은 거 같은데."

"제대로 낀 거 맞아요. 십자가도 여러 종류가 있거든요. 이건 '베드로 십자가'라는 거예요. 우리가 흔히 알고 있는 십자가 명칭은 라틴 십자간데요, 예수가 못 박힐 때 형틀로 쓰였던 십자가죠. 이 라틴 십자가를 거꾸로 돌린 형태가 베드로 십자가예요. 베드로가 이런 모양의 형틀에서 순교했다는 카더라 통신이 있거든요. 그때부터 베드로 십자가라는 명칭이 붙었어요."

"음, 십자가는 왜 주문한 걸까? 아주 질색을 하면서. 택배 날짜가…… 어디 보자, 아, 여기 있네. 접수날짜가 올해 2011년 5월 13일, 배달예정일은 5월 16일. 아주 최근이구먼. 그럼 유신론자 시절에 주문한 물건이 아닌데."

"그림 작업에 쓰려고 주문했겠죠. 조각이나 그림 그릴 때 모델로 쓰려고."

승주 말에 끄덕거리던 독 소장이 갑자기 뭔가 생각난 듯 권민에게 한 발짝 껑충 다가섰다.

"그건 그렇고, 어이 권 탐정. 자네 추리대로라면 벽에 난 저 혈흔은 어떻게 되는 걸까나?"

독 소장은 질문하는 표정이 아니었다. 답을 알고 있는 교사가 학생을 테스트하듯 묻는 질문이었다. 권민은 이 주제에 관해선 독 소장이 더 유능하다는 걸 알고 있기에 잠자코 답변을 기다렸다.

"사실 저 혈흔을 아까 처음 봤을 때는 수사 기록에 적힌 거랑 똑같이 생각했거든. 그런데 민이 자네의 추리를 듣다보니까 다른 생각이 번쩍 떠오르더라고."

독 소장은 자신 있는 분야로 접어들자 안 그래도 활기찬 어투가 더 팔팔한 기세로 끓어올랐다. 그는 법대생 시절부터 법의학교실을 흘끔거리곤 했는데 어깨너머 배운 솜씨가 점점 늘더니 어느새 전문가 흉내 낼 정도까지 올라섰다. 부검만 못 할 뿐이지 검시나 법과학적인 관찰력은 제법 쓸 만했다. 사설연구소를 운영 중인 법의관 친구가 아르바이트 하라고 농 아닌 진담을 건넬 정도였다.

"수사 기록에 의하면 말이야, 박진우 혈흔의 경우, 피가 흘러나온 부위가 벽에 눌리면서 생긴 자국이라고 했거든. 그래서 흉기에 찔린 후 몸싸움이 있었던 걸로 추정한 거지. 하지만 자네 추리대로라면 박진우는 반격할 틈도 없이 바로 쓰러졌기 때문에 몸싸움은 없었어. 그러니까 혈흔은 피가 튄 후에 눌린 흔적인 건 맞지만, 몸싸움에 의한 건 아니란 얘기지."

동생은 또다시 혼란에 빠졌다. 저기 저 지적인 아우라를 발산하는 사람이 권민이나 강승주가 아닌 독 소장이라니. 산길을 올라오는 내내 부침개에 대해서 집요하게 구시렁거리며 장탄식을 내뱉던 저 형이하학적인 아저씨가?

"범인이 기습한 방법이 뭔진 모르지만, 어쨌든 박진우는 기습당해 쓰러진 뒤에 흉기로 또 찔렸던 거야. 아, 물론 처음부터 흉기에 찔린 거 아니냐고 따지고 싶은 사람이 있겠지만, 그건 확실히 아니야. 혈흔이 튄 위치와 양으로 보건대, 이건 팔이나 등 쪽으로 스치듯 찔린 거거든. 급소가 아니란 말이지. 그 정도 상처라면 몸싸움을 벌이면서 호신 무기를 꺼내려는 시도 정도는 할 짬이 있어. 하지만 대전제는 몸싸움이 없었다는 거잖아. 심하지 않은 상처임에도 반격 한 번 못했다는 건 박진우가 심하게 약골이라는 얘긴데. 하지만 사진 보니까 약골과는 거리가 멀어 보이던데."

"맞아요. 형 체력 좋아요. 피 좀 봤다고 반격 못 할 형이 아니죠. 얼마나 강단 있는데요. 제가 알아요."

"그러니까 결론은 박진우는 흉기에 찔리기 전에 이미 실신 상태였다고 봐야 한다는 거지."

승주가 혈흔이 묻은 벽을 유심히 바라보았다.

"그럼 범인은 왜 피를 흘린 걸까요?"

"적절한 질문이야. 우선 두 사람이 어떤 위치에 있었는지를 따져보자고."

독 소장은 혈흔이 묻은 벽 앞에 서서 당시 상황을 재연해 보였다. 승주를 끌어와 범인 위치에 세웠다.

"박진우 혈흔 바로 옆에 범인의 혈흔도 있거든. 이건 두 사람이 벽과 평행된 지점에 서 있을 때 피를 흘렸다는 뜻이지. 자, 피가 튄 위치를 봐봐. 박진우 혈흔이 두세 뼘 높은 위치에 있잖아. 박진우가 기절한 상태라면 당연히 바닥에 늘어져 있어야 정상인데, 그러면 당연히 범인이 위에서 내려다보는 위치에서 찔렀을 거고. 하지만 핏자국 위치는 정반대거든. 보시다시피 피해자가 범인을 내려다보는 위치란 말이야."

"아래쪽이 범인이라니. 모양새가 괴상하네요."

"뭐, 박진우가 심하게 근성 있는 사나이라서 간신히 깨어나 몸을 일으켰다고 치자. 그리고 이때 놀란 범인이 엉겁결에 흉기를 휘두른 거라고 치자. 하지만 이것 역시 말이 안 돼. 범인의 혈흔은 피해자 꺼보다 확 아래쪽이잖아. 그럼 범인은 심하게 왜소증이거나 숙인 채로 찔렀다는 얘기가 되거든. 말도 안 되지. 고로 이것도 정답이 아니라는 말씀!"

"그럼 정답은 뭔데요?"

"내일 얘기해 줄까? 9시 뉴스에서?"

"거참. 웬 쌍팔년도 유머랍니까."

"요즘 복고풍이 대세라는 거 몰라?"

"이쯤 되면 권 선배도 눈치 챘을 것 같은데, 이쪽에다 물어보는 게 더 빠르겠네요. 선배!"

"어허. 급하기는."

모처럼 얻은 뽐내기 기회를 뺏길세라 독 소장은 본론으로 직행했다.

"범인은 일부러 찌른 게 아니야. 이건 우발적인 혈흔이야. 실수로 찔린 거지. 갖고 있던 흉기가 삐져나왔다거나 뭐 그런 식으로.

74

범인이 일부러 찔렀다면 저런 위치일 리가 없거든. 그렇다면 피해자와 가해자의 혈흔이 저런 모양새로 동시에 튀길 만한 경우가 뭐가 있을까? 두 혈흔의 높낮이가 다르다는 게 힌트야. 자, 그림을 떠올려 보자고. 범인이 박진우를 업고 있는 자세라면 저런 혈흔 형태가 가능해. 쓰러진 피해자를 범인이 들어 올리는 상황을 한번 상상해 보자고."

독 소장은 날렵한 몸놀림으로 마임을 펼쳐 보였다. 이번에는 승주를 피해자 대역으로 써먹었다. 그는 승주의 늘어진 몸을 들쳐 메는 시늉을 다각도로 시도했다. 승주가 널브러지는 연기에 너무 몰입한 나머지 독 소장의 날씬한 몸이 자빠질 듯 휘청거렸다. 결국은 쿵~. 두 사람의 연기는 슬랩스틱으로 마무리됐다. 동생이 황당해하는 표정으로 깰깰거렸다. 코미디언 듀오 역시 상대의 몰골을 가리키며 웃음을 터뜨렸다. 홀로 심각한 권민은 동상 걸린 표정으로 말문을 열었다.

"범인이 박진우를 들쳐 멘 거군요. 메고 일어날 때, 범인이 몸에 지니고 있던 흉기로 우발적인 자상을 입은 거고요. 범인은 당황해서 휘청댔을 테고, 그 순간에 박진우의 몸이 벽에 눌리면서 둥글넓적한 혈흔이 생겼겠군요."

"바로 그거지. 근데 야, 넌 마른 놈이 왜 그렇게 무겁냐. 무슨 산사태가 덮치는 줄 알았네."

권민이 의문점을 짚었다.

"들쳐 메고 갔다면 피가 여기저기 흩어졌어야 할 텐데요."

"그렇지. 하지만 바닥에는 핏자국이 전혀 없잖아. 아마 자루 같은 데 넣어서 운반했을 거야."

승주가 매무새를 다듬으며 혀를 내둘렀다.

"아니, 그럼 범인이 힘이 무지 세단 얘기네요. 박진우 씨 무게를 번쩍 들쳐 멜 정도면 엄청난 건데. 소장님 체력의 열 배는 되나 봅니다."

"체력이 좋은 건 확실해. 엄청난 거구일 것 같군."

권민은 벽 쪽 마룻바닥부터 문 쪽으로 이어지는 바닥까지 차근차근 더듬어보았다. 범인의 동선으로 짐작되는 경로였다. 혈흔이 있는 벽의 아래쪽 바닥에 뾰죽한 흠집이 움푹 찍혀 있는 것이 눈에 들어왔다. 같은 모양의 흔적 몇 개가 문 쪽까지 일정 간격을 두고 이어졌다. 문간에 다다랐을 때, 바닥에 깔린 발판이 시선을 붙들었다. 양탄자 재질의 장식용 깔개였다. 두툼한 표면 위에 움푹 팬 자국 하나가 있었다. 혈흔 쪽 바닥에 찍힌 흠집과 형태가 비슷했다. 권민은 계속 범인의 동선을 상상하며 마당으로 나갔다. 방수포를 걷어 바닥을 살폈다. 마룻바닥과 깔개에 있던 자국과 유사한 모양의 홈이 흙바닥에도 파여 있는 게 보였다. 집안 내부에 비해 흔적은 흐릿했지만 경찰이 마당을 차단시켜 놓은 덕분에 홈 자국이 화석처럼 굳은 모양새로 보존돼 있었다. 홈은 규칙적으로 마당을 가로지르다가 숲길로 들어서는 길목에서 흔적이 끊겼다. 시커먼 덤불숲이 바람 소리를 휘잉 지르며 권민을 막아섰다.

나머지 일행이 밖으로 따라 나왔다. 독 소장이 바투 다가섰다.

"왜 그래? 뭐 짚이는 거라도 있어?"

"이 흔적을 보세요."

권민은 마룻바닥에서부터 깔개, 마당으로 이어지는 패인 자국을 손가락으로 죽 가리켰다.

"뭐로 짓누른 자국이네. 찍힌 모양이 예리해 보이는데. 송곳 자국 같기도 하고."

"송곳보다는 좀 더 뭉툭한 느낌이에요. 끝부분 면적이 송곳보다 넓고 덜 예리할 거예요."

"이런 자국을 낼만한 물건이 뭐가 있을까나."

"작대기 같습니다."

"작대기?"

"집안에 난 자국의 정도나 마당 바닥에 눌린 정도로 봐서는 찍어 누른 하중이 매우 컸다는 걸 알 수 있어요. 바닥에 짚었을 때 작대기에 실렸던 무게는 한 명 이상이었을 것 같군요."

"음, 그러니까 범인이 박진우를 둘러멘 채 작대기를 지렛대 삼아서 이동했다는 얘기야?"

"둘러멘 게 아니에요. 둘러메기도 바쁜데 작대기 짚을 여력이 어디 있겠습니까. 작대기를 짚었다는 건 둘러메지 않았다는 뜻이죠."

"무슨 얘긴지 감이 잘 안 오는데."

"중학생 때 지게 지고 다니셨다고 했죠?"

독 소장이 탄성을 내질렀다.

"아, 맞다! 지게. 지게야. 지게였어! 지게랑 작대기는 실과 바늘이지. 아, 그러고 보니까 저 패인 자국. 지겟작대기 만들 때, 짚기 좋으라고 끝을 날카롭게 쳐내거든. 그래서 저런 자국이 난 거였구먼."

새로운 단서 출연에 독 소장의 목소리가 신바람으로 들썩였다.

"그렇다면 놈이 거구가 아닐 수도 있겠는걸. 지게 지는 거야 거구 아니어도 요령만 있으면 충분하니까 말이야. 멧돼지도 실어 나를 수 있는 게 지게거든."

승주가 키득거렸다.

"에이, 그건 심했다."

"도시에서 나고 자란 책상물림이야 알 길이 없지. 지게의 위대한 마력을."

권민이 추리를 계속했다.

"자국 간의 간격이 짧은 걸로 봐서 거구는 확실히 아닐 것 같군요. 자국 간격으로 보폭을 가늠해 볼 수 있는데, 키는 중키 정도로 예상됩니다."

물리적인 계산에 빠른 독 소장이나 취약한 승주나 모두 고개를 끄덕거렸다.

"범인의 은거지는 골메산 일대일 확률이 커요. 지게질에 아무리 능하다고 해도 이 험한 산길을 벗어나 시내까지 나가는 건 불가능하죠. 더구나 보는 눈도 많은데."

"동감이네. 동감이야."

"미투!"

"경찰 측에선 통나무집 주변만 수색한 걸로 기록돼 있더군요. 수색 범위를 중턱이나 기슭에 있는 마을까지 넓혀야 합니다."

"그럼 골메산 자락에 있는 마을만 쫙 훑으면 되겠네."

코미디 커플과 동생은 사건이 종결이라도 된 듯, 서로 손을 부여잡고 웃음을 주고받았다. 권민은 검기울어지는 숲 속을 바라보며 생각에 잠겼다. 작업실에서 봤던 블로그의 사이버 비문이 그녀의 뇌리를 어지럽혔다.

＊　＊　＊

　권민과 승주는 보충 수사를 위해 현장 주변에 남기로 했고, 법
정 스케줄 때문에 서울로 올라가야 하는 독 소장은 실종자의 동
생과 함께 골메산 자락을 벗어났다. 독 소장은 하산하자마자 사
무장에게 전화를 넣어 통나무집에서 캐낸 단서들을 알려주었다.
경찰 쪽에서 그럴 듯한 단서라 수긍해 주고 적극 가담해 줄지는
복불복일 테지만, 어쨌거나 경찰이 신뢰할 만한 인물인 사무장을
동원해 부추기고 찔러볼 필요는 있었다.
　권민과 승주는 통신접속이 원활한 간이대피소 쪽으로 잠시 내
려왔다. 체력이 남아도는 권민과 달리 산행에 지친 승주는 대피
소 평상에 주저앉았다. 권민은 북적대는 중정을 벗어나 한갓진 귀
퉁이 공간으로 걸어갔다. 스마트폰을 열어 이메일 답신이 왔는지
부터 확인했다. 블로그의 사이버 비문에 적혀 있던 이름들에 대
해 사무장에게 조사를 요청해 놓은 상태였다. 특정인의 신상을
찾아내는 일은 경찰인맥부터 어둠의 경로에 이르기까지 폭넓은
정보력을 갖고 있는 사무장이 도맡아했다. 간략한 보고 몇 줄만
와 있을 뿐, 상세 정보가 담긴 최종 보고서는 저녁 무렵에나 가능
할 것 같다는 내용이 전부였다.
　권민은 대피소 게시판에 붙은 산속 지도를 훑어보았다. 산속
마을에 대한 정보는 없었지만 통나무집에서 지게 자국이 있던 아
랫녘 쪽으로 이어지는 산세는 대충이나마 가늠해 볼 수 있었다.
추적할 것인가, 하산할 것인가. 그녀는 용의자의 행적을 쫓아 무
작정 가볼 것인지에 대해 여전히 자문 중이었다. 가파른 숲길인

데다가 이미 몇 차례 비가 쏟아진 뒤라 놈이 지나간 흔적을 찾는
건 어려운 일이다. 시간낭비가 될지도 모른다. 하지만 사무장이
소식을 물어다줄 때까지 앉아서 기다리는 건 더 시간낭비처럼 느
껴졌다.

흐릿해진 하늘 언저리에서 햇볕이 정색하며 움츠러들더니 소나
기가 느닷없이 쏟아져 내렸다. 먹빛과 햇빛이 오락가락 겨루다가
결국 비구름이 얄팍한 햇살 파편들을 모조리 삼켜버리며 비보라
로 급습했다. 앞뜰에서 무방비하게 노닥이던 등산객들이 대피소
의 좁다란 처마로 몰려갔다. 옆에 앉은 노부부에게 산속 마을이
있는지 묻고 있던 승주는 소나기 세례에 낭패감을 곤두세우며 벌
떡 일어섰다. 권민을 찾아 주변을 두리번거렸지만 그녀의 옷차림
새는 눈에 띄지 않았다. 날씨에 대비한 등산객 몇몇은 배낭에서
우비를 꺼내 입었다. 노부부는 그러게, 내가 뭐랬어, 갖고 오자니
까, 나직이 툴툴거리며 우악스레 튕겨 들어오는 빗줄기를 피해 평
상 안쪽으로 바싹 붙어 앉았다. 대피소 주변을 재차 눈더듬고 있
는 승주가 등 뒤에서 인기척을 느끼고 돌아보았다. 짙은 감색 우
비를 뒤집어쓴 권민이 빗방울 파편에 얻어맞고 있는 승주 얼굴을
심드렁히 마주보며 말했다.

"더 지체하면 안 돼."

"우비 어디서 난 거야?"

"내 배낭 속에서."

"미리 준비해온 거였어?"

"소나기가 흔한 계절에 당연한 거 아닌가."

"젠장, 준비성하고는."

권민은 우비 단추를 마저 채웠다. 승주가 처마 쪽으로 피신하며 퉁명스레 물었다.

"어쩔 거야? 그냥 하산할 거야?"

"아니. 그쪽 길로 가봐야겠어."

권민은 통나무집으로 이어지는 산길 지형을 멀찍이 훑었다.

"지금 가려고? 이 비를 뚫고?"

"날이 금방 어두워질 거야."

"난 우비도 없는데."

"여기서 기다려."

"그건 싫지. 좀 그치면 가자. 빗줄기 장난 아니야."

"오늘 중으로 둘러봐야 돼. 어차피 쉽게 그칠 것 같지도 않은데."

오늘 중으로, 그게 중요하다는 건 승주도 알고 있었다. 피해자의 목숨이 걸려 있는 강력사건에서 시간 지연은 치명적이다. 가지 않을 거라면 몰라도 일단 가보기로 했다면 지금 이 시간 말고는 기회가 없다. 날씨가 더 훼방 놓기 전에 서둘러 움직여야 한다.

"좋아. 잠깐만 기다려."

승주는 대피소 직원한테 가서 조카를 데려와야 한다며 우산을 빌렸다. 권민은 우비 덩치를 휘날리며 통나무집 방향으로 먼저 올라갔다. 승주는 비바람에 휘청대면서도 부리나케 뒤쫓았다.

덤불숲으로 들어서려는데, 등산로에서 내려오던 산악구조대 요원이 두 사람을 불렀다. 발목이 접질린 등산객을 부축한 구조요원은 의아한 기색이 역력했다.

"어디로 가시려는 겁니까? 그쪽은 길이 없는데요."

요원의 걱정스런 눈길에 승주가 대꾸했다.

"모자가 바람에 날아가서요. 저쪽으로 휙~ 날아갔거든요."

"등산로 아닌 쪽은 위험해요. 산세도 험하고요. 요새 터널 공사 하다가 산사태 난 적도 있어요. 지반이 많이 약해져 있을 거예요. 비까지 오면 더 위험합니다. 아주 중요한 거 아니면 나중에 날 좋을 때 찾으러 가시죠."

"걱정 마세요. 모자만 찾아서 금방 내려올게요."

구조요원은 미덥지 않았지만 옆에서 칭얼대는 부상자를 챙겨야 했기 때문에 빨리 내려오라는 당부만 건넨 채 굽잇길 너머로 사라졌다.

하늘을 뒤덮은 비구름은 소나기 정도로는 성에 차지 않은 듯 빗줄기가 점점 더 거세졌다. 권민과 승주는 통나무집에 도착하자마자 마당을 가로질러 지게자국이 이어져 있었던 숲 속 길목으로 서둘러 들어갔다. 빼곡한 덤불 가지를 헤치면서 내디딜 공간을 찾아 등산 스틱을 휘저었다. 바닥 길로 내려서자마자 가파른 감촉이 두 사람의 운동화 밑창에 감겨들었다.

"허, 장난 아닌데."

비탈을 따라 빗물이 밀려들면서 디딜 위치를 잡기도 애매한데다가 시야까지 비바람에 휩쓸려 어수선했다. 승주는 권민 뒤에 붙어 그녀가 디디는 쪽으로만 움직였다. 운동화 밑바닥에 스키 보드라도 부착돼 있는지 권민은 질퍽한 경사로를 능숙하게 미끄러지듯 한달음에 내디디면서도 엉거주춤 따라오는 동료를 위해 잔가지를 제거하며 길을 터주었다. 내리막길이라 가속도가 붙다 보니 두 사람은 훌쩍 산길 아래로 내려와 통나무집 길목에서 금세 멀어졌다.

비바람 기세가 잦아들기는커녕 몇 갑절로 심술 사나워졌다. 하늘 먼발치서 번개 치는 소리까지 웅얼거리더니 두 사람이 있는 쪽으로 가까워지고 있었다. 번개의 끝자락이 먹구름 언저리에서 찌릿찌릿 뻗치며 숲 속 틈바구니로 흩어졌다. 돌개바람이 내는 소음이 하도 거칠어서 마치 야유 소리를 고음으로 질러대는 것 같은 착각이 들었다. 돌풍 덕분에 질량이 배가된 빗줄기는 승주가 쓴 우산을 오그라뜨리거나 발라당 뒤집어 놓으며 그의 옷과 얼굴을 향해 권투 잽 날리 듯 얍삽하게 할퀴고 지나갔다. 승주는 스틱으로 바닥을 짚으랴, 우산까지 받쳐 쓰랴 운동신경이 핑핑 돌 지경이었다. 산책 나온 듯이 홀로 공중 부양해 앞서 나가고 있는 권민이 얄밉기까지 했다. 하산하자마자 최고급 우비를 사서 1년 내내 품고 다니리라, 객소리를 다짐하며 종아리에 애써 힘을 실어 진흙탕을 내디뎠다. 승주는 과욕이 일떠서더니 권민과 나란히 가려고 걸음발을 재촉했다.

권민이 잠깐 멈춰 서서 비바람에 흐릿해진 시야를 가다듬으며 주변을 살폈다. 그 틈을 못 참은 승주가 권민 앞으로 몇 걸음 앞질러 걸어갔다. 바닥에 웅크리고 있던 잡목이 인기척에 놀라 신음을 부스럭거렸다. 우산에 시야가 가려진 승주가 무심코 한 발 더 내디디려는 찰나, 권민의 우악스런 주먹질이 승주의 등짝을 낚아채더니 잡목 반대방향으로 밀어 내던졌다. 우산은 허공으로 빨려 올라가고 승주는 비명 지를 틈도 없이 진흙바닥에 나가떨어졌다. 비바람을 뚫고 번지는 날카로운 금속성 소음이 허리 통증에 정신없는 승주의 귓전에도 소름 돋게 메아리쳤다. 우산을 잃은 승주의 얼굴이 빗줄기에 무방비 상태로 얻어맞으며 넋 나간 표정으로 권민 쪽을 올려다보았다. 우비 모자를 뒤집어쓴 권민의 얼굴이 시커멓게 아른거렸다. 그녀는 승주가 좀 전에 지나가려 했던 잡목을 등산스틱으로 가리켰다. 승주가 의지했던 우산 녀석이 올무에 걸려들어 우산살이 죄다 꺾인 채로 허공에 흉물스레 매달려 우왕좌왕 나부댔다. 잡목 아랫바닥에 잠복해 사냥감을 기다리고 있던 철제 올가미는 승주의 발목을 삼키지 못한 분풀이를 하려고 우산을 허공에 꽂아 주리를 틀었다.

아찔한 상상에 승주는 허리 통증도 잊은 채 벌떡 일어섰다. 놀란 가슴을 다독이며 올무가 또 있을까 주변을 휘둘러보는데 고생한 걸 만회라도 시켜주겠다는 듯이 덤불속 잔가지 틈새에 버려진 물건 하나가 승주의 시선을 잡아끌었다. 허리 통증은 물론이고 발목이 작살날 뻔한 방금 전 악몽까지 잊어버리게 만드는 월척이었다. 쫓아 내려온 권민이 뭐냐며 넘겨다보았다. 승주가 덤불속에서 물건을 집어 올렸다. 피 얼룩이 있는 면장갑 한 쪽이었다. 승주는 티셔츠를 둥글게 말아 장갑을 안쪽으로 피신시켰다.

두 사람은 덩치 큰 활엽수 밑으로 들어가 비를 피했다. 승주가 달뜬 목소리로 해죽댔다.

"용의자 장갑이겠지?"

"글쎄."

"참나, 글쎄라니. 기껏 나자빠지면서 발견한 거구만, 반응이 고작 글쎄냐?"

"세상의 모든 피 묻은 장갑이 살인마의 것은 아니니까."

"그럼 안 가져가겠다는 거야?"

"당연히 가져가야지. 가능성이 높으니까."

"이랬다 저랬다. 아이고, 허리야. 삭신이 다 시리네. 오늘 일진 완전 꽝이구나."

권민은 배낭에서 비닐팩을 꺼내 장갑을 집어넣었다.

"그 자식에 대한 단서가 나올까?"

"글쎄."

"맨날 글쎄는."

온몸이 욱신거리고 얼굴에도 긁힌 상처가 따끔거리니 승주는 자신의 상냥한 성품도 빗줄기와 함께 낚여 토사에 떠내려간 것 같았다. 승주가 말꼬리를 잡거나 말거나 권민은 장갑이 떨어졌던 길목을 기점으로 해서 추적 방향을 가늠하며 아래쪽 비탈길을 멀찍이 살폈다. 그쪽 방향으로 이어지는 마을만 찾는다면 용의자의 행방도 사정권 안에 들어온다는 계산이 간만에 권민을 만족시켰다.

"너는 대피소에 가 있어."

"엥? 뭐야. 방해만 된다 이거야?"

천둥 치는 꽹음에 놀란 새들이 나뭇잎에 부딪쳐서는 간신히 중심을 잡고 줄행랑치듯 날아갔다. 번개 불빛이 폭죽처럼 연달아 발광하는 하늘에서 낙뢰 파편 하나가 권민 뒤쪽에 서 있는 고목 꼭대기를 향해 소리 없이 내리꽂혔다. 낙뢰의 공격속도는 순식간이었다. 피격당한 고목 파편이 곤두박이치는 속도도 전속력이었다. 빗줄기 소리에 청각이 뒤죽박죽인데다가 우비 후드까지 뒤집어쓴 상태라 뒤편 시야가 무뎌져 있던 권민은 승주에게 멱살을 잡혀 끌려나오지 않았다면 낙뢰로 잘려진 고목 꼬챙이한테 공격당해 상반신 어딘가에 중상을 입었을 것이다.

승주는 생명의 은인이라고 거들먹거릴 생각도 잊은 채 웬 서바이벌 현실 버전이냐며 어리둥절 기가 막혀 헛웃음 한 번 뱉고는 할 말을 잃었다. 번개의 공격은 그걸로 끝이 아니었다. 나무속에 숨겨져 있던 올무 철망들이 발정 난 번개 무리를 끌어들여 곳곳에서 낙뢰가 튕겨 번지면서 난장판이 벌어졌다. 올무와 낙뢰의 합동 쇼가 자잘한 나무들을 쓰러뜨리자 그렇잖아도 좁다란 길목이 줄줄이 막혀버렸다.

더 이상의 추적은 어려웠다. 용의자 추적은커녕 자연의 적수부터 따돌리는 게 급선무였다. 두 사람이 내려왔던 비탈길은 토사 물결로 엉망이 돼버려 거슬러 올라가는 것 자체가 위험해 보였다. 야속한 폭우는 몇 겹 더 질겨터진 빗발을 뿌려댈 뿐이고, 경사로에 버티고 서서 밀려드는 토사를 받아내던 나무들은 뿌리째 휘청거렸다. 순식간에 벌어진 고립무원의 처지 앞에서 승주는 비명을 질러도 모자를 형국이건만 두려움을 넘어, 아, 꿈이런가, 자연의 힘이 경이롭기까지 했다. 이 와중에도 호기심이 발동한 승주는 장엄한 자연재해를 눈앞에서 맞닥뜨리자 아이맥스 영화 관람하듯 넋을 놓고는 미소마저 지어보였다.

권민의 날랜 눈길은 빠져나갈 틈바구니를 치훑었다. 토사 물결이 꾸역꾸역 배수진을 토해내는 에움길 너머로 아직 침범당하지 않은 둔덕이 눈에 들어왔다. 비탈져 보였지만 더 나은 곳을 찾아낼 시간이 없었다. 자연은 평상시엔 너무나 느려 터져서 인간을 지루하게 만들지만 성난 자연은 인간이 따라잡을 수 없는 속도로 돌변해 아예 삼켜버리는 무자비한 존재였다. 권민은 경외감으로 얼어버린 승주의 팔죽지를 낚아채 둔덕 쪽으로 내달렸다. 두 사람은 파도치는 토사와 싸우며 1미터에 불과한 높이임에도 성벽을 오르는 것 같은 까마득함에 신경 줄이 타들어갔다. 미끄러지다 올라서고 오르려다 미끄러지던 권민은 비바람에 휘청대는 나무줄기를 간신히 부여잡고는 소나무 밑둥치를 지렛대 삼아 승주를 끌어올려 내동댕이쳤다. 그 반동에 권민도 튕겨져 나가 두 사람은 언덕바지 위로 연달아 나둥그러졌다. 메다 꽂히는 마찰음과 외마디가 터져 나왔지만 번개와 작달비의 거대한 오케스트라 음향에 묻혀 본인들도 자기 비명소리를 듣지 못했다.

진흙과 나무깽이, 흙비까지 뒤집어써 괴물 몰골이 돼버린 두 사람은 검누런 살기를 으르렁대며 강속구로 휩쓸려 떠내려가는 토사 쓰나미가 고작 한 뼘 아래였다는 걸 확인하고는 한숨을 지렸다. 올무에 목이 조인 채 물길에 밀려 허우적대며 멀어져가는 너구리의 퀭한 눈알이 승주의 심사를 뒤흔들었다. 생과 사의 갈림 앞에서 연민이 욱신거렸지만 공포감에 마비돼 한 발짝도 뗄 수 없었다.

행운을 자축할 틈도 없이 두 사람은 더 안전한 장소로 피신해야 했다. 둔덕을 타고 올라와도 시야는 여전히 흐리멍덩했다. '망할 놈의 비'라는 욕설이 승주 목청에서 터져 나왔지만 역시나 빗줄기 굉음에 묻혀 들리지 않았다.

지지직거리는 텔레비전 화면 같은 시야 건너편에서 묵직한 움직임이 얼쩡거렸다. 사람 소리인지 짐승 소리인지 분명치 않은 몇 마디 분절음이 돌풍 잡음을 뚫고 반복해서 튕겨져 나왔다. 권민과 승주는 스틱을 곤두세운 채 그쪽으로 다가갔다.

"이짝이여, 이짝!"

그제야 소리의 정체가 귀에 잡혔다.

"피해야 돼야. 어여."

배낭을 짊어진 육순 노인이 두 사람을 향해 손짓을 나부댔다.

"싸게싸게, 얼렁."

노인은 비바람 폭격 속에서도 다부진 몸체를 흩트리지 않은 채 길 잃은 젊은이들을 기다려주었다. 노인의 안내를 받은 덕분에 권민과 승주는 일사천리로 산길을 타고 올라가 우묵한 동굴로 들어섰다. 비바람에서 벗어나자 노인이 두 사람을 마주보았다.

"지랄 맞은 날씨여."

승주는 동굴 입구 벽에 기대 숨을 몰아쉬랴 물기를 털어내랴 정신머리가 어리뻥뻥했다. 금세 적응한 노인과 권민은 빗줄기를 고즈넉이 내다보며 예까지 오게 된 사연을 주고받았다. 그녀는 등산 중에 길을 잃은 거라고 둘러댔고, 노인은 약초꾼이라면서 흠뻑 젖은 배낭을 꺼내 보이더니 사나운 일진에 대해 투덜거렸다. 이상기후에 대한 몇 마디 욕지거리가 동굴 메아리를 타고 울려 퍼졌다.

노인의 욕풀이가 잦아들자 권민이 넌지시 물었다.

"이 근방에 마을이 있나요?"

"근방은 아니고 한참 더 내려가야 나오는디. 이짝 길이야 심마니 아니면 누가 돌아다니겠어. 솔찬히 험한 비탈 숲인디."

"마을 이름이 뭔가요?"

"왜? 민박 같은 거 할라고?"

"네."

"마을이 한 너덧 개 되지. 고랑배미 마을도 있구, 묏마을도 있

88

구, 동고리 마을에다가 또 뭐더라. 양 뭐시긴디. 아따, 기억력이 만

날 요 꼬라지여."

"아까 저희하고 만났던 장소에서 가장 가까운 마을은 어딘가

요?"

"아까 거그?"

노인은 머릿속에서 산자락 지리를 떠올리며 거리를 측량했다.

"고랑배미는 반대자락이고, 묏마을이랑 동고리가 그짝 길인디.

묏마을은 더 내려가야 되니께, 음, 그려, 동고리 마을이구먼. 거가

가장 가깝었어."

승주는 젖은 단발머리를 뒤로 넘기며 노인을 돌아보았다.

'동고리 마을?'

용의자의 은신처로 동고리 마을이 맞을지 아닐지는 나중 문제

였다. 우선 빗줄기부터 뜸해져야 움직일 수 있었다. 두 사람은 노

인이 건네준 약초뿌리를 씹으며 동굴 밖 하늘만 야속히 칩떠볼

뿐, 시간이 지체되고 있다는 걸 알면서도 해결할 방법이 없었다.

* * *

날이 저물어서야 비바람이 그치고 동굴에서도 풀려날 수 있었

다. 권민과 승주는 서둘러 하산했지만 이미 어둠이 짙어진 뒤라

동고리 마을을 탐문하는 건 다음날로 미뤄야 했다. 저녁을 간단

히 때운 후 가까운 여관방에 짐을 풀었다. 비용 때문에 방 하나

를 같이 쓰는 처지라서 제 아무리 목석 같은 선배라도 승주는 매

번 몸가짐이 조심스러웠다. 실용주의자인 권민은 남녀유별의 격

식보다는 방값 절약의 실리가 우선이었다. 처음 방을 같이 쓰자고 한 것도 그녀였고 화들짝 수줍어하며 손사래 치던 승주를 심드렁히 무시한 쪽도 그녀였다. 툭 하면 남녀유별에 미학이 있다고 외쳐대는 승주는 찜질방이 낫다며 입에 거품을 물었고 비용절감 측면에서 권민도 동의했다. 하지만 야간 찜질방이 주변에 없을 때는 승주는 별수 없이 한 방 신세를 받아들여야 했다. 지척에 있는 저렴한 여인숙 대신 어디 있을지 모를 찜질방을 찾아 헤매는 짓은 유난스러울뿐더러 체력 허비에 시간낭비라는 게 권민의 주장이었다. 그럼에도 승주는 그녀의 실용론에 맞서서 젠틀맨 타령을 늘어놓곤 했다. 여성에 대한 배려는 기품 있는 남성의 특권이라며 승주가 목청껏 부르짖을 때마다 자비로 독방 쓰라는 건조한 대꾸가 이어질 뿐이었다. 이처럼 번번이 수줍기 짝이 없는 승주였건만 이번에는 신경 쓸 여력이 없었다. 피로감에다 허리통증까지 겹친 승주는 샤워만 끝내고는 저절로 곯아떨어졌다. 도서관 체질인 그에게 오늘은 너무나 억척스런 하루였다.

체력 좋은 권민 역시 피곤하긴 마찬가지였지만 박진우의 블로그가 눈에 밟혀 잠이 오지 않았다. 게다가 사무장한테 요청해 놓은 조사결과가 이메일로 도착해 있을 터였다. 권민은 단잠에 새근거리는 동료를 등지고 앉은 채 스마트폰을 꺼내 인터넷에 접속했다. 사무장이 전송해 준 보고서가 액정화면 위로 빼곡히 펼쳐졌다.

사이버 비문에 적혀 있던 이름들은 모두 박진우가 다녔던 신학대와 관련된 인물들이었다. 장태경은 동생이 알려준 대로 박진우의 동기였고, 최희도는 신학대 총장, 이도영은 기독선교사랑협회장, 조영철은 신학대 재단 교회의 담임목사였다. 덤으로 박진우의 스승에 대한 정보도 있었다. 이름은 윤재호. 비문에 적힌 자들의 공집합은 필시 윤재호일 것이다. 사무장이 찾아낸 조영철의 설교 칼럼 중에도 윤재호를 언급한 대목이 있었다.

윤재호는 자신이 크리스천이라고 말하지만 실은 가장 위험한 반기독교도입니다. 다원주의라는 허망한 명분을 내세워 기독교의 본질을 호도하고 왜곡하고 있으니 통탄할 노릇입니다. 무신론보다 더 사악한 망동이 다원주의입니다. 다원주의는 선악과를 따먹도록 획책한 뱀의 또 다른 모습에 지나지 않습니다. 그 불경한 유혹에 다시 또 넘어가선 안 됩니다. 세속의 형제자매들은 물론, 독실한 목회자들 역시 항시 영혼의 눈을 번쩍 뜨고 있어야 합니다. 윤재호 같은 자들이 속삭이는 궤변은 개혁의 탈을 쓴 사탄의 목소리라는 사실을 깊이 명심해야 합니다.

권민은 윤재호가 겪었을 과정을 추정해 보았다. 재단 수뇌부의 분노와 거기에 동조한 총장. 신학대 내부의 독실한 형제들은 윗선에서 찍어준 사냥감을 명분 있게 조리돌림 했을 것이고, 결국 다원주의 사탄 윤재호는 파문당한 뒤 비극적인 죽음을 맞이한다. 스승을 잃은 제자는 어떻게든 되갚아주고 싶었고 적들과 달리 박진우의 응징은 고상했다. 원수들을 향한 저주문을 사이버 공간에 배설해 놓았을 뿐이다.

이제 남은 건 박진우가 쓰지 않은 2·3쪽의 비문들이다. 역시나 글쓴이의 아이피가 박진우의 노트북 아이피와 달랐다. 사무장이 경찰청 인맥을 통해 알아낸 아이피의 출처는 호프집 내에 비치된 무료 컴퓨터였다. 주점에 전화를 걸어 확인해 보니 오가는 손님 아무나 사용하는 컴퓨터인데다 매장 안에 설치된 감시 카메라의 촬영반경에서도 벗어난 위치라고 했다. 어차피 날짜가 오래 전이라 카메라가 기록할 수 있는 기간에서도 한참 지난 상태였다. 이정도로는 용의자를 특정해 낼 수 없었다.

권민은 잠시 눈을 붙였다. 잘 생각은 없다. 다만 묵상이 필요했다. 그녀는 머릿속이 복잡해질 때마다 자신의 의식을 공허 속으로 몰아버리곤 한다. 긴 머리가 있어야만 괴력을 발휘하는 삼손처럼, 권민은 무아무심(無我無心)한 경지를 길게 늘어뜨려야만 모든 영감이 만개했다.

자정이 넘어섰다. 승주의 볼 살을 양껏 흡혈한 모기 한 마리가 권민의 팔뚝 근처까지 와서 알짱거리자 생각에 갇혀 있던 그녀의 의식이 현실로 돌아왔다.

권민은 2·3쪽에 있는, 박진우가 아닌 제3자가 쓴 비문 하나를 화면 위로 올렸다.

감히 뱀의 혀를 논하지 말라. 뱀 같은 혓바닥은 너의 것이다. 네 눈과 영혼을 가린 것은 진리를 가장한 사탄 같은 거짓이다. 흑암의 유혹에 빠져 계명을 져버리고 전능한 신성을 능멸했다. 준엄한 지옥문을 조롱하는 사탄의 혓바닥에 벼락같은 심판이 내릴지어다. 지옥문의 지혜도 알지 못한 채 타락 속으로 추락하는 우매한 환쟁이는 들어라. 내 친히 지옥문의 지혜를 증거해 주리라. 부활의 땅으로부터 50개의 해가 뜨는 날, 베드로가 있는 곳으로 오라. 베드로가 죄악을 역전시켜 충성과 순교로 정죄했듯이 너도 스스로의 피로 정죄하라. 지옥문으로 나아가는 것, 그것만이 네가 정죄할 유일한 길이다. 내 친히 가리라. 네 죄스런 영혼 앞에서 지옥문이 찬란한 전능을 펼치게 하리라. 베드로께서 십자가를 친히 내려줄 것이니. 죄인 된 자여, 피로써 십자가를 맞으라. 십자가의 응징을 기꺼이 받으라. 네 죄스런 영혼은 그때 깨달으리라. 신성한 응징을.

권민의 머릿속에서 불길한 추론이 떠올랐다. 이 비문의 대상이 누군지는 이제 분명해졌다. 이 비문을 쓴 자는 박진우가 쓴 1쪽의 비문 내용을 빗대 표현한 것이다. 박진우가 썼던 비문 중에 '뱀의 혀를 가졌다'는 표현과 '지옥문'과 관련된 구절이 있었다. "우매한 환쟁이"라는 지칭 역시 박진우를 가리키는 것이 틀림없다. 가장 결정적인 구절은 "내 친히 지옥문의 지혜를 증거해 주리라. 부활의 땅으로부터 50개의 해가 뜨는 날, 베드로가 있는 곳으로 오라."는 대목이다. 베드로가 있는 곳. 통나무집 택배 상자에 들어 있던 것이 베드로 십자가였다. 베드로가 있는 곳은 통나무집이라는 얘기가 된다. 그렇다면 그 십자가는 박진우가 주문한 것이 아니라 비문을 쓴 사람이 택배로 보냈던 것은 아닐까. 그리고 박진우는 정말 우매하게도 베드로가 있는 곳으로 가고 말았다.

권민은 비문 내용을 다시 읽었다. '부활의 땅으로부터 50개의 해가 뜨는 날.' 종교적인 비유인 듯한데. 부활의 땅이라면, 부활절로 해석하면 되겠고. 50개의 해는 50일을 뜻하는 거겠지. 그럼 '부활절로부터 50일째 되는 날'이 되는군. 이 날이 기독교 축일이라도 되는 건가.

권민은 인터넷 검색창에 부활절과 50일을 쳤다. 오순절, 성령

강림절이라는 단어가 주르륵 올라왔다. 이번에는 '2011년 오순절'로 검색했다. '6월 12일'이라는 글자가 검색창에 올라오자 그녀의 머릿속에 잔물결이 일떠섰다. 6월 12일은 작업실 문이 열리던 날, 즉 박진우가 통나무집으로 떠난 바로 그날이다.

권민의 머릿속이 더 바쁘게 움직였다. 그렇다면 다른 비문들은 어떤가. 그것들도 박진우를 겨냥한 것인가. 아니다. 비문 안에는 비문 주인에 대한 단서가 어느 정도 들어 있다. 최소한 직업 정도는 알 수 있다. 박진우 비문에 환쟁이라는 단어가 나오듯이 다른 비문들에도 교사, 목사, 회사원 등 직업과 관련된 단어가 들어 있다. 박진우의 직업은 화가 외에는 없다. 다른 비문들 내용은 박진우와는 무관해 보인다. 고로 박진우를 겨냥한 비문은 하나뿐이다. 달리 말하면, 비문을 쓴 용의자가 표적으로 삼은 사람들은 비문 숫자와 비례한다는 얘기다. 2·3쪽에 실린 비문은 총 여섯 개다. 그중 박진우는 실종됐다. 그렇다면 나머지 비문 주인들도 당했거나 당할 가능성이 크다. 비문 내용에는 '나'라는 자가 직접 응징을 실행하러 갈 것처럼 적혀 있다. 박진우의 경우는 이미 현실이 되었다. 만약 나머지 비문들 역시 실행된 거라면, 이건 연쇄가 아닌가.

권민의 무표정에 낯선 긴장이 조여들었다. 박진우의 불행은 빙산의 일각일지도 모른다. 점점 드러나는 범인의 정체성은 섬뜩하다 못해 처량하다. 광신도. 종교적 망상과 개인적 망상이 결합된 최악의 상황이다. 확고한 의지와 치밀한 계획, 그리고 마음의 부재. 놈은 자신을 신성한 응징자로 착각하고 있다. 이런 미치광이 신념은 유치한 쇼에서 끝나지 않는다. 쇼장 밖으로 뛰쳐나와 현실

속으로 침입해 명분이라 믿는 것을 장렬히 실천하고야 만다. 그게 그자의 목표요, 삶의 이유다. 세상을 피투성이 무대로 오롯이 정죄시키고 나서야 비로소 멈출 검질긴 외곬이다.

5

황 팀장은 서울경찰청에 있는 알음알이한테서 엉뚱한 얘기를 전해 들었다. 지능범죄 팀에서 근무했던 전직경찰이 골메산 인근 마을에 박진우 납치범이 있다는 첩보를 알려줬다는 것이다. 앞뒤 설명 없이 달랑 그 말뿐이었다. 통나무집 인근 지역이야 당연히 수색했었다. 하지만 골메산 안에 있는 마을이라면, 기슭이나 통나무집의 반대편 자락에만 있으니 사건 현장과는 거리가 너무 멀다. 마을까지 뒤질 필요는 없는 것이다. 아파트 20층에서 일어난 살인사건을 두고 아파트 1층이나 다른 동까지 조사하라는 얘기나 마찬가지다. 안 그래도 온갖 미제사건들로 여기저기서 깨지는 판국인데, 서울 놈들 이기죽거리는 꼴까지 봐야 하다니. 하지만 안 하면 손해라는 말이 자꾸만 걸렸다. '수색을 하든 말든 나는 상관없다. 안 하면 네들 손해니까.' 이런 뜻이 아닌가. 사건방진 어투가 주는 묘한 중압감 때문인지 그저 모르쇠만 하고 있기에는 찜찜했다. 대신 인근 지구대에 연락을 넣어두었다. 탐문을 하든 수색을 하든 이제 시골순경들이 결정할 일이다.

신출내기 조 순경은 한껏 들떠 있었다. 파리 날리는 시골 파출소에 납치니 첩보니 하는 거대 용어들이 접수될 줄은 몰랐다. 10년

차 노 경관은 지레 겁먹으며 투덜거렸고, 소장은 헛방이라며 딱 잘라 콧방귀 꼈다. 진짜 알짜배기 정보라면 지들이 왔지 우리를 시키겠냐면서. 결국 조 순경 혼자 탐문 대모험을 떠나기로 했다.

미끈한 백차 대신 색 바랜 모터바이크 한 대가 묏마을 어귀로 들어섰다. 자기 집 앞에 우두커니 앉아 있던 노인이 다가와 기웃거렸다.

"안녕하세요, 어르신."

"순경 양반이 여긴 어쩐 일이랑가."

"저기 어르신. 혹시 이 근방에서 수상쩍은 사람 보신 적 없으세요?"

이웃 속사정을 속속들이 꿰뚫고 있는 옹기종기 마을에서 수상쩍다는 단어는 유사 이래로 사용된 적이 없었다.

"수상쩍은 사람 하나 생겼네, 당신!"

갑자기 튀어나온 중년 사내가 기차통 삶아먹은 목소리로 성큼 다가왔다.

"보아하니 아랫마을 파출소서 나온 모양인디. 여까정 무슨 일이여?"

생김새가 닮은 것이 노인의 아들쯤 돼 보였다. 꺽진 말투 속에 경계심이 잔뜩 돋쳐 있었다. 술기운이 가득한 발그레한 낯빛에서 소주 냄새가 홍건히 새어나왔다. 조 순경이 우물쭈물 하는 사이 기차통이 한 번 더 기적을 울려댔다.

"최가 놈이 보낸 거면 그만 돌아가드라고. 내는 더 할 말 없은께."

"최가요? 그게 누군데요?"

"아따, 뭐여. 이 새파란 순경 아가 어른을 놀리는 거셔, 시방? 순경이믄 뵈는 게 읍는겨?"

기차통이 핵폭탄으로 돌변하기 직전이었다. 조 순경은 난데없는 재난에 말문이 막히고 걸음질까지 멈춰버렸다. 허리춤에 권총과 3단봉이 폼 나게 달려 있건만, 조 순경이 취한 방어술은 팔뚝으로 얼굴 가리기가 다였다. 사내의 크넓은 손바닥이 순경의 먹살 쪽으로 날아오려는 찰나, 구원의 목소리가 귓구멍을 뚫고 들어왔다.

"뭔 짓거리여, 시방!"

말이 떨어짐과 동시에 사내를 뜯어내 저만치 밀어버리는 소음이 들려왔다. 조 순경은 실눈을 뜨고 흘끗 보았다. 팔뚝 방어 자세는 그대로 유지한 채로.

"이 미친 영감탱이야, 어디까정 퍅까닥 할 꺼시여. 이제는 순경까정 잡아서 족칠 거시여?"

구원자는 사내 또래로 보였다. 성별은 여자였으나 완력은 야수에 가까웠다. 기차통은 욕설을 궁싯거리면서도 꼬리를 내린 채 집안으로 어물쩍 사라졌다. 노인은 이 소동에도 아랑곳 않고 멀거니 산자락 감상에 빠져 있었다. 기차통을 제압한 야수는 해명은커녕 오히려 순경을 향해 못마땅한 눈질 한번 치켜뜨고는 들어갔다.

두 야수가 사라지자 조 순경의 걸음질도 풀렸다. 모터바이크 쪽으로 횡허케 달려가려는데 또 한 번 덜미잡이를 당했다. 이번에는 노인이었다. 비실비실한 노인네가 튼실한 장정의 허리춤을 잡고는 떡 버티고 섰다. 아들이 못 다한 바를 이루려는 속셈인지,

아까까지만 해도 흐리멍덩히 허공을 비비던 눈매가 순경을 겨냥해 또렷이 중심을 잡았다.

노인의 손에서 반 뼘 떨어진 곳에 실탄이 장전된 총이 있었다. 조 순경은 겁결에 총을 꺼내 노인을 겨누었다. 순경의 창백한 얼굴 거죽 위로 식은땀이 천연두 돋치듯 솟아 흘렀다. 노인은 총구멍 쪽으로는 아예 눈길도 주지 않았다. 조 순경의 얼굴만 태연히 주시할 뿐이었다.

"최가네 가봐."

노인의 파리한 음성은 야수성과는 거리가 멀었다. 조 순경의 심장이 먼저 알아채고는 누그러졌다. 그는 권총 든 손을 내려뜨리며 간신히 되물었다.

"무, 무슨 말씀이세요."

노인의 속삭이듯 갈근거리는 목소리는 예언자처럼 확신에 차 있었다.

"수상쩍은 놈 찾는담서. 그놈 말고는 읎어."

조 순경의 심장이 다시 고동쳤다.

"최가라는 사람이요?"

"아니. 최가네 뒷집에 사는 놈."

"예?"

"최가 놈이랑 붙었을 때 그놈 집구석 가서 한바탕 오지게 했었재. 그때 첨 봤어, 그놈. 외지 놈이 거서 사는 줄도 몰랐구먼. 최가 놈이 돈 받고 몰래 폐가 빌려준 거라드먼. 거가 원래는 길성이네가 살던 집인디, 산자락에 처박힌 꼴이 꼭 송아지 똥구멍에 알똥 박힌 꼬라지 같당께. 마을서도 한참 떨어진 집구석이여. 그런 음침한 집구석을 뭣땀시 얻었능가 몰러. 아, 근디 최가 놈은 지 집도 아님서 세나 처묵었당께. 애먼 놈이 돈 벌어 처묵었쓰."

"그런데 왜 수상쩍다고 생각하시는 거죠?"

"나가 봤응께."

"예? 뭘……?"

"그눔이 저녁나절에 웬 지게를 메고 들어가드라고. 지게에 실은 거시 말이어, 어쩌 빽적지근헌 거시 꼭 보쌈한 여편네 몸뚱이 같더란 말이제. 그눔이 샥시 숨겨노코 도둑살림 차린 거라고 봐, 나는. 안 그라믄 고로코롬 집구석에 처박혀 있을라고. 나돌아댕기는 꼬라지를 못봤쓰, 나가."

조 순경은 온몸의 솜털이 일제히 솟구치는 걸 느꼈다. 파출소장이 헛방이라고 확신했던 첩보가 어쩌면 시골순경 인생의 대전환점이 될지도 모른다는 직감이 번쩍 달아올랐다.

"아따, 거서 뭐혀요? 서방도 모질라서 아부이까정 속썩일라요? 이눔의 집구석 그냥 콱 불싸지르고 도망가덩가 해야지, 나가 속 뒤집어져싸서 못 살겄구마."

야수 여인이 불구덩이를 뿜어 올리며 재등장했다. 거침없이 뇌까리던 노인은 무뜩 조용해지더니, 불효막심한 지청구를 들으면서도 한마디 대꾸 없이 집안으로 사라졌다. 조 순경은 기에 눌려 짜부라져 걸어가는 노인을 향해 그 수상쩍은 집이 어디냐는 질문은 차마 할 수 없었다. 꺼지라는 협박이 담긴 야수 여인의 눈질이 조 순경을 날쌔게 할퀴고 지나가는 통에 질문할 생각조차 잊어버렸다. 조 순경은 야수네의 쓰러질 듯한 집채를 향해 고마움을 조아리고는 마을 안쪽으로 걸어 들어갔다.

밭 매던 아낙과 길 가던 꼬마에게 최 씨네 집을 물어물어 찾아갔다. 마을 초입에 사는 집과 싸운 최 씨네라고 하니 단박에 알아들었다. 목적지는 쉽사리 찾아냈지만 최 씨네 집 쪽으로는 아예 얼씬도 하지 않았다. 야수네와 한바탕 붙을 정도라면 그 집도 만만찮은 야수일 게 뻔했다.

산길을 에둘러 최 씨네 집 뒤쪽으로 걸어갔다. 노인이 말한 그대로였다. 산비탈 바로 아래에 혹처럼 툭 불거진 집 하나가 덤불을 울타리 삼은 채 웅크리고 있었다. 최 씨네 집 뒤꽁무니에서도 한참 떨어진 거리라 이웃집이라고 하기에도 머쓱했다. 범인의 은거지로 제격이라는 생각이 드는 순간, 조 순경의 머리끝부터 발끝까지 공포가 짜르르 끓어 번졌다. 그는 잡풀 숲에 꼭꼭 숨은 채 머리를 쥐어짰다.

어쩌지. 이 동네는 전파 음영지역이라 휴대폰이 안 터져서 파출소에 연락할 수가 없다. 혼자 잡아야 하나. 이 적막한 공간에서 안 들키고 접근하는 건 불가능에 가깝다. 더구나 흉악범들은 귀도 밝고 눈도 밝고 역습에도 밝다. 나 같은 초짜가 어찌 함부로 나대겠나. 자아비판에 빠진 조 순경은 그림의 떡인 양 쳐다볼 뿐이었다. 하지만, 하지만 내게는 총이 있다. 놈한테는 없는 것.

조 순경의 자아비판은 차츰 영웅주의로 변했다. 동네 아무 집에나 가서 유선전화 한 통만 걸면 지원군이 올 테지만 그런 생각은 떠오르지 않았다. 상부로 보고하는 순간, 자기는 빠져야 한다는 실망감이 무의식 너머에서 이성을 방해했다. 권총이 손아귀 속으로 쥐어 들어오자, 쇠의 차가운 기운이 쥔 자의 마음도 차갑게 식혀주었다. 조 순경은 산비탈을 끼고 에둘러 가기로 결정했다.

'정면으로 다가갔다가는 놈의 사정거리에 걸려들 게 뻔하다. 비탈을 따라 뒤쪽으로 미끄러져 들어가면 놈은 허를 찔리는 거다. 그리고 나는 영웅이 되는 거다.'

조 순경은 설레지도 불안하지도 않았다. 오로지 냉혹한 쇠의 기운에 빙의된 채 가파른 비탈길을 엉금썰썰 헤쳐 나갔다. 그는 용케 비탈을 굴러 뒤꼍에 안착했다. 손바닥이 까지고 제복 곳곳이 뜯어져 온몸이 욱신거렸지만 뼈마디에는 이상이 없었다. 두 다리도 굳건히 바닥을 디디고 일어섰다. 쇠의 기운은 기세가 더 활활 타올랐다. 그는 비장하게 뒷벽으로 숨어들었다. 먼빛으로는 바스러져 보였던 집채가 가까이 와서 보니 안쪽으로 단단한 널빤지 벽이 둘러쳐져 있었다. 원래 있던 창문은 널빤지 벽이 막아버려서 내부를 볼 수 없는 상태였다. 뒤뜰을 빼곡히 덮은 수풀 틈새 속에서 지게와 작대기가 방치돼 있는 모습이 시야에 들어왔다. 조 순경은 냉소를 씹어뱉으며 벽을 끼고 에돌아 들어갔다. 앞쪽 먼발치에서 인기척이 들렸다. 잡풀을 저벅저벅 밟으며 다가오는 소리. 아무런 경계심 없는, 집주인만이 낼 수 있는 소리였다.

조 순경은 쇠의 기운을 부여잡으며 벽에 바투 붙어 섰다. 놈이 제 발로 걸어 들어와서 영웅의 방아쇠에 굴복하기 직전이었다. 허리춤을 날쌔게 돌리며 앞뜰로 뛰쳐나와 놈을 향해 권총을 조준하려던 순간, 조 순경의 무르팍이 우지끈 휘청거렸다. 비탈에서 떨어질 때 입었던 내상이 분명했다. 범인보다 순경의 무르팍이 먼저 굴복하며 바닥으로 고꾸라지고 말았다. 개똥인지 진흙인지 모를 찐득한 물질이 제복 위에 엉겨 붙었다. 태양빛이 내지르는 눈부신 살기가 문 앞에 선 사내를 지나 바닥에 나뒹구는 불청객 쪽으로 쏟아졌다.

똥칠갑한 영웅은 다행히 쇠의 기운을 잃지 않았다. 땡볕에 그을린 범인을 향해 방아쇠를 쳐들었다. 하지만 그와 동시에 상대방은 은백색 민날을 날려 보냈다. 순경은 비명을 뱉으며 비리척지근한 물질 속으로 얼굴을 처박았다. 오싹한 마찰음이 순경의 머리통 바로 위로 지나갔다. 칼날은 공기와 잡풀 몇 꼭지를 예리하게 저며 쓸고는 풀숲 어딘가로 무서운 착지음을 남기며 쑤셔 박혔다. 똥찌끼가 뚝뚝 흐르는 겁먹은 얼굴이 제정신을 차렸을 때, 놈은 사라지고 없었다. 수풀이 넘실거리는 흔적만이 보일 듯 말 듯 멀어졌다.

* * *

한적하다 못해 하품 나는 산속마을로 경광등 행렬이 요란하게 쏟아져 들어갔다. 아랫마을에서 윗마을로 이어지는 길목에 사람들이 가득 웅성거렸다. 전경들이 인파를 떠밀어 길목을 차단했다. 아랫마을 사람들은 처음 보는 북새통에 쑥덕거리기 바빴다. 짐수레를 끌고 가던 노인이 전경 대열 앞에 서 있는 순경에게 다가갔다.

"어이, 노 순경 아녀."

번지르르하게 넘긴 머리가 노인을 흘끗 돌아보았다.

"아유, 어르신. 오랜만에 뵙겠습니다."

"뭐가 요로코롬 시끄럽다냐. 이런 쌩난리는 처음이구마. 뭔 일이라?"

"범죄 사건이 났는가봐여. 흉악범이 웃마을에 있다지라."

"뭣이여? 노친네들만 사는 시골구석에 웬 흉악범이랴."

"어르신도 오늘은 일찌거니 드가 계시오."

"그려야 쓰겄네. 그럼 수고하드라고."

노인이 짐수레를 밀고 동네 쪽으로 내려갔다. 맞은편에서 무장한 전경 서넛이 주변을 경계하며 다가왔다. 노인은 짐수레가 돌연 가볍게 밀리는 걸 느끼고 뒤를 돌아보았다. 모자를 눌러 쓴 낯선 사내가 꾸벅 조아렸다.

"아이구, 고맙소."

전경의 날 선 시선이 노인과 사내를 대수롭지 않은 듯 스쳐 지나갔다. 사람들 소리가 멀어질 무렵, 노인은 갑작스레 밀려오는 짐수레 무게에 놀라 고꾸라질 듯이 멈춰 섰다. 식겁한 안색으로 허둥지둥 뒤돌아보았다. 수레를 밀어주던 자가 한갓진 에움길 쪽으로 방향을 틀었다. 왼쪽 팔꿈치에 낙인처럼 찍힌 화상 흉터가 노인의 시선을 끌었다. 사내는 노인이 퍼붓는 된욕을 흘려들으며 모퉁이 너머로 홀연히 사라졌다.

묏마을에 숨겨져 있던 범인의 은신처 앞에는 인간 바리케이드가 줄지어 섰다. 놈에게 세를 줬던 최 씨는 난데없는 경찰심문에 혼비백산한 몰골이고, 경찰 어깨너머로 지켜보던 야수네는 고소한 표정을 흘려보냈다. 조 순경은 약간의 거짓말을 보태 상황을 설명했다. 쇠의 기운과 영웅주의는 쏙 빼버린 채, 위험천만한 대치 상황과 놈이 던진 낫에 대해서만 진술했다. 황 팀장은 형식적인 칭찬으로 다독이고는 순경을 저지선 밖으로 내보냈다.

팀장은 찌뿌듯한 기분으로 침을 뱉었다. 끊었던 담배가 몹시도 그리웠다. 그 강렬한 쓴 내만이 이 뒤보깨는 심사를 진정시킬 수 있을 것 같았다. 땅거미 진 산자락 사이로 어둠이 지그시 죄어들고 형사들이 토해내는 한숨들이 엄혹한 어둠 속에 쌓여갔다. 형사들이 은거지 안으로 들어갔을 때만 해도 그 퀴퀴한 비린내가 대참사의 서곡이 될 줄은 몰랐다. 그저 범인의 지저분한 습성이 들통 난 정도로만 여겼다. 바닥에 파놓은 지하창고 입구를 열 때까지만 해도 불길한 추측만 들었을 뿐이지 형사 생활을 통틀어 가장 엽기적인 광경을 보게 될 줄은 몰랐다.

좁다란 계단 아래, 가물가물한 전등 빛이 비추고 있는 것은 박진우의 시체였다. 사진으로만 봤던 얼굴이 고통을 마디마디 드러낸 채 자신의 고약한 운명을 시위했다. 피떡으로 물크러진 육신에 구더기가 몽글몽글 괴어올랐지만, 부패가 시작된 지는 오래되지 않았다. 습한 기온과 농익은 상처가 포식자들을 좀 더 빨리 꼬드겼을 뿐이다. 형사들의 베테랑 심장이 가장 요동친 대목은 시체의 손바닥이었다. 옹벽용으로나 쓰일법한 대못이 검푸른 살가죽을 관통해 피칠갑한 대가리를 쳐들고 있었다. 시체를 고정해 놓은 형틀 역시 가관이었다. 십자가를 거꾸로 세워놓은 듯한 형틀이 당시 상황을 상상하게 만들며 형사들의 비위를 뒤집어 놓았다.

어두운 덤불 앞에 붙박여 서 있는 황 팀장 쪽으로 발자국들이 다가왔다.

"팀장님."

팀장이 흘끗 돌아보았다. 부하 형사가 낯선 청년 둘을 데려왔다.

"누구지?"

"첩보 줬던 분들이랍니다."

팀장의 이맛살이 구겨졌다.

"그래서?"

"민간조사원이라네요. 사건현장을 보고 싶다는데요."

말로만 듣던 민간조사원. 실제로도 있긴 있었군. 저치들이 첩보를 줬던 자들이라고? 쳇, 소가 뒷걸음질로 쥐 잡듯이 재수 좋게 단서 하나 물었던 게지. 허나 이건 불륜 뒷조사 따위와는 차원이 다르다네, 젊은이들. 시위 걸린 활처럼 팽팽히 곤추서 있는 저놈이나 그 옆에 붙어 있는 호리호리한 애송이나 지옥구경을 버텨낼 내공은 없어 보인다. 닳고 닳은 꾼들도 얼추 한 달은 악몽에 시달릴 판이니.

"피아이가 경찰 일까지 참견할 자격은 없는 걸로 아는데."

"서울경찰청 김 팀장이 전화도 넣었어요."

뒷배도 탄탄하다 이거군. 공권력에 대한 도전이야, 빌어먹을.

"당신들이 할 수 있는 건 아무것도 없어. 돌아들 가요."

부하 형사가 두 사람에게 포기하라는 눈질을 보냈다. 웅숭깊은 저음이 바람에 불어 스치며 울려 나왔다.

"혹시 거꾸로 된 십자가에 못 박혀 죽어 있지 않던가요?"

황 팀장은 너무 놀라 뒤로 자빠질 뻔했다. 어찌 알았냐고 되물을 생각조차 들지 않았다. 부하 형사가 얼얼한 표정으로 캐물었다.

"아니, 그걸 어떻게 아셨어요?"

"설마 했는데 역시나 그랬군요."

팀장은 여전히 수풀 속에서 눈만 슴벅거렸다. 180은 족히 돼 보이는 사내, 아니 여자인가? 거부할 수 없는 명령처럼 들리는 낮고 깊은 음색. 마치 저승에서 건너온 듯한 으스스한 선율에 교교한 울림이 맞물려 있는 독야청청한 목소리였다. 게다가, 젠장, 투

시력까지 갖고 있는 것이냐. 지옥에서도 상상 못할 악랄한 상황을 포도 씨 뱉듯 심드렁히 뇌까리는 저 괴벽스런 종자는 대체 누구란 말이냐.

옆에서 헤벌쭉 올려다보고 있는 형사에게 권민이 물었다.

"지금 감식반 투입돼 있습니까?"

"예? 예."

"저희도 이 사건을 조사하고 있습니다. 저희만 가지고 있는 정보도 있고요. 경찰에도 도움이 될 겁니다. 그러려면 먼저 사건 현장을 봐야겠죠."

권민의 시선이 부하에서 팀장으로 옮겨갔다. 팀장은 여전히 말이 없었다. 어둠이 고마웠다. 시커먼 장막이 아니었다면 풋내기처럼 얼어버린 낯짝을 들켜버렸을 것이다. 부하는 팀장의 침묵이 곧 승낙임을 알아차렸다.

"가시죠."

권민과 승주가 형사를 따라 은거지 안으로 들어갔다. 두 사람은 준비해 온 위생도구를 착용했다. 필시 범인이 만들었을 지하계단은 날림으로 급조한 듯, 어른 여럿이 내려가자 무너질 듯이 삐걱거렸다. 승주는 반사적으로 내질렀다.

"후, 냄새 최악이다."

썩은 내의 최고봉은 피다. 특히 인간의 피. 잡식성으로 만들어진 피와 살이다 보니 썩어문드러질 때도 잡탕 악취를 내풍긴다. 동물 중 유일하게 인간만이 갖고 있는 욕망과 집착, 절망 따위의 우울한 분비물들이 피와 함께 부패되면서 후각이란 후각은 모조리 베고 후비고 찌른다.

승주는 방진 마스크를 준비 못한 것이 한스러웠다. 이 한 겹짜리 면 쪼가리로는 어림도 없겠다. 이러다 타고난 동안 피부에 동 타나는 건 아닌지. 아차차, 망자에 대한 예의가 아니라는 도덕관념이 불쑥 삐져나오자, 그는 묵념하듯 고개를 숙였다.

박진우의 시체는 이미 옮겨진 뒤였다. 잔혹극 무대에 남아 있는 건 사람 크기의 역십자가 형틀과 고문의 흔적, 부패한 혈액 파편들, 그리고 비명과 희열이 겯고트는 환청이었다.

"베드로 십자가네. 역시나 범인 놈의 목적이 응징이었던 건가?"

유류물 수집에 한창이던 팀원들이 낯선 이의 뜻 모를 소리에 흘끔거렸다.

"어, 여기 좀 이상한데요."

감식반원 하나가 흙바닥을 가리켰다. 파헤쳐진 바닥 아래쪽에 핏빛이 고여 있었다. 특이한 건 겉 표면에는 혈흔이 안 보였다는 점이다. 흙을 더 파헤치자 천 조각 하나가 삐져나왔다.

"여기 웬 천 쪼가리가 묻혀 있어요. 이상하네."

"이상하긴. 고문당할 때 찢어져서 떨어졌나 보지."

"아니에요. 꼭 일부러 파묻어 놓은 것 같은 모양샌데요. 어, 잠깐만요."

감식반원이 천 조각을 집어 들어 손전등을 가까이 비췄다. 표면에 피로 그린 듯한 형상이 보였다.

"이것 좀 보세요. 그림을 그려놨어요. 피로 그린 것 같은데."

고참이 다가와 천 조각을 받아들었다. 흙으로 뒤범벅된 상태라 형체가 희미하긴 하지만, 피로 그린 그림이 확실했다. 일부러 파묻은 듯한 흔적과 피로 그린 그림이라. 심상치 않다. 예전에도 이런 식의 흔적을 본 적이 있다. 고참은 천 조각의 흙을 털어냈다.

"루미놀 좀 줘봐."

"네."

"불 꺼."

팀원들이 뒤로 물러섰다. 파랑 형광 액이 칙칙 어둠을 갈랐다. 시약은 천 조각에 뿌려지는 족족 시퍼렇게 발광했다. 피로 그려진 원래의 형상들이 서서히 솟아올랐다. 어둠 여기저기서 웅성대는 소리가 터져 나왔다. 세 개의 덩두렷한 표식이 칠흑의 허공 위로 출렁거렸다. 고참의 육감이 고동쳤다. 예전 어떤 현장에서도 이런 표식이 있었다. 피해자가 죽어가면서 살인자의 이름을 제 피로 적었다. 그렇다면 이 표식도?

"무슨 상형문자같이 생겼네. 첫 번째 거는 모르겠고. 두 번째 거는 사각형이고. 마지막 거는 시옷?"

"기억 니은 할 때 시옷이요?"

"응. 근데 이거 거꾸로 돌려봐야 되는 건가. 뒤집어서 보면 더 이상한데. 어느 쪽으로 봐야 되는 건지. 뭔 뜻인지 알 수가 없으니."

"혹시 이거 범인이 피해자 피로 낙서질 한 거 아니야. 악랄한 새끼."

어둠 속에서 쿵 하고 뼈마디 부딪히는 소리가 끼어들었다.

"아야. 뭐야 뒤에."

"아이쿠, 죄송합니다. 저도 좀 보느라고요."

손전등이 철컥 켜지며 어둠을 갈랐다. 마스크로 반쯤 가린 승주의 얼굴이 감식반원 뒷덜미에 바싹 붙어 있었다.

"깜짝이야. 누구세요? 처음 보는 얼굴인데."

"신참 형사신가?"

"뭐, 비슷합니다. 좀 볼게요. 머리 좀 잠깐만 치워주시면, ……
고맙습니다."

형광 흔적들이 승주의 눈동자에 예리하게 맺혔다. 제대로 된
감식가를 만났을 때 제 스스로 빛을 발하는 미술품처럼 천 조각
의 문양들도 짜르르 빛을 달구었다.

승주는 마스크를 밀어내리며 말했다.

"처음에 보셨던 방향이 맞아요. 시옷이 마지막이네요."

"그래요? 왜요?"

"여기 이 '점 작대기' 표시 때문에요. 이거 뒤집어놓으면 아무
뜻도 없거든요."

"예?"

갑자기 나타난 불청객의 뚱딴지같은 대답에 감식반원들은 멀거
니 눈만 꿈쩍거렸다. 승주는 석연찮은 낯빛으로 표식을 응시했다.

"정말 수수께끼네요. 암호란 표현이 더 맞을라나. 16, 사각형,
시옷이라."

감식반원이 승주 얼굴로 손전등을 쏘아 올렸다.

"16이요? 저 맨 앞에 있는 게 16이란 뜻이에요?"

"네. 이 표식은 피해자가 직접 쓴 거라고 봐야겠네요."

"어째서요? 아니, 저 표식이 왜 16인지부터 설명해 봐요."

"마야 숫자 표시거든요."

"마야 숫자?"

"마야 문명 아시죠? 이게 마야인들이 기록하던 숫자 체계예요. 가로로 누운 작대기 하나가 5를 뜻하고요, 점 하나는 1을 뜻해요. 가로 작대기 세 개니까 5×3=15가 되고요, 점 하나니까 1. 합하면, 16이 되는 거죠."

"아니. 뭐 하러 저런 희한한 표식으로 그렸대요. 지식 자랑하는 것도 아니고. 모양새가 간단한 거 보니까 그리기는 쉬웠겠지만, 콕 집어서 16이라고 쓰는 게 더 정확히 전달될 텐데."

"그래서 피해자가 쓴 거라고 확신하는 거랍니다."

"예?"

"범인한테 들키지 않으려고 머리 쓴 거로 보이거든요. 혹여 들키더라도 그냥 두루뭉술하게 넘어갈 수 있으니까."

"아무리 그래도 그렇지. 누가 저런 마야 숫잔지 뭔지를 알아본다고."

"제가 알아봤잖아요. 국과수 쪽에서도 알아봤을 거고요. 딱 봐도 뭔가 고대문자스럽잖아요."

고참의 손전등이 승주 쪽을 비췄다.

"뭘 말하려는지도 아시겠어요? 아무래도 범인과 관련된 내용일 거 같은데."

"글쎄요. 달랑 단어 몇 개 뜻하는 게 아닌 건 확실해요. 하나의

긴 문장을 이 세 가지로 축약한 것 같네요. 몸을 제대로 못 가누
니까 최대한 줄여서 표시한 거겠죠."

"뭐야. 그럼 해석 안 되면 말짱 도루묵이잖아. 이왕 써놓는 거
확실하게 좀 해놓을 것이지."

"야, 넌 저 고문 형틀을 보고도 그런 소리가 나오냐? 왜 편지지
에다 곱게 안 써놨냐고 따지지 그러냐."

삭막하게 찌그러져 있던 현장이 처음으로 키득키득 울렸다.

"암호란 건 원래 단순한 겁니다. 해독하는 사람이 지레 겁먹지
만 않으면."

낮은 음성이 드디어 말꼭지를 뗐다. 손전등들이 소리가 나는
쪽을 일제히 겨누었다. 빛 무리의 습격에도 권민의 표정은 무덤덤
했다.

"16, 사각형, 시옷이라고 했지?"

승주가 반색하며 대꾸했다.

"웅! 감 좀 와?"

권민이 16이란 숫자를 들었을 때, 잔영 하나가 기억 한 귀퉁이
에서 번득였다. 버려져 있던 퍼즐 조각들이 암호 그림과 맞물리며
떠오를 듯 말 듯 희끗거렸다.

"16, 사각형, 시옷. 명사만 표기하고 조사는 생략해 놓는 연상
기법을 썼군요. 단어들에 살을 붙여서 문장을 완성하면 됩니다."

고참이 백열전등을 켜자 권민의 모습이 드러났다. 구경꾼들이
권민을 치훑어 보았다.

"한번 토를 달아보죠."

승주가 얼른 대답했다.

"사각형 열여섯 개와 시옷! 아니면, '시옷과 사각형 열여섯 개?' 음, 전혀 모르겠는걸."

"그려진 순서대로 문장을 만들어야지. 16, 사각형, 시옷. 문장은 주어로 시작하는 거고."

"주어? 16은 숫자잖아. 어떻게 주어가 되지?"

"주어가 돼. 품사적인 주어가 아니라 구조적인 주어, 즉 문장 맨 앞에 오는 단어. 문장 맨 앞에 숫자가 올 경우 보통 이런 식으로 말하지. 16일에 친구를 만나기로 했어. 16일에 영화를 봤어."

"아, 맞다, 맞아."

"그럼 이 암호문의 첫 단어도 '16일에'가 될 확률이 높다고 봐야지."

"잠깐만. 숫자가 문장 첫머리에 오는 경우가 날짜만 있는 건 아닌데. 날짜 외에 번호나 횟수를 뜻하는 문장들도 있으니까. 예를 들면, '16번 나오세요'라든가, '열여섯 번 시험에 떨어졌어.'라든가."

"문장구조에 가장 어울리는 숫자 주어로 해야 돼. 숫자로 시작하는 문장이면서 '주어-목적어-동사' 구조에 가장 잘 맞물릴 만한 형태를 골라야 한다는 얘기지. 그럼 '날짜' 주어가 가장 적합하다고 보는데."

"좋아, 동감! 우선은 날짜 주어부터 해 보자고. 계속 해."

승주는 악취에 이맛전을 찡그리면서도 집중력은 잃지 않았다. 권민은 악취에마저 초연한 것인지 삼림욕하는 사람처럼 편안하게 말을 이었다.

"주어 다음엔 목적어가 오죠. 그렇다면 '16일에 사각형을'이 되는군요."

감식반원들 사이에서 침을 꿀깍 삼키는 잡음이 삐져나왔다.

"그럼 이제 동사가 남습니다. 시옷에 어울릴 만한 동사가 뭐가 있을까요."

"아유, 시옷에다가 어떻게 동사를 붙여요? 달랑 자음 하난데."

"그럼 시옷이 아닌 거겠죠."

"엥?"

생뚱맞아 하는 안광들이 희번덕거렸다.

"시옷하고 모양이 똑같은 글자가 있죠. 사람 인(人)."

"아…… 아……"

여기저기서 고갯짓이 격하게 출렁거렸다. 승주는, 아뿔싸, 먼저 人자를 생각해내지 못한 게 억울했다.

"그럼 다시 해 보죠. '16일, 사각형, 사람'이 됩니다. '사람'에 어울릴만한 동사를 고르면 되겠군요."

감식반원 둘이 연달아 대답했다.

"16일에 사각형을 사람이 그렸다?"

"16일에 사각형을 사람에게 줬다?"

"문장을 길게 늘이지 마세요. 암호문은 최소한의 단문에 적합한 방식입니다. 기호를 써서 암호문을 생각해낼 정도라면 '간결성의 법칙'도 잊지 않았을 거예요. '사람'을 문장의 마지막 단어로 봐야 합니다. '16일에 사각형을 어떻게 한 사람'이라는 식으로요. 동사는 '사각형'과 '사람' 사이에 와야겠죠."

다들 생각에 잠겼다. 움직임조차 없었다.

"아무 거라도 대입해 보죠. 우선 기본형인 '하다'로 시작합시다. '사각형을 한 사람.' 이건 아닌 것 같죠? 계속 대입해 보죠. 사각형을 가진 사람, 사각형을 만든 사람, 사각형을 먹은 사람, 사각형을 준 사람, 사각형을 보낸 사람."

구경꾼들은 저마다 동사들을 중얼거렸다.

"아직은 감이 안 오는군요. 사각형이 뭘 비유하는지를 알면 더 정확한 동사를 고를 수 있을 겁니다. 피해자는 사각형 그림으로 뭘 말하고 싶었던 걸까요? 사각형 물체가 뭐가 있죠? 우선 그냥 단순하게 생각합시다. 사각형 물체를 흔히 '상자'라고들 하죠."

좌중의 집중력은 더더욱 조여들었다.

"사각형 대신 상자를 대입해 볼까요. '상자를+동사+사람.' 머릿속에 그림을 떠올려 봅시다. '상자와 사람'하면 어떤 모습이 떠오르죠? 상자를 들고 있는 사람?"

구경꾼들의 머릿속이 도화지로 돌변했다. 몇몇은 손으로 그리는 시늉까지 해가며 몰입했다.

"피해자가 그림 암호로 남길 정도면 아주 특징적인 차림이란 뜻일 텐데요. 제복이나 유니폼처럼 말이죠. '상자를 들고 있는 사람'도 특정 직업을 뜻하는 걸까요?"

감식반원들은 상자와 관련된 직업군을 이것저것 떠올려 보았다.

"아, 알겠다. 알겠어!"

누군가 갑자기 질러대는 통에 지하가 덜컹 울렸다.

"택배기사야. 택배기사!"

좌중이 술렁거리기 시작했다.

"어, 말 되네. 상자 든 사람. 택배기사."

듣고만 있던 승주는 통쾌한 미소로 끄덕이며 계단 밖으로 나갔다.

"정말 그러네. 사각형은 소포상자를 말한 거였어. 허, 이것 참."

권민의 낮은 목소리가 추리를 마무리했다.

"암호문을 최종 정리해 보죠. '16일에 소포를 갖고 온 사람'이 되겠군요."

좌중은 권민을 향해 탄성과 경이로운 눈길을 조아렸다. 무표정한 얼굴은 아무 답례도 하지 않았다.

"그러니까 범인이 택배기사란 얘기예요?"

계단입구에서 걸걸한 목소리가 튀어나왔다. 황 팀장의 상기된 얼굴이 밤하늘에 걸린 달덩이처럼 휘영청 떠 있었다.

"범인은 골메산 통나무집에 택배기사로 왔다가 박진우 씨를 납치한 걸로 보입니다."

달덩이가 돌연 회의적인 표정으로 일그러졌다.

"택배회사가 한둘이 아닌데. 더구나 진짜 직원이 아니라 위장했을 게 뻔하고. 복장만 택배기사였던 거면 결정적 단서랄 수도 없는 거 아닌가요?"

"위장이 아닌 진짜 택배기사였다는 걸 피해자가 확신했기 때문에 저런 표식까지 남긴 거겠죠. 이를테면, 그 택배기사는 이전부터 봐온 사람인 겁니다. 그동안 물건을 죽 배달해 왔다거나 해서 말이죠. 즉, 범인이 택배기사로 위장한 것이 아니라 택배기사가 범인으로 돌변한 거겠죠."

"음."

"피해자는 16일이라는 날짜를 정확히 기억해서 표식으로 남겼어요. 택배 날짜까지 기억하고 있었다는 건 택배 받은 물건이 아주 특별했다는 뜻이죠. 죽어가면서도 저 표식을 남긴 건 그 물건이 범인과 아주 밀접한 관계가 있다는 걸 알리려는 의도일 겁니다."

"그럼 그 택배 물건부터 찾는 게 순서겠군요. 표식까지 남긴 거보면 버리지 않고 모셔뒀을 테니까 어딘가 있긴 있겠지. 우선 자택부터 다시 수색해야겠군."

"안 하셔도 됩니다."

"엥? 그건 또 무슨."

계단 너머에서 승주가 소리쳤다.

"나와서 얘기하시죠. 밤바람이 아주 시원하고 좋네요."

지하에 있던 사람들 모두가 밖으로 나왔다. 숲에서 불어온 상쾌한 바람이 그네 타듯 이곳저곳으로 오르내렸다. 형사들은 가능한 한 힘껏 새 공기를 들이마셨다. 권민이 승주에게 눈신호를 보냈다. (맞아?) 승주는 히쭉 웃으며 고개를 끄덕였다. (응. 맞아.)

황 팀장이 권민 쪽으로 다가섰다.

"피아이 양반, 빨리 말해 보슈. 안 해도 된다는 게 무슨 뜻이에요?"

권민은 대답 대신 승주를 돌아보았다. 승주가 디지털카메라를 들어 보이며 팀장 쪽으로 걸어갔다.

"저희가 조사하던 중에요, 통나무집에서 심상찮은 택배 상자하나를 발견했거든요."

"아, 그래요?"

"현장에 있는 건 죄다 촬영해 놓걸랑요. 이거 봐 보세요."

황 팀장은 가까이 다가가 카메라 화면을 주시했다. 택배상자 사진, 상자 안에 담긴 역십자가 펜던트 사진, 택배용지 확대 샷,

운송장번호, 발신자 주소란과 수신자 주소란 등이 액정화면 위로 줄줄이 나타났다. 황 팀장이 전율을 느낀 사진은 '택배 배달 예정 일'이 적힌 부분을 촬영한 확대 컷이었다. 카메라의 3인치 화면이 주변의 광활한 어둠을 해일처럼 쓸어버렸다. '5월 16일'

* * *

은거지 앞 풀밭에 조촐한 다과상이 차려졌다. 동네 민가에서 가져다준 미숫가루차가 고작이었지만 형사들은 이 짧은 휴식시 간이 기꺼웠다. 바람에 부딪쳐 쉼 없이 기어 나오는 썩은 내도 황 팀장의 들뜬 기분을 방해하지 못했다. 형사들은 오줌보를 풀면서 담배를 흠빨면서 혹은 달밤에 체조하면서 제각각 허공을 향해 쾌재를 불렀다. 승주는 미숫가루 차 한 컵을 일찌감치 먹어치우 고는 권민이 입도 대지 않은 컵을 흘끔거렸다. 권민은 귀하디귀한 국산 토종 미숫가루차를 코앞에 두고도 생각 저편 어딘가로 떠나 있었다.

"팀장님!"

범인의 은거지 안에서 감식반원이 뛰쳐나왔다. 손에 든 책자를 허공에 휘두르며 왜 그렇게 반가운 표정인지 설명해 주었다.

"1층 구석에서 궤짝 하나가 나왔는데요, 거기서 발견한 거예 요. 장부책인데, 보세요."

팀장 외에 다른 사람들도 모여들었다. 권민이 미숫가루차를 승 주에게 건네고는 그리로 다가갔다. 팀장이 받아든 책자 안에는 어떤 사람들의 사진과 그들에 대한 정보가 빼곡히 적혀 있었다.

모두 여섯 명이었다.

"어, 이 사람 박진우잖아!"

책장을 넘기던 팀장의 손가락이 멈춰 섰다. 박진우가 환히 웃고 있는 사진이 좌중을 침묵시켰다. 형사들의 뇌가 동정심으로 주춤하는 사이, 권민은 기록 내용을 신속히 훑었다. 놀라운 내용이었다. 그동안 드러나지 않았던 숨겨진 사실들이 권민의 머릿속 퍼즐 빈칸으로 속속 찾아들었다.

황 팀장이 장부 속 내용을 소리 내서 읽었다.

……박진우는 영예로운 고발자들에게 사이버 비문이라는 해괴망측한 저주 메일을 보냈다. 여기 제보자 장태경 성도의 메일을 첨부한다. — "……윤재호가 지병으로 죽은 걸 갖고 왜 엉뚱한 데다 화풀이하는지 모르겠어요. 그 스승에 그 제자 아니랄까봐 믿음도 부족한 주제에 요상한 짓만 한다니까요. 제가 그 메일 받고 얼마나 식겁했는지. 윤재호 사태 때 앞장섰던 분들한테도 다 보냈나 봐요. 게다가 그 비문인지 뭔지를 자기 개인 블로그에도 올려놨길래 저희 부원들이 항의 댓글 달려고 했는데요, 아예 댓글 기능을 막아놨더라고요. 그러고는 바로 비공개로 바꿔놨어요. 블로그 주소는 ……예요. 누구 해킹 가능한 분 없나요? 공개적으로 명예훼손하고 다닐 꿍꿍이는 아닌지 걱정돼요. 그런 인간 때문에 주님의 이름에 누가 될까 봐……"

권민이 뭔가 발견한 것 같다고 느낀 황 팀장은 장부를 슬그머니 그녀의 손에 넘겼다. 권민은 나머지 인물들의 항목을 살폈다. 더욱 놀라웠다. 박진우의 블로그 2·3쪽에 있던 여섯 개의 직업들이 고스란히 들어 있었다. 적힌 순서대로, '역사학자, 교사, 회사원, 목사, 인권운동가, 화가.' 기록 내용도 박진우와 비슷했다. 그들 모두 근본주의 교회를 성토한 이력을 갖고 있었다. '성경오류 주장, 전도방식 비난, 신성모독, 헌금개혁 선동, 목사 비리 폭로, 기독교협회 수뇌부 비판.' 장부는 그들에게 '계도대상'이라는 꼬리표를 붙여놓았다. 여섯 번째 순서로 적혀 있는 박진우는 이미 희생됐다. 그렇다면 나머지 사람들도…….

권민은 표지를 살폈다. 장부책의 주인 이름이 선명히 적혀 있었다. '천국성령교회 공경철 전도사.' 누군가 책자를 낚아챘다. 승주였다.

"교회서 대량 구입한 다이어린가 보네. 교회 주소가, 어디 보자, 엥, 여긴 또 서울이네. 아주 사방팔방이구만."

황 팀장이 다시 낚아챘다.

"천국성령교회 공경철이라. 이놈이 범인인 건가?"

팀장은 생각 저편으로 떠나버린 권민을 곁눈질 했다.

"그럼 택배기사가 아닌 건가. 박 형사 아직 안 왔어? 왜 이렇게 오래 걸려. 핸드폰 안 터지니까 참 불편하구만."

"저기 오네요."

검은 형체가 최 씨네 집 쪽에서 뛰쳐나왔다.

"어떻게 됐어? 택배기사."

"운송장번호로 신원확인 됐습니다. 이름은 주동일이고요, 주거지는 서울이에요. 집주소로 경찰 급파시켰어요. 소식 오면 바로 전화 준답니다."

"알았어. 가 있어."

"네."

검은 형체는 다시 최 씨네 집 방향으로 사라졌다. 황 팀장은 권민 쪽을 돌아보았다. 그녀는 승주와 뭔가를 속닥거리고 있었다. 팀장이 다가갔다.

"피아이 양반. 장부책 보고 뭐 좀 짚이는 거 없어요?"

황 팀장은 자존심이 상하는 걸 설핏 느끼면서도 계속 말을 이었다.

"장부 내용이 석연찮은데 말이지. 박진우가 리스트에 있는 걸로 봐서는 나머지 사람들도 표적이 아닌가 싶거든요. 그런데 대체 뭔 내용인지를 모르겠으니. 교단에 반항한 사람들이라는 거 말고는 당최."

"그게 핵심입니다. 교단에 반항한 사람들. 범인의 응징 대상이죠."

"에? 그럼 이게 살인 명부라도 된다는 거예요?"

"그런 셈이죠."

"아니, 그럼 이거 연쇄살인이라는 거잖아. 허, 이거 참."

팀장은 북받치는 짜증을 간신히 억눌렀다.

"그럼 말이오, 그러니까, 이 공책 주인이 범인이란 얘기네요. 공경철 전도사."

"택배기사와 동일인물이라면 범인인 거고, 아니면 아닌 겁니다."

"이렇게 명백한 증거가 있는데요? 공경철이부터 찾는 게 순서겠구만. 장 형사!"

"예."

"공경철이 수배해. 여기 교회 주소 적혀 있어."

팀장이 장부책을 던져주었다. 형사가 책자를 들고 최 씨네 집 쪽으로 뛰어갔다.

"계도대상."

낮은 음성이 팀장을 되불렀다.

"장부책에는 '계도대상'이라고 적혀 있었습니다."

"그래요?"

"살인 명부로 작성한 책자에 계도대상이라고 쓰진 않겠죠."

"음."

"장부책의 원래 주인은 살인 명부로 작성한 게 아닙니다."

"원래 주인? 아니, 그럼 범인이 훔쳤다는 거요?"

"훔쳤거나 주웠거나 받았거나."

"그럼 공경철은?"

"또 다른 피해자일지도 모르죠. 장부에 적혀 있지 않은 희생자."

잠시 후, 최 씨 집 쪽 길목에서 검은 형체가 고개를 내밀고 소리 질렀다.

"팀장님! 공경철이요, 전산망에 신고 접수돼 있답니다. 8개월째 실종 상태래요."

황 팀장의 온몸이 전율로 마비되었다. 그는 권민의 싸늘한 안광을 응시했다. 아득한 현기증이 팀장의 정수리를 후비고 지나갔다.

6

박진우에게 베드로 십자가를 배달한 택배기사는 묏마을 최 씨에게 집을 빌리고 조 순경에게 낫을 던졌던 사내와 동일 인물로 밝혀졌다. 두 증인은 택배기사 주동일의 사진을 보고는 단박에 기억해냈다. 경찰이 주동일의 서울 집을 급습했지만 거기 있을 리가 없었다. 박진우가 배달 받은 십자가 소포의 발신인은 '㈜베드로'라는 회사였는데, 존재하지 않는 유령업체였고, 발신인의 연락처 역시 통신사에 등록되지 않은 번호였다.

주동일을 조사하면서 놀라운 사실이 추가됐다. 놈은 이번 사건 이전에 이미 살인귀였다. 놈이 살던 산동네 야산에서 세 명이 동일수법으로 살해된 미제 사건이 있었는데, 피해자 몸에 남아 있던 용의자의 혈흔이 주동일의 유전자와 일치했다. 하지만 살해방식은 십자가 사건과는 전혀 달랐고, 피해자들 역시 기독교와는 무관한 사람들이었다. 초기살인 혹은 예행연습이었던 셈이다.

경찰청 내부는 긴장감이 아슬아슬하게 부풀어 있는 터지기 직전의 풍선 같은 분위기로 돌변했다. 대형 사건이 접수되면 해결되는 그날까지 닦달과 시말서가 형사들의 목을 조이고 물어뜯는다. 하물며 이번 건은 초대형이다. 참혹한 살인방식에다 살인도구의 특이함, 살인동기마저 버겁기 짝이 없으며 게다가 연쇄살인일 가능성이 커지고 있으니 보고를 받은 윗선에서도 정신 줄이 온전치 못했다. 사건의 무게감이 갑자기 커지다 못해 산사태로 밀어닥치는 바람에 수사 속도도 부랴부랴 호들갑에 페달을 달아 다급하게 돌아갔다.

장부책에 기재된 사람들부터 탐문이 시작됐다. 이미 사망한 박진우를 제외한 다섯 명 중에 무려 세 명이 실종신고 된 상태였다. 불길한 예감이 점점 현실로 낙인찍히고 있었다. 형사들이 두 팀으로 나뉘어 아직 실종되지 않은 두 사람의 거처로 급파됐다. 황팀장 일행이 맡은 사람은 중소기업 회사원 이진석이었다.

다세대주택 지하층에 묻힌 허름한 현관문 앞으로 형사들이 들이닥쳤다. 초인종을 누르자, 누군가 다가오는 기척은 들리는데, 문은 안 따주고 두드려대기만 했다. 놀란 형사들이 문짝을 부수고 안으로 들어갔다. 주동일이 침입했나 싶어 기대했지만 집안에는 꼬부라진 노인네밖에 없었다. 여든이 넘어 보이는 할머니는 밥풀과 눈곱이 말라붙은 얼굴로 멍하니 바라볼 뿐, 이진석 씨 댁이냐는 질문에도 묵묵부답, 어머님 되시냐는 질문에도 허공만 멀뚱멀뚱, 다른 식구들은 어디 갔냐고 재차 물어도 밥 좀 달라며 울상을 지었다.

형사들은 대화를 포기하고 집안을 훑었다. 번듯한 살림살이는 없고 풀지 않은 짐 상자들만 휑뎅그렁한 방안에 놓여 있었다. 벽에 붙은 액자 두 개가 사람 사는 집 분위기를 풍길 뿐이었다. 이진석과 부인, 아들로 보이는 세 사람이 이 집 할머니와 같이 찍은 가족사진이 한쪽 벽을 차지하고 있고, 맞은편 벽에는 길쭉한 붓글씨 액자가 덩두렷한 필체로 시선을 끌었다. '지극히 작은 자를 위하는 것이 곧 나를 위하는 것이니라. ─마태복음 25장 40절.' 집주인이 기독교인이라는 것 말고는 정보가 없었다.

형사가 걸레질을 비벼대고 있는 할머니를 흘끗 보고는 황 팀장에게 다가갔다.

"아무래도 이상한데요. 휴대폰도 계속 불통이고. 이진석 씨도 실종된 것 같아요."

"아내하고 아들 연락처 조회해 봐. 치매노인네 두고 어디들 간 건지."

경찰청 사무실도 바짝 얼어 있는 터라 외근 형사가 요청한 정보에 대해 곧장 연락이 왔다. 이진석 주민번호로 조회된 가족관계 리스트는 또 다른 비극이었다. 오래 전에 아내는 병사하고 아들은 산업재해로 사망한 사실이 보고됐다. 형사들 사이에서 한숨이 동시다발로 터져 나왔다. 그렇잖아도 우중충하게 뒤틀려 있는 심사들이 더 허망하게 찌그러들었다.

황 팀장은 노인이 입은 너절한 검정 티셔츠를 내려다보았다. 순경이 사다준 빵과 우유를 먹느라 노인의 구저분한 등짝이 게걸스레 들썩거렸다.

"치매노인만 남았으니 이진석이 실종됐어도 신고할 사람이 없었겠구만."

결국 연쇄실종, 연쇄살인으로 굳혀지는 것인가. 황 팀장의 귓전에서 형사과장의 불호령이 환청으로 윙윙거렸다. 업무폭발로 과로사하는 자기 모습이 불현듯 떠올랐다. 주동일과 무관한 단순 실종 사건이길 바라는 유치한 희망이 잠깐 꿈틀댔다.

"실종된 지 얼마나 됐을까요."

"노인네가 아직 멀쩡한 걸로 봐선 오래된 것 같진 않은데. 아들 없으면 밥 줄 사람도 없잖아."

"저기 저 라면박스요. 저걸로 버틴 것 같은데요."

싱크대 옆 바닥에 라면 로고가 인쇄된 상자가 보였다. 상자 주변으로 굵고 작은 라면 부스러기들이 흩어져 있었다.

"김 순경, 구청에 연락해서 조치해 드려. 시설로 모셔야 될 것 같다."

"네, 알겠습니다."

마지막으로 확인할 게 남았다. 민간조사원이 박진우의 통나무 집에서 발견한 십자가 택배. 살인예고장인지 뭔지, 아무튼 그게 이진석 집에도 있는지 확인해야 했다. 실종된 다른 세 명의 집과 사무실에서도 이미 베드로 십자가 소포가 발견된 상태다. 황 팀장은 다시금 민간조사원 녀석들이 신기했다.

"팀장님, 십자가 택배 찾아봐야겠죠?"

"말이라고 해. 구석구석 뒤져."

비좁은 공간인데다 세간도 단출해서 뒤지는 작업은 금세 끝났다. 방안에 있던 짐 상자도 살펴봤지만 옷가지와 책 등 잡다한 물건만 들어 있었다.

"회사로 보냈나."

"십자가가 나와야 주동일 사건으로 확실히 묶을 수 있을 텐데요."

"그렇긴 하다만. 우선은 정황증거로 밀어야지."

황 팀장이 노인에게 다가갔다.

"어르신, 조금만 참으세요. 이제 뜨신 밥 드실 거예요."

노인네가 처음으로 초점을 맞춰 황 팀장을 올려다보았다.

"우……우리 아들은?"

"아유, 이제야 말문 트셨네."

"우리 아들 어딨어? 우리 아들……"

하필이면 가장 어려운 질문이라니, 황 팀장은 미소로 얼버무렸다.

"아드님 곧 올 거니까 건강하게 기다리고 계세요. 밥도 잘 드시고."

팀장이 노인네 손을 감싸자 노인은 '아들'을 나직이 부르며 흐느꼈다. 좀 전에 급히 먹었던 음식이 뭉쳤는지 노인은 구역질하는 시늉을 하며 주름살을 일그러뜨렸다. 황 팀장이 냄새 나는 노인을 끌어안고 등을 쳐주었다. 등짝이 울리는 진동으로 인해 노인네의 가슴 속살이 들썩들썩 엿보였다. 황 팀장 눈에 번득이는 움직임이 잡혔다. 노인네의 가슴팍 속에서 금속성 물체가 출렁출렁 나부댔다.

"어르신, 잠깐만요."

황 팀장은 노인네의 머리칼을 들어 올리고는 목덜미에 매달린 목걸이 체인을 손으로 집었다. 체인을 끌어당기자 가슴골 안쪽에 숨겨져 있던 묵직한 펜던트가 대롱대롱 모습을 드러냈다. 베드로 십자가였다.

* * *

권민과 승주는 서울 파양동에 있는 주동일의 집으로 찾아갔다. 야산을 벗 삼은 달동네 한 귀퉁이로 돌아 들어가자 형사들이 어떤 단칸집 안으로 들락거리는 게 보였다. 경찰저지선을 지키는 순경이 권민과 승주를 막아섰다. 황 팀장이 횡허케 달려와 탐정들을 맞이했다. 달가운 손길로 두 사람과 악수를 나눴다.

"팀장님 고생이 많으시네요. 경기도 찍고 전라도 찍고 또 서울 찍고. 발품 장난 아니네요."

팀장이 한숨 섞인 웃음을 끼룩 뱉었다.

"우리야 툭하면 팔도유람이죠. 근데 두 양반은 왜. 박진우 씨 사망했는데도 계속 조사하는 거예요?"

승주가 오열하던 모친을 떠올리며 대답했다.

"의뢰 내용이 바뀌었거든요. 범인을 꼭 잡아달라고."

"범인 잡는 건 경찰 소관인데. 어쨌거나 두 양반한테야 전적으로 협조해 줄 테니까 같이 잘 해봅시다."

"고맙습니다. 근데 장부책에 적혀 있던 사람들은 어떻게 됐나요?"

"한 명 빼고 모두 실종이에요. 나머지 한 명한테는 잠복 형사 붙여놨고요. 연쇄범죄가 확실해요, 젠장."

권민이 표정 없이 물었다.

"베드로 십자가는 확인해 보셨습니까?"

팀장은 화들짝 떠올리며 생글거렸다.

"아, 맞아요, 그거! 아주 기가 막힙디다. 내가 어쩌나 놀랐던지."

승주가 반기며 말을 받았다.

"있었군요!"

"예. 실종자들 집에 다 베드로 십자가가 배달됐더라고요. 실종되기 얼마 전에 받았다던데. 그게 무슨 의미였는지는 실종자 본인들도 몰랐대요. 가족들도 그렇고."

뭔가 착착 맞물려가는 분위기에 승주는 설레기까지 했다.

"베드로 십자가가 대체 뭔 의미길래 예고장으로 보내고 고문형틀로까지 쓴 걸까요?"

승주는 강단에 설 때처럼 삐딱한 얼짱 각도를 유지한 채 코웃음을 뱉었다.

"어설픈 잘난 척이죠."

"예?"

"바이블에 보면 말이죠, 베드로가 예수를 세 번 부인했다는 내용이 나오거든요."

"그거 유다 아니에요? 배신자 유다란 말 얼핏 들어본 거 같은데."

"아니요. 유다도 배신 때리긴 했지만 세 번 부인한 에피소드는 베드로 얘기죠."

"아, 그래요?"

"원래 얼핏 들은 것일수록 틀릴 확률이 높아요. 그러니 '얼핏' 들었다고 판단되는 정보는 입 밖으로 내보내지 마세요. 침묵은 금이라는 명언이 바로 그런 때 필요한 거랍니다."

머쓱해진 황 팀장은 머리를 불현듯 긁적였다. 쪽팔리는 순간에는 왜 반사적으로 머리를 긁게 되는 것인지 팀장은 잠깐 궁금하다 말았다.

"용의자하고 베드로하고 무슨 특별한 연관이라도 있는 거예요?"

"네, 아주 특별해 보여요. 베드로의 행적과 범인의 심리가 연관성이 있거든요."

황 팀장은 결정적 단서를 또 얻어먹을까 싶어 기대감이 차올랐다.

"한때 배신하긴 했지만 어쨌거나 베드로는 예수를 부정했던 일을 나중에 참회하게 돼요. 속죄의 의미로다가 전도에 아주 열심히 임하게 되죠. 성 베드로 성당이라는 무지 아름다운 건축물이 말해 주듯이 베드로는 기독교계에서는 대단히 추앙받는 순교자예요. 베드로의 인생을 한 줄 요약해 보면, '배신과 참회, 그리고 순교'가 되겠네요. 극적인 삼단논법이라고나 할까요. 여기서 핵심은 마지막이에요. 끝이 좋으면 모든 게 좋다는 말처럼, 방점은 '순교'에 찍힌답니다. 베드로의 순교가 역사적 진실인지는 아직 밝혀지지 않았지만, 기독교 전승에 따르면요, 베드로가 네로 황제 때 붙잡혀서 십자가형을 당했다더군요. 이때 베드로가 이런 말을 했다고 해요. 내 어찌 감히 예수님이 짊어지신 신성한 십자가형틀에 이내 미천한 몸을 맡기리오. 자, 죽은 사람 소원도 들어준다는데 죽을 사람 소원 안 들어주겠어요? 베드로가 원하는 대로 십자가를 거꾸로 해줬겠지요. 그래서 베드로는 '역 십자가형'을 받게 된 거예요. 팀장님, 아직도 감 안 오세요?"

팀장은 갑작스런 질문에 흠칫했다.

"예?"

"하고많은 기독교 상징물 중에 범인은 왜 예고장으로 베드로 십자가를 골랐을까요."

"……"

"박진우 씨 블로그에 있던 사이버 비문 기억나시죠?"

"예."

"범인은 말이죠, 응징하겠다는 살벌한 최후통첩을 사이버 비문을 통해서 미리 떠벌렸거든요. 참회하라고 으름장 팍팍 질러대면서요. 그러고는 실제로 납치하고 살인까지 했죠. 실천력 하나는 끝내주는 놈이에요."

"대체 범인이 베드로 십자가에 뭔 의미를 둔 거랍니까?"

"좀 전에 제가 말한 세 가지 단계요. '배신과 참회, 순교.' 첫 단계는 배신이었어요. 범인 눈에는 장부책에 적힌 사람들이 예수를 배신한 베드로였던 거죠. 감히 기독교의 신성에 도전한 사탄 종자들."

팀장은 심각한 표정으로 경청했다.

"범인은 자기 눈앞에 있는 악의 무리들을 어떻게든 처단하고 싶었을 거예요. 베드로가 과오를 참회했듯이 그들도 그렇게 해야 한다고 생각했겠죠. 팀장님도 아시다시피, 원래 살인마들은 피해자를 물리적으로 복종시킴으로써 강렬한 쾌감을 느끼는 이상심리를 갖고 있잖아요. 거기다 종교적 망상까지 겹치니까 쾌감이 더 컸을 걸요."

팀장이 이맛전을 구기며 고개를 끄덕였다. 승주가 마저 설명했다.

"이런 놈들은 감정기제 자체가 우리랑 달라요. 살인하는 순간에 도파민이 솟구칠 걸요. 살인이 곧 오르가즘이에요. 살인할 때마다 황홀경에서 멈춰버린다고나 할까. 얼마나 치명적인 쾌락이겠어요. 그러니 살인을 끊지 못 하는 거죠."

그동안 대면했던 연쇄살인범들, 그놈들이 지껄이던 살기어린 자백들이 팀장의 뇌리로 무섭게 스쳤다.

"고문에 시달리다 보면 피해자들은 당연히 참회의 말을 할 수밖에 없었겠죠. 범인은 위대한 정죄가라도 된 듯이 덜덜 떠는 타락한 양들을 우쭐한 기분으로 내려다 봤을 테고요. 피해자들은 시키는 대로 참회만 하면 풀려날 거라는 희망을 품었겠지만, 범인의 마음속에는 가장 중요한 마지막 단계가 남아 있었죠. 참회 다음은 순교."

섬뜩함이 팀장의 심장을 할퀴고 지나갔다.

"피해자들이 진정으로 참회했어도 살려두지 않았을 거예요. 순교의 피날레를 장식하기 위해서는 반드시 죽여야 했을 테니까요. 베드로 판타지가 완결되는 가장 빛나는 클라이맥스."

승주는 숙연한 표정으로 이를 앙다물었다. 팀장은 욕지거리를 삼킨 채 일그러진 얼굴로 침묵했다.

드디어 장황한 대화가 끝나자 권민이 문간으로 다가섰다.

"안으로 들어가도 됩니까?"

팀장이 더 친절해진 어투로 얼른 대답했다.

"그럼요."

권민과 승주는 덧신을 신고 단칸집 안으로 들어갔다. 가훈인 듯 보이는 작은 편액 하나가 눈에 띄었다. 액자틀과 화선지에 예스런 음영이 도는 것이, 세월이 꽤 됨직해 보였다. 화선지에 적힌 문구는 명쾌했다. '할렐루야! 땅 끝까지 구원하자.' 서툰 솜씨지만 비장한 의지가 담긴 굳건한 붓글씨였다. 승주가 액자 속 귀퉁이에 말라붙어 미라화 돼 있는 벌레 한 마리를 스쳐보며 말했다.

"무지 오래돼 보이네요. 최근에 쓴 건 아닌 것 같은데. 초딩 때 쓴 건가? 음, 어른 글씨체 같기도 하고."

서랍장 위에도 액자 행렬이 있었다. 죽 늘어선 사진 액자들은 편액만큼이나 세월의 더께로 절여진 모양새였다. 주름 짙은 중년 여인의 얼굴 사진이 떨떠름한 표정으로 승주를 쳐다보았다.

"이 양반은 누구실까나."

"모친일 거예요. 3년 전에 교통사고로 사망했더라고요. 가족은 모친 한 명뿐이고."

승주의 시선이 다른 사진들로 옮겨갔다. 조금 전의 여인이 젊어서 찍은 듯한 사진들이 대부분이었다. 같이 찍은 꼬마가 눈에 들어왔다. 여인의 허리춤에 시무룩이 붙어 서 있는 사내아이. 케케묵은 사진이지만 아이의 배고픔과 피곤함이 빛바랜 세월을 뚫고 오롯이 전해졌다. 아이와 달리 해맑은 미소를 지은 여인은 가슴에 두른 띠를 자랑처럼 날려 보냈다. 띠에 적힌 문장은 '예수천국 불신지옥.' 투박하면서도 기상이 넘치는 글씨체였다.

"어디서 많이 본 글씨체네. 방금 전에 본 것 같은."

승주의 말이 떨어짐과 동시에 세 사람은 고개를 돌렸다. 맞은편 벽에 걸려 있는 편액 속 서체와 똑같았다. 승주와 황 팀장의 입가에서 허탈한 웃음이 피식 새어나왔다.

* * *

단칸집 구경은 짧게 끝냈다. 더 살펴볼 것도 없을뿐더러 다음 일정이 더 중요했다. 주동일의 집을 방문하기 전까지는 다음 일정이 뭐가 될지 알 수 없었다. 장부책에 적혀 있던 인물들에 대해서는 인적사항과 사회활동에 대해 미리 검토하고 보충 조사도 마친 상태였지만 어떤 식으로 수사에 이용될지는 불분명했다. 황 팀장한테서 아직 납치되지 않은 생존자가 있다는 정보를 듣고 나서야 수사 방향이 정해졌다. 권민과 승주는 달동네 초입으로 내려온 뒤 각자의 목적지 방향으로 갈라졌다.

승주가 맡은 곳은 공경철이 다니는, 아니 다녔던 천국성령교회다. 살인마의 뮤즈였던 장부책이 시작된 곳이기에 중요한 탐사 대상이 됐다. 장부책이 탄생된 현장에 가보면 살인귀의 심리 또한 엿볼 수 있을 것이다. 장부책은 놈의 살인본능에 명분과 용기를 심어준 매개체였다. 지옥의 화신이 되려는 짐승에게 임명장이 돼주었다. 하지만 이번에는 놈의 소환장이 돼줄지도 모른다. 장부책에 적힌 표적 중 단 한 명만이 남았다. 그 유일한 생존자의 가치에 대해 알아볼 필요가 있었다. 의뢰 내용이 범인 검거로 바뀌었으니 범인을 잡을 수 있는 가능성에 초점을 맞춰야 했다. 승주는 권민이 읊조리던 말이 떠올라 다시 소름이 돋았다. '범인은 편집증적이라 쉽게 포기할 놈이 아니지. 경찰 포위망을 감수하고라도 달려들 것인지 아니면 포기하고 도망가는 쪽을 택할 것인지, 모든 건 표적의 가치에 달려 있어.' 마지막 생존자가 살인범을 유인해낼 수 있을 만큼 존재감 있는 인물인지 알아보는 게 승주가 맡은 임무였다.

이미 경찰이 한차례 쓸고 갔을 테지만 정탐에는 별 어려움이 없을 것이다. 중요한 건 평상시와 다름없는 모습을 둘러볼 수 있어야 한다는 점이다. 그래야 정확한 단서가 나올 테니까. 사람들 분위기가 격앙돼 있으면 배경 속에 묻힌 무생물 단서들도 흐트러지게 마련이다. 아직까지 경찰은 보안을 위해 연쇄실종과 장부책에 대해선 입단속 한 상태다. 하지만 워낙 심각한 사건이라 함구령이 계속 지켜질지 장담할 수 없다. 비통한 소식이 새어나가 교회를 휩쓸기 전에 얼른 다녀와야 한다.

승주는 교회 홈페이지에 나온 약도대로 충실히 찾아갔건만 마을버스에서 내린 뒤부터 방향감각이 꼬여버렸다. 마을버스의 실제 노선이 인터넷 내용과 몇 군데 달랐던 모양이다. 천국성령교회 간판은 안 보이고 무관한 교회들 상호만 눈에 띄었다. 승주는 주소지 확인을 위해 부동산부터 찾아보기로 했다. 대로변 방향으로 길을 잡고는 주위를 두리번거렸다.

"형제님, 안녕하세요오!"

허공에서 불쑥 뚫고 나온 듯한 인기척이 승주의 뒷덜미를 서늘케 했다. 웬 혼성 트리오가 등 뒤로 바싹 붙어 섰다. 그들은 다짜고짜 바이블 구절을 승주의 귓구멍에 들이밀었다. 여러 구절에서 솎아내 짜깁기한 문구들이 노련한 말투를 타고 대지를 울리고 하늘을 흔들었다.

"관심 없는데요."

그들의 목청이 더 활활 타올랐다. 상대방의 반응에 따라 단계별 매뉴얼이라도 있는 듯, 승주가 무관심할 자유를 피력하자마자 세 사람은 장황한 반론을 번갈아가며 거침없이 뽑아냈다.

"안타까워요. 예수님이 죄 많은 인류를 위해서 얼마나 큰 희생을 하셨는데 관심이 없으시다니요. 우리의 죄를 사해 주시려고 그 험난한 십자가를 지셨는데요."

"그건 그저 상징적인 얘기죠."

"아이고, 정말 너무 모르신다. 죄인들을 대신해서 지신 십자간데 정작 죄인은 그걸 모르고 있으니."

"죄인을 위해서 십자가형을 받은 건 사실이긴 해요."

"어머, 잘 아시네. 바로 우리 인류를 위해서,"

"그게 아니고요, 예수가 처형당할 당시 상황을 보면요, 빌라도 총독이 예루살렘 군중한테 묻잖아요. 바라바와 예수 중에서 사면될 사람 한 명을 고르라고. 확실한 죄인인 바라바와 추앙받는 예수. 답은 뻔했죠. 빌라도는 예수를 풀어줄 생각으로 바라바와 붙였던 거죠. 그런데 우매한 군중은 질투쟁이 제사장과 장로들한테 낚여서는 살인죄를 저지른 바라바를 선택했죠. 당시 예수는 딱히 지은 죄도 없이 모함 받아서 체포된 거지만, 바라바는 확실히 지은 죄가 있었는데도 말이죠. 그러니까 정리하면, 예수가 죄인인 바라바를 대신해서 사형당한 거니까, 문자 그대로 죄인을 위해 십자가를 진 게 되는 거지요. 그런데 신도들은 거기에 너무 엄청난 의미를 갖다 붙인단 말이죠. 애꿎은 사람들까지 다 죄인으로 만들면서. 뭐, 당시 예루살렘 군중이 예수를 택하지 않은 건 어처구니없는 일이긴 하지만 그건 그 당시 그 시대 그 지역민들이 반성할 일이거든요. 유대인과 아무 관련 없는 사람들한테까지 이천 년이 지나도록 죄인 타령을 해대는 건 완전 코미디죠. 이완용이가 매국노였으니까 이 씨 성을 가진 모든 사람들을 천년이고 이천 년이고 매국노로 부르겠다는 거랑 뭐가 달라요."

듣고 있던 삼인조는 머리 굴리는 기색만 두드러질 뿐 아무 대꾸도 하지 못했다. 이런 식의 도발은 전도 매뉴얼에 들어 있지 않았다.

"물론 자발적으로다가 죄인이 되고 싶은 사람들이야 제 알 바 아닙니다만, 저는 죄인이 아니걸랑요. 그럼 이만 실례."

승주가 돌아서려는 순간, 삼인조 중 한 명이 승주의 팔뚝을 그러잡았다. 증오와 구걸이 묻어 있는 필사적인 그러쥠이었다.

"어쩌시려고 이러세요. 아유, 가련해 죽겠네."

정말 그랬다. 승주한테 붙어선 아줌마는 불쌍해 죽겠다는 눈망울로 흘겨보았다.

"뭐가요?"

"뭐긴 뭐예요. 총각, 인생 짧아요. 백 년도 못 살고 가는 인생이잖아요. 하지만 사후세계는 영원하다고요. 그 기나긴 세월 동안 지옥에서 고통 받는다고 생각해 봐요. 하나님과 예수님을 부인하면 천국에 절대 못 들어간다니까요. 아유, 요렇게 잘생긴 얼굴로 지옥에서 고생할 거 생각하니 내가 다 가슴이 미어지네."

승주는 마음속으로 육두문자를 중얼거렸다.

"천국에 가셔야지 않겠어요. 보아하니 총각 부모님이나 조상님도 하나님을 모르셨을 것 같은데, 조상님이 지옥에서 한탄하고 계실 거예요. 제발 우리 손자만이라도 하면서."

다른 두 명은 고개를 격렬히 끄덕이며 울상을 지었다. 승주가 목소리를 높였다.

"이 형제자매님들, 하나만 알고 둘은 모르시네. 세상은 넓고 천국은 많거든요?"

삼인조는 뭔 뜻인지 파악이 안 돼 잠시 조용해졌다.

"여러분은 여호와네 천국에 가세요. 나는 단군 할아버지네 천국에 갈 테니까!"

삼인조는 황당한 표정으로 잠시 굳어 있다가 갑자기 주기도문을 목청껏 외치기 시작했다. 막힌 말문을 터주는 비결이었다. 그들은 두 손을 간절히 맞대고는 방금 들은 사탄의 소리를 씻어내기 위해 기도를 속사포로 중얼거렸다. 세 명이 질러대는 고성방가에도 승주는 딱히 피신할 곳이 없었다. 길 잃은 나그네 처지라 어느 쪽으로 가야 하나 어물쩍, 저자들을 왜 저리 광분시켰나 싶어 어물쩍, 승주는 넋이 빠져나갈 것 같은 현기증에 아령칙했다. 별 수 없다. 무작정 뛰고 보자. 달음박질을 결심하려는 순간, 소소한 엔진 발동음이 끼어들었다.

"여기 계셨네요. 빨리 타세요."

스쿠터를 탄 선글라스 사내가 승주를 향해 싱긋 웃어보였다. 생면부지가 분명했지만 승주는 따져볼 생각도 없이 스쿠터 뒷좌석에 얼른 엉덩이를 들이밀었다. 혼성트리오가 외치는 구호 소리가 점점 멀어졌다. 거리상으로 안정권에 접어들자 스쿠터가 멈춰섰다.

"저 사람들 아주 유명해요. 꼭 셋이서 다니죠. 삼위일체를 상징하는 거라나 뭐라나. 남일 같지 않아서 피신시켜드린 거예요."

"고맙습니다. 아주 구세주였어요."

승주는 내려서며 물었다.

"저기 혹시 천국성령교회 가는 길 아세요? 아무래도 길을 잘못 들어선 것 같은데."

"여기서 걸어가려면 좀 먼데. 거기 신자세요?"

"아니요. 볼일이 좀 있어서."

"태워다 드릴게요. 제가 거기 신자거든요. 뭐, 나이롱이지만."

"아유, 고맙습니다."

승주는 다시 스쿠터에 올라탔다. 지리에 밝은 운전자는 좁다란 골목길에서도 요리조리 능숙하게 내달렸다.

"교회 규모는 어떤가요?"

"무지 커요. 그래서 저도 신자로 들어간 거죠. 자기네 신자들

가게만 이용하기 때문에 교회 신자 아니면 동네장사하기 힘들거든요. 아주 대동단결이에요. 지금까지 죽 무교였는데, 어쩔 수 없이 신자 흉내 내고 있죠. 먹고 살려니."

스쿠터가 주택가 길목을 지나 교회 철문 앞에 도착했다. 대형 십자가를 희번덕이는 육중한 돌탑 마천루가 야산이 뭉텅 깎인 자리 위에 도도하게 꽂혀 있었다. 자잘한 주택가 사이에 거대하게 튀어나온 교회는 지하세계에서 방금 깨어난 고대괴물의 성난 등짝처럼 보였다. 언제라도 고개를 휘돌려 가정집들을 향해 불기둥을 내뿜을 것 같은 위압적인 모습이었다.

경비원이 뚱한 표정으로 걸어 나와 두 사람을 치훑었다. 스쿠터 사내가 안경을 벗고는 굽실거리며 인사하자 경비원 표정이 금세 풀어졌다.

"아, 정 사장. 난 또 누구라고. 선글라스를 써서 못 알아봤네. 어디 놀러가나 봐."

경비원은 지난번에 얻어먹은 족발에 대해 몇 마디 덕담을 늘어놓았다. 승주는 스쿠터 사내와 인사를 나눈 뒤 교회 정원으로 들어갔다. 경비원은 승주 역시 신도겠거니 대수롭지 않게 여겼다.

현관 입구에 붙은 포스터 문구가 눈에 들어왔다. '공경철 전도사님의 무사귀환을 기도합시다.' 대형 나무문을 지나 안으로 들어서자, 오페라 공연장 로비를 연상시키는 화려한 인테리어가 대리석 바닥에 반사돼 번쩍거렸다. 빈자의 허영심과 부자의 자부심을 동시에 만족시켜주는 멋들어진 이미지였다. 이런 화려한 껍데기가 언제부턴가 한국교회의 정체성이자 목표치로 둔갑해 버리면서 교회들도 양극화 현상에 시달려야 했다. 교인들은 정장을 갖쳐 입고 고급 파티장에 오는 것 같은 기분을 즐기기 위해 대형교회를 선호했다. 임대아파트 같은 동네교회보다는 펜트하우스 같은 대형교회에 끌리는 사람들이 점점 늘어났고, 건축사역은 한국의 목회자들이 오매불망 꿈꾸는 신성한 미션으로 자리 잡았다.

승주는 여기저기 뻗은 복도를 둘러보았다. 한쪽에 예배당 입구가 보였다. 신도 몇 명이 헌금봉투 수납장에서 봉투를 고르고 있었다. 그들이 고른 봉투는 '공경철 전도사 무사귀환 헌금'이라고 적힌 봉투였다. 인기가 좋은지 다른 헌금봉투들에 비해 남은 개수가 많지 않았다.

예배당 주변에서 기웃거리는 풋낯을 불퉁한 목소리가 불러 세웠다.

"무슨 일로 오셨어요? 혹시 형사세요?"

청년은 의심과 짜증이 정직하게 드러난 갈퀴눈으로 풋낯을 내리훑었다. 경찰이 한바탕 요란스레 다녀간 뒤로는 기웃대는 사내만 봐도 또 형사인가 싶어 마뜩찮은 기분이 들었다.

승주가 머쓱한 미소를 지었다.

"공경철 전도사님 소식 좀 있나 해서 와본 건데, 아직인가 보네요."

청년의 표정이 단박에 누그러졌다.

"전도사님과 잘 아세요?"

"네. 좋은 말씀 많이 해 주셨거든요. 교회도 나오려고 했었는데, 휴, 전도사님이 실종되시는 바람에……"

표정 연기는 서툴렀지만 청년의 경계심을 풀기에는 충분했다.

"방문 전도 때 만나셨나 보네요."

"아, 예."

"전도사님께서 특히 방문전도에 열심이셨죠. 그날도 방문전도 간다고 나가셨다가 소식이 끊긴 건데. 어디 계신 건지."

"그날 어디로 방문전도 가셨는데요?"

"그건 잘 모르죠. 가시는 데가 정해진 게 아니니까."

"파양동 달동네에도 들르셨을라나."

승주는 혼잣말처럼 능쳤다. 바로 반응이 왔다.

"파양동에도 자주 가셨죠. 우리 교회 성도님이 목사님 돼서 거기에 개척교회 냈거든요."

파양동은 범인이 사는 동네였다. 전도사와 범인은 방문전도 때 만났을 가능성이 컸다. 전도사는 괴물의 집인 줄도 모르고 무작정 들어갔다가 장부책도 뺏기고 어쩌면 목숨까지 뺏겼을지도 모른다.

"파양동 사시나보죠?

"네? 네."

"그러셨구나."

"하도 안 오시길래 교회로 전화까지 걸어봤지 뭡니까. 실종되셨다는 소식 듣고 어찌나 놀랐는지."

"이왕 오신 거 전도사님 숨결이라도 느껴보시죠."

"네?"

"전도사님이 만드신 클럽이요. 우리 교회에서 최고 잘 나가던 모임이었는데, 지금은 선장님이 안 계시니까 영 시원찮아요."

"아유, 저야 감사하지요."

"따라오세요. 방은 저쪽이에요."

"네."

"참, 서로 통성명도 안 했네요. 저는 장년부 부회장과 햄릿클럽 임시부장을 맡고 있는 장태경이라고 합니다."

승주는 잠시 진공의 기분을 느꼈다. 장태경! 저치가 바로 장태경? 박진우의 사이버 비문을 장렬히 탄생시키고, 박진우 동생의 상냥한 입을 시궁창으로 돌변시켰던 바로 그 유명짜한 이름 석 자?

장태경은 대답 없는 상대방을 갸웃 응시했다.

"아, 예. 반갑습니다. 저는 강…… 철수라고 합니다."

두 사람은 모퉁이를 돌아 어느 방문 앞으로 갔다. 문짝이 달고 있는 푯말은 '햄릿클럽'이었다.

"햄릿클럽이라. 셰익스피어 연극반인가 보죠?"

장태경은 마치 1+1=3이라고 주장하는 사람이라도 만난 듯한 표정을 지었다.

"전도사님이 얘기 안 해 주셨나 보네요. 하긴 우리 교회 성도님은 아니니까."

"연극반이 아닌가요?"

"굳이 반 자를 붙이자면 구원반이죠."

두 사람은 안으로 들어갔다. 방안 벽은 온통 한 가지 주제로 도배돼 있었다. 불온한 기사 스크랩 더미와 불온한 자들을 수배하는 대자보들. 구원반이라더니 일명 반기독교도 척결반이었다. 수배 명단에는 장부책에서 봤던 사람들도 보였다. 그런데 왜 하필 '햄릿'인지 몹시 궁금해졌다.

"왜 햄릿이라고 지으신 거예요?"

장태경은 기다렸다는 듯 연극적인 제스처를 취했다.

"죽느냐 사느냐 이것이 문제로다!"

그는 목소리에 더 힘을 주며 외쳤다.

"천국이냐 지옥이냐 이것이 문제로다!"

승주는 다시 진공 속으로 처박혔다. 예수천국불신지옥의 연극 버전인 거냐? 감히 내 햄릿을.

"안티들은 점점 늘어나는데, 전도사님은 어디 계신 건지."

"다른 분들은 어디 가셨나 보네요."

"바빠요. 사실 바쁜 게 좋은 게 아닌데. 안티기독들이 늘어난 다는 뜻이니까. 특히 요즘이 그래요. 안티척결에 불신자 선교에 아주 바빠요, 바빠."

이 짝퉁햄릿들은 이른바 불신자 색출 전문 특공대였다. 승주는 냉소를 삼키며 포스터가 다닥다닥 붙어 있는 벽을 눈더듬었다. 사진 하나가 유독 눈에 띄었다. 범인의 장부책 네 번째 항목에 있던 사진 속 주인공. 유일하게 실종되지 않은 바로 그 행운아였다. 하지만 승주의 시선이 끌려간 이유는 낯익은 얼굴 때문이 아니라 크기나 위치 때문이었다. 다른 척결대상들보다 더 큼직한 크기로, 벽에서 가장 눈에 띄는 위치에 붙어 있었다. 가까이 다가가 포스터를 살폈다. 사진 위에 적혀 있는 사인펜 손글씨가 눈에 띄었다. 누군가 술에 취해 쓴 것인지 얼핏 무의미한 휘갈김으로 보이지만 힘 있게 꾹 눌린 잉크자국에서 낙서한 자의 심리가 읽혔다. 격앙된 기분으로 울컥 쓴 듯 분노가 실린 필체였다. '가장 위험한 사탄!'

승주는 시치미 떼고 물었다.

"이 사람은 얼굴이 낯이 익네요."

장태경은 승주의 손이 가리킨 곳을 보고는 인상을 구겼다.

"김이수를 아세요?"

"아, 맞다, 김이수 목사님. 예전에 한번 설교 들은 적이 있는 것 같기도 하고."

"목사님은 무슨."

"왜요? 저 분이 뭐 잘못한 거라도?"

"너무 많아서 일일이 얘기할 수도 없어요. 완전 양의 탈을 쓴 늑대죠. 목회자 가면을 쓰고 사탄 같은 소리만 한다니까요. 스파이예요. 우상덩어리 종교들 옹호나 해대고. 성스런 교리까지 왜곡하는 망종이니 말 다 했죠."

승주는 장부책에 있던 내용을 떠올렸다. 김이수는 다른 종교와의 교류도 활발한데다가 건축헌금 폐지 운동에 앞장서고 있었고 심지어 시대정신에 맞춰 기독교 교리를 전면 개정해야 한다는 도발적인 주장까지 하는 바람에 교계에서 눈엣가시로 낙인찍힌 지 오래였다. 특히 대형교회 쪽 관계자들과 사이가 안 좋았는데, 대형교회를 축소하고 동네교회를 이용하자면서 일명 '동네교회' 캠페인을 주도하는 인물이었다.

그뿐만이 아니었다. 장부책에는 적혀 있지 않았지만, 김 목사는 목회자들을 직접 겨냥한 발언도 서슴지 않았다. 그중 하나가 '헌금 바로 쓰기 운동'이었다. 목회자의 품위유지비로는 단 한 푼도 써서는 안 된다는 게 그가 주장하는 헌금 개혁 운동의 첫 번째 강령이었다. 헌금 전액을 빈민구제와 이웃복지에 깡그리 쏟아 부어야 한다는 비현실적인 주장은 언제나 대답 없는 메아리에 불과했다. 그럼에도 그는 교회 수뇌부의 헌금 착복에 대해 여러 언론

매체를 통해 단호한 필법으로 끊임없이 꾸짖고 다녔다. 꽃노래도 삼세번일진대, 쓴소리만 골백번 퍼부어대니 왕따 1순위가 될 수밖에 없었다. 김이수 목사는 이래저래 도발적인 골칫거리가 분명해 보였다.

"이분 사진이 제일 크네요. 아무래도 이 양반이 척결대상 1호쯤 되는 건가요?"

"그런 셈이죠. 특1호."

"그러고 보니까 공경철 전도사님이 이분에 대해 얘기한 적이 있는 것도 같고."

"당연히 들어보셨을 거예요. 방문전도 때 대화가 통하는 분들을 만나면 늘 하시는 말씀이거든요. 얼마나 열심히시냐면 계도대상 다이어리까지 만드셨으니까요. 그 다이어리를 성경책이랑 항상 같이 갖고 다니셨죠. 특히 김이수가 일반 불신자들이랑 신자들한테까지 입소문이 좋게 나는 바람에 더 열심히 홍보하셨어요. 특히 파양동이요. 거기서 김이수가 봉사로 이름이 좀 났거든요. 어리석은 사람들은 겉모습에 너무 잘 속잖아요. 그래서 전도사님께서 실체를 밝히려고 더 열심인 거였는데. 어휴, 정말 열정적인 목자셨는데."

장태경은 철천지원수라도 되는 양 김이수를 줄기차게 헐뜯었다. 덕분에 표적으로서 김이수의 가치가 얼마나 대단한지 신물 나게 깨닫게 되었다. 이쯤에서 빠져나오는 게 합리적이겠지만 승주는 권민이 아니었다. 장태경의 비판 잣대가 너무 몽매해서 학자적 오지랖이 울컥 치밀었다.

"장태경 씨, 혹시 말이에요."

"네."

"사랑을 실천해야 할 교회에서 증오와 저주에 가까운 클럽을 만드는 걸 하느님은 어떻게 생각하실까요?"

"하느님이 아니라 하나님입니다!"

장태경이 훈장 같은 표정으로 칩떠보자, 승주는 꾹 눌러 참고 있던 냉소가 곤두섰다.

"글쎄요. 정확히 따지면, 하나님도 하느님도 아니죠. 야훼님이라고 부르셔야죠. 이스라엘 민족신인 야훼. 혹은 여호와라고 부르든가요. 한국기독교에선 용어 정리부터 해야 된다니까요. 성경에 버젓이 명기된 함자 대신 두루뭉술하게 하나님이라니요. 반성경적인 행동이에요. 성경 속 이름을 성경대로 부르지 못하다니, 맙소사, 홍길동인가요?"

장태경은 뜻밖의 비아냥거림에, 더구나 기분 나쁘지만 딱히 틀린 말도 아니라서 잠시 멍해진 채로 아무 대꾸도 하지 못했다. 승주는 애써 냉소를 걷어내며 다시 말을 이었다.

"아무튼 그건 그렇고. 엄격한 여호와님이라면 몰라도 이웃 사랑을 강조한 예수님의 경우, 증오 클럽 같은 걸 전혀 좋아하실 것 같지 않은데 말이죠."

'하느님' 대목에서부터 찌그러지기 시작한 장태경의 표정이 비웃음을 뱉으며 더 일그러졌다.

"하나님과 예수그리스도의 뜻은 그렇게 간단한 게 아니에요. 섣부른 논리로 짜 맞추지 마세요."

"간단한 게 아니라면, 복잡해도 좋으니 설명을 부탁드립니다만."

장태경의 낯빛에 불쑥 자신감이 차올랐다. 이런 질문에 대답할 때는 늘 의기양양한 기분이 들었다. 무용담을 자랑하는 장수처럼 흥겨웠다.

"저는 오랜 세월 교회에서 하나님의 영성과 은총을 입은 몸이에요. 저희 부모님과 조부모님도 하나님의 충실한 종이거든요. 조상 대대로 은혜 받은 세월까지 합치면 제 은총의 역사는 참으로 유구하죠. 제가 태어나기 전부터 하나님께서 제 안에 임재해 계셨던 겁니다. 그러니 하나님의 뜻이 무엇인지에 대한 의심은 불필요할 뿐만 아니라 불경한 거예요. 제 몸과 마음을 움직이는 건 제가 아니라 하나님이신데 어찌 하나님이 원치 않을 거라는 의심을 할 수가 있나요. 그건 하나님에 대한 모독이에요. 역시나 하나님을 영접하지 못한 불신자들은 참 불쌍하네요. 어서 하나님 품에 안겨 평안을 찾으세요."

승주는 상대방이 마이동풍임을 확신했지만 논쟁을 멈추고 싶지 않았다. 인간성 탐색에 대한 고질적인 호기심 때문이었다.

"김이수 목사님은 봉사활동에 아주 헌신적인 분이라고 들었는데 말이죠. 주변에서도 존경받는 분이고요. 선행에 앞장서는 그런 분을 단지 주류에 반하는 주장을 했다고 해서 사탄으로 모는 건 문제가 있지 않나요? 이렇게 사진 붙여놓고 타도하자고 외쳐대는 거 말입니다. 인형 만들어서 저주 하는 미개신앙이랑 뭐가 다른가요? 이런 무속적인 방식이 잘못일 수 있다는 생각은 단 한 번도 해본 적이 없어요? 한 번쯤은 고민해 볼 수도 있는 건데요. 우리가 저지르는 어떤 행동도 확신해서는 안 되는 거거든요. 우리는 신이 아니니까요. 불완전한 인간이니까요. 적어도 장태경 씨는 유일신교의 독실한 신자니까 스스로를 신이라고 착각하는 오류는 저지르지 않겠죠?"

장태경은 흔들리지 않았다. 비웃음을 실룩이고는 동정심 가득한 눈으로 승주 얼굴을 치훑었다.

"안타깝네요. 불신과 불안은 주님을 모르는 자들의 특징이에요. 성령의 권능을 체험해 보시면 제 말이 무슨 뜻인지 알 텐데 안쓰럽네요."

"성령의 권능이란 건 어떤 느낌일까요? 감이 잘 안 오는군요."

"제 경험을 하나 얘기해 보죠. 대학생 때였는데, 그때는 아직 신심이 깊지 않았던 시절이에요. 어느 날엔가 허리가 너무 아파서 아침에도 못 일어나겠는 거예요. 병원은 아직 안 열었고, 약국도 그렇고. 정말 죽을 맛이었죠. 그래서 혹시나 하는 마음에 기도를 드려봤어요. 예전에 기도로 병도 낫는다는 말을 부모님한테 들었던 게 기억이 났거든요. 마음을 집중하고 간절히 기도를 드렸죠. 그런데 정말이지 거짓말처럼 아픈 게 사라지는 거예요. 너무 신기해서 소름까지 돋았어요. 그런 작은 소원까지 들어주시다니 정말 자비롭고 전능하신 하나님이구나 새삼 깨닫게 됐죠."

"글쎄요, 그건 일종의 플라시보 효과 같은데요."

"네?"

"의사가 환자한테 가짜 약을 주면서 약효 짱이라고 속이는 거 말입니다. 환자는 가짜 약인 줄도 모른 채 약효 짱이라는 말만 듣고는 명약이라고 철석같이 믿는 거죠. 바로 그 믿음 때문에 병이 낫는 현상을 플라시보 효과라고 하거든요. 실제로 실험으로 다 증명된 거고요. 예전에, 그러니까 약이 부족하던 전쟁 상황에서 이 방법을 곧잘 써먹었죠."

"……"

"기공학이나 명상학 같은 분야에서도 비슷한 얘기를 하고 있어요. 마음을 다스리면 병도 낫고 성격도 부드럽게 변한다고요. 과학적으로도 맞는 얘기예요. 스트레스가 만병의 원인이잖습니까. 스트레스나 화를 다스리고 마음을 평온하게 가지면 뇌신경에서 진통 물질이 분비되죠. 그러니 일시적인 통증은 어느 정도 다스릴 수가 있는 거예요. 심지어 약물 마취가 아닌 최면을 통해 무통 수술을 받은 사례가 있을 정도죠. 그만큼 마인드컨트롤의 세계는 무지 심오하다니까요. 장태경 씨의 체험도 그런 맥락으로 봐야 돼요. 믿음이란 건 정말 강력한 최면 효과를 갖고 있거든요. 믿음이 강할수록 최면에 빠지기도 쉽죠. 나는 아프지 않을 거라는 자기 최면 덕분에 아프지 않았던 거예요."

장태경은 마음속으로 혀를 차며 고개를 저었다.

"수많은 기독교인들이 기적의 체험을 하고 있어요. 그들 중엔 사회지도층도 많고 전문직에 엘리트도 많죠. 그분들이 강철수 씨만큼의 지식도 없을라고요. 지식 따위로는 설명이 안 되는 전능한 성령의 힘을 느꼈기 때문에 다들 숨죽이고 경배하는 거예요."

흔들림이 없기는 승주도 만만치 않았다.

"그게 종교의 속성이죠. '신과 나.' 내 자신은 평범한 사람이 아니라 무려 유일신의 주목을 받는 선택받은 사람이라는 생각! 상상만으로도 얼마나 근사한 일이겠어요. 이런 판타지에 한번 빠지면 벗어나기가 쉽지 않죠. 백마 탄 왕자를 기다리는 신데렐라 콤플렉스 같은 거라고나 할까. 엘리트건 아니건 이런 환상에 빠질 위험은 누구에게나 있어요. 하지만 그건 신기루일 뿐이죠. 믿음이란 건 달콤한 자기기만이에요."

장태경은 터져 나오려는 분노를 눌러 삼키고는 일부러 측은한 눈길로 승주를 응시했다. 샬롬! 저 자는 사탄이 아니라 길 잃은 양이다. 한낱 과학 나부랭이로 하나님을 재단하려는 어리석은 무신론자다. 믿음이 없기에 불행한 자, 심지어 그게 불행인지조차도 모르는 가여운 형제로다. 장태경은 분노 대신 측은지심을 이끌어낸 자신의 인내심에 감사했다. 이 불경한 상황이 자신을 시험하려는 주님의 깊은 뜻임을 깨닫자 오히려 희열이 일떠섰다.

"두려워하지 마세요."

돌연 상냥해진 장태경의 어투에 승주는 멈칫했다. 장태경은 미소까지 지어보였다. 승주는 그의 얼굴 표정을 유심히 살폈다. 논쟁에서 패배한 걸 인정하기 싫어서 애써 태연한 척 자존심을 지키려는 얄팍한 전술이 아닐까? 하지만 장태경의 해맑음이 가식이 아닌 진심이라는 걸 인정할 수밖에 없었다. 자연스럽게 우러나오는 표정임이 분명했다.

"강철수 씨는 마음속에 의심이 가득 차 있어요. 그걸 이성이라고 착각하고 있지만 실은 불행한 의심인 거예요. 제 눈에는 다 보여요. 저도 한때 그랬던 적이 있거든요. 일단은 그 무거운 짐부터 내려놓으세요."

장태경의 믿음은 승주의 잔소리 몇 마디로 깨부수기에는 너무 견고했다. 어차피 승주는 깨줄 생각도 없었다. 맹신이건 뭐건 어쨌거나 저 자의 자유니까. 승주 자신의 오지랖도 자유에서 비롯됐다. 장태경의 자유가 타인의 자유를 묵살하는 상황에 대한 반작용이었다.

"신앙심이야 제가 참견할 일이 아니랍니다. 다만 말이죠, 타인에 대한 평가를 함부로 하지 말라는 겁니다. 지금 이 햄릿클럽 사람들은 자신들의 증오심을 신의 뜻이라고 착각하고 있어요. 아주 위험한 착각이죠. 마치 무한권력이라도 위임받은 착각이니까요. 완장 찬 사람들이 과잉 충성하는 거 많이 봤거든요."

장태경은 승주의 볼멘소리가 더 이상 귀에 거슬리지 않았다. 다행히도 자신의 믿음에만 집중할 수 있었다. 시험을 무사히 통과했다는 생각이 들자 또다시 희열이 온몸으로 감겨들었다.

"착각이 아니에요. 하나님은 항상 승리하시니까요. 하나님이 깃들어 계신 우리 제자들의 마음속에서도 항상 승리의 역사가 함께 하는 거니까요. 강철수 씨가 걱정하는 것도 이해는 돼요. 세상 사람들은 법이니 인정이니 양심 그런 것에 얽매여 있죠. 그래서 비난하는 거고요. 정의감 때문에 비난하는 게 아니에요. 실은 두려움 때문이에요. 세상의 법칙대로 살지 않으면 죄인이 된다는 두려움이요. 하지만 세상의 법이란 게 뭔가요? 다 인간이 만든 것이죠. 불완전한 인간이."

"당연히 인간이 만들어야죠. 인간에 대해선 누구보다 인간이 잘 아니까. 타인이 자기를 해칠 수 있다는 걸 우리는 잘 알고 있잖아요. 바로 우리 자신들이 그런 욕망을 가졌으니까. '인간은 인간에게 늑대다'라는 명언도 있어요. 고대 희극작가인 플라우투스가 재밌자고 넣은 대사지만 철학적으로나 사회학적으로나 꽤 의미심장한 표현이죠. 시대를 초월해서 적용되는 개념이에요. 토마스 홉스도 인용했고 지금 시대에도 여기저기 다 적용되죠. 특히 종교 문제에 딱 맞아떨어지네요. 인간이 만든 것 중에 가장 위험한 권력이 종교일 겁니다. 폭력조차도 종교의 이름으로 포장되면 신성한 것처럼 보일 정도니까요. 인간이 만든 것인데도 인간을 초월해버리는 현상이 생긴 거죠. 마치 인공지능 기계가 인류를 지배하는 SF 영화처럼 말이에요. 권력화 된 종교는 인간에게 가장 무서운 늑대가 될 수 있어요. 이미 역사적으로 종교가 인간에게 늑대였던 적이 너무 많습니다."

장태경은 한낱 인간이 만든 이론 따위에 의존하는 승주가 더없이 측은해 보였다. 유물론적 세계관에 갇힌 채 종교적 신성을 인간이 만들었다고 단정해 버리는 저 헛똑똑이는 분노의 대상이 아니라는 게 점점 더 확실해졌다.

"역시 두려움이 맞았던 거네요. 두려움은 마음을 좀먹는 흑암 세력의 가장 강력한 무기예요. 그 두려움에서 벗어나게 해드리고 싶은데. 음, 제가 비밀 하나 알려드릴까요? 이건 원래 본인 스스로 깨달아야 되는 거지만, 두려움 때문에 너무 괴로워하시는 것 같아서."

장태경은 자못 진지해 보였다. 승주는 '괴로워하는 것 같다'는 오독이 거슬렸지만 무슨 비밀인지 들어보고자 말대꾸 없이 조용히 응시했다. 장태경은 승주가 불경한 입을 닫고 경청하려는 모습에서 희망의 불씨를 감지했다.

"내 안에 하나님이 임재해 있으면 불신자들 세상에서 죄가 되는 것도 하나님 나라에서는 오히려 구원의 열매가 될 수 있어요. 신도들에 대한 하나님의 사랑이 너무나 커서 설령 우리가 인간 세상에서 죄를 저지른다고 해도 하나님 나라의 율법으로 전부 다 정화시켜주신답니다. 그만큼 하나님의 권능은 위대한 거예요.

아멘."

승주는 토론을 시도했던 자신이 멍청하게 느껴졌다. 장태경의 불신자 포교가 본격적으로 펼쳐질 낌새가 보이자, 승주는 불쑥 작별인사를 건넸다. 영화가 한참 진행되다가 갑자기 뚝 끝나는 것 같은 생뚱맞은 모양새였지만 그러거나 말거나 상관없었다. 교회 신자가 되라는 절규를 귓등으로 흘리며 후다닥 빠져나왔다. 열심히 달렸다. 의아하게 쳐다보는 경비원을 지나치면서 교회 성곽을 빠져나온 후에도 계속 달렸다. 화들짝 놀라 피하는 길고양이와 비둘기 몇 녀석을 스쳐 지나가며 주택가 길목으로 완전히 들어설 때까지 다리를 혹사시켰다. 어느 가정집 담벼락에 기댄 채 숨을 헐떡거렸다. 승주는 자신이 슬랩스틱 코미디언처럼 느껴져서 웃음이 킬킬 삐져나왔다.

맡은 임무도 끝냈으니 전화할 일만 남았다. 승주는 휴대폰을 꺼냈다. 서울 변두리 어딘가에서 권민이 탐문 결과를 눈이 빠지게 기다리고 있을 것이다. 아니지. 무뚝뚝 씨가 무슨. 눈이 빠지기는커녕 심드렁하게 기다릴 테지. 전해줄 소식을 떠올리자 승주는 문득 숙연해졌다. 무고한 누군가가 겪게 될 불행에 대해 얘기해야 하는 상황이다. 마음이 무겁다. 그런 불행한 말을 전해야 하다니. 승주는 한숨을 뱉으며 휴대폰 단축번호를 눌렀다.

* * *

커피는 싱겁고 음악은 늘어졌다. 손님 대신 짜장면 냄새와 파리의 날갯짓이 황량한 커피숍을 지키고 있었다. 장점이라곤 탁 트인 창문이 유일했다. 이 커피숍을 나가 사무실로 돌아가게 될지 아니면 원래 계획대로 김이수를 찾아가게 될지 아직은 정해지지 않았다.

권민 앞에 놓인 커피 잔이 식어갈 즈음 승주에게서 전화가 왔다. 언제나처럼 연민과 한탄을 절절히 늘어놓았다. 본론을 듣기도 전에 짐작이 됐다. 권민은 승주의 한숨 섞인 사설은 흘려듣고 핵심만 귀에 담았다. 탐정에겐 다행이고 김이수에겐 불행인 소식이었다.

이제 김이수는 살인귀와의 만남을 주선해 줄 가장 유력한 인물로 확실해졌다. 장부책에 적힌 순서는 성적순이 아니었다. 김이수는 실종된 여섯 인물 중 네 번째로 기록돼 있었다. 글로 남길 때는 사탄 점수와 관계없이 붓 가는 대로 적었지만, 사람들에게 직접 설교할 때는 1등만 집중적으로 거론했다. 전도사의 열렬한 김이수 홍보에 힘입어 범인의 살인환상도 점점 가열돼 잔뜩 발기됐을 것이다. 후딱 먹어치우기보다는 야금야금 아껴 먹고 싶은 별미. 놈에게 김이수는 살인환상의 클라이맥스, 베드로 프로젝트의 화룡점정인 셈이다.

통화를 끝낸 권민은 창밖으로 시선을 돌렸다. 큰길가가 훤히 드러나 보였다. 아주머니 두 명이 길 양쪽에 서서 행인들에게 전단지를 나눠줬다. 행인이 뜸할 때면 두 여인은 서로를 향해 삐죽대거나 못마땅한 눈질로 흘깃거렸다. 그들이 서 있는 대각선 양편으로 고깃집 두 채가 마주 보였다. '기똥찬 갈비나라'와 '고기 잡수러 오소서' 간의 신경전이 불판 위의 고깃점처럼 지글지글 타올랐다.

권민은 시계를 보았다. 김이수가 보육원 봉사를 끝내고 돌아올 시간이었다. 그녀는 찻집을 나와 큰길가로 걸어갔다. 창 너머로 보았던 여인이 다가와 전단지를 건넸다. 전단지의 주제는 고깃집이 아니었다. 코팅으로 번들거리는 전단지 속에서 '신바람 나는 주일 교회' 로고가 신바람 나게 웃고 있었다. 맞은편 여인이 지나가는 학생들을 향해 소리쳤다.

"애들아, 대학도 붙고 복 받으려면 하나님 은총 교회 나와야 돼. 다른 교회 말고 하나님 은총 교회!"

권민이 하늘 쪽을 올려다보았다. 대각선 양편 하늘에 십자가 두 개가 뾰족하게 치솟아 대치 중이었다. 두 여인이 살벌한 시선을 주고받는 동안, 권민은 모퉁이 길로 돌아들어갔다.

한적한 주택가 사이로 상가 건물들이 드문드문 눈에 띄었다. 그녀는 집들 문패에 붙은 주소를 훑으며 지나갔다. 번지수는 김이수의 사무실 주소와 점점 가까워졌다. 3층짜리 상가 앞에 멈춰 섰다. 찾는 주소와 일치했다. 3층으로 올라가자, '명품수선집' 간판이 걸린 문과 '호산나 출판'이라고 적힌 문 두 개가 나타났다. 권민은 출판사 문짝을 열고 들어갔다. 낭랑한 문종 소리가 내부의 싱그러운 방향제와 붙음키며 그녀를 맞이했다. 좁은 실내에 오밀조밀 화초 길이 나있는 앙증맞은 맵시가 시선을 붙들었다.

"어서 오세요."

인심 좋은 미소가 권민을 의아한 듯 반가운 듯 바라보았다.

"김이수 씨를 만나러 왔습니다."

"제가 김이순데요. 어떻게 오셨지요?"

"경찰이 다녀갔죠? 같은 일 때문에 왔습니다."

목사의 얼굴에 멀미가 일떠섰다.

"쉬! 조용히요."

그는 속삭이듯 말했다.

"잠복 형사님이시죠? 좀 있으면 형제자매님들이 오실 거예요. 알려지면 안 되니까 형사님은 밖에 나가 계세요."

"형사 아닙니다."

"네?"

"피살자 유가족이 고용한 민간조사원입니다."

"네에?"

언제나 반응은 똑같다. 네? 하면서 동그래지는 눈. 하지만 목사는 더 캐묻지 못했다. 문종 소리가 화들짝 울어대면서 다섯 명이 들이닥쳤다. 그들과 목사 사이에서 왁자한 인사말이 오갔다. 목사는 더 기어들어가는 소리로 권민에게 속삭였다.

"우선은 잠깐만 좀 기다리시겠어요? 오늘이 사랑방이 열리는 날이라. 성경 모임이요. 죄송하지만 잠깐 저기 좀 앉아계세요."

권민은 고개를 까딱이고는 구석의자에 가 앉았다. 목사의 형제자매들은 출판물 더미 옆에 놓인 평상에 모여앉아 사랑방 주인을 기다렸다. 권민은 본의 아니게 그들의 사랑방 수다를 들어야 했다. 전형적인 성경 모임과는 한참 다른 얘기들이 오고갔다.

"작금의 한국교회는 우상숭배 투성입니다. 교회도 목사도 우상숭배입니다. 개신교가 탄생하며 주창했던 건 교회와 목회자를 부정하는 것이었습니다. 하나님을 믿는 것인지 목사를 믿는 것인지 자문해 보세요. 항상 깨어 있으십시오. 하나님이 주신 가장 귀한 선물, 바로 이성입니다. 네? 이성이라면 주님을 부정하게 만드는 거 아닌가요? 무신론자들이 부르짖는 것도 이성이니 과학이니 아닌가요? 이성보다 앞서는 것이 믿음 아니던가요? 그렇지 않습니다. 제가 말하는 이성은 깨달음의 동력을 뜻합니다. 이성은 배움이고 철학이고 각성입니다. 믿음은 각성의 산물이고요. 어찌 믿음이 자각에 앞설 수 있겠습니까. 거짓된 목회자들이 외치는 건 믿음이 아니라 맹신일 뿐입니다. 우매와 어리석음을 세뇌하고 있습니다. 예수님이 행하신 정신과 정반대인 겁니다. 예수님은 혁명가셨습니다. 부패한 기득권에 대한 반항에서부터 시작하셨습니다. 우리가 영접해야 하는 것은 그리스도가 아니라 그리스도의 정신이어야 합니다."

앳된 처자 하나가 뾰루퉁이 질문을 던졌다. 목사의 설교를 들으면서 반박할 기회를 벼르고 있었다.

"목사님은 기독교 자체를 부정하시는 건가요? 그리스도 정신만 갖고 산다면 교회에 나갈 필요도 없고 굳이 신자가 될 필요도 없잖아요. 안티들도 그런 식으로 말하잖아요. 예수님처럼 사는 것도 중요하지만 신을 섬기는 게 더 먼저가 아닌가요? 하나님은 질투의 하나님이시고 냉담자에겐 천벌도 내리실 수 있잖아요."

"좋은 지적이네요. 자매님께 물을게요. 자매님은 하나님이 두려워서 섬기는 겁니까?"

"예?"

"만약 천국도 지옥도 없다면 하나님을 믿으시겠어요? 만약 신도가 되고 교회에 나간다고 해도 이승에서 복을 받는 일은 없다고 칩시다. 그래도 하나님을 믿으시겠어요?"

"……"

처자의 줄곧 단호하던 표정에 금이 갔다.

"자매님은 지금 뭐라고 대답해야 하나 갈등하고 있네요. 이게 신자들의 현실이죠. 지금까지 우린 발복을 원하거나 내세에 천국행 입장권을 타려고 하나님과 예수님을 섬겼던 겁니다. 욕망이 그리스도 정신보다 앞섰던 것이죠. '무작정 믿어라, 의심치 말고 믿어라' 그건 거짓된 말입니다. 무작정은커녕 끊임없이 성찰하면서 믿어야 합니다. 과연 내가 오로지 예수님의 이타심과 가르침 때문에 주님을 믿고 있는 것인지, 아니면 부자가 되거나 출세하려고 주님을 이용하고 있는 것인지 성찰해 보세요. 지금 당장 대답할 수 있는 문제가 아닙니다. 평생 자문하고 마음을 닦으셔야 합니다."

혼란스러워 보이는 사람이 한 명 더 있었다. 중년남성 하나가 설교 듣는 내내 고개를 갸웃거렸다. 생뚱맞은 눈치가 역력한 것이 필시 첫나들이인 듯했다. 타종교에도 구원이 있다는 대목에서는 억울한 표정으로 찌그러들었다. 중년남성은 혼돈이 가득한 낯빛으로 질문을 던졌다.

"그럼 십계명의 제1원칙은 어떻게 되는 건가요? 나 이외 다른 신을 섬기지 말라는 말씀이요. 그것도 부정해야 하는 건가요?"

"아니요. 달라지는 건 아무것도 없어요. 하나님 말씀을 잘 해석해야 합니다. 성경 기록자의 인식 수준 때문에 신의 말씀이 왜곡돼 전달될 수 있어요. 구전으로 내려오던 걸 사람들이 취합하고 덧붙여 수없이 개정한 것이 성경이에요. 하나님은 책 몇 권에 담을 수 있는 존재가 아닙니다. 성경 자체가 하나님인 게 아닌 것이죠. 그러니 우리 스스로 성경 속에 숨은 뜻을 해석할 수 있어야 합니다. 끊임없이 공부가 필요한 거예요. 하지만 우리 교회 사회가 어떻습니까. 방해꾼들이 너무 많아요. 수많은 목회자들이 이상한 선동을 하고 있잖아요. 타 종교를 배척하는 게 마치 하나님의 뜻인 양 호도하고 있어요. 바로 성도님이 언급한 십계명을 근거로 들면서요. 하지만 잘 생각해 보세요. 위대한 창조주께서 나만 믿어 다른 놈 믿으면 화낼 거야, 고작 이런 식으로 투정이나 부릴 존재라고 생각되십니까? 그건 하나님을 모독하는 겁니다."

다른 신도들이 피식 웃으며 고개를 끄덕거렸다.

"이 계명을 현시대에 적용할 때, 다른 종교 믿지 말라는 식으로 단세포적으로 해석하면 안 됩니다. 하나님만을 섬기라는 얘기는 헛된 거짓 미신에 현혹되지 말라는 말씀이에요. 삶을 열심히 개척할 생각은 안 하고 점집이나 찾아가 길흉을 따지고 미신적인 망상에 빠지는 어리석음을 꾸짖는 것이죠. 왜곡된 길로 몰아가려는 목회자 역시 경계해야 할 미신에 해당됩니다. 교회에 헌금을 많이 내야 천국 가고 복 받는다고 말하는 목사들 중에 사리사욕에 빠진 자들이 많습니다. 교회에 내는 헌금들 어디에 쓰이고 있습니까. 대형교회 유지비로 탕진하고 신도들 친목회비에 온갖 행사비용, 심지어 목회자 자식들 유학비용으로까지 나가고 있어요. 하지만 헌금은 오로지 가난한 이웃을 위해 써야 합니다. '누가복음 11장 42절, 화 있을진저, 너희 바리새인이여, 너희가 박하와 운향과 모든 채소의 십일조는 드리되 공의와 하나님께 대한 사랑은 버리는도다.' 예수님의 이 추상같은 언명을 명심하십시오. 십일조가 중요한 게 아니라 사용처가 중요한 겁니다. '마태복음 23장 23

158

절, 화 있을진저, 외식하는 서기관들과 바리새인들이여 너희가 박하와 회향과 근채의 십일조는 드리되 율법의 더 중한 바, 정의와 긍휼과 믿음은 버렸도다.' 십일조보다 더 중한 건 정의와 긍휼과 믿음이라는 말씀입니다."

목사의 어조가 더 경건하게 조여들었다.

"나눔을 실천하기 위해 성금을 모으는 건 반드시 필요합니다. 하지만 더 중요한 언명은, 우리가 낸 헌금이 '정의와 긍휼의 율법'에 걸맞게 사용돼야 한다는 점이에요. 헌금만 낸다고 의무가 끝난 게 아닌 것이죠. 가이사의 것은 가이사에게, 하나님의 것은 하나님께 바치라 하셨습니다. 하나님께 바친다는 게 뭐겠습니까. '누가복음 6장 20절, 예수께서 눈을 들어 제자들을 보시고 이르시되 너희 가난한 자는 복이 있나니 하나님의 나라가 너희 것이요. 6장 21절, 지금 주린 자는 복이 있나니 너희가 배부름을 얻을 것이요 지금 우는 자는 복이 있나니 너희가 웃을 것이니라.' 누가복음 18장에도 예수님의 엄명이 계십니다. '네게 있는 모든 것을 팔아 가난한 자들에게 나눠주라. 그리하면 하늘에서 네게 보화가 있으리라.' 나눔을 실천하지 않는 부자는 하나님의 나라에 들어갈 수 없다 하셨습니다. 가난과 불행으로 고통 받는 이웃에게 내 것을 나눠주는 게 곧 하나님께 바친다는 의미입니다. 그럼에도 여러분은 목사와 교회 자체에 바치고 있지는 않습니까? 목사는 하나님의 뜻을 받드는 심부름꾼이어야 합니다. 하나님의 권능이라도 이양 받은 듯이 교만한 설교로 신도의 이성을 흐리는 자들은 목자가 될 수 없어요. 바로 이런 미신된 자들을 섬기지 말라는 것이 첫 번째 십계명의 가르침입니다."

중년남자는 기죽은 목소리로 다시 물었다.

"그럼 땅 끝까지 복음을 전파하라는 말씀은요?"

"복음이 뭔가요? 그리스도 정신, 사랑입니다. 이웃에게 조건 없는 사랑을 베푸는 것이 궁극적인 복음이에요. 교회를 크게 넓히고 예수천국불신지옥을 외치는 게 사랑이 아닙니다. 우리들은 하루빨리 그릇된 가르침에서 벗어나야 합니다."

중년남자는 침묵했다. 권민은 사내 쪽을 돌아보았다. 그가 혼돈에서 해방됐는지 더 깊은 혼돈에 빠졌는지는 확인할 수 없었다. 옆에 앉아 있는 덩치에 가려 사내의 얼굴이 보이지 않았다.

바이블 얘기는 차츰 다양한 화제로 옮겨갔다. 김 목사는 심리상담가가 되기도 하고 맞장구 쳐주는 말벗이 되기도 하고 자신의 고민을 털어놓기도 하는 등 일인다역을 넘나들면서, 구석에 우두커니 처박힌 나그네를 향해 사랑방 아취를 자랑해댔다.

목사는 형제자매들을 건물 밖까지 배웅하고 돌아와서야 나그네에게 관심을 보여주었다.

"오래 기다리셨죠? 죄송합니다. 옆에 계신 거 뻔히 알면서. 그렇다고 억지로 성경 모임에 동참하시라고 하는 것도 예의가 아니고. 변명 같지만, 얼핏 보니까 전혀 지루한 표정이 아니시더군요."

"제 용건을 말씀드리죠."

"예? 예."

권민의 단도직입은 목사를 곧장 진지한 자세로 만들었다. 범인을 아느냐 등의 시시콜콜한 얘기는 물을 필요가 없었다. 이미 황팀장을 통해 접수한 상태였다. 범인의 사진을 본 김이수는 정확히 기억해냈다고 한다. 놈이 불쑥 김이수의 출판사로 찾아왔던 적이 있었다. 놈은 성경 모임에 참석하고 싶다는 얘기를 했고 목사는 흔쾌히 받아주었다.

"범인은 조용히 왔다가 조용히 갔다고 진술하셨더군요."

"네."

"인내심이 놀랍군요."

"그러게요. 분노가 끓어올랐을 텐데요. 평범한 신자들 중에도 저한테 먹살잡이 하는 사람들이 많거든요. 하물며 살인을 저지를 정도로 광신도라면 아주 분노가 끓어 넘쳤을 텐데 용케도 참았네요."

"아니요. 분노가 아니라 기쁨을 참은 겁니다."

"예?"

"김이수 씨의 실체를 확인하고는 희열을 느꼈을 겁니다. 자신의 살인욕구를 최대로 충족시켜줄 최고의 먹잇감이니까요."

목사는 두 번 섬뜩함을 느꼈다. 권민의 소름 돋는 해석에, 그리고 태평한 말투에.

"무슨 얘기를 나눴습니까? 아니면, 그자가 어떤 질문을 했다거나."

"별다른 대화를 한 건 아니고요, 한 가지 질문한 건 있었어요."

"……"

"근데 그 질문이 참 이상한 게, 광신도는커녕 오히려 회의주의자들이 주로 하는 질문이라서요."

"……"

"'예수를 믿기만 하면 천국에 가냐?'라는 질문이었거든요."

"……"

목사는 머쓱했다. 가벼운 고갯짓조차 없이 그저 침묵으로만 경청하고 있는 권민이 사람이 아닌 기둥처럼 느껴졌다. 어쨌거나 목사는 마저 진술했다.

"그래서 제가 이렇게 대답했죠. 예수를 믿느냐가 중요한 게 아니라 예수를 행하느냐가 핵심이라고. 그러니 대뜸 묻더군요. 예수를 행하는 게 뭡니까?"

"......"

"불운한 이웃을 사랑하고 그들을 위해 봉사하는 것. 그런 행동을 한다면 설사 예수를 부정하더라도 천국에 갈 거라고요."

"쾌재를 불렀겠군요. 살인 환상이 극에 달했을 겁니다."

목사는 뼛속 깊이 서늘함을 느꼈다. 따지고 싶었다. 겁주는 게 취미냐고. 하지만 권민의 말투는 진지하다 못해 철학적이라서 불쾌해 하는 것 자체가 유치하게 느껴졌다.

"어휴, 그 사람도 참. 종교적 사명감이 지나쳐서 병이 돼버렸나 봐요."

"사명감과는 거리가 멉니다."

"네?"

"본인이야 소명의식 넘치는 투사인 줄 착각하고 있겠지만, 살인마의 욕구충족에 불과하죠. 아동만 죽이는 자들, 여성만 죽이는 자들, 부자만 죽이는 자들, 비 오는 날에만 죽이는 자들, 문 열린 집만 들어가 죽이는 자들. 다 취향의 차이죠. 종교적 사명이란 것도 그자의 살인 식성을 돋궈주는 조미료일 뿐이에요."

목사의 염통 언저리에서 좀 전에 느꼈던 서늘함과는 다른 종류의 서늘함이 짜르르 돌았다. 권민의 명쾌한 분석에 감탄하면서 동시에 범인의 요리 재료가 바로 자신이라는 공포가 뒤섞여 울렁거렸다.

"혹시 베드로 십자가 소포 받은 적 없습니까?"

"경찰도 그거 물어보던데. 그게 중요한 건가요?"

"네."

"좀 전에 받았어요. 제가 직접 받은 건 아니고 옆에 수선집 아주머님이 대신 받아놓으셨어요. 봉사 갔다 오니까 전해주시더라고요. 베드로 십자가인 거 확인하자마자 바로 잠복형사님한테 알려줬어요. 물건은 형사님이 가져가셨고요."

권민은 생각에 잠겼다. 오늘이라. 몹시 급했던 모양이다. 놈은 쫓기는 입장이면서도 더구나 김이수 쪽에 경찰이 깔렸다는 걸 알면서도 예고장을 보냈다. 그럴 수밖에 없었을 것이다. 피날레로 남겨둔 가장 맛난 먹잇감을 포기할 살인귀는 없다. 평범한 살인마였다면 김이수를 영원히 포기했을 테지만 광적인 취향을 가진 놈에게 포기란 불가능하다. 그치들은 원래의 목표를 그대로 완수해야만 마음의 안정을 느끼는 기묘한 종자들이다. 연쇄살인 행각을 두고 흔히 용의주도한 범행이라고 말하지만 틀린 말이다. 그들은 누구보다도 본능적이다. 치밀한 계획성이란 것도 본능의 시녀인 이성이 일시적으로 만들어낸 속임수에 불과하다. 살인욕구 충족에 제동이 걸리는 순간이 오면 놈들의 이성은 무너져버린다. 후퇴를 설득해 줄 이성은 더 이상 없다. 상황이 불리하건 말건 욕구의 노예가 돼버린다. 드디어 놈의 실수가 시작됐다.

"대체 그게 무슨 의미길래 경찰도 그러고, 형사님, 아니 조사원이라고 하셨나요. 그 물건이 뭔데 그렇게 신경 쓰시는 건가요? 경찰은 통 얘기를 안 해 주더라고요."

"베드로 십자가가 범인의 예고장입니다."

"네?"

"납치하기 전에 피해자들에게 보내는 물건이에요. 다른 피해자들 집에서도 발견됐어요. 그걸 보냈다는 건, 잠복경찰이 있건 말건 납치를 시도하겠다는 뜻이죠."

"……"

목사는 친절하게 설명해 준 권민이 원망스러웠다.

"김이수 씨가 취할 방법은 두 가지 중 하납니다. 범인을 유인하느냐, 피하느냐."

뜻밖이었다. 못됐다고 해야 하나. 신변보호를 받고 있는 사람에게 범인을 유인하라니. 듣도 보도 못한 독창적 발상에 목사는 다시 울렁증이 밀려왔다.

"유인하는 것과 피하는 게 결국은 같은 겁니다."

"대체 무슨 말씀이신지."

"건물 밖으로 나가지 마세요. 사무실 겸 살림집인 것 같으니까 어렵진 않겠군요. 생필품도 배달시키세요. 철저하게 이 사무실 안에만 은둔해 계십시오."

"그럼 봉사는요?"

"시키는 대로 하시는 게 사회에 대한 최고의 봉사일 텐데요."

"네?"

"그자는 수많은 사람들을 해쳤고 해칠 흉악범입니다. 그런 자를 잡는 것보다 더 가치 있는 일이 있을까요?"

"그렇긴 한데."

"오래 안 걸릴 겁니다. 어떤 식으로든 정체를 드러내지 않고는 못 배길 테니까요. 말 그대로 잠깐이에요. 길어야 일주일."

심드렁히 내뱉는 섬뜩한 예언에 목사는 그저 어리둥절할 뿐이었다.

7

독고잉걸 변호사 사무소는 양극화된 상태였다. 두 패로 나뉘어 수다와 침묵이 맞서 있었다. 모처럼 한데 모여 식사중이건만 분위기는 물과 기름이었다. 독 소장과 승주는 수백 년 묵은 잡담이라도 푸는 듯 주거니 받거니 얘기 보따리가 터졌고, 다른 한쪽에선 침묵을 사명처럼 여기는 권민과 사무장이 깍두기조차 소리 없이 씹어 삼켰다.

분위기는 침묵 쪽으로 기울었다. TV에서 흘러나온 속보 내용이 독과 강을 단숨에 침묵시켰다. 평정을 잃은 아나운서가 유치원생 여덟 명이 납치됐다는 소식을 전했다. '유치원생 집단 실종'이라는 문구가 화면에서 큰 글자로 깜빡거렸다. 지역은 서울 변두리 동네였다. 왜 이리 늦냐는 학부모들의 전화가 유치원에 빗발칠 무렵, 야산 길섶에서 유치원 승합차가 발견됐지만 치명상을 입은 운전사와 보조교사 외에 아이들은 없었다. 복부에 자상을 입은 버스 운전사는 병원으로 수송되는 도중에 과다출혈로 사망했고, 머리에 둔기 흔적이 선명한 여교사는 여전히 의식불명이라고 했다. 기자는 범인이 한적한 생태공원 길목을 오고가는 차량이라는 점을 미리 알고 노린 것 같다며 치 떨리는 목소리로 분석했다.

독과 강은 유괴 속보를 주제로 다시 수다를 지폈다. 뉴스를 보는 내내 한숨을 뱉던 사무장이 그들 수다에 끼어 간간이 추임새를 넣었다. 권민의 휴대폰 진동이 울리고, 그녀가 전화를 받는 동안 세 사람의 걱정 타령은 점점 더 왁자해졌다.

"가봐야겠습니다. 김이수 씨 전화예요."

"그 양반이 왜?"

"범인한테서 소식이 왔나 봅니다."

"뭐?"

승주가 벌떡 일어섰다.

"나도 같이 가."

독 소장도 몸이 근질거렸지만 두 사람을 배웅하는 걸로 만족해야 했다. 변론 스케줄부터 먼저 처리할 수밖에 없었다. 솔깃한 정보가 나오면 바로 전화 달라고 외쳤지만 권민은 대꾸 없이 휑하니 차에 올라타고, 승주는 자기도 영문을 모르겠다는 표정을 지으며 고갯짓만 까딱댔다. 범인한테서 소식이 왔다는 게 대체 무슨 뜻일까. 잡힌 것도 아니고 소식이 와? 독 소장은 갸웃대는 심사로 멀어져가는 진남색 자동차를 멀거니 지켜보았다.

권민 일행이 김이수의 출판사에 도착했을 때, 목사는 감정이 그대로 드러난 초조한 얼굴로 기다리고 있었다. 눈빛까지 떨리는 좌불안석 몰골로 권민에게 편지 한 장을 내밀었다.

"형사님, 아니, 조사원님 말이 맞았어요. 일주일도 안 됐는데."

편지는 범인이 보낸 것이었다.

유치원생 여덟 명을 납치했다. 아이들이 죽을지 말지는 너에게 달려 있다. 내가 시키는 대로만 하면 아이들은 무사할 것이다.
……

'어머나, 이런 나쁜 놈'이나 '아까 속보로 나왔던 유치원생 납치가 이놈 짓이었네' 따위의 논평은 불필요했다. 권민은 편지를 마저 읽은 후 김이수에게 물었다.

"경찰에 알리셨습니까?"

"아니요. 아직."

권민은 긴장한 목사를 응시했다.

"이런 일은 일개 탐정이 아니라 경찰에 알리는 게 상식입니다."

목사는 단호한 일침에 주눅이 들었다. 권민이 덧붙여 말했다.

"하지만 비상식적인 판단도 가끔은 필요하죠."

승주가 의아해하며 눈을 치켜떴다. 김이수도 뭔 뜻이냐는 듯 마주 응시했다. 권민의 낮은 목소리가 숙연히 울렸다.

"상식을 택할지 비상식을 택할지는 김이수 씨한테 달렸어요. 어느 쪽입니까?"

"네?"

"범인이 시키는 대로 하시겠어요?"

"엥? 선배, 무슨 살벌한 소리슈?"

"할 겁니다."

"엥? 목사님!"

좌불안석 대신 비장함이 목사의 얼굴에 차올랐다.

"그래서 경찰한테 안 알린 거예요. 보나마나 못하게 할 테니까."

"이보세요, 목사님. 말도 안 되는 소리예요. 어떻게 살인마랑 흥
정을 한답니까."

목사의 음성에 서운한 감정이 돋쳤다.

"조사원님은 찬성할 거라고 생각했어요. 그래서 조사원님한테
만 말하는 거고요."

"아이고 목사님, 찬성이라니요. 이건"

더 준엄해진 목소리가 승주의 말을 막아섰다.

"도와드리겠습니다."

"에? 뭔 소리야!"

"단, 김이수 씨의 의지가 확고해야겠죠. 이웃돕기나 봉사심 정
도만으로는 할 수 없는 일입니다. 김이수 씨가 희생될 가능성이
크거든요."

"치기어린 영웅심 그런 거 아닙니다. 절대로."

목사의 어투에 다시 기세가 차올랐다.

"아니, 이것 보세요들."

권민과 목사는 승주에겐 눈길도 주지 않았다. 권민이 다시 물
었다.

"가시면 죽을 겁니다. 죽을 수도 있다가 아니라 정말 죽는다는
얘기죠. 그래도 가시겠습니까?"

목사는 잠시 뜸을 들였다. 죽음이 두려워서가 아니었다. 자신
이 정말 해낼 수 있을지, 어쭙잖은 객기로 오히려 아이들을 위태
롭게 하는 것은 아닌지 의심이 들었다. 지금 이 용기는 허세인가,
진심인가. 자신의 솔직한 마음이 뭔지 살펴보던 목사는 오랫동

안 잊고 있었던 감정을 발견했다. 목사 서약을 하던 날의 경건함이 마음속에서 되살아나 꿈틀댔다. 당시 그는 세상 물정 모르는 풋내기였다. 열정과 진심만 있으면 어떤 악당도 선량하게 바꿔놓을 수 있다고 착각했다. 미련스러웠지만 그래서 아름다운 시절이었다. 다시 못 올 태초의 에덴이었다. 그런데, 아, 지금 이 숙연한 감정이 바로 그 풋내기 시절의 사명감 그대로라니. 유치할 정도로 순수했던 그 경건함을 다시 느끼게 될 줄은 몰랐다. 더 이상 망설임도 의심도 들지 않았다.

목사는 지그시 기다려주고 있는 권민을 마주보며 담백하게 대답했다.

"네. 가겠습니다."

권민은 목사의 눈을 응시했다. 거기엔 분노가 아닌 평정심이 맺혀 있었다. 분기나 흥분이 보였다면 거절할 생각이었다.

"좋습니다. 계획을 짜볼까요."

"야, 선배!"

목사와 권민은 평상에 가 앉았다. 좌불안석은 승주의 얼굴로 옮겨갔다. 승주는 대안이 있을 거라 희망하며 다시 편지를 훑었다.

…… 만날 장소는 갈래산 '옥동 약수터'다. 네가 알 만한 장소로 골랐다. 옥동 약수터 진입로에서 왼쪽으로 꺾어져 들어가면 공터가 있다. 평평한 바위 하나가 보일 것이다. 바위 밑에 쪽지를 숨겨 놓았다. 거기에 우리가 만날 장소가 적혀 있다. 쪽지는 읽은 후 반드시 나한테 가지고 와야 한다. 그 자리에 놔둘 수작 따윈 하지마라. 경찰한테 알릴 생각도 하지 마라. 만약 약속 장소에 경찰

을 달고 오면 아이들은 그 순간 죽는다. 나는 약수터 근처에서 너를 관찰할 거니까 경찰 낌새가 보이면 바로 알 수 있다. 옥동 약수터는 폐쇄된 지 오래라 통행하는 사람도 없으니까 허튼짓마라. 따라붙는 놈이 있으면 단박에 안다. 어리석은 짓을 할지 모르니 미리 알려둔다. 아이들이 감금된 장소에 폭발물이 설치돼 있는데, 기폭장치는 핸드폰과 연결해 놓았다. 테러 뉴스에서 종종 봤을 것이다. 전화벨이 울리는 순간에 폭탄은 터진다. 전화만 걸면 되니까 언제 어디서든 폭탄을 터뜨릴 수 있다. 뇌관 핸드폰 번호를 내 핸드폰에다 1번으로 저장해 놨다. 단축 버튼 하나면 끝나. 핸드폰만이 아니다. 핸드폰만 뺏으면 된다는 멍청한 생각은 하지 마라. 나는 치밀한 사람이다. 약수터로 가기 전에 폭탄에 타이머를 해 놓을 것이다. 제때 도착해 타이머를 꺼주지 않으면 터지게 돼있다. 경찰이 용케 날 잡고 핸드폰을 접수한다고 해도 폭탄은 터지고 만다. 나는 경찰 머리 꼭대기에 있는 사람이다. 멍청한 짓 하지 마라. 그리고 명심해라. 네가 아예 약수터에 오지 않을 경우에도 폭탄은 터진다. 나는 약수터에서 계속 너를 기다려줄 수 있지만 폭탄 타이머는 너를 기다려주지 않는다. 명심해라. 아이들을 살릴 수 있는 방법은 오로지 내 명령을 따르는 것뿐이다.

뽐내고 싶어 안달난 심리가 묻어나는 내용이었다. 자신이 대단한 존재라는 걸 재차 강조하며 우월감에 도취돼 써내려갔다. 편지를 노려보고 있는 승주의 입가에 냉소가 치받쳤다.

"사람 해치는 것도 재주랍시고 잘난척하는 꼬락서니 하고는."

권민이 김이수에게 물었다.

"갈래산 옥동 약수터에 대해 잘 아십니까?"

"네. 근처에 봉사 다니는 곳이 몇 군데 있어서 잘 알아요. 봉사자들이랑 갈래산에 나들이 간 적도 많고요. 이 사람이 제 행적에 대해 많이 연구했나 보네요."

김이수는 연쇄살인범의 연구대상이 됐다는 사실에 다시금 섬뜩한 기분이 들었다.

권민은 머릿속으로 계획을 궁리하느라 시선을 허공에 묻은 채 침묵했다. 승주가 권민 옆으로 가 앉았다.

"선배, 아무래도 이건 경찰 소관이야. 스케일이 장난 아니라고."

"……"

"뭐라고 말 좀 해봐!"

권민은 생각에서 잠시 빠져나와 대답했다.

"경찰은 김이수 씨를 약수터에는 보낼 수 있어. 범인을 유인하기 위해서. 하지만 거기까지야. 약수터 쪽지에 적힌 장소로 계속 가게 둘까? 공적 기관에서는 민간인을 위험에 빠뜨리는 방식으로는 수사할 수가 없어. 인권 문제 때문에 힘들지. 그렇다고 대역을 쓰면 범인이 바로 눈치 챌 테고."

"약수터에서 바로 검거하는 건 어때? 경찰이라면 그렇게 할 것 같은데."

목사가 책망하는 어투로 끼어들었다.

"큰일 날 소리예요. 잡는 게 대수가 아니잖아요. 휴대폰 누르면 큰일이라고요. 안 됩니다. 절대 안 돼요."

승주는 제3자인 양 말하는 목사가 가엾다 못해 얄미워 보였다. 권민 역시 목사와 생각이 같았다.

"약수터 주변은 사방이 뚫린 숲 속이야. 단번에 잡기가 쉽지 않지. 범인이 도망 다닐 시간을 생각해야 돼. 휴대폰 전파 차단기는 반경 몇 십 미터가 고작이야. 범인이 차단 반경을 넘어가서 휴대폰을 누르면 게임 끝이지. 범인이 나타나자마자 체포해서 휴대폰을 뺏는다는 보장이 없어."

"휴대폰 중계탑 주파수를 차단시키는 건 어떨까? 그런 건 경찰이 나서야 가능한 일이잖아."

"불가능할걸. 기지국을 차단하면 해당 지역 전체에 통신 불통이 일어날 텐데, 한국은 통신법이 엄격해서 매우 난감한 문제지. 만약 가능하다고 해도 절차가 오래 걸릴 거야. 지금은 시간을 다투는 상황이잖아. 허가가 날 시점이면 범인은 새로운 범죄를 저지르고 멀리 도망가고도 남겠지."

실망감이 승주의 인상을 더 구겨놓았다.

"그냥 사살해 버리면 안 될까. 저격수가 잠복하고 있다가 놈이 나타나면 한 방에 골로 보내는 거지. 휴대폰 누를 틈도 없이 순식간에."

"편지를 허투루 읽었군."

"에? 뭐가?"

"핵심은 휴대폰이 아니야. 휴대폰보다 더 위험한 건 타이머야. 범인을 제때 잡지 못하거나 범인이 장소를 불지 않으면 끝장이지. 어느 쪽이든 질 수밖에 없는 상황이야. 범인을 체포하는 건 2차적인 문제야. 아이들이 걸려 있어. 아이들을 구하려면 범인이 요구하는 대로 따를 수밖에 없어."

"젠장."

옆에서 두 사람의 대화를 듣고 있던 목사는 사명감이 더 견고해졌다. 경찰에 알리지 않길 정말 잘 했다는 생각에 오히려 마음이 놓였다.

권민이 계획을 생각해 내는 동안 침묵이 흘렀다. 승주는 엄혹한 분위기에 눌린 채 그저 불안한 낯빛으로만 앉아 있을 뿐이었다. 권민은 궁리가 끝난 듯, 일사천리로 읊기 시작했다. 그녀의 계획은 이랬다.

'김이수는 몸에 초소형 녹음기를 지니고 간다. 범인이 남긴 메시지를 발견한 뒤, 녹음기에 메시지를 읽어 목소리를 남긴다. 그리고 녹음기를 몰래 흘리고 떠난다. 숨어서 본다는 범인은 김이수를 따라 갈 것이니, 김이수가 떠난 직후 권민은 녹음기가 있는 곳으로 간다. 녹음기에 녹음된 약속장소를 확인한 후, 최대한 빨리 출동한다.'

목사는 반색이 되었다.

"기막힌 계획이네요. 그런데 제가 녹음기를 흘리고 간 다음에 범인이 다시 와서 주변을 살펴보면 어떡하죠? 쪽지도 자기한테 가져오라고 한 거 보면 의심이 아주 많아 보이는데. 아무래도 주변을 수색할 것 같아요. 그럼 녹음기 발각되는 거잖아요."

"그럴 확률은 극히 낮습니다. 범인은 김이수 씨가 수상한 행동을 하지 않는지 지켜본다고 말했어요. 시야에서 놓치지 않고 따라가야 한다는 뜻이죠. 한눈 팔 시간이 없습니다. 쪽지를 가져왔는지는 만나서 확인하면 되니까요."

"그래도요. 워낙 이상한 사람이니까 어디로 튈지 모르잖아요.

공범이 있을지도 모르고."

승주가 고개를 저으며 끼어들었다.

"그 자식한테 공범이 있으면 제가 강아지예요. 범죄심리학적으로다가 그 자식 완전 왕따 캐릭터거든요. 그리고 편지 내용만 봐도 원맨쇼라는 게 티가 나요. 휴대폰 기폭장치에다 타이머까지. 공범자가 있다면 그렇게 번거로운 장치를 꾸며낼 필요가 없죠. 더구나 편지 쓴 어법에서도 떠벌리기 좋아하는 성향인 게 드러나요. 공범이 있으면 자랑질 하고도 남을 놈이에요."

"그래도 자꾸만 불안하네요."

"걱정 마십시오. 녹음기 크기가 아주 작습니다. 수풀 속에 튕겨 넣는 순간 아무도 발견 못 합니다."

"그럼 조사원님은 어떻게 찾으시려고요?"

"탐지장치가 있어요. 녹음기와 탐지기가 한 세틉니다."

"아, 그렇군요. 정말 신기하네요. 그런 게 다 있고."

승주는 감탄이나 하고 있는 목사가 어이없었다. 냉정하기 짝이 없는 권민도 야속했다. 이 섬뜩한 계획을 어떻게든 말리고 싶었다.

"잠깐, 선배. 다른 쪽으로도 한번 생각해 보자고."

권민의 시선이 승주의 불만스런 표정과 마주쳤다.

"혹시 말이야, 이 사이코 자식이 낚시하는 걸 수도 있잖아. 폭탄장친지 뭔지 다 허풍 떠는 거 아닐까? 단독범들이 허풍이 세잖아. 공범 없으니까 자기 능력을 과장하는 거지. 이번에도 그래. 지는 달랑 혼잔데, 목사님 쪽에는 경찰이 쫙 깔렸잖아. 꿀리지 않으려면 뭔가 내세울 만한 게 필요했겠지. 얕잡히기 싫어서 거짓말로다가 과대포장하려는 꼼수 아닐까?"

"그럴지도 모르지."

"그래, 그렇다니까. 그럼 그냥 잠복했다가 덮치는 게 정공법 아니겠어?"

"허풍이 아니라면?"

"허풍이라면?"

"허풍이냐 아니냐가 중요한 게 아니야. 확률이 반반이라는 게 중요하지. 확률이 반반이라면 가장 위험한 경우를 먼저 고려해야겠지."

승주는 침묵했지만 동의한 표정은 아니었다. 목사는 승주를 슬쩍 밀어내며 걱정스레 말했다.

"저기, 좀 걸리는 게 있는데요, 제가 떠난 후에 조사원님이 오셔서 녹음기를 듣는 거잖아요. 근데 조사원님은 제가 언제 떠날지 모르시잖아요. 만약 마주치기라도 하는 날에는 범인이 알아챌 텐데. 그래서 말인데, 바로 오시지 말고, 아예 넉넉잡고 몇 시간 후에 오시면 어떨까요."

목사의 대책 없는 배짱에 승주는 무릎을 꿇을 뻔했다.

"김이수 씨는 녹음기를 남긴 후에 다시 약수터 진입로로 나오기만 하면 됩니다. 시간은 제가 맞춰서 할 거니까 염려 마세요."

"어련히 잘 하시겠지만, 그래도 혹시 또 너무 빨리 오셨다가 들키시면 어떡해요."

"오늘 밤에 미리 가서 잠복해 있을 겁니다. 범인은 김이수 씨 동선에 따라 움직이니까 제가 들킬 염려는 없어요."

"예? 오늘 밤에요? 아니 그 험한 숲 속에서 어떻게 잠을 자세요. 거기가 꽤 가파른데. 통행로 아닌 쪽은 비탈길에다 덤불 투성이에요."

목사의 노파심은 계속 이어질 분위기였다. 권민이 말을 돌렸다.

"저녁에 녹음기 갖고 다시 들르죠. 녹음하고 떼어내는 연습을 해야 됩니다. 어설프게 했다간 범인한테 들킬 수 있어요."

"예, 알겠습니다."

세 사람은 건물 밖으로 나왔다. 거사를 앞두고도 태평하게 인사를 건네는 권민과 목사를 보면서 승주는 경이로운 건지 섬뜩한 건지 아리송했다.

승주는 길거리로 나서자마자 불퉁한 심경을 드러냈다.

"선배. 아무리 생각해도 이건 진짜 아니거든. 김 목사가 너무 위험해. 일단 경찰한테 알리자."

"시간이 없어. 내일이야."

"이건 월권이라고. 우리가 이렇게 멋대로 해도 되는 거야?"

"경찰은 따져야 할 게 너무 많아. 김이수의 목숨을 담보로는 절대 수사 못 해."

"그게 정상이잖아."

"태평한 소리군. 상황 자체가 이미 정상이 아니야. 현실적으로 판단해. 김이수가 직접 가는 게 최선이야. 망설이다가 기회를 완전히 놓칠 수 있어."

"이대로 가면 목사 양반 죽는다니까."

"어른 한 명이 죽고 아이들 여덟 명이 산다면, 산술적으로도 윤리적으로도 시도할 가치가 있어."

"뭐? 어떻게 그런 놀부 발바닥 같은 소릴 하냐. 그니까 김 목사를 미끼로 쓰고 버리겠다는 거야? 진짜 너무하잖아. 죽을 가능성이 99퍼센트라고."

"본인도 각오한 일이야."

"선배가 냉정하다는 건 알고 있지만 이건 정말 아니지. 알아보
니까 김이수라는 양반, 평판도 무지 좋던데. 안 그래도 뭣 같은
세상, 그런 좋은 사람들은 남겨둬야지."

"네 동정심이 나비효과가 될 수도 있어. 한 사람을 살리고 여덟
명을 죽이게 되는 거지. 아이들을 생각해. 그 편이 더 윤리적이야."

"그 자식이 노리는 건 아이들이 아니라 김이수잖아. 목표물이
다른데 아이들을 그렇게 쉽게 죽이겠어?"

"살인마의 성향이야 얼마든지 변할 수 있지. 장부 속 인물들이
처음부터 범죄 대상이 아니었던 것처럼. 이전에 저지른 연쇄살인
은 기독교와는 무관한 자들이었어. 더구나 지금 범인은 분노 폭
발 직전이야. 일단 폭발하고 나면 이전의 허물을 벗고 새로운 패
턴의 살인마로 거듭날 확률이 크지. 이를테면, 어린이만 노리는
범죄?"

승주의 머릿속에서 박진우의 참혹한 시체가 어린아이의 시체
로 바뀌어 떠올랐다. 승주는 상상만으로도 속이 뒤틀렸다. 더 이
상 권민의 뜻을 거스를 수 없었다.

* * *

김이수의 사무실 건물 앞에서 잠복형사가 주시하고 있었지만
흰머리 가발과 뿔테 안경, 고무줄 바지만으로도 그들의 시선을 따
돌릴 수 있었다. 조잡한 노인네 변장을 한 김이수는 승주가 기다

리고 있는 큰길가 약속지점까지 무사히 도착했다. 승주는 잠복형사가 김이수인 걸 알아채 도로 잡아가 주길 기대했지만 꿈은 이뤄지지 않았다.

진남색 해치백이 김이수를 태우고 약속 장소를 향해 출발했다. 권민이 빌려준 자동차였다. 운전대를 잡은 승주는 조수석에 앉아 있는 김이수를 흘끔거렸다. 목사의 표정은 삼일절 특집드라마에 나오는 독립운동가의 과장된 비장함과 똑 닮아 있었다. 촌티 날 정도로 우직하기 짝이 없는 바보. 그래서 승주의 심장이 더 짠하게 옥죄였다. 지금이라도 다시 설득해 보고 싶었다.

"목사님, 꼭 가셔야겠습니까?"

승주 쪽을 바라보는 김이수의 시선은 단호했다. 그는 옅은 미소로 대답을 대신했다. 김이수의 침묵에서 승주는 돌이킬 수 없음을 거듭 확인했다. 목사도 승주도 다른 방법이 없다는 걸 알고 있었다. 어린 아이들이 걸린 문제다. 더구나 촌각을 다투는 일이다. 하지만 불가항력이라는 걸 알면서도 승주는 여전히 갈등에 휩쓸렸다. 둘 중 하나를 선택해야 하는 인간적 괴로움이 쉼 없이 거치적거렸다. 김이수와 아이들 모두를 살릴 수 있는 방법은 없는 것인지 승주의 마음속에서 진퇴양난의 비극이 다시금 소용돌이쳤다.

승주는 악랄한 범행을 일으키는 흉악범들의 심리에 대해 늘 관심이 많았다. 호기심의 초점은 피해자가 아닌 가해자였다. 이상 심리가 애초에 어떻게 형성됐고 어떻게 발현되는가를 학자의 시선으로 분석하곤 했다. 피해자는 그저 수동적인 변사체로 잊힐 뿐, 능동적인 행동으로 사건의 주역이 되는 건 언제나 가해자 악당이었다. 하지만 이번에는 악당의 존재가 흐릿해졌다. 승주는 목사의 내면에 어떤 외골수적 심리가 들어찬 것인지 연민어린 호기심이 꿈틀댔다.

"종교적 사명인가요?"

승주의 뜬금없는 질문에 김이수의 독립운동가 표정이 흐트러졌다.

"무슨 말씀이신지."

"살인범조차 두려워하지 않게 만드는 거요. 기꺼이 살인마 소굴로 들어가는 거요."

목사는 잠시 뜸들이다가 대답했다.

"모르겠습니다."

승주가 예상한 대답과 달랐다. 객기에 가까울 정도로 확신에 찬 심리상태가 아니라면 위험천만한 행동을 할 수 없는 게 인간의 감정구조다. 망상에 가까운 신념만이 인간을 무모하게 만들 수 있다. 목사의 단호한 표정과 달리 마음속은 갈팡질팡 헤매고 있는 것인가.

"왜 이런 일이 벌어져야 하는지도 모르겠고, 제가 지금 정확히 뭘 할 수 있는지도 잘 모르겠습니다. 정말 잘 할 수 있을지."

승주는 목사의 심경에 변화가 일어나길 바라며 다그치는 어투로 몰아세웠다.

"유일신을 믿는 분께서 모르겠다는 얘길 하시니 좀 혼란스럽군요. 모든 게 신의 뜻이라고 믿기 때문에 지금 이런 무모한 행동을 하는 거라고 생각했는데 말이죠. 살신성인적인 행동이긴 하지만 결국은 이것도 일종의 광신 아닌가요? 이 불행한 사건마저 신

의 뜻으로 상정하고 자신의 희생마저 신의 뜻으로 여기는 광신이
요. 기꺼이 자신을 자살폭탄 테러리스트로 만드는 종교적 무모함
같은 거 말입니다."

승주는 일부러 공격적인 표현을 써서 김이수를 흔들어놓을 생
각이었지만, 목사의 표정은 쓸쓸해 보일 뿐 여전히 차분했다.

"인간사에서 벌어지는 모든 일이 신의 뜻이라고 생각하지 않아
요. 그러면 살인자의 악행마저 신의 뜻이 돼버리는 거니까요."

"전지전능한 신이라는 교리를 거부한다는 말처럼 들리네요."

"전지전능이라는 개념에 집착해선 안 된다고 봐요. 전지전능하
기 때문에 하나님을 믿는 게 아닙니다."

"그럼 왜 신을 믿으세요?"

김이수는 바로 대꾸하지 않았다. 시선을 돌린 채 생각에 잠긴
목사의 처연한 표정이 차창에 반사돼 흩어졌다. 승주는 원래의
부드러운 어투로 돌아와 얘기를 계속 이어나갔다.

"목사님이 쓰셨던 칼럼들 찾아서 읽어봤어요. 개신교 주류 쪽
에서 싫어할 얘기들만 줄기차게 주장하셨더라고요."

김이수의 얼굴 근육이 풀어지며 미소가 스쳤다.

"목사님 책이나 인터뷰 보면 레퍼토리가 너무 뻔하더군요. 항
상 '이웃사랑' 주장으로 도배돼 있던데요."

김이수가 다시 미소를 흘렸다.

"정확히 보셨네요. 제가 기독교에 귀의하게 된 게 바로 그 점
때문이에요. 예수님은 이웃사랑을 어떤 계율보다 더 강조하셨어
요. 아마도 예수님께서는 자기는 부정해도 이웃사랑은 부정하지
말라고 하셨을 겁니다."

"하지만 이웃사랑이 제일 중요한 거라면, 굳이 신의 존재나 종교를 고집할 이유가 없을 것 같은데요. 신이 있건 없건 목사님의 양심은 변함이 없을 테니까요. 마음의 도덕률을 따르며 사는 게 더 종교적으로 보이거든요. 이웃사랑만 실천하고 살면 되지 굳이 신이 필요할까요?"

"맞는 말씀이세요. 이웃사랑이라는 본질만 깨닫는다면 교회도 성경도 들러리에 불과하지요. 하지만 제가 주님의 존재를 믿는 것 또한 이웃을 사랑하기 때문이에요. 사실 제게는 신이 없어도 됩니다. 하나님도 예수님도 제게는 필요 없습니다."

승주는 무슨 의미인지 바로 감이 오지 않았다.

"저나 다른 사람들이 아무리 열심히 봉사하고 나눔을 실천한다고 해도 이 세상 모든 이들에게 도움을 줄 수는 없어요. 세상에는 가난과 고통 속에서 살아가야 하는 사람들이 너무 많아요. 우주에 있는 수많은 별을 다 헤아릴 수 없는 것처럼 불행에 고통 받는 사람들이 헤아릴 수 없을 만큼 많습니다. 그래서 주님이 있었으면 좋겠어요. 절망의 끝으로 내몰린 그들에게 하나님은 마지막 희망이 될 수 있습니다. 내가 알지 못하는 수많은 불행한 아이들, 내가 돕지 못하는 수많은 가난한 사람들에게 마지막 지푸라기가 돼주는 존재. 구원받을 수 있다는 희망마저 없으면 그 사람들은 돌멩이와 다를 바 없는 자투리 인생에 지나지 않겠지요. 인간에게 그보다 더 큰 절망이 있을까요? 피지도 못한 채 시들어버리는 인생만으로 모든 게 끝이라면 너무나 가혹한 일입니다."

김이수의 목소리가 잔물결로 떨리며 잦아들었다. 김이수에게 주님은 곧 희망이었다. 세상에 대한 깊은 연민이 그에겐 치명적인 고통이었다. 천국행 티켓을 얻고자 절대자를 섬기는 게 아니라 인간에 대한 지독한 연민으로부터 해방되고자 주님을 영접하고 있었다. 승주는 순결한 이타심이라고 생각했다. 이타심이 아예 강박관념으로 확장돼 정신까지 점령한 상태였다. 이토록 선량한 사람을 살인마에게 데려가야 하다니 승주의 마음속에서 괴로움이 다시 치밀었다. 하지만 이타심으로 점철된 김이수의 마음자리를 설득시킬 방법은 없어 보였다. 승주는 내비게이션을 곁눈질했다. 목적지가 얼마 남지 않았음을 나타내는 화면이 공포영화의 피칠갑 장면처럼 섬뜩했다.

진남색 자동차가 갈래산 기슭에 다다랐다. 차문이 열리고 비장한 그림자 하나가 내려섰다. 땡볕에 일그러진 그림자는 숲길 진입로로 걸어갔다. 처량한 한숨소리만 남긴 채 살인마의 흉계 속으로 미련 없이 사라졌다. 승주는 후줄근한 낯빛으로 시계를 들여다보고는 길섶에 차를 세운 후 휴대폰을 꺼내들었다. 못마땅한 손질로 문자를 보냈다.

'2분 전에 올라갔어.'

메시지를 받은 사람은 권민이었다. 그녀는 약수터 맞은편 자락에 대기하고 있었다. 원래는 망원경으로 김이수가 도착하는 걸 관찰할 생각이었으나 측정각도가 맞지 않았다. 잠복 장소로 유일하게 적합한 덤불숲은 약수터 길목 아래쪽이었다. 측정을 위해 높은 지대를 택한다면 놈에게 들킬 확률도 높아진다. 권민은 모험보다는 신중한 쪽을 택했다. 약수터 길을 올라오면서 미리 거리를 계산해 두었다. 김이수는 전문 산꾼만큼은 아니지만 노동봉사로 단련된 몸이라 등산 시간은 길지 않을 터였다. 그의 체력과 보폭

182

에 맞춰 권민이 계산한 시간은 20분 내외였다. 목사가 쪽지를 확인한 뒤 범인과 함께 사라질 시간까지는 30분이면 족하다. 그 이상 지체할 수는 없다. 권민은 계산된 시간이 오기를 기다리며 덤불 속에 누워 몸을 숨겼다.

김이수는 긴장과 몽롱 사이를 오가며 약속지점으로 근접해 갔다. 일반등산로에서 약수터로 갈라지는 길목은 나뭇가지 더미로 너저분했다. 출입통제라고 적힌 낡은 팻말이 잡목 틈에 꽂힌 채 삐걱거렸다. 약수터가 오염으로 폐쇄 조치되면서 길목 자체가 버림받은 상태였다. 목사는 주변을 살피고는 금지된 굽잇길로 비집고 들어갔다. 사람들 소리는 점점 멀어지고 음산한 나뭇잎 소리만 바람에 스쳤다.

한때 사람들이 쉬어가던 공터가 쾽한 솔바람에 떠밀려 유령처럼 나타났다. 권민이 알려준 넓적한 돌멩이 하나가 길섶 바닥에 놓여 있었다. 녹음을 마치고 되돌아 나올 때 발을 헛디디는 척하며 돌멩이를 덤불숲 아래로 떨어뜨려 줘야 한다. 돌멩이가 비탈길 아래로 튕겨 떨어지면, 잠복중인 탐정이 신호로 알아듣고 다음 계획을 실행할 거라고 했다.

공터를 끼고 돌아들어 가자마자 범인이 말했던 평평한 바위가 한눈에 들어왔다. 놈이 남긴 쪽지도 금세 눈에 띄었다. 일사천리였다. 자기 목숨도 일사천리로 위태로워지고 있다는 두려움이 김이수의 심장을 베고 지나갔다. 정신 차리자. 지금이 가장 중요한 순간이다. 절대 들켜선 안 돼. 그는 접혀진 쪽지를 집어 들고 매듭을 풀었다. 손목시계 안쪽에 매달고 온 초소형 녹음기에 대고 내용을 읊어야 한다. 하지만, 하지만……. 쪽지 내용을 보고 멍해진 순간은 영겁과 다름없었다. 절망, 아니 그 이상이었다. 이 장소가 어딘지 내가 어찌 알아. 더 지체할 수는 없었다. 어설피 어물쩍거렸다가는 범인이 의심할지도 모른다. 생각을 하자. 대체 뭐라고 녹음해야 하지. 더…… 더 머물면 안 되겠지? 그자가 뛰쳐나와 무슨 수작이냐고 다그칠지도 몰라. 그럼 녹음기도 들킬 테고. 그럼…… 아…… 아이들이……. 안 되지, 안…… 안 돼. 우…… 우선 녹음부터 하고 보자. 들…… 들키면 안 돼. 그 똑똑한 조…… 조사원이 아…… 알아내겠지.

김이수는 바위에 걸터앉아 권민이 지시해 준 순서를 떠올렸다. 녹음기는 왼쪽 손목에 찬 시계에 숨겨져 있었다. 뜸들이지 말고 단숨에 끝내라는 권민의 충고가 목사의 초조한 마음을 채찍질했다. 녹음하는 자세를 자연스럽게 꾸미기 위해 왼쪽 손을 턱에 괴었다. 목사는 쪽지 내용을 읊은 뒤에 치렁치렁 삐져나온 잡풀 그늘 쪽으로 손을 내려뜨렸다. 손목시계 밑에 장착돼 있던 녹음기를 덤불 속으로 튕겨 넣을 때까지 심장이 방망이질 쳐댔지만, 튕기는 작업을 여러 번 훈련한 덕에 녹음기는 은밀히 착지했다. 들켜선 안 된다는 강박증이 목사를 일으켜 세웠다. 쪽지를 움켜쥐고 서둘러 공터를 빠져나왔다. 돌멩이를 보고는 다급해진 마음에 자기도 모르게 그쪽으로 넘어졌다. 연기가 아니라 실제로 넘어져 돌멩이와 함께 숲 속 비탈길로 굴러 떨어질 뻔했다. 목사는 흙 묻은 몸을 화들짝 일으켜 세우고는 허겁지겁 걸었다.

약수터를 벗어났지만 임무를 완수하지 못한 것이 마음을 짓눌렀다. 쪽지를 보기 전에 느꼈던 부담감보다 더 고약한 옥죄임이었다. 어떤 도움도 요청할 수 없는 처절한 고립감이 심장을 전율시켰다. 주변에는 날짐승 하나 보이지 않았다. 적막한 숲은 냉담한 관객처럼 김이수를 흘겨볼 뿐이었다. 아, 아무도 없단 말인가. 추레한 들쥐 한 마리라도 봤더라면 힘이 될 수 있을 터인데. 지금의 이 막막함에 한 줌의 위안이나마 될 수 있을 터인데.

김이수는 갈 곳을 몰랐다. 하지만 가야 했다. 그래야 탐정인지 뭔지가 올 테고 그래야 추리인지 뭔지를 할 테니. 무조건 가보자. 목사는 왔던 길로 다시 내려갔다. 아…… 대체 범인이 오라는 곳이 어디란 말인가. 잠깐, 이런 세상에. 설마 거기? 아뿔싸, 왜 이 생각이 아까는 나지 않았던 것일까. 아, 이미 한탄은 늦었다. 되돌아갈 수는 없다. 그저 운에 기댈 뿐이다. 그저 탐정을 믿어볼 뿐이다.

숲 속에는 김이수를 지켜보는 눈이 있었다. 그자는 목사 주변을 세심히 경계하며 뒤쫓았다. 일순간도 놓치지 않으려는 듯 놈의 신체감각이 양날을 곤두세운 채 나뭇잎과 바람의 움직임까지 날쌔게 치훑었다. 망원경으로 숲 속 곳곳을 조준하면서도 왼손에 든 휴대폰을 수시로 곁눈질했다. 불시의 일격으로 휴대폰을 놓칠 것을 우려해 손목에 칭칭 동여맨 상태였다. 놈은 미행자가 없다는 사실에 우쭐한 기분이 들어 냉소를 이기죽거렸다.

목사는 뒤쪽에서 누군가 걸어오는 인기척을 느꼈지만 일부러 돌아보지 않았다. 범인인지 탐정인지. 만약 탐정이라면, 자기가 돌아보는 바람에 들통이 날 것이고, 그러면 모든 게 수포로 돌아간다. 휴대폰 뇌관이 작동하고 아이들은…… 아, 생각하고 싶지도 않다. 그저 앞만 보고 목적지로 가야 한다. 여기서 멀지 않은 곳이다. 일반등산로 쪽으로 조금만 내려가면 지름길이 바로 이어진다. 김이수는 범인의 치밀함에 소름이 돋았다. 이토록 용의주도한 자라면…… 아…… 김이수의 한숨은 더 깊어졌다.

승주는 미친 작전이 어찌 돌아가고 있는지, 김이수라는 미끼를 무사히 구해낼 수 있을지, 못마땅과 근심으로 날 서 있었다. 다행히 기다림은 길지 않았다. 예정됐던 시간에 맞춰 자동차 문이 열렸다. 권민이 조수석에 앉았다. 어떻게 됐어? 장소가 어디야? 승주의 다급한 질문에도 느긋하기 짝이 없었다. 승주는 짜증이 부글거렸다. 표정만으로는 권민의 심경을 읽을 수 없다. 그녀의 눈빛을 살폈다. 생각에 잠긴 것인지 이미 생각을 끝낸 것인지 눈빛도 표정만큼이나 굳건히 닫혀 있었다.

권민은 김이수가 남긴 녹음기를 연결 장치에 꽂아 승주에게 건넸다. 이어폰을 타고 흘러나오는 떨리는 목소리가 승주의 귓전을 당혹시켰다.

"예수를…… 행하는 곳."

승주는 낭떠러지로 떨어질 것 같은 절망감으로 권민을 쏘아보았다.

"이게 범인이 남긴 쪽지 내용이라는 거야? 약속 장소?"

"……"

"이건 뭐 무슨 암호도 아니고. 김 목사가 이렇게 남겼다는 건 자기도 어딘지 모른다는 얘기 아니야. 범인 새끼 완전 또라이잖아. 내가 뭐랬어. 그냥 잠복했다가 덮치자니까. 그 새끼한테 당한 거라고. 김이수를 거저 넘겨준 거 아냐. 젠장."

"……"

"무슨 말 좀 해봐 좀~. 인제 어떡해."

"어떡하긴. 예수를 행하는 곳으로 가야지. 범인이 있는 곳."

"아직도 그 자식을 믿는 거야? 쪽지니 뭐니 다 개수작인 것 같구만. 김이수가 착하다는 걸 이용해서 약수터까지 제 발로 오게 한 거잖아 이거."

"진정해."

"야, 권민! 이 상황에서 어떻게 진정하냐고."

"다른 방법이 있나?"

권민의 표정은 침착하다 못해 지루해 보이기까지 했다.

"범인의 계략에 따라 움직여주자고. 범인을 만날 수 있는 유일한 방법이니까."

"참나, 김 목사도 모르는 장소를 우리가 어떻게 찾아?"

"녹음기에 남길 때는 당황해서 생각이 안 났겠지. 안 그래도 긴장 상태인데다가 쪽지 내용에 더 당황했을 테니까. 하지만 곧 생각났을 거야. 김이수가 약속 장소로 직접 가주는 게 범인의 목적이니까 김이수가 충분히 추리 가능한 암호를 선택했겠지."

"암호는 개뿔. 그냥 속임수 같구만. 그 자식이 약수터 근처에서 지켜보고 있었다면 그냥 김 목사를 납치해서 데려갔겠지. 지난번 박진우처럼."

"박진우 때와는 달라. 이번에는 경찰이 추적할 가능성이 커졌잖아. 주변을 수시로 경계해야 하는 상황인데 성인 한 명을 짊어지고 갈 수는 없지. 더구나 골메산처럼 인적이 드문 곳이 아니야. 폐쇄된 약수터 이외에는 등산객이 많이 다니는 곳이야. 눈에 띄지 않으려면 스스로 가게 하는 수밖에 없어."

승주는 밀려오는 불안감을 간신히 눌러 삼키며 입술을 감쳐물었다.

"아, 씨, 예수를 행하는 곳이 대체 어디냐고. 너무 뚱딴지잖아."

권민의 휴대폰에서 램프가 반짝였다. 문자메시지 알림 표시였다.

"산 51번지로 가. 다솜 보육원이야."

"거긴 왜? 문자로 뭐가 온 거야?"

"사무장님한테 알아봐달라고 했어. 김이수가 봉사 다니는 곳 리스트. 갈래산 주변 지역으로."

승주는 권민이 자세히 설명해 주길 기다리며 시동을 걸었다.

"예수를 행하는 곳은 마구 지은 암호가 아니야. '예수를 행한다'는 말은 범인이 김이수를 만나러 갔을 때, 김이수가 범인에게 했던 말이지."

"예수를 행한다? 그게 뭔데?"

"이웃에게 봉사하는 거."

"그럼 봉사 장소?"

승주는 반사적으로 속력을 높였다. 진남색 자동차가 덜컹거리며 다급히 달려 나갔다.

* * *

다솜 보육원에는 별다른 흔적이 없었다. 권민이 찾으려는 단서가 범인의 흔적인지 또 다른 실마리인지 승주는 가늠할 수 없었다. 그는 생각할 정신도 의지도 흐릿해진 상태였다. 온통 근심과 걱정으로 혼란스러웠다. 추리는 저 무뚝뚝한 여우가 알아서 해주길 바랄 뿐이었다.

권민 역시 단서가 없다고 판단했는지, 산 70번지로 갈 것을 명했다. 두 번째 장소는 '아름드리 병원'이었다. 두 사람은 마당에 솟은 아름드리나무를 지나 로비로 들어섰다. 환자들과 방문객이 드문드문 앉아 담소를 나누고 있었다. 권민과 승주의 시선이 같은 곳에 꽂혔다. 한쪽 벽에 자랑처럼 걸린 액자, 그 안에 적힌 대형 붓글씨가 두 사람을 동시에 멈춰 세웠다.

예수를 행하자

승주가 희열을 드러내며 권민을 바라보았다.

"안녕하세요. 환자분 면회하러 오셨나요?"

간호사가 상냥한 어투로 다가와 생글거렸다. 권민이 태연하게 물었다.

"저 붓글씨 문구가 참 인상적이군요."

"네. 처음 오시는 분들마다 꼭 얘기하시더라고요."

"누가 쓴 건가요?"

"저희 원장님이요. 평상시에도 저 말을 아주 달고 사세요."

"그럼 여기 병원이 '예수를 행하는 곳'이 되겠군요."

"어머, 듣자마자 바로 알아맞히는 분은 처음 보네요. 네, 다들 그렇게 불러요."

권민은 미심쩍었다. 이곳은 보는 눈이 많아 감금 및 고문 장소로는 적합하지 않았다.

"예수를 행하는 곳이라고 불리는 데가 여기 말고 또 있나요? 이 근처에?"

간호사가 의아한 표정을 지었다.

"네. 있긴 한데. 그건 왜요?"

"원장님께서 운영하시는 병원이 또 있나 해서요."

"병원은 여기 말고는 없어요."

"그럼 거긴 어디죠?"

"원장님 자택이요. '예수를 행하는 곳'이라는 별명이 처음 붙은 곳이 원장님 집이에요. 집에서 무료 진료를 처음 시작하셨거든요."

승주의 놀란 시선이 간호사 얼굴로 강렬히 꽂혔다. 권민은 차분히 물었다.

"원장님 자택이 여기서 가까운가요?"

간호사의 입매에 다시 의구심이 서렸다.

"네. 그렇긴 한데, 왜 그러시죠?"

"원장님 지금 계신가요?"

"아니요. 사모님이랑 같이 의료봉사 가셨어요. 다음 달에나 오세요."

"저흰 기잡니다. 원장님을 취재 중인데, 자택 사진이 필요해서요."

권민의 거짓말은 유치했다. 하지만 순박한 간호사라면 이 정도로도 충분했다. 더구나 거짓말을 증언해 줄 원장도 없었다.

"어머, 기자셨구나. 진작 말씀하시죠. 어쩐지 취재하는 느낌이더라니. 그런데 말이 자택이지 거기 안 가신 지 오래 됐어요. 잠도 주로 여기서 주무시고요. 자제분들은 결혼해서 다른 곳에서 살고요. 원장님한테 전화 연락 해볼까요?"

"아닙니다. 잡지에 실리는 걸 쑥스러워 하셔서요. 연락해 봐야 사양만 하시겠죠."

간호사가 더 친근하게 생글거렸다.

"맞아요. 워낙 겸손하셔서."

"자택 사진만 한 장 찍으면 되니까 집주소만 알려주십시오."

"네."

간호사가 전해준 쪽지에는 주소와 함께 약도가 그려져 있었다.

"이 약도대로 쭉 가시면 개나리마을이라고 나올 거예요. 마을에서 좀 떨어진 곳에 원장님 집이 있어요. 동네 사람들한테 정 원장님 댁이 어디냐고 물어보시면 가르쳐줄 거예요."

"여기 약도에 표시해 놓은 산이 갈래산인가요?"

"네."

"혹시 원장님 자택이 옥동 약수터에서 가까운가요?"

"어머, 거기 아세요? 폐쇄된 지 오래됐는데."

"가까운가요?"

"네. 약수터 길 입구 맞은편에서 등산로 쪽으로 지름길이 하나 있거든요. 그 길 따라 내려가면 원장님 댁이 바로 나와요."

결정적인 단서에 승주의 심장이 희열과 공포로 들썩거렸다. 잠시도 지체할 수 없었다. 두 사람은 간호사의 인사를 등 뒤로 흘려들으며 서둘러 병원을 나섰다.

원장 집으로 가는 도중에 권민은 황 팀장에게 전화를 넣어 출동을 요청하며 주소지를 알려줬다. 십자가 범인의 은신처라는 얘기와 함께 납치된 유치원 아이들도 찾을 수 있다는 말을 덧붙였다. 아직 눈으로 확인한 건 아니지만 일단 황 팀장에게는 폭탄이 있다고 단정적으로 얘기했다. 폭탄이라는 말에 놀란 팀장은 한숨을 거푸 내쉬었다. 수사 때문에 서울에 와 있는 터라 출동 시간이 오래 걸리지 않을 거라고 했다. 황 팀장은 권민이 시키는 대로 폭탄제거반을 소환해 갈래산으로 출발했다.

권민과 승주는 정 원장 집으로 이어지는 길목 어귀에 차를 세웠다. 두 사람은 차에서 내려 통행로가 아닌 덤불길을 따라 은밀히 움직였다. 덤불 틈새로 집 하나가 희끗거렸다. 아담한 단층 벽돌집이 모습을 드러냈다. 앞뜰 구석에는 썬팅 짙은 6인승 승합차가 주차돼 있었다. 어린애 여덟을 감금해 태우고 다니기에 적합한 차종이었다. 창문이 죄다 커튼으로 가려진 벽돌집은 음산한 흉심을 품은 듯한 아우라가 선연했다.

권민은 본채 주변에 외떨어져 있는 창고로 시선이 끌렸다. 창고 문짝에 채워진 자물쇠가 의심스러웠다. 권민의 망원경이 창고의 빈틈을 찾아 훑었다. 조그만 환기창 하나가 망원경 시야에 포착됐다. 아이들이 재갈 물리고 결박당한 채 반은 실신하고 반은 울먹이며 앉아 있었다. 아이들 머리 위쪽 벽에 달려 있는 선반으로 시선이 꽂혔다. 정체가 불분명한 꾸러미 위에 휴대폰이 검정테이프로 칭칭 감겨 있는 모습이 비스듬히 보였다. 휴대폰이 저런 모양새로 있는 경우는 하나뿐이다. 폭탄에 연결된 휴대폰 뇌관이 분명하다. 저 휴대폰에 놈이 전화를 걸어 벨이 울리는 순간, 전기 자극이 일어나면서 연결된 배터리에서 열 반응이 촉발돼 폭발로 이어질 것이다.

같이 확인한 승주는 긴장한 눈길로 권민을 응시했다. 원칙상으로는 경찰이 도착할 때까지 기다려야 하지만, 몇 초도 지체할 수 없는 절체절명의 상황이었다.

"그 자식, 집안에 있는 걸까? 외출 중인 거면 좋겠는데."

"집안에 있어. 맛있는 음식이 배달됐는데 외출하는 사람도 있나."

식겁한 비유에 승주는 더 얼어붙었다.

"일단 범인을 집 밖으로 나오게 해야 돼. 김이수와 격리시킨 다음에 처치해야겠지."

"그래, 그래, 뭐가 됐든 빨리 하자. 걱정돼 미치겠다. 김 목사 아직은 괜찮겠지?"

권민이 승주에게 폭죽탄을 쥐어주었다.

"신호 받자마자 점화해."

"알았어."

폭죽탄을 쓰는 이유는 이미 알고 있지만, 승주는 여전히 생뚱맞은 기분이 들었다. 권민은 늘 엉뚱한 소품을 사용하곤 한다. 그런 소품들이 최선의 선택이어서가 아니다. 엉뚱하다 못해 우스꽝스럽기까지 한 소품을 쓰는 이유는 범인들의 예측을 무너뜨리기 위해서다. 사악한 놈들은 영리하다. 추론 속도가 일반인은 물론 잡범들보다도 훨씬 빠르다. 그러니 상식적인 추론이 불가능한 이상한 소품으로 유인해야 한다는 게 권민의 지론이었다. 생뚱맞은 상황에 처했을 때 악당들의 머리회전은 잠시 주춤해질 테고, 권민은 바로 그 틈새를 이용해 상황을 반전시킨다. 이번에도 그저 시키는 대로만 하면 될 거다. 승주의 비장한 안광이 다짐하듯 끄덕거렸다.

"선배."

권민의 그림자는 이미 덤불 속으로 흩어졌다. 승주는 마저 중얼거렸다.

"꼭 구해줘, 꼭."

보일 듯 말 듯 움직이는 권민의 날렵한 상체가 덤불가지인지 지나가던 새의 날갯짓인지 분간하기 어려웠다. 그녀는 담뱃갑 크기의 휴대폰 전파차단 장치를 주머니에서 꺼내 손에 쥐었다. 반경 10미터 미만에서만 작동하는 제품이다. 어디까지나 예비용이었다. 전파차단기에 의존해야 하는 상황까지 가지 않고 안전하게 끝내는 게 1차 목표였다. 모든 사건이 다 그렇지만 이번에는 특히 더 단번에 제압해야만 한다. 싱거우리만치 속전속결로 끝내야 한다는 건 오랫동안 무예로 단련된 권민의 몸이 더 잘 알고 있었다.

작렬하는 여름 햇살이 놈이 은거한 집 주위로 조명을 몰아주었다. 놈이 자신들을 훤히 지켜보고 있는 것은 아닌지, 승주는 방정맞은 노파심을 쫓아버리며 폭죽탄을 꼭 쥐고는 수풀 건너로 넘어갔다. 폭죽 터트리기 좋은 공터에 자리 잡고 점화장치에 30연발 폭죽을 올려놓았다. 권민의 신호가 오기만 기다리며 하늘을 뚫어져라 올려다보았다.

드디어 신호가 잡혔다. 풍선 하나가 하늘 위로 두둥실 소리 없이 올라가는 게 보였다. 역시나 우스꽝스런 소품이다. 지금 상황에선 안성맞춤이었다. 서로 마주 볼 수 없는데다가 들키지 않고 은밀하게 신호를 주고받아야 하는 경우에 아주 유용한 방법이었다.

승주는 반대편 하늘로 폭죽을 쏘아 올렸다. 불볕 대기 속으로 알록달록한 불꽃이 굉음에 실려 터져 흘렀다. 폭죽에 탑재된 피리소리까지 왁자하게 울려 퍼지니 집구석에 처박힌 사람이라 할지라도 호기심에 도저히 나와 보지 않을 수 없게 만들었다.

반응은 즉각 나타났다. 꼭꼭 숨어 있던 놈이 커튼 틈새로 하늘 언저리를 휘둥그레 내다보더니 내부 자물쇠까지 따고 밖으로 뛰쳐나와 허공을 치훑었다. 대체 뭔 뚱딴지 같은 상황인 건지 전혀 가늠이 되지 않아 얼떨떨할 뿐이었다. 휴대폰은 목줄에 매달려 대롱대롱 흔들리고 있었다. 놈이 난데없는 불꽃놀이에 경계를 놓친 건 아주 짧은 순간이었다. 녀석의 교활한 감각이 돌아오기 직전, 허공을 뚫고 나온 수도(手刀)가 놈의 백회혈 급소와 목덜미 급소를 연발타격으로 후려치고는 오른손에 들린 단검을 발목기술로 걸어차 멀찌감치 날려버렸다. 목덜미에서 휴대폰 목줄을 잡아채 빼낼 때까지 녀석은 어리둥절히 당하기만 했다. 순식간에 벌어진 일이었다. 놈은 상황을 살필 새도 없이 균형감각을 잃은 채 고꾸라질 듯 비칠거렸다. 가까스로 반격기술을 기억해내 등 뒤에 서 있는 적의 옆구리 급소로 주먹을 휘둘렀지만 적은 가볍게 되받아치면서 상대를 완전히 무력화시키기 위해 무르팍을 짓밟았다. 생사와는 무관했으나 말초신경을 타고 밀려드는 고통은 치명적이었다. 좌절한 몸뚱이는 비명을 토해내면서 플라스틱 수갑으로 결박되었다. 권민은 범인의 휴대폰을 투명 지퍼백에 집어넣었다.

승주가 일방적인 결투 현장으로 달려왔다. 집안으로 들어갔던 권민이 도로 걸어 나왔다. 우두커니 선 채로 생각에 잠긴 권민의 표정에서 승주는 불길한 광경이 떠올랐다. 반쯤 열린 현관문을 통해 피비린내가 흘러넘쳤다. 승주는 집안으로 뛰어 들어갔다. 아…… 시각적인 충격에 압도돼 사지가 비틀거렸다. 온 신경이 굳어버리며 질식할 것처럼 옥죄였다. 십자가에 거꾸로 박힌 김이수는 채 감기지 않은 눈으로 정지돼 있었다. 영혼이 이미 떠나버린 눈동자는 여전히 고통 속에서 헤매는 듯 비통함으로 그렁거렸다. 마지막 순간에 애처롭게 스쳐갔을 한 인생의 추억과 희망이 먼지로 부서져 차디찬 육신 주위로 흩어졌다. 승주의 뇌신경은 먼지들 속에서 환영을 보았다. 없음의 환영. 아무것도 없었다. 무서우리만치 태연한 극사실의 세계만 보일 뿐이다. 판타지 영화의 한 장면처럼 다이아몬드 빛깔 영혼이 빙그레 웃어주는 환영이나마 보고 싶었다. 충격받은 뇌신경이 진통용 환각으로 위로해 주길 바랐지만 인체 손상의 병리학적인 정물화만 눈앞에 또렷이 떠 있었다. 그래서 더 믿을 수 없었다. 너무나 태연히 벌어져 있는 저 엄혹한 현실이 너무나 비현실적으로 느껴졌다. 흔들리는 건 승주뿐이었다. 주변의 모든 것들은 지독히도 차분했다. 암막커튼의 가느다란 틈새로 기어들어오는 빛줄기는 빈 공간을 스치고 지나갈 때처럼 무심하게, 참혹히 널브러진 손바닥마저도 여전히 무심하게 뚫고 지나갔다. 승주는 그 태연함이 슬펐다. 한 인간의 지독한 비극은 쉽사리 과거로 묻히고 말았다. 그리고 그뿐이었다. 그토록 태연히.

승주는 한동안 그 자리에 주저앉아 있었다. 얼마나 흘렀는지 시간개념마저 흐릿해졌다. 김이수의 시신을 혼자 두고 싶지 않다는 생각만이 뼛속 깊이 맴돌았다. 밖에서 사람들이 떼로 뛰어오는 소리가 들렸다. 다급하고 요란한 소음. 현관문이 짜개지며 형사들이 들이닥쳤다. 욕지거리가 여기저기서 터져 나왔다. 실신하기 직전인 승주는 형사의 부축을 받으며 밖으로 나왔다. 승주의 분노한 시선이 놈을 찾아 두리번거렸다. 놈은 연방 신음을 지르며 경찰 손에 끌려가고 있었다. 다른 한 쪽에선 아이들이 무사히 의료수송차로 이동 중이었다. 승주는 안도의 한숨과 치 떨리는 슬픔을 동시에 느끼며 눈물을 삼켰다.

황 팀장은 외떨어져 있는 권민에게 뛰어왔다. 한동안 입치사가 이어졌다. 김 목사가 어떻게 여기 와 있냐며 황당해하는 대화가 여기저기서 들썩거렸지만 권민은 김이수가 미끼로 쓰였다는 사실을 말하지 않았다. 어쩌다 은신처를 발견하게 됐는지에 대해서도 말하지 않았다. 어차피 경찰은 집요하게 캐묻지 않을 것이다. 자신들의 업적으로 포장하는 일에 바쁠 테니까. 권민은 범인의 휴대폰이 담긴 비닐백을 팀장에게 건네주고는 칭찬행렬을 외면한 채 현장을 빠져나왔다. 승주도 말없이 뒤따랐다.

두 사람은 소란스런 현장에서 멀어지는 동안 한마디도 나누지 않았다. 텃검불 밟히는 소리만 청승맞게 부스럭댈 뿐 길쭉한 형체 둘은 숨소리조차 내지 않은 채 적막에 이끌려 갔다. 승주는 괴어오르는 눈물을 막을 수 없었다. 침묵으로 굳어버린 눈시울에서 죄책감이 흥건히 맺혀 떨어졌다. 눈물로 흐려진 시야로 권민의 목석 같은 뒷모습이 어룽거렸다. 그녀는 시선을 허공에 버려둔 채 메마른 표정으로 걸어갔다. 외까풀 속에 더 깊숙이 묻혀버린 눈빛은 땅거미를 등지고 사라지는 절름발이 늑대와 닮았다. 빈손인 채로 굶주린 새끼들에게 돌아가야 하는 어미 늑대의 허탈함이 권민의 창백한 눈빛 속에서 쓸쓸히 일렁였다.

인간의 비극 따윈 관심 없는 명주바람이 권민과 승주를 싱그러운 꽃향기로 희롱했다. 여름 풀벌레는 지절대고 햇빛은 찬란했다. 능소화나무 군락의 우아한 황적색 물결이 그들이 가는 길목을 따라 흐드러지게 타올랐다.

2장

만남, 그리고 시작

1

*"승객 여러분, 비행기가 곧 이륙할 예정이오니 모두 자리에 착석
해 안전벨트를 매주시기 바랍니다."*

독 소장과 승주는 긴장이 밀려와 마치 사막 땡볕에 노출된 듯
온 신경이 화끈거렸다. 시간이 지날수록 긴장감은 점점 더 볶아쳐
댔다. 비행하기에 좋지 않은 궂은 날씨 때문이 아니었다. 두 사람
은 등받이에 기댄 채 각각 커피 잔과 영화 모니터에 눈길을 줬지
만 그저 눈길을 걸쳤을 뿐, 마음 속 눈길은 20만 리 바다 건너 어
딘가에 꽂혀 있었다.

"휴, 이제 드디어 시작이군."

독 소장의 얼굴 근육이 긴장감으로 팽팽해지다 못해 된서리가
내려앉은 것처럼 얼어 보였다. 승주가 피식, 웃음을 흘렸다.

"아직 시작도 안 했죠. 도착하려면 열두 시간이나 남았다고요. 벌써부터 그렇게 긴장하시면 어떡해요. 지금 소장님 얼굴 표정 장난 아니에요. 그러다 꽁꽁 얼어붙겠네요."

"흥, 남 말 하기는. 얼굴 모공까지 떨리고 있는 거 다 보인다네, 이 청년아."

승주는 회의에 찬 어조로 웅얼거렸다.

"솔직히 이거 우리가 해낼 수 있을까요? 첫 사건치고 너무 큰 걸······"

"허허, 또 초 치는 소리! 그렇게 자신 없으면 지금이라도 비행기문 박차고 돌아가든가."

독 소장의 쓴소리에 승주는 마음을 다잡았다. 시작도 하기 전에 소심해지면 곤란하다. 비장한 마음가짐을 유지해야만 한다. 그래야 가짜 자신감일지언정 이 불안한 모험에 의지가 될 테니까. 승주는 비장함과 관련된 기억들을 죄다 그러모았다. 이쪽으로 발을 들이게 된 과정이 후다닥 뇌리를 스쳤다. 탐정이 된 첫 번째 동기는 죄책감이었다. 승주 대신 지방대학 강의 대타를 가줬던 친구가 학교 밖 골목길에서 뻑치기를 당해 목숨을 잃었다. 몸도 못 가눌 만큼 충격이 컸지만 점차 제정신이 들면서 억울함이 울컥거렸다. 그게 시작이었다. 경찰서와 범죄학전문가들까지 찾아다니며 뻑치기 관련 자료를 닥치는 대로 입수했다. 활자 기록물을 분석하는 일이라면 무엇이든 자신 있었다. 범죄기록이라고 특별히 다르겠는가. 난해한 철학서와 문예이론을 청소년용으로 요약해 내는 솜씨라면 형사 문건도 해독해 낼 수 있으리라. 범인에 대한 복수심이 보태지면서 박사논문 쓰던 시절보다 더 진지한 마음으로 몰두했더랬다. 마침내 결정적인 단서를 찾아내 형사들을 닦달했고, 경찰서로 야식을 사들고 간 어느 날, 담당 형사는 범인이 잡혔다며 히죽 웃어보였다.

이것으로 끝인 줄 알았다. 승주는 다시 일상으로 돌아갈 거라고 예상했다. 하지만 죄책감이 지나간 자리에 요상한 불씨 하나가 스멀거리는 걸 느끼고 말았다. 지금까지 승주는 학문을 통해 인간과 세상을 연구했다. 그동안의 연구가 간접적인 겉핥기였음을 그 요상한 불씨가 일깨워주었다. 생생한 인간 철학을 탐구해보고 싶은 마음이 죄책감에 시달릴 때보다 더 맹렬히 끓어올랐다. 수사학으로 점철된 예술철학이 아닌, 치명적일 정도로 적나라한 인생 그 자체로 뛰어들어 피가 튀기면 피를, 울분이 치밀면 울분을, 발가벗겨진 언어로 가감 없이 인간사를 증언하고 싶었다. 승주는 결과가 어찌 되든 열정적인 목표가 생겼다는 사실만으로도 멋들어진 기분이 들었다. 그런데 지금 이 꼴이 뭔가. 탐정으로서 처음으로 의뢰받은 사건을 앞에 두고 벌벌 떠는 나약함이라니. 강력사건의 날 비린내를 직접 맞닥뜨리려면 무쇠심장을 엔진으로 달아야 하는 것을.

승주는 작은 모니터에서 펼쳐지는 코미디 영화에 빠져들고 싶었지만 우스꽝스런 장면에서조차 숙연한 다짐이 불쑥 끼어들어 훼방을 놓았다. 채널을 돌렸다. 죄다 전체 연령 관람에 맞춰진 선량한 내용들이었다. 이 보수적인 콘텐츠 목록 안에서 잡념을 휘어잡아줄 만한 도발적인 영상은 없겠지. 승주는 계속 채널을 돌렸다.

말수가 확 줄어든 건 독 소장도 마찬가지였다. 그는 커피가 용기의 미약이라도 되는 양 숙연히 들이마셨다. 쌉싸래한 향기가 가슴 깊이 스며들었지만, 그것도 잠시, 편안해지다가도 불쑥 두근 거림이 꿈틀거렸다. 탐정, 드디어 탐정인가? 내가? 아……

탐정업과 관련해서라면, 독 소장 역시 승주와 비슷한 처지였다. 변호사라서 형사사건을 다뤄본 경력은 제법 되지만, 경험이라고 해봐야 결국 서류상에서 오가는 활자에 불과했다. 법정다툼은 사건의 핵심이 이미 한 꺼풀 꺾인 상황에서 시작된다. 변호사가 끼어들 시점이면 모든 살풍경은 정리되고 이미지와 기록들만 남아 있을 뿐이다. 범인은 더 이상 미지의 괴물이 아니며 형사의 절박함도 흘러간 과거로 휘발돼버린다. 쫓고 쫓기는 절체절명의 신화는 어느새 법조인들의 서류작업으로 박제된다. 독 소장은 변호사 업무에 자부심이 있었다. 사건을 갈무리하거나 반전시킬 수 있는 훌륭한 일이라고 생각했다. 하지만 종종 허전한 마음이 밀려오는 걸 느꼈다. 그럴 때면 사건 기록을 되짚으며 기록되기 이전에 벌어졌을 긴박한 상황을 상상하곤 했다.

누구나 마음속에는 마지못해 불살라버린 꿈이 하나쯤 있다. 독 소장도 그랬다. 우연히 공부를 잘 했고, 우연히 사법고시에 붙었고 우연히 돈을 벌었다. 그렇게 우연히 평탄한 삶을 살아 왔다. 성공한 인생을 으스대며 부부댄스와 여행으로 소일하면 남은 인생도 우연히 평탄하게 마감할 수 있을 것이다. 하지만 어쩌랴. 독 소장은 더는 '우연'이 싫었다. 남은 인생은 필연으로 가겠다고 다짐했다. 탐정의 꿈이 치기 어린 공상이 아니라 마음속 불덩어리라는 걸 알면서 무엇 때문에 애써 묻어버리려 하는가. 나이 때문에? 체면 때문에? 이목이 두려워서? 그러거나 말거나. 그래, 이제는 그러거나 말거나다. 두렵지만 극적으로 살 떨리는 현장! 악당을 합법적으로 사냥할 수 있는 역동적인 세계가 노년이 머지않은 독 소장을 사무치게 유혹했다.

그러나 산 넘어 산이라고, 의지가 서고 나니 새로운 문제가 발생했다. 탐정이 갖춰야 할 자질에 대한 고민이 따라붙었다. 법정 공방 이전에 벌어지는 세계는 판사도 경호원도 없는 무법지옥이다. 탐정은 무법지옥에서 괴물을 상대해야 하는 무모하기 짝이 없는 혈혈단신이 아닌가. 독 소장은 격투기술은커녕 달음박질도 신통찮았다. 부부댄스로 단련된 몸놀림은 또래에 비해 월등히 유연했지만 탐정 자질과는 무관했다. 허허, 준비되지 않은 자의 꿈은 이리도 부실하구나. 독 소장은 자괴감이 들었지만 포기할 생각은 조금도 없었다. 인생 뭐 있냐며 이미 체면 따위 벗어버렸다. 젊어서 고생 한번 못 사봤으니 이제라도 한번 시원하게 충동구매해 보자며 호탕하게 웃어넘기지 않았던가.

독 소장은 일단 저질러보기로 했다. 현실이 람보 영화처럼 술술 풀리지도 않지만 공포영화처럼 순식간에 작살나지도 않는다. 우선은 이성적인 탐정으로서 머리싸움을 하면 되는 거다. 박학다식한 동업자도 한 놈 얻었잖은가. 강승주! 인터넷 탐정 동호회 카페에서 친하게 지내다 오프라인까지 이어진 인연이다. 아들뻘 녀석이지만, 아니, 이왕이면 조카뻘로 하자. 젊은 친구가 명석한데다 마음까지 통하니 이런 유능한 동지를 얻었다는 건 탐정업의 청신호가 아니고 뭐겠는가. 행운의 여신, 아니, 탐정의 여신이 독고잉걸 변호사 사무소를 굽어 살피려는 기특한 징조렷다. 자, 그러니 몸싸움 실력은 일단 보류하자. 우선은 하드보일드 탐정보다는 안

락의자 탐정으로 가는 거다. 뭐, 제길, 머리싸움도 하다 안 되면 쉬엄쉬엄 하면 된다. 어쨌거나 일단 저지르자. 평탄하게만 살아온 독 소장의 머릿속에서 위험한 배짱이 불끈거렸다.

비행기가 기류에 밀려 살짝 덜컹대며 흔들렸다. 난기류 따위는 두 사람의 생각을 잡아끌지 못했다. 승주는 잡념을 떨쳐내 줄 대상을 떠올리고는 볼멘소리로 삐죽거렸다.

"그나저나 경비업법 개정안은 어떻게 되는 거래요? 발의한 지가 언젠데 매번 감감무소식인지."

"경찰이랑 검찰이랑 서로 자기들이 맡겠다고 싸우고 있잖아. 지난번에도 그것 때문에 엎어졌는데 이번에도 어째 분위기가."

"법이 현실을 못 따라온다지만 이건 뭐, 너무 굼벵이라니까요."

"은퇴한 형사들도 집에서 다 놀고들 있잖아. 너도 알지? 오 경장. 우리 사무장 동기."

"잘 알죠. 범인 쫓다가 다리 다쳐서 은퇴하셨잖아요."

"지금 뭐 하는 줄 아냐? 부동산 사무실에 조수로 들어가서 커피 타고 있다더라."

"아이고, 진짜요?"

"오 경장이 몸은 굼떠도 정보원은 정말 빵빵하다던데. 어느 바닥이고 정보가 생명이구만. 그런 능력자가 노하우 다 썩히고 커피 심부름이나 하고 있다니."

"우리가 영입할까요?"

"돈만 넉넉하다면야 데려오고 싶지. 근데 너도 알다시피."

"하긴. 내 월급도 쥐꼬린데. 커피 심부름 값이 더 쏠쏠할 것 같네요."

"고급인력들이 그냥 썩고 있으니, 원."

"조폭들이 하는 불법 흥신소는 아주 판치고 있는데. 그건 내버려두면서."

"사실 법이 제정돼도 걱정이긴 해. 민간조사법이 정착되기 전까지는 확실히 부작용은 있을 거야."

"모든 법이 다 그렇죠. 구더기 무서워서 장 못 담그겠어요. 시행착오는 있겠지만 정부에서 감시감독만 철저히 하면 사이비들은 정리가 될 거예요. 수수료 상한선 같은 거 만들어놓으면 폭리도 예방할 수 있을 테고. 무엇보다 서민들이요, 비용 때문에 변호사 선임 못 하는 사람들이 부지기수잖아요. 민간조사원만 있어도 훨씬 저렴한 비용으로 도움 받을 수 있을 텐데."

"그러게 말이다. 변호사는 인사말 나누는 시간조차 돈으로 계산되니 서민층한텐 그림의 떡이지."

"소장님은 예외잖아요. 제가 그 부분만큼은 존경합니다요."

"뭘 좀 아는군. 근데 존경할 게 그거 말고도 많을 텐데?"

"하여간 틈을 보이면 안 된다니까."

여행 계획에 대해 달뜬 표정으로 담소중인 주변 승객들 속에서 두 사람만 홀로 심각한 낯빛을 곤두세웠다.

"비용도 비용이지만, 수감자가 무죄로 풀려나서 사건 재수사 같은 거 필요할 때요, 검찰이고 경찰이고 모른 척하는 경우가 대부분이잖아요. 이미 끝난 사건이라고, 피해자더러 증거 찾아오라는 얘기만 하죠. 이럴 때는 사설기관에서 도움 받는 수밖에 없다고요."

"그렇지. 한 10여 년 전이던가, 법률상담 봉사 갔다가 젊은 아기엄마하고 상담한 적이 있었어. 남편이 살해된 사건이었는데, 잡혔던 범인이 옥살이하다가 뒤늦게 무죄로 풀려났대. 대법원에서 최종 판결이 난 모양이야. 유가족 입장에서야 진범을 찾아야 되니까, 경찰한테 다시 수사해 달라고 몇 번을 찾아갔는데도 곤란하다는 말만 했다는 거야. 그 얘기 하면서 어찌나 서럽게 울던지. 어휴, 당시에 도움이 못 돼서 참 울적했던 기억이 나네. 애들이 어렸었는데. 잘들 컸나 모르겠구먼."

"젠장. 짜증이 부글부글 올라오네요. 능력 안 되면 제도라도 빨리 만들어주든가. 사립탐정이 거시기하면 국영으로 해도 되잖아요. 관영기업으로 수사기관 같은 거 만들면 국민 입장에선 비용도 저렴하고 믿음도 가고 좋을 텐데. 1차 수사는 경찰에서 하고, 재수사처럼 국민이 비용을 지불해야 되는 수사는 국영기업에서 하게 하는 거죠."

"아이디어는 좋다만, 문제는 그런 법안 자체가 아예 만들어질 것 같지 않다는 거지."

"하여간 나랏일 하는 양반들은 창의력이 없어. 인정머리도 없고."

두 사람은 긴장감을 애써 묻어놓은 채 이런저런 흥 거리를 찾아 방담을 지폈다. 식사를 마치고 한숨 잘 무렵이 되자 이역만리에서 마주치게 될 비극의 그림자가 다시 떠올라 마음이 무거워졌다. 독 소장은 창가 구석 쪽으로 몸을 웅크려 누웠고, 승주는 수면안대를 눌러쓰고 자는 시늉을 했지만 머릿속은 또렷했다.

첫 번째 맡은 사건의 현장이 머나먼 영국 땅이 될 줄은 상상도 못했다. 한편으로는 흥분도 됐다. 보험업계에서는 사설탐정들의 활약상이 제법 짜르르 했지만 변호사가 탐정인 경우는 독 소장이 유일했다. 정확히 말하면, 변호사 업무의 보조 일감으로 탐정 일을 살짝 우겨넣은 것인데, 법조인이라는 후광은 의뢰인들에게 솔깃한 조건으로 작용했다. 변호사 직함에 혹해 풋내기 탐정을 선택한 의뢰인은 치명적인 실수를 저지른 건지도 모른다. 독 소장과 승주는 경험 부족을 이유로 사양하고 싶었지만, 의뢰인의 애걸복걸이 워낙 강경한 터라 얼떨결에 덥석 사건을 받고 말았다.

한국도 아닌 타국에서 실종된 여대생 사건이다. 영어연수를 떠난 뒤 두어 달 만에 하숙방 짐을 고스란히 남겨두고 몸만 달랑 사라졌다. 갑작스런 비보에 여학생 부모는 영어회화 책 하나 챙기지 못한 채 다급히 영국으로 날아갔고 역시나 말이 안 통했다. 영국 날씨만큼이나 친해지기 버거운 영국경시청 이방인들과, 어쩌 영국인들보다 더 말이 안 통하는 한국대사관 직원들은 무남독녀를 잃어버린 불행한 부모를 더 불행하게 만들었다. 딸에 대한 걱정과 시큰둥한 수사력에 대한 분노, 결국 화병으로 이어지는 삼중고였다. 어머니가 혈압으로 쓰러지자 아버지는 귀국할 수밖에 없었다. 아버지 역시 지병이 악화된 상태였다. 다시 돌아간다 한들 동네 한 바퀴 도는 것조차 어리둥절한 타국 땅에서 그들이 할 수 있는 일은 없었다.

전문가가 필요했다. 해결사라도 붙여야겠다는 생각에 유명한 흥신소를 여러 곳 찾아갔지만 영국이라는 말이 나오자마자 손사래를 쳤다. 외국에서 탐정자격증을 땄다는 이들도 난감해했다. 영어는 문제없지만 수사 환경이 암울하다며 얼버무렸다. 돈 벌기 쉬운 사건들이 쌓여 있는데 굳이 골 아픈 미제사건을 맡을 필요가 없다는 반응들이었다. 더구나 아무리 외국물을 먹었대도 한국인은 한국인이니 외국이 한국보다 더 편할 리는 없었다. 그들은 하나같이 영국에 있는 사립탐정을 찾아보라는 두루뭉술한 조언만 해 줄 뿐이었다.

아버지는 친아들처럼 아끼는 조카 녀석이 찾아오자 울음을 터뜨렸다. "이제 어쩌냐, 우리 수진이 불쌍해서 어쩌냐. 부모가 구해주길 목이 빠지게 기다릴 텐데, 아비가 무능해 이 지경이니 우리 수진이 어쩌냐." 같이 울먹이던 조카는 명함 한 장을 내밀었다. "외삼촌, 그때 그 변호사님 기억나시죠? 저 구해주신 분이요. 제가 가끔 연락드리잖아요. 얼마 전에 전화했는데, 개업한다고 떡 먹으러 오라고 하시더라고요. 변호사 그만 두셨냐니까 아니래요. 탐정업을 새로 추가했다더라고요." 눈물범벅인 채로 듣는 둥 마는 둥 널브러져 있던 아버지는 차오른 콧물을 꿀꺽 삼키고는 다그쳐 물었다. "탐정이라고? 탐정? 조카 녀석을 구해준 변호사라면 이름이 특이했던 그 양반? 성이 희성이었지. 그래, 독고 씨. 이름은…… 인걸이었던가? 독고인걸?" 과실치사로 궁지에 몰렸던 조카 녀석을 집행유예로 반전시켜준 기적 같은 변호사 선생. 최종 선고가 내려지던 날, 피고인석에 앉아있던 조카는 숨죽여 울먹이고, 외삼촌은 변호사를 뜨겁게 아주 뜨겁게 끌어안았다. 잊을 수 없는 순간이었다. 그때 변호사의 재킷에서 배어 나오던 돼지갈비 냄새와 스킨로션 향의 뒤엉킨 체취까지 생생히 떠올랐다. '아, 그래, 그 변호사 선생이라면 기적을 만들 수 있을 거야. 우리 수진이를 찾아낼 수 있을 거야.'

웅크려 누운 독 소장은 얼굴까지 덮어버린 담요 속에서 설군은 잠을 자다가 꿈을 꾸었다. 실종된 여학생의 아버지는 꿈속에서도 눈물과 콧물로 얼굴이 번들거렸다. 과장된 울상 표정은 코미디 영화의 한 장면 같았지만 웃기기는커녕 섬뜩해 보였다. 연민의 감정을 넘어서서 두려움마저 느끼게 하는 검질긴 슬픔이었다. 처음에는 사건현장이 영국이라는 말에 흠칫했지만 내색할 수 없었다. 마지막 지푸라기라며 간절히 매달리는 부성 앞에서 못하겠다고 말하는 건 비수를 꽂는 것과 같았다. 독 소장은 잠결에서도 사명감이 차오르는 걸 느꼈다.

2

"승객 여러분, 곧 런던 히드로 공항에 도착하겠습니다. 편안한 여행되시기 바랍니다."

영국 땅으로 내려서자 긴장감은 더 집요하게 두 사람을 파고들었다. 다행히 언어는 별 걱정 없었다. 독 소장은 말하는 건 어눌해도 청취 쪽으로는 슬랭이나 관용어가 아니라면 대부분 알아들었다. 어차피 인터뷰는 승주가 맡기로 했다. 학위과정은 한국에서 했지만 학업적으로 영어와 동고동락해 온 터라 발음이 훌륭하진 않아도 의사소통은 자유로웠다.

독 소장과 승주는 평범한 표정으로 위장했으나 마음속에선 긴장감이 울렁거리는 바람에 출국장 밖까지 두근두근 걸어갔다. 새벽 시간임에도 여러 인종들이 북적거려 시야가 어수선했다.

"독변, 여기야!"

여러 사람들이 부대끼는 마중 행렬 속에서 한국어가 쩌렁 울렸다. 독 소장과 승주를 향해 아랍인같이 생긴 동양인이 손을 흔들었다. 아랍 혼혈은 아니었다. 동북아시아 인종임이 분명해 보이지만 얼굴 틈틈이 입체적인 조형감이 느껴졌다. 평면적인 이목구비에 기름진 명암이 드리워진 외모로, 동양인이 서양에서 오래 살면 생기는 현상이었다.

중년사내는 독 소장과 끌어안고 악수를 나눴다. 승주와도 몇 마디 인사를 주고받았다. 사내의 이름은 해리슨 박이었다. 영국 교포인 그는 독 소장과 고등학교 동창이라고 했다. 두 사람 사이에 오가는 말투가 막역했다. 자동차로 이동하는 내내 해리슨 박과 독 소장은 각자 가족의 안부에 대해 친밀하게 얘기 나눴지만, 독 소장이 영국에 온 이유에 대해서는 한마디도 언급하지 않았다. 해리슨 박은 독 소장의 목적지인 본머스 코치스테이션까지 태워다준 후 런던으로 돌아갔다. 두 친구 사이에 마지막으로 오간 대화는 세미나 끝나는 대로 런던에서 보자는 말이 전부였다.

일부러 잠자코 있던 승주는 해리슨 박의 차가 시야에서 사라지자 독 소장에게 물었다.

"세미나라고 하시던데. 여기 온 이유 얘기 안 하신 거예요?"

"응."

"왜요?"

"저 친구가 재영한인회에서 위원장으로 있잖아. 교민 사회가 얼마나 좁은데. 안 그래도 이수진 사건이 교민들 사이에서 떠들썩한 사건인데, 한국에서 변호사가 조사하러 왔다고 하면 순식간에 소문 퍼질 거라고. 입단속 시킨다고 해도 저 친구가 워낙 입이 근질거리는 성격이라서. 소문 요란하게 나서 좋을 거 없어. 혹시라도 한국인이 용의자면 힌트만 주는 꼴이고."

"오호, 역시 우리 독 소장님."

"지체할 시간 없어. 서두르자고."

"옛썰!"

두 사람은 버스 노선에 익숙지 않아 미니캡을 타기로 했다. 마침 터미널 앞에 손님을 내려놓은 미니캡을 발견하고 뛰어갔다.

수진의 홈스테이와 가까운 웨스트힐 로드 큰길가에서 차를 세웠다. 하숙집을 탐문하기 전에 먼저 짐을 풀어야했다. 해변 관광지가 가깝다 보니 B&B 간판을 매단 집들이 여기저기 눈에 띄었다. 12월 초라 크리스마스 성수기까지 겹쳐서 제법 때깔 좋은 게스트하우스는 예약이 찬 상태였다. 간판이 보일 듯 말 듯 달려 있는 후미진 모퉁이 집 하나가 눈에 들어왔다. 급조한 듯 마름질이 거친 간판 위에 로즈(rose)라는 상호가 적혀 있었다. 어설피 그린 페인트 장미가 허름한 집 분위기와 썩 잘 어울렸다. 문종을 울리며 현관문 안으로 들어서자 고양이 한 마리가 능글능글 걸어 나와 생뚱맞다는 듯 칩떠보았다. 거동 불편한 백인 노부부가 얼씨구나 다가와 느릿한 영어로 반겨주었다. 독 소장과 승주는 짐만 내려놓고 밖으로 나왔다. 여독을 풀 여유가 없었다.

우선 본머스 경찰서부터 가보기로 했다. 수사 진행 상황에 대해 먼저 숙지할 필요도 있고, 또 혹시 모르잖은가. 희망적인 단서가 잡혔는지도. 분명 진전이 있었지만 아직 한국까지 희소식이 미처 전해지지 못한 걸 수도 있다. 어쩌면 유능한 영국 경찰이 이수진을 찾아내기 일보 직전인지도 모른다. 미제가 될 뻔한 사건이 기적적으로 반전돼 양국의 우호가 증진되는 해피엔딩이 기다리고 있을지도. 아뿔싸, 내가 지금 뭐하는 거지? 독 소장은 속으로 비웃음을 뱉었다. 낯선 땅에 떨어지니 얼간이가 된 것인가? 냉정을 잃어버린 희망적 상상은 무능력자의 환각일 뿐이라며 마음을 다 잡았다.

경찰서는 근방에 위치해 있어 금세 찾았다. 유니폼이 멋들어진 순경은 아주 친절했다. 외국인임을 알고는 일부러 느릿느릿 또박 또박 발음해 주었다. 사건에 대해 얘기했지만 순경은 수진 리 실종 건에 대해 전혀 기억을 못 하는 눈치였다. 신고 기록을 확인해 보라고 승주가 다그쳤다. 컴퓨터 자판을 깨작거리며 내용을 훑어보던 순경은 미소가 경직되더니 모니터만 응시할 뿐 가타부타 말이 없었다. 승주가 다시 캐물었다. "등록돼 있죠? 이제 기억 나죠?" 억눌러놓았던 스코틀랜드 억양이 순경의 입에서 불쑥 튀어나왔다. 승주와 독 소장은 무슨 말인지 알아듣지 못했다. "뭐라고요?" 순경은 억양을 가다듬고 천천히 뇌까렸다. "도싯 몬트레이 경찰본부로 가보십시오. 그쪽으로 이관됐습니다. 저희는 논평할 권한이 없습니다."

인근 지리에 어두워 다시 미니캡을 호출해야 했다. 경찰본부가 있는 도체스터는 꽤나 먼 거리였다. 차 안에서 크림빵으로 시장기만 간단히 때웠다. 신경이 곤두서 있다 보니 배고프다는 잡념이 끼어들 틈이 없었다. 도시 길목을 굽이굽이 가로지르는 동안 초조함이 더 조여들었다. 두 사람은 미니캡에서 내리자마자 몬트레이 경찰본부 건물로 뛰어 들어갔다. 입술만 살짝 실룩이면 친절한 미소로 충분하다고 믿는 안내데스크 직원이 독 소장과 승주를 맞이했다. 직원은 승주의 설명을 듣고는 형식적인 말투로 물었다.

"영국시민인가요?"

"아니요."

"영주권자인가요?"

"아니요."

"그럼 어떤 경우죠?"

"단기학생비자로 온 외국인이에요, 한국인."

"무슨 일로 오셨다고 했죠?"

"실종사건이요, 이름은 수진 리고, 이건 머물고 있던 홈스테이 주소랑 여권번호예요."

직원은 잠깐만 기다리라고 했다. 그녀는 금세 내려왔지만 기다려야 할 사람은 따로 있다고 말했다. 승주는 한참 기다리다가 다시 가서 물었다. "아직인가요?" "잠깐만 더 기다리세요." 직원이 말한 잠깐은 두 시간이었다. 혹시라도 나쁜 인상을 줄까 봐 엉덩이가 마비되는 걸 꾹 참으며 대기실에 얌전히 앉아 있었다. 무심히 지나치던 직원들 중에 드디어 한 명이 대기실로 고개를 들이밀었다. 살집 좋은 거구의 백인이 멀뚱멀뚱 다가왔다. 독과 강은 반사적으로 벌떡 일어섰다. 사내는 가죽점퍼를 단단히 여미고 장갑까지 낀 차림새였다. 곧장 출동 나가야 할 것 같은 다급함이 엿보였다.

"본머스에서 오신 분들인가요?"

"예, 맞아요."

"공보팀의 숀 윌리엄스입니다."

"반갑습니다, 이렇게 시간 내주셔서 고맙……"

"누구라고 했죠?"

"수진 리요."

"아니요, 당신들이요."

"변호사예요."

"영국 법정변호사 신분증 좀 봅시다."

"한국 변호사 자격증만 있어요. 변호사임을 증명하는 영문 공증서는 갖고 왔어요. 보여드릴게요."

"됐습니다. 그쪽 나라에서 변호사인 건 아무 효력이 없습니다."

"수진 리 부모가 저희를 고용했어요. 여기 위임장……"

"법적 자격이 없는 사람에겐 아무것도 알려줄 수 없습니다. 한국으로 돌아가서 기다리십시오."

가죽점퍼는 자기 말도 채 끝내지 않은 채 뒤돌아섰다. 승주가 울컥 외쳤다.

"수사는 하고 있는 겁니까?"

가죽점퍼의 잰걸음이 멈춰 섰다.

"당신네 나라에서 실종됐어요. 그게 중요한 거라고요. 영국 시민인지 아닌지가 중요한 게 아니라!"

가죽점퍼가 흘끗 돌아보았다. 승주의 숙연한 눈빛과 마주쳤지만 동정해 줄 시간이 없었다. 그는 정중하게 대꾸했다.

"도움이 못 돼 유감입니다."

가죽점퍼는 곧장 사라졌다. 다급히 뛰어 나가는 소음만 메아리쳐 들려왔다.

독 소장과 승주는 다시 본머스로 돌아왔다. 오는 내내 침묵이 이어졌다. 무기력한 처지를 확인받은 순간부터 부끄러움이 두 사람을 옭아매 버렸다. 수치심에 대해 솔직하게 수다 떨 기분도 아니었다. 그저 개인의 무기력이었다면 얼마든지 자기비하를 고백하고 오히려 자신을 웃음거리 삼아 유머감각을 뽐낼 수도 있었을 것이다. 하지만 공동체 전체가 모욕당한 것 같은 기분은 개인이 혼자 너그럽게 털어버린다고 해서 털어지는 게 아니었다. 텔레파시라도 통한 것처럼 두 사람은 성토하기보다는 모르쇠 하는 쪽을 택했다. 스스로 사기를 꺾고 싶지 않아서였다. 사건 수사는 아직 시작도 못했는데 벌써부터 비련의 주인공인 양 좌절하고 싶지 않았다.

입담 좋은 두 사람 사이에서 침묵이 발생한 적은 거의 없다. 독 소장과 승주는 상대방이 어떤 생각에 잠겨 있는지 알기 때문에 침묵이 더 불편하게 느껴졌다. 승주가 먼저 입을 열었다. 별다를 것 없는 차창 밖 풍경에 대해 이국적이니 어쩌니 논평을 늘어놓았다. 독 소장도 엉뚱한 대화로 물꼬를 텄다. 교통비 장난 아니구나, 예산이 확 축났어, 교통비가 아니라 고통비네, 승주야, 여기서 살다가는 교통비로 돈 다 날리게 생겼다, 하하. 독 소장은 웃기지도 않으면서 자기도 모르게 너털웃음을 웃고 말았다. 승주도 전혀 안 웃겼지만 소리 내서 웃어버렸다.

두 사람은 택시에서 내려 모퉁이를 돌아 로즈 B&B가 있는 길목으로 걸어갔다. 쓰레기를 버리러 나온 주인 할머니가 긴가민가 갸우뚱하며 다가왔다. "아이고, 맞네, 베이비페이스. 볼일 다 본 거유?" "아니요, 아직이요, 동네 구경 좀 더 하고 올게요."

이수진이 머물던 홈스테이는 로즈 B&B에서 가까웠다. 건널목 하나 건너서 잠시 산책하면 되는 거리였다.

"아, 저 집이네요."

쪽지에 적힌 주소와 일치했다. 두 사람은 하숙집 현관으로 걸어갔다. 문이 비스듬히 열려 있었지만 초인종을 눌렀다. 쿠키 냄새가 새어 나오는 문틈으로 백인 아이 두 명이 보였다. 일곱 살 정도로 보이는 곱슬머리 여자 아이와 네 살 즈음의 사내아이는 디스코 음악소리에 맞춰 덩싯덩싯 뛰어다녔다.

초인종을 한 번 더 눌렀다. 그제야 소리를 알아챈 곱슬머리 아이가 엄마를 부르며 구석으로 뛰어갔다. 백인 여자가 달려 나와 짜증스런 눈초리로 문 쪽을 흘끔거렸다. "케이티, 또 문 열어놨어? 문 잘 닫고 다니라고 했잖아!"

잔뜩 경계 돋친 목소리를 듣자, 승주는 일부러 몇 걸음 뒤로 물러서서 기다렸다. 독 소장은 아예 인도 쪽으로 나가 멀찍이 떨어졌다. 낯선 외국인 남자 두 명이 기웃거리는 모양새는 유쾌한 첫 인상이 못 될 거라는 생각이 들었다. 유일한 단서인 하숙집 여자에게 좋은 인상을 보여야 하는 상황이니 초보 탐정의 입장에서는 무척이나 조심스러웠다.

색 바랜 금발머리를 질끈 틀어 올린 백인 여자가 문틈으로 비치는 낯선 얼굴을 훑어보며 쭈뼛쭈뼛 다가왔다. 씽긋 미소 짓고 있는 잘생긴 청년임을 확인하고는 안심한 표정으로 얼굴을 내밀었다.

"혹시 왕메이 만나러 왔어요? 지난주에 중국으로 돌아갔는데."

"아니요. 수진 리라고 아시죠?"

여자 표정이 어두워졌다.

"음, 저기, 그 학생은……"

여자는 또다시 실종 소식을 전해야 하나 지친 기분이 들었다.

"유감스럽게도…… 어떻게 얘기해야 하나."

"실종된 거 알고 왔어요."

여자는 껄끄러운 사설을 늘어놓을 필요가 없어서 다행이긴 했지만 수진 리가 언급되는 것 자체가 거북했다. 자기 집에서 하숙하던 학생이 실종됐다는 사실은 안타까우면서도 꺼림칙한 일이었다.

"무슨 일로……?"

"수진이 행적에 대해서 알고 싶어서요. 실종되기 전에 자주 다니던 곳이나."

여자가 퉁명스레 말을 막아섰다.

"아는 건 경찰한테 다 말했는데요."

"저한테도 얘기해 주시겠어요?"

"글쎄요. 내가 아는 게 별로 없어요. 수진 리가 영어가 서툴러서 제대로 된 대화를 나눈 적도 없고."

문 안쪽으로 주춤대고 있는 여자는 당장이라도 문을 확 닫고 들어가 버릴 것 같았다. 승주의 마음 언저리로 낭패감이 스쳐갔다. 이전에도 유력한 증언자를 놓친 적이 있었다. 본격적인 탐정 일을 시작하기 전, 친구를 위해 조사하러 다니던 시절이었다. 당시에는 상대방을 존중하려는 배려로 순순히 물러섰지만, 과연 배려였을까? 무능력한 탐정의 변명일 뿐이다. 캐낼 게 있는 대상에 대해선 무슨 방법을 써서든 캐내야 한다. 그래야 다음 단계로 갈 수 있다고, 승주는 반사적으로 되뇌었다.

곱슬머리 여자 아이가 호기심어린 얼굴로 불쑥 고개를 내밀었다. 놀란 주인여자가 아이를 다그쳤다.

"케이티, 얼른 들어가."

"제 동생도 저렇게 호기심이 많았는데."

주인여자가 갸우뚱한 시선으로 쳐다보았다.

"저 수진이 오빠예요."

주인여자의 무뚝뚝한 표정이 뜨거운 프라이팬에 올려놓은 버터처럼 폭삭 녹그라졌다. 무미건조하던 낯빛이 연민으로 촉촉해져 생기마저 감돌았다. 동정어린 울상에 어정쩡한 미소가 뒤엉킨 얼굴로 어떻게 위로해야 할지 모르겠다는 듯 입술만 꼼지락 감쳐 물었다. 매달리는 딸아이를 핑계 삼아 시선을 피할 수 있는 게 다행이었다.

승주는 더 부드럽게 말했다.

"귀찮게 해드려서 죄송하지만, 사소한 거라도 괜찮으니까 수진이에 대해서 기억나는 게 있으면 알려주시면 정말 고맙겠습니다. 그럼 더 귀찮게 안 하고 갈게요."

실종된 피붙이를 찾아다니는 사람의 절박한 말투까지 연기해내기에는 아직 연륜이 부족했다. 그저 상대방의 동정심이나 환기시킨 후에 간절한 표정으로 기다릴 뿐이다.

주인여자는 승주의 마지막 말이 솔깃했다. 예의바른 사람으로 보이니 몇 마디만 해 주면 정말로 조용히 가줄 것 같았다. 지난번에 다녀갔던 수진의 부모도 점잖은 편이었다. 딸이 머물렀던 방에 가서 통곡 한바탕 쏟아낸 것 말고는 거슬리는 게 없었다. 수진의 오빠는 영어도 통하고 무엇보다 인상이 차분했다. 게다가 동양인

특유의 갈고리 눈매가 아닌 것도 마음에 들었다.

"우선 들어오세요."

승주는 독 소장 쪽을 흘끗 돌아보고는 집안으로 들어갔다. 거실 소파에 앉아 홍차까지 얻어마셨다. 호기심 많은 케이티는 수줍은 미소를 함빡 지은 채로 소파에 앉은 승주에게 다가가려다가 물러서며 주변을 맴돌았다. 승주는, 소심한 팬에게 노련한 손짓으로 화답하는 팝스타처럼, 속삭이는 말투로 이름을 묻거나 옷이 예쁘다며 간간이 칭찬을 건넸다. 케이티는 더 수줍게 방긋거리며 폴짝폴짝 소파 주위를 까치발로 뛰어다녔다. 뒤뚱대며 걷는 남동생 꼬마는 승주 옆에 붙어 앉아서 뚫어져라 올려다보았다.

주인여자는 직접 만든 쿠키도 내왔다. 홍차를 건넬 때 자신을 바라보던 동양 청년의 그윽한 눈빛과 다시 마주치고 싶었다. 쿠키 접시를 내려놓으며 직접 구운 거라는 말도 잊지 않았다. 잘생긴 청년은 더 일렁이는 눈매로 우러러보면서, 땡큐, 감동에 벅찬 음색으로 나직이 속삭였다. 이슬이 글썽이는 것 같은 애틋한 눈매와 마주치자 주인여자는 하마터면 탄성을 내지를 뻔했다. 조심스러운 미소가 머뭇거리는 승주의 발그레한 입매는 더 섬세하게 섹시했다. 늦둥이 남매를 둔 40줄의 주인여자는 기억을 더듬었다. 저런 그윽한 시선을 받아본 적이 있던가? 로맨스영화 속 남자 주인공이 스크린을 향해 지었던 연기 말고는 실제 현실에서는 겪어보지 못했다. 주인여자는 이 동양 청년이 자기한테 첫눈에 반한 건 아닌가 하는 생각이 들었다. 설마 나 같은 펑퍼짐한 아줌마를? 잠깐, 동양 남자들이 백인 여자를 동경한다는 얘기를 어디선가 들었던 것 같기도 하다. 오, 저리도 간절한 눈길이라면…… 추파의 눈빛이 아닌 고요하고 조심스러운, 그래서 더 설레게 만드는 매력이 주인여자를 꼼짝없이 주저앉혔다.

대화는 제법 길어졌다. 승주는 전혀 무관해 보이는 이야기까지 시시콜콜 들을 수 있었다. 수진 리가 처음 온 날, 자기소개를 하다가 단어 하나를 까먹어서 한참 머뭇거렸다는 얘기도 늘어놓았다. 심지어 수진 리가 변비가 심해 하나뿐인 화장실을 차지하는 바람에 옆방 하숙생이랑 몇 번 논쟁이 오간 적이 있다는 얘기도 들려주었다.

승주는 즐겁게 듣는 척하느라 힘들었지만 증언자가 알고 있는 모든 내용을 듣게 됐다는 사실이 뿌듯했다. 비협조적인 타인으로 하여금 말문을 열게 했다는 사실이 탐정으로서 기분 좋은 일이었다. 다만 저 수많은 얘기 중에 쓸 만한 내용을 걸러야 했다. 주인여자가 쏟아 붓는 모든 얘기를 기억할 수는 없었다. 휴대폰을 녹음 상태로 미리 맞춰놓았다는 사실이 자랑스러웠다. 점점 제대로 된 탐정이 돼가는 기분이 들었다.

주인여자는 애깃거리가 바닥났는지 수진과 무관한 잡담을 늘어놓기 시작했다. 옆에서 참견하던 두 아이가 잠이 들어 조용해진 터라, 온갖 얘기들을 쥐어짜내는 주인여자 목소리만 홀로 북적거렸다. 승주는 네버엔딩스토리가 될 것 같은 예감 앞에서도 경청하는 눈길을 거둘 수가 없었다. 이 수다의 자리를 어떻게 하면 자연스럽게 벗어날 수 있을까. 맺고 끊지 못하는 것도 탐정으로서 기술 부족인가 라는 생각이 들어 다시 낭패감이 스멀거렸다.

승주는 주인여자의 남편이 퇴근하고 나서야 일어설 수 있었다. 외국인 하숙생을 신물 나게 봐온 남편은 낯선 동양 청년을 보고도 별다른 기색이 없었다. 그는 양복 차림 그대로 부엌으로 달려가 냉장고를 뒤졌다. 저녁 식사를 얼른 해치우고 펍에 축구경기를 보러가야 한다며 묻지도 않은 말을 소란스레 외쳐댔다.

승주는 잽싸게 형식적인 말들을 늘어놓았다. 너무 시간을 빼앗았다, 친절한 말씀 고맙다, 큰 도움이 됐다, 그만 폐 끼치고 가보겠다. 주인여자가 끼어들 사이 없이 일사천리로 공손하게 작별 인사를 쏟아냈다. 이미 여자는 곳곳에서 종알거리는 소음에 정신이 없었다. 남편은 TV를 켜고는 축구 경기 일정과 저녁 메뉴에 대해 뒤죽박죽 뇌까리고, 아이들은 텔레비전 소리에 깨서 칭얼대다가 굴러다녔다. 현실을 일깨워주는 소음과 맞닥뜨리자 주인여자는 소녀에서 주부로 자연스럽게 원상 복귀되었다. "케이티, 토머스, 얌전히 좀 앉아 있어! 여보, 소리 좀 줄여! 오늘은 저녁 먹고 온다더니. 캉, 잠깐만요!"

승주 캉은 이미 문간 앞으로 걸어가 있었다. 주인여자는 아들 녀석에게 바지춤을 질질 끌린 채로 엉거주춤 다가섰다. "궁금한 게 있으면 언제든지 또 와요." "고맙습니다, 오늘 정말 도움이 많이 됐어요." "마미, 마미, 마미!" 꼬마의 투정이 점점 심해졌다. 매달리는 꼬마의 체중을 못 견딘 바지 단추가 헤벌쭉 벌어졌다. 여자는, 댐잇, 쉿, 속옷이 보일 정도로 내려간 바지춤을 와락 추켜올리며 구석*벽으로 사라졌고, 승주는 똥배가 삐져나온 색 바랜 팬티 따위는 보지 못 했다는 듯 황급히 시선을 돌린 채 현관문 밖으로 뛰쳐나갔다.

독 소장은 하숙집에서 한참 아래쪽에 있는 인도에 주저앉아 있었다. 승주가 다가가자, 지루함에 시들어빠진 독 소장이 승주를 우거지상으로 째려보았다.

"아예 밤을 새지 그랬냐."

"참나, 제가 놀다 왔남유?"

"쓸 만한 거 없기만 해봐."

승주는 대꾸 대신 씽긋, 새침한 미소를 실룩였다.

"뭐냐, 그 표정? 완전 잘난 척하는 표정인데. 뭔가 건졌구나."

"아마도. 흐흐."

"빨랑 털어놔."

"잠깐만요."

승주는 건너편 쪽으로 한 집 건너 어딘가를 응시했다.

"어딜 그렇게 봐?"

"저 집이요."

"어디?"

승주는 독 소장의 팔짱을 낀 채 하숙집 방향으로 살금살금 거슬러 올라갔다. 독 소장도 덩달아 살금살금 리듬에 맞춰 이끌려 갔다.

"갑자기 왜 그러는 건데."

"어!"

승주가 화들짝 멈춰 섰다.

"나왔어요."

"뭐가?"

"안 돼요. 보지 마세요."

승주는 독 소장의 몸을 홱 돌려 껴안았다. 승주 품에 얼굴이 파묻힌 독 소장은 뭐라 웅얼거리며 몸을 나부댔다.

"잠깐만 좀 계셔 보세요. …… 어디 가나보네."

독 소장 귓가로 자동차 시동 소리가 들렸다. 자동차 소음이 멀리 잦아들자 승주는 그제야 독 소장을 풀어주었다.

"야, 너 지금 커밍아웃하는 거냐?"

승주는 자동차가 사라진 곳을 멀찍이 응시했다.

"거참, 이 중차대한 시기에 말이지. 더구나 나는 가정 있는……"

승주는 얼른 말을 가로챘다.

"하나도 안 웃기거든요?"

독 소장도 승주의 시선을 따라 훑었다.

"대체 뭔 꿍꿍이야?"

승주가 건너편 주택가를 손으로 가리켰다.

"저기 저 집 사는 남자요."

"크리스마스 나무 있는 집?"

"아니요. 그 옆집이요. 하숙집 맞은편."

"그 집이 왜?"

"일단 숙소로 가요. 가서 말씀드릴게요."

* * *

안개비 추적거리는 밤하늘 아래로 돌개바람이 간간히 창문을 채찍질 했다. 겨울 한기가 기어들어와 방안 구석구석에 냉기가 감돌았지만 난방시설은 작동되다 말다 오락가락했다. 개업 이래 한 번도 안 뺀 것 같은 카펫 위에 스프링 들쑥날쑥한 싱글침대

두 개가 빌붙어 있고, 원목 탁자는 무심코 걸터앉았다가 부러질 듯한 삐걱거림에 놀라 후다닥 일어서야 할 만큼 낡아빠졌다. 심지어 두 사람 손에는 피시앤칩스마저 들려 있었다. 예산 초과 때문에 만찬을 즐길 처지가 못 되니 별수 없다. 한국으로 돌아가기 전까지는 그저 동네 가게에서 파는 저렴한 포장 음식으로 연명해야 한다.

다행히 독과 강에게는 열악한 처지에 신경 쓸 여유가 없었다. 두 사람은 생선과 감자라 불리는 몇 가피를 건성으로 씹어 삼키며 대화에 열중했다.

"그러니까 수진이가 아까 그 이웃집 남자랑 친했단 말이지."

"그 남자가 수진 씨한테 청소 아르바이트도 소개해 줬대요."

"혼자 사는 놈이라고?"

"네. 왠지 냄새가 나요. 성범죄자 놈들 프로파일링 보면, 대부분 독신에다가 음침한 구석이 있잖아요."

"흠."

"하숙집 아줌마가 수진 씨한테 들은 마지막 말이 친구랑 런던에 놀러간다는 말이었다는데, 수진 씨가 친구라고 부를 만한 사람이라고 해봐야 영어 학교 학생들뿐이었다면서요."

"그랬지. 그리고 수진이 아버지가 학생들한테 물어봤다고 했어. 수진이랑 런던 간 사람은 영어 학교 학생들 중에는 없었대."

"그럼 한 명만 남은 거죠. 이웃집 남자. 확실히 촉이 온다니까요."

"그 남자 이름이 뭐지?"

"대니얼 스미스요."

"만나봐야 할 텐데. 만나줄까? 진짜 구린 게 있다면 우릴 만나

줄 리 없잖아."

"영국경찰이 탐문한 적은 있대요. 스미스랑 친했다는 얘기를 아줌마가 경찰한테도 말했다네요. 뭐, 경찰은 그 집 가서 '수진이 본 적 있냐' 그 정도 질문만 했다고 하고."

"용의자가 아니라 단순 목격자로 탐문 간 거구만."

"실종자가 자국민이었다면 그렇게 안 했겠죠. 초짜가 봐도 용의자 1순윈데. 쳇."

승주는 감자 쪼가리를 화풀이 삼아 씹어 짓이겼다.

"잠복근무했다가 미행이라도 해볼까요?"

"글쎄."

"렌터카 신청할까 봐요."

"국제면허 없잖아."

"아, 참."

두 사람은 다시 침묵했다. 생각에 잠겨 서성이던 승주가 다시 독 소장 앞에 마주 앉았다.

"우리가 온 이유를 그 아저씨가 모르게 하는 게 좋을 것 같아요. 실종사건도 흐지부지된 상황이고, 이제 다 끝났겠거니 안심하고 있을 텐데 우리가 짜잔 나타나 봐요. 증거 인멸 기회나 주는 꼴이죠."

"하지만 스미스를 직접 만나지 않고는 진전이 안 될 텐데."

"만나긴 해야겠죠."

"무슨 명분으로 만난다지?"

"그냥 관광객이나 뭐 그런 걸로."

"그 집도 민박해?"

"팻말 안 보이던데요."

"그럼 관광객인 양 찾아가는 것도 뭣하잖아."

"처음에는 집을 잘못 찾았다거나 하면서 안면 트는 거죠. 그리고 여동생이 혼자 지낼 홈스테이를 찾으러 다니는데 이 동네가 위치가 참 좋은데 하면서 썰을 풀다 보면, 그쪽에서 관심 좀 갖지 않을까요. 범인이 맞다면, 당연히 관심 보일 것 같은데."

"뭐, 다른 방법이 있는 것도 아니니, 일단 그렇게 해 보자."

두 사람은 남은 음식을 마저 해치우고 잠자리에 들었다. 내일부터 본격적인 수사가 시작되는데, 신경이 예민해져 과연 잠이 올까 싶었지만 비행기에다 택시비까지 써대며 여독 마일리지를 잔뜩 쌓아놓은 터라 불편한 침대 위에서도 눕자마자 곯아떨어졌다.

칼바람이 창문을 치는 소리에 독 소장이 먼저 깼다. 누렇게 바랜 레이스 커튼 너머로 서리 낀 햇살이 얼비쳤다. 여전히 한밤중인 승주는 등짝을 몇 대 얻어맞고 일어났다. 두 사람은 노부부가 차려놓은 잉글리시 브렉퍼스트로 아침을 때우고는 집 밖으로 나왔다.

아직은 이른 시간이었지만 집안에서 느긋하게 기다려지지가 않았다. 독 소장과 승주는 길거리를 어슬렁거리다 공원 한 바퀴 돈 다음에 드디어 문제의 집으로 발길을 돌렸다. 갑자기 추워진 날씨 탓에 수사를 시작하기도 전에 입이 얼어버렸다. 두 사람은, 왜 미리 나왔던가, 자책하며 옷깃을 여몄다. 실종자가 살던 거리라도 둘러보면서 영감을 얻을 생각이었다니, 독 소장은 초보탐정의 의욕 과잉에 실소가 나왔다. 민박할머니가 끓여준 군내 나는 홍차일망정 동태 몰골이 되는 것보다는 나을 것을. 승주는 터틀넥을 바싹 끌어올렸다. 두툼한 점퍼 대신 미끈한 반코트로 멋을 낸 걸 후회하지는 않았지만 춥긴 추웠다. 장갑을 끼고 나온 덕분에 그나마 손놀림은 멀쩡했다.

우중충한 회색 공기에 바람까지 불어대니 행인들도 거의 없고 집들도 잔뜩 웅크린 듯한 인상을 풍겼다. 하늘에 떠있는 구름은 널브러진 꼴로 오그라들어 마치 술주정뱅이가 게워낸 토사물 위에 살얼음이 내려앉은 것처럼 질퍽하고 비릿해 보였다. 마을 전체가 우울병 환자의 무기력한 침묵 속에 빠져 있었다. 뭉크의 풍경화를 옮겨놓은 듯이 우스꽝스럽게 음산한 광경이었다.

스미스가 사는 집 앞에 도착하자 추위 대신 긴장감이 조여들었다. 승주가 어제 봤던 은색 세단은 보이지 않았다. 초인종을 눌렀다. 시간차를 두고 다섯 번을 눌렀지만 잠잠했다.

"어디 나간 모양인데요. 차도 안 보이고."

오리털 점퍼 속으로 입까지 파묻은 독 소장이 퉁명스럽게 웅얼거렸다.

"가는 날이 장날이구만."

승주는 집주변을 두리번거리며 건물 모퉁이를 돌아 안쪽 구석으로 걸어갔다. 독 소장은 어디 가냐고 물으려다가 말았다. 집안에 들어갈 수조차 없으니 둘러보고 말 것도 없었다. 인도로 먼저 나가 승주가 나오길 기다렸다. 절로 한숨이 삐져나왔다. 이제 어떻게 해야 되는지 머릿속이 무거워졌다.

승주는 창문 가까이 다가가 안을 들여다보았다. 옆집 마당에 서 있는 덩치 큰 크리스마스장식 전나무 때문에 햇살이 가려져 어두웠지만 인기척이 있는지 없는지를 파악할 수 있을 만큼은 보였다. 거실풍경은 고요하게 잠들어 있는 분위기라 초인종 소리에 대답해 줄 사람이 없는 게 분명했다. 승주는 닫혀 있는 내리닫이 창문을 반사적으로 들어올렸다. 헉! 자신의 돌출 행동에 흠칫 놀라고, 창문이 잠기지 않았다는 사실에 연달아 놀랐다. 지금 내가 뭐 하는 거지? 설마? 전혀 예상치 못한 일이다. 이건 불법이야, 말도 안 돼. 그렇다고 열린 창문을 도로 닫고 싶지도 않았다. 마음속에서 무모한 목소리가 쏙닥거렸다. 절호의 기회인지도 몰라. 이 정도의 무리수는 각오해야지. 장갑 꼈으니까 지문도 안 남을 테고.

주변을 휘둘러보았다. 구석 공간인데다가 옆집의 크리스마스트리 그림자에 가려져 있어서 들킬 염려는 없었다. 감시카메라도 눈에 띄지 않았다. 승주는 창문을 마저 열고 안으로 들어갔다. 심장이 방망이질을 해댔지만 이성은 건재했다. 발을 바닥에 디디기 전에 먼저 구두를 벗어 손에 들었다. 탁자 옆 휴지통 안에 비닐봉지 수십 개가 겹겹이 뭉쳐져 있는 게 눈에 들어왔다. 봉지에는 모두 '마미 밀즈(Mommy Meals)'라는 상호명이 인쇄돼 있었다. 봉지 하나를 꺼내 구두를 담았다.

독 소장은 아차 싶어 돌아보았다. 생각에 빠져 있다 보니 승주가 왜 안 나오는가에 대해 그제야 궁금해졌다. 승주가 사라진 쪽을 기웃거리며 걸어가려는데, 현관문이 열릴 듯 말 듯 소심하게 열려졌다. 문 안쪽에 서 있는 사람은 승주였다.

"야, 너 어떻게"

"쉬!"

승주가 들어오라는 손짓을 했지만 독 소장은 황당한 느낌이 들어 멀뚱히 바라보기만 했다.

"일단 들어오세요. 빨리요."

독 소장이 집안으로 들어서자마자 승주가 현관문을 닫아 잠 갔다.

"누가 열어준 거야? 안에 사람 있었어?"

"운동화 벗으세요."

"엥?"

"빨리요."

독 소장은 엉겁결에 운동화를 벗어주었고 승주는 자기 구두가 담긴 비닐봉지에 운동화를 집어넣었다.

"너 지금 뭐 하는 거냐?"

"빨리 둘러보자고요. 집주인 오기 전에."

"뭐?"

독 소장은 그제야 알아차렸다. 불안함과 불쾌감이 쭈뼛 일떠 섰다.

"이거 무단침입이잖아. 미쳤어?"

승주 표정도 불안해 보였다. 안면 근육이 오그라들 것처럼 경 련을 일으켰다.

"이미 들어왔잖아요. 지금 논쟁할 시간 없어요. 일단 잼싸게 둘 러보자고요."

"아니, 이게 무슨."

"저는 2층 보고 올게요. 소장님은 1층 훑어보세요."

"뭘 훑어봐?"

승주는 후들거리는 다리로 2층 계단을 따라 사라졌다. 독 소장 은 둔기에 얻어맞은 듯 어리뻥뻥했지만 심장이 요동치는 건 느낄 수 있었다. 저절로 떨리는 사지를 다잡으며 주변을 두리번거렸다.

"대체 뭘 보라는 거야. 어휴."

바른 생활 사나이로만 살아온 오랜 습성이 심장 박동을 통해 계속 경고음을 울려댔다. 이러다가 심장마비로 쓰러질 것만 같았다. 하드보일드 탐정 노릇은 한참 나중으로 미뤘건만, 어쩌다 이리 예기치 못하게. 더구나 불법을 저지르고 있다니. 이건 아니잖아. 자책감마저 합세하자 심장은 더 발광을 부렸다. 이성 나부랭이는 대체 어디 간 건가. 좀 진정시켜 보란 말이다. 독 소장은 눈을 감고는 억지로 호흡을 가다듬었다. 어깨 너머로 배운 명상호흡을 실행해 보았다. 하나둘 셋 넷, 숨 쉬고 내 쉬고, 천천히, 그렇지, 괜찮아, 괜찮아. 다소 진정이 되었다. 이왕지사 이렇게 된 거 얼간이처럼 찌그러지지 말자고 이성이 목소리를 내기 시작했다. 독 소장은 일부러 눈을 부릅뜨고는 주위를 둘러보았다. 뭘 찾아야 하는지조차 모르겠지만 그저 둘러보기만이라도 하자며 이를 앙다물었다.

1층은 거실과 부엌만 있어 단출했다. 겉으로는 별것 없었다. 그저 집주인이 살림에 게으른 사람이라는 것 말고는 평범한 가정집 풍경이었다. 지저분한 모양새를 보니 안도감이 들었다. 물건을 훔쳐 가지 않는 한, 침입자가 왔다간다고 해도 티도 안 날 것 같았다.

조그만 거실에는 먹다 남은 술병과 물 때 묻은 컵 하나, 바닥에는 온풍기가 있고, 소파 앞 탁자 위에는 통닭 찌꺼기가 담긴 전기냄비가 놓여 있었다. 서랍장 안에도 흔해빠진 잡동사니뿐이었다. 부엌도 별 볼 일 없었다. 설거지 거리가 쌓인 거 말고는 인덕션과 핫플레이트, 전기오븐, 전자레인지뿐, 전기제품이 유독 많구

232

나 하는 정도였다.

돌아서려는데 시선을 끄는 게 보였다. 주방 싱크대 한쪽이 휘장으로 덮여져 있었다. 천막을 들춰보니 가스레인지가 달린 오븐이었다. 가스레인지의 화구도 막아놓은 상태였다. 붙박이형 빌트인 제품이라 빼내지는 못하고 휘장으로 흉물스레 가려놓기만 했다. 사용하지 않겠다는 강력한 의지가 엿보였다.

'이걸 왜 막아놨지?'

독 소장은 1층을 다시 훑어보았다. 부엌이고 거실이고 가스를 사용하는 제품은 없었다. 인덕션, 핫플레이트 같은 물건은 전기로 음식을 조리하는 제품이다. 하지만 보일러 박스를 열어보니 가스 회사 마크가 분명했다. 가스보일러를 쓰고 있는 걸로 봐서는 가스 자체에 반감이 있는 건 아닐 테고. 그럼 가스레인지 회사와 원수지간? 당장은 이유를 모르겠지만 미심쩍은 것만은 분명했다.

호기심에 잠긴 독 소장 뒤로 승주가 살며시 다가섰다.

"뭐 좀 발견하셨어요?"

"아유, 깜짝이야."

승주의 얼굴은 긴장감으로 창백했지만 희열이 아른거렸다. 떨고 있는 스웨이드 손으로 독 소장의 양가죽 손을 맞잡았다.

"소장님, 그만 나가요."

"듣던 중 반가운 소리군."

승주는 현관문으로 나가려는 독 소장을 잡아채 창문으로 이끌었다. 현관문은 아무 일 없었던 것처럼 잠긴 상태로 둬야 했다. 불법의 현장에서 떠난다는 사실에 두 사람의 심장이 안정을 되찾으려는 순간, 자동차가 달려와 멈춰 서는 소리가 들이닥쳤다. 두

침입자의 시선이 현관문으로 꽂혔다. 현관창 너머로 자동차 실루엣이 아른거렸다. 차문을 열고 나온 누군가가 차 안에 있는 물건을 주섬주섬 챙기는 소리가 이어졌다. 심장은 더 맹렬하게 우왕좌왕 호들갑을 떨어댔다. 두 사람은 저절로 말문이 막혀버렸지만 빨리빨리! 라는 외침이 여기저기서 우르릉 쾅쾅 울려 퍼지는 것 같은 환청을 느꼈다. 마미 밀즈(Mommy Meals) 비닐봉지도 부스럭부스럭 외쳐대고 철 지난 잡지책도 갈기갈기 짖어댔다. 빨리 도망쳐, 이 얼간이들아, 빨리!

독 소장이 먼저 창문 밖으로 머리를 내밀었다. 두툼한 점퍼 자락이 겹쳐 밀리면서 엉덩이가 창문 틈에 끼었다. 다급해진 승주가 독 소장의 엉덩이를 걷어찼다. 독 소장 몸이 빠져나가자 승주는 신발 봉지를 창문 밖으로 던지고는 자기 몸을 들이밀었다. 미끈한 반코트 역시 끼고 말았다. 코트 잘못이 아니라 코트 주인이 겁먹은 탓이었다. 현관문이 열리는 소리가 들렸다. 독 소장이 승주의 머리채를 잡아당기자 반코트가 뿌지직 빠져나왔다. 승주는 비명을 참아내면서도 유종의 미를 잊지 않았다. 창문을 사뿐히 닫아주고 나서야 담쟁이 벽에 널브러져 한숨을 토했다.

창문 너머로 집주인을 확인해 볼 여유는 없었다. 그저 깡충 걸음으로 엉금썰썰 기어 나왔다. 탁 트인 인도로 들어서자 맵찬 바람이 온몸으로 감겨들었다. 이 우중충한 공기가 이다지도 꿀맛이라니. 혹사한 심장은 여전히 취한 채로 해롱거렸다. 두 사람은 곡절 많은 연인처럼 서로 부둥켜안은 채 민박집을 향해 비몽사몽 이끌려 갔다.

숙소로 돌아온 독 소장과 승주는 한동안 각자 침대에 널브러져 심신을 달래야 했다. 독 소장은 생수 한 병을 깡그리 마셔버리고는 다시 누웠다. 옆으로 돌아보니 승주는 눈만 깜빡이고 있을 뿐 시체 같았다. 여태껏 코트도 안 벗고 스웨이드 장갑까지 끼고 있었다.

"이제 좀 얘기해 보자고. 우리가 뭔 짓을 한 거냐. 아직도 안 믿긴다."

"이미 엎질러진 물이에요."

"다신 그러지 마라. 한번만 더 그랬다가는 내가 먼저 신고할 거야."

승주는 독 소장의 경고는 들은 척도 안 하고 생각에 빠져 키득 거렸다.

"뭐가 그리 웃겨? 내 말이 장난 같아?"

승주가 일어나 앉았다.

"소장님 말 때문에 웃은 거 아니에요. 그 자식 이제 끝났어요. 호호."

독 소장은 승주의 말이 귀에 들어오지 않았다. 끊임없이 노파심이 옥죄어왔다.

"네 코트 말이야, 아까 도망 나올 때 창문 틈에 걸려서 찢어진 것 같던데, 단추라도 떨어뜨린 거 아냐? 아니면, 천 쪼가리를 남겼다거나. 대개의 경우, 그런 사소한 걸로 발목 잡히던데."

"걱정 마세요. 찢어지기만 했지 떨어져나간 건 없어요. 그나저나 지금 그게 중요한 게 아니라니까요."

"불법 한 번 저지르더니 강심장이 된 게야? 왜 이리 태평해. 실실 쪼개기나 하고."

승주는 상기된 표정으로 두 손을 그러모았다.

"제가 2층에서 뭘 발견했게요?"

"……?"

"아주 결정적인 걸 발견했지 말입니다. 그 자식이 범인 맞아요."

"뭘 발견했길래 호들갑이야."

승주는 코트 안주머니에서 손수건에 쌓인 물건을 조심스레 꺼냈다.

"이거예요."

독 소장의 노파심이 다시 징징거렸다.

"세상에, 아예 갖고 나온 거냐? 아이고, 들키면 어쩌려고. 돈키호테 알약이라도 먹었나, 왜 이리 무모해졌어."

"걱정 마세요. 그 자식 탁자 위에 뒤죽박죽 뭉쳐 있던 거예요. 전리품처럼 여겼으면 그렇게 성의 없이 뒀을 리가 없죠. 아마 없어졌는지도 모를 걸요."

"어휴, 아무튼 어디 봐봐."

"잠깐만요."

승주는 여행가방에서 비닐 지퍼백을 꺼낸 뒤 손수건에서 물건을 빼내 비닐 안에 조심스레 집어넣었다.

"보세요."

비닐백을 건네받은 독 소장은 심장이 요동치는 걸 느꼈다.

"이런 세상에."

비닐 안에 있는 건 그림엽서 한 장이었다. 한국어 손글씨가 적혀 있고 엽서 끝에 '수진이가'라는 문구가 선명했다.

To 엄마 아빠

　　나 지금 런던이에요. 영국 친구랑 놀러왔어요. 이 엽서 이쁘죠?
아까 레스터 광장에 갔다가 길거리 화가한테서 산 건데 직접 그린
거래요. 지금 펍에 왔는데요, 여기 진짜 짱이에요. 완전 황홀. 쿠
키가 진짜 맛있어요. 엄마 아빠도 같이 오면 좋을 텐데. 나만 좋은
구경해서 미안~ ㅜㅜ

♡ 딸내미 수진이가 ♡

　　내용도 솔깃했다. 런던을 관광하는 도중에 부모에게 쓴 엽서였
다. 수진은 런던에 간다는 말을 남기고 실종됐지만 런던에 정말
갔는지조차도 확인이 안 된 상황이었는데, 이제 이 엽서가 모든
걸 증명해 줬다. 수진이 런던에 갔다는 사실과 동행이 있었다는
점. 지금까지 이 엽서를 갖고 있던 자가 수진의 마지막 행적과 밀
접하게 연결된다는 건 당연한 이치였다.

　　"영국경찰도 이번엔 모른 척 못할 거예요."

　　독 소장의 마음속으로 새로운 걱정이 끼어들었다.

　　"실수야."

　　"네?"

　　"이걸 갖고 오면 안 되는 거였어."

　　승주는 독 소장의 침통한 표정에 바싹 오그라들었다.

　　"왜, 왜요?"

　　"진퇴양난이라고."

　　"……"

　　"우리가 들어간 것 자체가 불법이잖아. 이걸 경찰에 가져다주

면 우리가 체포되고, 안 가져다주면 증거가 날아가는 거고. 아무리 동기가 순수하다고 해도 여기 경찰이 정상참작해 줄 리가 없어. 괘씸죄만 추가되겠지. 감히 남의 나라에서 어쩌고저쩌고 하면서."

승주는 한숨이 절로 뿜어져 나왔다.

"일단 증거가 있다는 것만 확인하고 경찰이 수색하게끔 했어야 했어."

"경찰이 수색해 줬을까요?"

"그렇게 하게 만들어야겠지. 대사관을 동원해서라도 어떻게든. 잘 하면 목격자를 구할 수 있을지도 모르고. 엽서 내용 중에 길거리 화가 얘기가 있잖아. 레스터 광장 가서 탐문하다 보면 엽서 판 화가를 만날 수 있지 않을까."

"그러게요. 아, 젠장."

승주는 자책하며 침대에 고개를 파묻었다. 독 소장도 널브러지고 싶었지만 증거물 보관을 마무리해야 했다. 여행가방에서 사각 투명 케이스를 꺼냈다. 증거보존 용기로 쓰기 위해 비닐백과 함께 챙겨 온 준비물이었다. 비닐백에서 그림엽서를 조심스레 꺼내 사각 케이스 안에 넣었다. 밀착되는 비닐봉투는 지문이 훼손될 위험이 있기 때문에 지문 채취가 필요한 증거물의 경우, 공간이 넓은 용기를 사용해야 했다.

독 소장은 보존용기에 담긴 그림엽서를 애처로이 들여다보았다. 저 엽서를 살 때만 해도 자기가 실종될 줄은 상상도 못 했을 텐데. 한 치 앞을 모르는 게 인생이라더니. 엽서에 그려진 발랄한 소녀 얼굴이 잔인한 역설로 다가왔다. 수진이도 저리 해맑게 웃고 있었을 테지. 자존심이고 체면이고 죄다 내려놓은 채 울며불며 매달리던 수진의 부모 얼굴이 겹쳐 떠올라 독 소장은 더 이상 그림을 들여다볼 수 없었다. 얇은 엽서 한 장이 독 소장과 승주의 마음을 천근만근 짓눌러 버렸다.

3

승주는 다시 스미스 집 주변을 어슬렁거렸다. 자료 수집 차원에서 용의자 얼굴 사진 정도는 확보하고 있어야 했다. 후드티에 헤드폰 패션으로 동네 청소년인 양 위장하긴 했지만 심장은 여전히 후들거렸다. 쓰레기를 버리러 나오는 스미스를 향해 들킬세라 후다닥 셔터를 누른 후 곧장 발길을 돌렸다. 본머스에서의 탐정 행각은 이게 마지막이었다.

독 소장과 승주는 본머스 민박을 정리하고 런던으로 올라왔다. 경비 절감을 위해 어쩔 수 없이 해리슨 박에게 연락해 숙소를 부탁했다. 해리슨 박은 눈이 빠지게 기다렸다면서 반갑게 맞아줬지만 독 소장은 런던에 온 진짜 목적은 여전히 숨긴 채 세미나 타령으로 능쳤다.

두 사람은 짐만 내려놓고 곧장 레스터 스퀘어로 향했다. 점점 시간싸움이 돼가고 있었다. 불길한 예감이 덮쳐올수록 독 소장과 승주는 몸을 더 혹사시켰다. 비통한 잡념이 끼어들 틈을 내주고 싶지 않았다.

레스터 광장을 돌아다니며 눈에 띄는 길거리 화가들마다 투명

케이스에 담긴 그림엽서를 보여주었다. 수제엽서기 때문에 판매한 사람은 바로 알아볼 터였다. 서너 번째에 만난 화가가 그림을 알아봤는데, 자기가 그린 건 아니고 아는 사람의 작품이라고 확인해 줬다. 트라팔가 광장으로 옮겨갔다는 말을 듣고 두 사람도 그쪽으로 이동했다. 주변을 다급히 살피던 중에 당사자를 만날 수 있었다. 그림엽서를 좌판에 잔뜩 깔아놓은 채 엠피쓰리를 듣고 있는 아가씨였다. 승주가 그림엽서를 보여주며 본인 작품이냐고 물었다. 여자는 고개를 끄덕거리며 좌판 속에서 엽서 하나를 들어올렸다. 발랄하게 웃고 있는 빨강머리 소녀 얼굴. 수제품이라 구도는 약간 달랐지만 수진의 엽서와 분명 똑같은 그림체였다. 그림엽서 하단에 찍힌 화가의 인장도 동일했다. 독 소장과 승주는 반사적으로 서로를 마주보았다. 웃음도 울음도 아닌 뒤죽박죽 감정이 염통 언저리에서 부글거렸다. 뭔가 물꼬가 트이는 것 같은 예감이 들자, 엽서를 갖고 나왔다는 자책감은 아득히 증발해 버렸다.

승주가 사진 한 장을 꺼내며 화가 아가씨에게 물었다.

"이 엽서가 동양 여자 분이 사간 건데요, 여기 그 사람 사진인데, 혹시 기억나세요?"

승주는 물어보면서도 스스로 한심했다. 몇 달 전 일을 어찌 기억하랴.

"모르죠. 한두 개 파는 것도 아니고. 그리고 여기 아시아 관광객 엄청 많아요."

예상했던 대답이었다. 얼굴까지 기억한다면야 금상첨화겠지만, 런던에 와서 엽서를 구매했다는 사실을 확인한 것만으로도 감지

덕지였다.

"그런 건 왜 묻는데요?"

"이 엽서 사간 동양인 학생이 실종됐거든요. 저희는 지금 조사 중이고요."

"오마이갓."

화가 아가씨는 친구의 비보를 들은 것처럼 두 손을 모으고는 애달피 인상을 구겼다. 증언해 줄 수 있냐고 부탁하자 당연하다 며 자기 이름과 휴대폰 번호를 묻기도 전에 먼저 알려줬다.

유력한 증언자도 확보했으니 더 빨리 서둘러야 했다. 독과 강 은 화가 아가씨의 연락처만 챙겨 넣고는 곧장 대사관으로 찾아갔 다. 사안이 중대한 터라 영사를 직접 만날 생각이었지만, 영사는 한국에서 외유 나온 국회의원들을 접대하러 나가고 없었다. 내일 이고 모레고 대면할 수 있는 날이 불투명했다. 서기관도 일개 한 국인이 만나 뵐 수 있는 존재가 아니었다. 영사과 직원은 상사들 의 외부 스케줄이 얼마나 빠듯한지에 대해서만 무미건조하게 읊 어댔다.

독 소장은 초조했지만 애써 목청을 가다듬었다. 이수진 사건의 결정적 단서를 얻었다며 뭔가 실력행사를 할 만한 위치에 있는 높으신 양반이 필요하다고 애걸하듯 호소했다. 직원은 10초 간 허공을 바라보더니 사건에 대한 기억을 더듬었다.

"그 사건 종결된 걸로 아는데. 살인자가 영국인 남편으로 밝혀 졌잖아요."

독 소장은 부아가 치밀었다. 사태파악이 부실한 것 때문이 아 니라 무성의한 말투 때문이었다. 승주가 표독스런 어조로 사건 개요를 나열해 주었다. 그제야 알아차린 직원은 조금은 민망한 표정으로 입술을 실룩였다.

"제인 리 사건하고 헷갈렸나 보네요."

승주도 입술을 실룩였다.

"이름이 전혀 다른데 왜 헷갈리셨을까나."

직원은 승주를 슬쩍 흘겨보고는 책상에 앉아 이것저것 서류를 들추며 바쁜 척했다.

독 소장과 승주는 고민됐다. 이 사람한테라도 내막을 털어놔야 하나. 아니다. 저 비호감 몰골에다 대고 증거품을 발견했다는 중대뉴스를 털어놓고 싶지 않다. 그건 중대뉴스에 대한 모독이다.

독 소장은 협박하는 쪽을 택했다.

"이봐요~!"

돌발적인 고함소리에 직원도 승주도 놀랐다. 직원이 뒤적거리던 서류 몇 장이 덜덜덜 날아가 바닥에 나뒹굴었다.

독 소장의 협박은 속사포로 이어졌다.

"나는 이수진 실종 사건을 의뢰받은 변호사 독고잉걸이오. 오늘 목도한 이 비협조적 직무 태만에 대해 한국으로 돌아가자마자 법적 조치를 취할 것이며 국민안녕과 직결된 문제이므로 여론에 적극 알려 국민혈세가 허비되고 있는 참담한 현실을 고발해 준엄히 경계코자 할 것이오!"

직원은 자동인형처럼 벌떡 일어섰다. 친절과 원망이 섞인 말투로 더듬거렸다.

"벼, 변호사란 말씀은 안 하셨잖아요."

"이수진 씨 가족이 고용한 변호삽니다, 라고 기껏 말했건만. 그

땐 너무 정중하게 말해서 알아듣지 못했나 보군요. 어쨌거나 댁이 가는귀가 먹어서 못 들은 건 내 잘못이 아니오."

승주가 키득거리며 맞장구쳤다.

"그럼요. 저는 확실히 들었어요."

독 소장은 직원을 다시 쏘아보았다.

"한시가 급하니까 영사님이든 대사님이든 당장 호출해요."

하지만 일개 변호사의 협박 정도로는 출타 중인 영사를 불러오지는 못했다. 직원 역시 아예 시도조차 안 했다. 그저 서기관과 경찰주재원을 마주하는 것으로 만족해야 했다. 외부에서 급히 호출돼 들어온 서기관은 별것 아니기만 해봐 하는 날 선 눈초리로 냉랭한 인사를 건넸다.

독 소장은 스미스 집에 들어가 엽서를 갖고나온 일을 털어놓았다. 엽서를 판매한 화가를 만난 성과도 들려주었다. 엽서가 가진 중대한 의미를 강조해 말했건만 서기관의 신경은 오로지 주거침입에만 쏠렸다.

"그러니까 주인 없는 집에 몰래 들어가서 갖고 왔다는 말씀이죠?"

"네."

"하. 미치겠네. 제 정신이세요? 어떻게 그런 무모한 짓을 할 수가 있습니까? 한국도 아니고 남의 나라에서. 정말 큰일 낼 분들이네."

"핵심은 그게 아니고요."

"아니긴 뭐가 아니에요. 아무리 자국민이래도 옹호할 게 따로 있지. 영국경찰한테 뭐라고 말합니까. 훔친 물건이 증거물이라고 하면 잘도 믿어주겠네요. 말도 안 된다는 거 변호사님이 더 잘 아실 거 아니에요."

"무단침입 문제에 대해선 저도 할 말이 없어요. 하지만 그렇다고 결정적인 증거물을 덮을 수는 없지 않겠어요."

"그래서 저희가 어떻게 하길 바라시는데요."

"외교적 채널이라도 동원해 보자는 거 아닙니까. 개인이 영국 경찰하고 맞설 수는 없으니까요. 우선은 CCTV 조사 요청부터 합시다. 시내 곳곳에 감시카메라 쫙 깔렸던데, 실종 시점에 맞춰서 레스터 광장 주변 카메라 찍힌 거 찾아보면 뭐 좀 나오지 않겠어요?"

서기관은 비웃음 섞인 한숨을 과장되게 내뿜으며 대꾸했다.

"증건지 뭔지 그거 훔친 거라면서요. 시작부터가 불법인데 우리가 무슨 명분으로 영국경찰한테 요청하겠어요."

"경찰한테야 액면 그대로 털어놓으면 안 되죠. 융통성 있게 해 보십시다. 엽서는 제3자를 통해 익명으로 제보받은 정도로만 해도 돼요. 경찰 쪽에서 걸고넘어지지 못 합니다. 상대가 대사관이니까요. 우리가 직접 접촉 안 하고 여기 찾아온 이유도 그래서예요. 대사관이 나서는 것 자체가 명분이 되는 거라고요."

서기관은 규칙대로만 행동하는 고지식한 사람이었다.

"지금 우리더러 연극을 하라는 겁니까? 우방국에 대한 예의가 아닙니다."

"융통성 있게 실리 좀 챙기자는 게 무슨 큰 잘못이겠어요."

"아무튼 곤란합니다."

서기관과 달리 솔깃하게 듣고 있던 경찰주재원이 입을 뗐다.

"엽서 증거물이 괜찮은 거긴 하네요. 그래도 위험 부담이 너무 커요. 이 경우는 자국민이 용의자로 몰리는 상황이라 증거물이 있다고 해도 영국경찰 측에서 회의적으로 받아들일 것 같네요. 더구나 증거품이 지금은 용의자 집에 없는 상태잖아요. 용의자 집에서 영국 경찰이 직접 찾아낸 거라고 해도 옹호해 줄 판인데, 현재 증거물을 갖고 있는 사람이 용의자가 아니라 실종자 가족 변호인이니까. 까딱하면 증거조작 혐의를 뒤집어 쓸 수도 있어요."

승주는 몽니가 부글거렸다. 간만에 변호사다운 담판실력을 발휘하는 독 소장을 방해하기 싫어서 일부러 잠자코 있었는데, 입이 들썩들썩 욕설로 근질거렸다.

독 소장이 다시 호소했다.

"엽서에 이수진 양 지문과 용의자 지문이 남아 있을지도 모릅니다. 지문만 나와도 충분히 옭아맬 수 있어요."

경찰주재원은 부정적인 낯빛을 거두지 않았다.

"글쎄요, 지문이 나온다고 해도 그게 좀. 참 씁쓸한 얘긴데, 제가 여기서 겪은 경험으로는 좀 뭐랄까, 가해자가 영국인이고 피해자가 외국인일 경우, 범인이 살인죄를 자백해도 솜방망이 처벌 나오는 일이 왕왕 있어요. 엽서가 납치의 증거는 아니라고 할 게 뻔합니다. 더구나 용의자가 자기 집에서 훔쳤다고 고소라도 한다면, 장담컨대, 변호사님이 다칠 겁니다."

독 소장은 막다른 길목에 갇힌 기분이 들었다. 몸 사리는 저들의 입장이 이해는 갔지만 동의할 수는 없었다.

"지름길 놔두고 에둘러 갈 순 없죠. 용의자가 눈앞에 있는데. 힘드시겠지만 되든 안 되든 일단 시도라도 해 보십시다."

서기관은 더는 못 참겠는지 기세등등하게 노려보았다.

"자꾸 억지스런 얘기만 하시네요. 대사관이 범죄나 옹호해 주는 곳인 줄 아세요? 잘못했다간 외교문제로 비화될 심각한 사건이에요. 단순한 실종사건에서 국가 대 국가 문제로 악화될 수 있다고요. 변호사님 자격박탈 당하기 싫으면 정도를 지키십시오."

마지막 문장이 얌전히 있으려던 승주를 도발했다. 결기어린 목청이 불쑥 튀어나왔다.

"제가 잡혀가면 됩니다! 까짓것 영국 감옥에서 견문 좀 넓혀 보죠."

당혹감의 물결이 서기관과 주재원, 독 소장의 얼굴을 훑고 지나갔다.

"집에 몰래 들어가서 엽서 가져온 게 저거든요. 변호사님은 아무 관련 없어요. 애꿎은 변호사님한테 자격박탈이니 뭐니 모욕하지 마시죠."

서기관은 한심해 죽을 것 같은 눈질로 흘겨보며 황당함을 얼굴 가득 펼쳐 보였다.

"왜 대답이 없으세요? 내가 기꺼이 감옥에 갈 테니까 이 증거물 당장 쓰시라고요."

서기관은 신경질적으로 일어서서 벗어놓았던 코트를 다시 입었다. 목도리까지 칭칭 여미고는 경멸조로 내뱉었다.

"오늘 한 얘기는 못 들은 걸로 해드릴 테니 조용히 돌아가세요."

서기관이 나가려 하자 승주가 팔을 잡았다.

"농담인 거 같아요? 아니요, 진심이라고요. 세상에는 당신 같은 겁쟁이만 있는 게 아니거든요. 내가 기꺼이 잡혀 들어갈 테니까 이 증거물 가지고 그 자식 수사하란 말이에요!"

"자꾸 이러시면 정말 대한민국 망신입니다, 망신."

서기관이 승주의 팔을 밀쳐냈다. 경찰주재원도 승주 앞을 가로막았다. 승주는 문밖으로 나가는 서기관을 쫓아가 이기죽거렸다.

"좋아요. 내가 직접 영국경찰한테 가는 수밖에 없겠네요."

돌아보는 서기관의 얼굴에서 단호한 비웃음이 번뜩였다.

"가는 거야 선생님 뜻대로 하세요. 하지만 우린 분명히 경고 드렸습니다. 체포되더라도 대사관 도움 받을 생각 눈곱만큼도 하지 마세요."

승주는 쫓아가려 했으나 독 소장의 손에 붙들려 멈춰 섰다. 승주가 울상으로 돌아보았다. 독 소장은 미안스런 시선으로 보듬으며 고개를 저었다.

* * *

가랑눈이 흩날리더니 시나브로 사라졌다. 쌀쌀한 어둠이 빼곡히 밀려와 생각에 잠긴 구경꾼을 아득히 응시했다. 침대 위에 우두커니 앉은 승주는 창문 밖으로 보이는 어둠 속에서 자신의 환영을 발견했다. 어둠에 갇힌 채 출구를 찾아 헤매는 무기력한 사내가 두려움과 무능함에 좌절하다가 결국 제 자리에 붙박여 흐느끼고 있었다. 탐정이 된다는 설렘이 얼마나 순진한 판타지였던가, 자괴감이 마음속 구석구석에 서릿발로 내려앉았다. 넘을 수 없는 거대한 담벼락 앞에서 어설픈 탐정은 반골스런 말대꾸 몇 마디 질러보고는 한계를 인정해야 했다. 여기서 뭘 더 할 수 있을

지에 대해 빈곤한 상상력만 맴돌 뿐, 경험치는 바닥인데다가 패기마저 시들어버렸다. 아, 첫 마음은 얼마나 원대했던가. 악행의 근원에 대해 탐구하다 보면 인간 본성의 보다 내밀한 메커니즘을 완성해 볼 수 있으리라, 심장을 달구었던 초심이 바로 엊그제 일이다. 하지만 첫 사건에서부터 그 초심이 얼마나 우스꽝스러운 객기였는지 일찌감치 들통나고 있는 중이다. 주제 파악도 못 한 채 인간사의 날 것 철학이 어쩌고저쩌고 떠벌리며 그저 먹물 허세에 최면돼 있었음이 이로써 증명되고 말았다. 결국 탐정 놀음은 세상에 대한 통찰이 아니라 자신의 객기에 대한 통찰이었음을, 아, 인정해야만 하는가.

승주의 자괴감이 우울로 일그러지면서 궁상이 고개를 쳐들자 허망한 옛 기억이 미주알고주알 새어나왔다. 타인의 집, 낯선 방에 있는 낯선 소품들까지도 추억을 환기시키는 매개체로 돌변해 비아냥거렸다. 여기 이 침대가 그 시절 자기 방 침대를, 저기 저 책 몇 권 없는 책꽂이가 그 시절 자기 방 책장을, 저만치 구석 벽에 붙은 그룹 퀸의 고색창연한 공연포스터가 그 시절 자기 방 벽을 장식했던 「터미네이터2」 영화 포스터를 아른거리게 만들었다. 양쪽 사이에 아무 공통점이 없음에도 동병상련인 척 격렬하게 연상되는 건 마음의 문이 뜯겼기 때문이다. 자괴감에 지쳐 조절감각이 뜯겨 나간 마음은 건드리면 터질 듯 사소한 유사점만으로도 치명적인 기억을 들키고 만다.

중학교 3학년 때였다. 슈퍼스타 브로마이드로 도배되던 승주의 방 벽에 예기치 않은 다크호스가 등장했다. 승주는 아직도 그게 강박증이었는지 자기반성이었는지 결론을 내리지 못했지만, 생전 처음 겪은 지독한 죄책감이었던 것만은 분명했다. 실종자, 임지영. 실종전단지 속에 인쇄된 그녀의 조악한 사진 한 장이 평화롭던 벽에 흉물스레 똬리를 틀었다. 그녀는 못생겼다는 표현은 억울하지만 예쁘다는 표현은 더욱 어색한 얼굴이었다. 삶에 지쳐 웃음을 잃었음을 고백하려는 듯 청승맞게 풀린 눈매와 널브러진 입술은 차마 예쁘다 못생겼다의 이분법으로 가늠해선 안 될 것 같은 불우한 피사체였다.

아, 그날, 후미진 야산 길모퉁이에서 마주친 그녀가, 얼마나 다급했으면 애송이 중학생 녀석을 향해 살려달라는 곁눈질로 간절히 흘끔거렸겠는가. 모자를 눌러 쓴 말라깽이 사내와 색안경을 삐딱하게 쓴 거구의 사내한테 둘러싸인 채 놈들의 몸뚱이 틈새로 승주의 당황한 눈빛과 희끗희끗 마주치던 여자의 마지막 희망어린 눈빛. 승주는 그 눈빛에 꼼짝없이 사로잡혀 멀거니 서 있어야 했다. 말라깽이가 먼저 눈치 채고, 이어 색안경 사내가 넌지시 고개를 돌려 승주를 향해 말없이 손가락을 뻗었다. 외침도 욕설도 없었다. '꺼져!' 라는 외마디조차 없었다. 그저 묵직한 두 번째 손가락만 뻗었을 뿐인데 피할 수 없는 총구처럼 느껴졌다. 남의 일에 참견하지 말고 가던 길이나 가라, 그럼 개죽음은 면하리라, 손가락은 그렇게 위협적인 텔레파시를 보냈다. 험악한 인생사를 고스란히 드러내는 손가락의 카리스마에 중학생 애송이는 저절로 고개를 숙였다. 여자 친구에게 선물할 네 잎 클로버를 채집하러 나왔던 낭만적인 소년은 공포영화의 주인공이 될까 두려워 후들거리는 다리로 넘어질 듯 자빠질 듯 도망쳐 나왔다.

만약 이 정도에서 그쳤다면 트라우마까지는 되지 않았을 것이다. 겁쟁이 소년은 색안경 사내가 자기 얼굴을 똑바로 봤다는 사실 때문에 신고조차 하지 않았다. 괴담 속에 등장하는 칼잡이 깡패들 이미지가 떠오르자 112에 달랑 전화 한 통 넣는 것조차 위험천만한 모험처럼 느껴졌다. 신고하는 순간 땅 끝까지 쫓아와 복수의 칼날을 아랫도리 거시기에 쑤셔 박을지도 모른다는 과대망상이 겁쟁이를 더 겁쟁이로 몰아붙였다.

그리고 몇 달이 흘렀다. 소년은 입시공부와 농구동아리 활동에 정신이 쏠려 낯선 여자의 절망적인 눈빛 따위는 잊어버렸다. 파출소 게시판에 붙은 전단지를 바라보기 전까지는 말이다. 평상시와 마찬가지로 승주는 학교에서 버스정류장으로 이어지는 길목을 친구들과 수다를 지피며 걸어갔다. 음반가게도 지나가고, 떡볶이집도 지나가고, 파출소도 지나가고, 늘 그렇듯 승주와 친구들은 파출소 게시판을 흘끔거렸다. 게시판에 붙은 수배자 명단을 보는 일이 녀석들에게는 귀갓길의 활력소였다. 영화 속에 등장하는 가짜 범죄자가 아닌 진짜 흉악범을 구경하는 일은 추리소설을 읽는 듯한 긴장감을 일으켜 사춘기소년들의 아드레날린을 자극했다. 하지만 게시판에는 수배자만 있지 않았다. '이 여자 표정 완전 우거지네. 이런 사진밖에 없었나,' 친구 녀석의 낄낄거림에 반사적으로 들여다 본 전단지 한 장. 실종자를 찾습니다! 승주는 순간 멈칫했다. 많이 본 얼굴인데. 아, 그때 그 여자? 설마, 그럴 리가. 승주는 당시에 여자의 정면을 자세히 보지 못했다. 사내들 틈으로 언뜻 비치는 얼굴 일부분과 겁에 질린 눈빛, 그게 전부였다. 얼굴이 달걀형인지 사각형인지 따위의 상세정보는 전혀 알지 못했다. 하지만 승주의 뇌는 파편적으로 목격한 정보만으로도 머릿속에서 3차원 모델링 작업을 제멋대로 진행시키더니 승주의 의식 영역으로 떡하니 펼쳐 보였다. *그때 그 여자 맞아! 저 불쌍한 눈빛 좀 봐, 생생하잖아. 그 여자가 틀림없어! 네가 외면한 그 여자! 어쩌면 네가 구했을 수도 있었던 바로 그 불쌍한 여자!* 무의식은 승주를 조롱하고 있었다. 현기증이 몰려왔다. 전단지 속 여자의 얼굴이 승주의 의식을 향해 흡혈귀 이빨로 날아와 덮쳤다.

앉으나 서나 밤이고 낮이고 심지어 꿈속에서도 죄책감이 휘몰아쳤다. 당시에 신고만 했더라면, 설사 신고가 아무 효과가 없었다고 하더라도, 어쨌거나 신고만 했더라면 실종 전단지를 마주쳤대도 이리 괴롭지는 않았을 것을, 마음속에 이토록 죄스런 짐짝을 못 박아두지 않아도 됐을 것을, 홀로 냉가슴만 싸늘히 이지러뜨렸다. 뒤늦게 목격담을 경찰에게 알려주고 몽타주 작성에도 협조했지만 이미 뒷북이라는 자괴감이 마음속 어딘가에 숨어 다니며 끊임없이 스스로를 비웃었다. 승주는 자신의 북받치는 마음을 달래줄 뭔가가 절실했다. 선무당의 굿판이 됐든 사이비교주의 안수기도가 됐든 이 북아치는 마음만 다잡아 줄 수 있다면 기꺼이, 기꺼이.

중학생 애송이는 꿈속에서 다시 여자 얼굴을 보았다. 두려웠지만 보지 않으려는 의지가 작동하지 않았다. 가위에 눌린 것일까. 덕분에 처음으로 전단지 속 얼굴을 정면으로 바라볼 수 있었다. 웬 일인가. 오히려 마음이 편안해졌다. 정면으로 부딪치기. 어쩌면 이게 승주의 잠재의식이 승주 자신에게 가르쳐준 해결책이었는지도 모른다. 그저 공포이기만 했던 여자의 사진은 점점 격언으로 다가왔다. 여자의 표정 자체가 정문일침이었다. 승주의 비겁을 꾸짖는 준엄한 사자후가 되어 뇌리에 꽂혔다. 승주는 파출소로 가서 임지영의 실종전단지 한 장을 얻어왔다. 임지영 전단지는 마이클 조던의 브로마이드와 「터미네이터2」 영화 포스터 옆에 나란히 붙여졌다. 승주가 스스로에게 가한 형벌이자 실종자에 대한 사죄였다. 전단지는 승주의 비겁을 시위하면서도 역설적이게도 죄책감을 진정시키는 부적이 돼주었다.

까마득히 오래전 일이건만 승주의 머릿속에서 케케묵은 자괴감이 되돌아와 관절염처럼 콕콕 쑤셔댔다. 세월이 흘러 나름 경륜이 붙었다고 생각했거늘, 그때나 지금이나 무능력한 처지인 건 똑같구나, 허핍한 냉소가 빈속에 삼킨 소주처럼 쓰라리면서도 알딸딸한 기분을 일으켰다.

"방에 틀어박혀서 뭐 해요?"

해리슨 박이 방 안으로 들어왔다. 뒤따라 들어온 독 소장이 승주의 침울한 뒤통수를 건너다보았다. 승주는 일어서서 인사를 꾸벅하고는 해리슨 박이 내민 손을 얼결에 맞잡았다. 악수를 하던 해리슨 박이 멋쩍어하며 멈췄다.

"아 참, 우리 처음 본 거 아니지. 내가 이렇다니까요. 서양 사람들하고 어울려 살다 보니까 툭 하면 악수질이네. 하하. 아주 오토매틱이야."

해리슨 박이 호기심 가득한 눈질로 독 소장과 승주를 번갈아 돌아보았다.

"앉아요, 승주 씨. 독변, 자네도 좀 앉고."

독 소장은 시무룩한 기색으로 1인용 소파에 엉덩이를 들이밀었다.

"내가 지금 집에 오던 길에 소식 하나를 들었는데 말이야."

독 소장과 승주는 관심 없이 흘려들었다.

"두 사람 오늘 대사관 가서 노이즈 좀 일으켰다면서?"

승주는 여전히 무덤덤한 반응이고, 독 소장이 못마땅한 기분으로 물었다.

"그게 벌써 소문이 났어?"

"이 바닥이 얼마나 좁은데. 뭐 때문에 싸운 것까지 다 들었다고."

"참나, 입들도 싸구만. 업무 처리는 느려터진 작자들이 입 놀리는 데는 급행열차네."

"원, 사람, 내 정보 소스가 워낙 파워풀해서 그렇지. 내가 한인회 위원장 아닌가. 감투는 괜히 달고 있는 줄 알아?"

독 소장은 가택침입 건이 마음에 걸렸다.

"어디까지 들은 거야?"

"다 들었지. 수진 리 부모가 자네 고용한 거라며. 영국에는 수사에 진전이 있나 확인하러 온 거고. 본머스 폴리스한테도 갔었다면서? 진행된 것도 없고 하니까 대사관 가서 수사 잘 하라고 컴플레인 좀 걸었다던데."

다행히 전부 다 들은 건 아니었다. 서기관이 아무리 입이 싸다고 해도 양국의 우호증진에 열렬히 앞장서는 위인이다 보니 가택침입에 대해선 혹여 새나갈까 일언반구도 안 한 모양이다. 어쨌든 소문나서 좋을 건 없다. 노파심이 찾아들자 독 소장은 다시 심드렁해졌다.

"내가 그 얘기 듣고 집에 오면서 생각해 봤는데, 독변 자네 혼자 힘으로는 임파서블이야. 두 사람 다 영국 사정에 밝지가 않잖아. 대뜸 대사관에 간 것만 해도 그래. 한국교민들 중에 트러블 생겼을 때 대사관이나 영사관 가는 사람 한 명도 없어. 노바디! 그거 정말 수투피드 액트라니까."

"그래, 그래. 우리도 뼈저리게 깨달았어. 어쨌거나 고맙구만. 확인사살 해 줘서."

독 소장은 일부러 과장되게 입술을 삐죽거렸다.

"원, 사람. 그래도 내가 말이야, 이 바닥에 산 지 20년이 넘었잖나. 자네한테 어드바이스 정도는 해 줄 수 있다고."

허공에 머물러 있던 독 소장과 승주의 시선이 해리슨 박에게 쏠렸다.

"어드바이스?"

"그 친구라면 분명히 도움이 될 거야."

"그 친구?"

"수진 리 부모가 여기 왔을 때는 그 친구를 소개시켜 주지 못했어. 알아보니까 스코틀랜드에 갔다고 하더라고. 아마 거기도 클라이언트 요청으로 간 걸 거야. 워낙 아웃스탠딩한 친구라."

"그 친구가 누군데 그래?"

독 소장과 승주가 염력으로 뚫어버릴 것처럼 집중해서 해리슨 박을 응시했다. 해리슨 박은 두 사람의 꽉 조여진 표정이 재밌으면서도 얼마나 절박하면 저럴까 싶어 곧장 본론으로 들어갔다.

"프리이빗 디텍티브야. 사립탐정."

"……"

"한국에는 아직 탐정 없던가?"

독 소장과 승주는 김샌 느낌이 들었다. 사건해결과 직결된 실마리라도 되는 줄 기대했는데 고작 탐정 소개라니. 한국에서 온 탐정이나 영국 본토박이 탐정이나 영국경찰과 대적해야 하는 처지는 같을 터인데.

"연결해 줄까?"

"글쎄."

"같은 코리언이니 맘도 통할 테고."

"영국인 탐정 아니야?"

"교민이야. 중학생 때 이민 와서 한국말도 아주 잘 해."

독 소장은 지루한 영화 관람하듯 듣는 둥 마는 둥 했다.

"그 친구 아버지가 컴퓨터 엔지니언데, 영국회사에 스카우트돼서 이민 온 케이스지. 워크 퍼미트랑 취업비자도 바로 받았어. 커리어가 워낙 좋다 보니까 시민권도 쉽게 나오고. 우리랑은 한인회 미팅 때 가끔 만나는 사이야. 부부동반으로 같이 여행간 적도 있고. 탐정한다는 친구가 그 집 큰딸인데 아주 스마트해."

"큰딸? 여자였어?"

"응. 본업은 따로 있고, 탐정 일은 파트타임으로 하는 것 같아."

"파트타임? 그럼 뭐 아마추어구만. 난 또."

"노, 노. 풀타임 피아이라고 다 능력 있나. 그 친구가 말이야, 미스터리 케이스 여럿 해결했다니까. 불륜 조사 같은 잡스러운 건 절대 안 받아. 실종이나 살인사건 같은 거, 시리어스한 사건만 맡는다더라고."

"그건 그렇다 치고, 탐정 비용 비싸지 않아?"

"나야 맡겨본 적이 없어서 자세한 건 모르는데, 비쌌다고 컴플레인 하는 사람은 못 봤어. 사실 지금 비용이 문제겠어? 자식 일인데."

"수진이 부모님이 부자는 아니라서. 어학연수 비용도 수진이가 아르바이트해서 모은 거였대고."

"우선 만나나 봐. 상담만 받는 건 무료라던데."

"아, 그래?"

"어쩔까? 컨택해 봐?"

승주는 딴생각에 잠겨. 먼 산 바라기 할 뿐이고, 독 소장은 고개를 끄덕였다.

"만나나 보지, 뭐. 뾰족한 수도 없는데. 그 한국인 탐정, 이름이 뭐야?"

"권민."

4

동네 공원 풍경은 늘 뻔하다. 유동 인구에 비해 지나치게 넓은 공간에다 볼거리 없이 잔디 바닥만 펼쳐져 있는, 중년아저씨가 자다가 일어난 모습처럼 소박하게 풀어헤쳐진 모양새다. 주택가 중심에 자리 잡은 공동묘지 길목을 대하듯 사람들은 공원을 심드렁하게 지나치거나 어쩌다 바라본들 그저 일상적인 땅 한 덩어리쯤으로 여긴다. 축구 놀이를 깨작대는 아이들한테 간간이 소비될 뿐, 궂은 날씨에는 아예 텅 빈 채 버려져 음산한 침묵만 안개비를 타고 추적추적 서성거린다. 권민은 그 시투렁한 풍경이 좋았다. 날

씨가 *끄*무레하면 장우산을 들고 동네 공원으로 산책을 나가곤
했다. 도시 한복판에서 인간의 흔적이 잊히는 공간과 만난다는
건 보물찾기와도 같았다. 잔디 바닥 위에 썰렁하게 돋아난 벤치에
앉아 인기척 없는 자연의 여백을 명상하다보면 살인마가 튀어나
올 것 같은 적막은 어느새 오케스트라 선율로 승화돼 「넬라판타
지아」를 허밍한다.

그러나 이 동네는 여느 공원 분위기와는 달랐다. 칼라프 베일
리 아카데미 뒷자락에 붙은 공원인데, 파크로드 바로 뒤편에 중
등학교가 있다 보니 학업을 마치고 나온 아이들이 공원을 아지트
삼아 웅성대는 일이 잦았다. 권민은 공원 전경을 둘러볼 수 있는
나무 그늘 아래 벤치로 걸어가 앉았다. 다양한 인종의 피부색들
이 곳곳에서 와자지껄 잡담을 지피거나 공놀이를 주고받았다. 십
대 아이들의 패기는 쌀쌀한 날씨에도 아랑곳하지 않고 천방지축
날뛰었다.

제이든 파텔도 한때 아니 석 달 전까지만 해도 저들 틈에서 물
색없이 까불었을 것이다. 철없는 꼬맹이의 삶이 돌연 비극으로 추
락해 탐정의 사건 파일에 기록되리라는 걸, 언제나 그렇듯, 자신
도 그 누구도 아무도 몰랐다. 이미 단순교통사고로 종결 난 사건
이었고 유가족도 사인에 대해서는 이견이 없었지만, 시간이 지날
수록 제이든의 아버지인 아미따브 파텔은 꽃다운 자식이 눈에 밟
혀 도저히 견딜 수가 없었다. 진짜 살인자는 따로 있다며 밤낮으
로 앙심을 불태웠다. 경찰 당국에도 호소했지만 신통찮은 답변뿐
이었다. 결국 유능한 사립탐정을 고용하기로 마음먹었고 수소문
하던 중에 거래처 사장이 추천해 준 한국계 탐정을 찾아갔다. 미

제 사건도 여럿 해결했다는 얘기를 듣고는 간절한 희망을 걸었다.

다운타운 교차로에서 무단 횡단하다가 달려오던 버스에 역과돼 사망한 제이든 파텔은 마약 초보자였다. 부검에서 코카인 성분이 검출됐지만 중독 단계는 아니었고, 시작한 지 얼마 안 된 것으로 분석됐다. 부모에겐 마약 검출이 아들의 갑작스런 죽음만큼이나 충격이었다. 무단횡단사고도 마약의 환각 작용 때문이었음이 유력해졌다. 맞은편 인도에 있던 동급생 아이가 목격한 바에 따르면, 제이든은 이름을 외쳐 불러도 대답하지 않았고 환희에 달뜬 표정으로 신기루를 쫓듯이 차도로 질주했다고 한다.

장례가 끝나고 다시 일상으로 돌아왔지만 새로운 울분이 유가족을 괴롭히기 시작했다. 마약만 아니었어도 차도로 뛰어드는 실수를 하지 않았을 거라는 안타까움이 마약공급책에 대한 분노로 이어졌다. 순진한 아들을 마약으로 꼬드긴 악마가 누군지 찾아달라는 게 그들의 요구였다. 하지만 의뢰내용은 찾는 것에서 끝나는 게 아니었다. 놈이 마약을 파는 현장을 포착해 쇠고랑을 차게 해달라는 게 핵심이었다.

의뢰인의 요구를 만족시키려면 무엇보다 마약공급책을 색출할 단서가 있는지 여부가 중요했다. 마약공급책과 수요자는 정기적으로 연락을 취하게 마련이다. 제이든의 이메일과 메신저 등에는 별다른 실마리가 없었다. 결정적인 건 휴대폰에서 나왔다. 교통사고로 인해 손상된 상태였지만 내부에 있는 칩을 복원해 수신 받은 문자메시지 내용을 열어볼 수 있었다. 또래 아이들과 나눈 시시콜콜한 문자들 틈새로 똑같은 내용의 메시지 몇 개가 눈에 들어왔다. '칼라프 파크에서 보자. 티메이트(T-mate)로부터'라는 단순하지만 음흉한 문장이 주기적으로 여러 차례 도착해 있었다. 발신인의 휴대폰 번호는 당연히 찍혀 있지 않았다.

제이든과 친하게 지냈다는 아이들에게 탐문했지만 티메이트가 누군지 아는 아이는 한 명도 없었다. 제이든의 친구들은 순진해 빠진 공부벌레 타입이거나 마약은 엄두도 못 내고 흡연만 몰래 하는 정도의 고만고만한 아이들이었다. 신체적 상태를 살펴봐도 마약쟁이의 흔적은 보이지 않았다. 이제 유일한 단서는 접선 장소로 추정되는 '칼라프 파크'뿐이었다.

권민은 엉덩이가 경직되자 방향을 바꿔 앉은 후 다시 공원을 구석구석 훑었다. '런던 칼라프 파크'라고 적힌 낡은 팻말이 바람에 삐걱거렸다. 마약공급책으로 보이는 수상한 어른 혹은 아이는 보이지 않았다. 권민이 앉아 있는 벤치는 나무 그늘이 우거져내려 한기가 흠씬 감겨들었다. 아이들은 햇살이 비치는 쪽으로 몰려 있어 그녀가 자리한 곳은 한가했다.

십대를 갓 벗어난 꼬맹이 네 명이 머뭇머뭇 흘끔거리며 권민 쪽으로 접근했다. 앳된 얼굴 위로 에메랄드 눈동자가 탁하게 번득이는 사내 녀석이 몇 걸음 앞서 다가갔다. 야구 모자를 눌러쓴 채 목석처럼 앉아있는 동양인에게 얼굴을 들이밀고는 혀 꼬인 목소리로 침 뱉듯이 말을 걸었다.

"담배 있어? 저기서 피는 거 봤는데. 담배 많더라. 낄낄."

물론 봤을 리가 없다. 권민은 비흡연자라 저기서건 여기서건 피우지 않았으니까. '나는 네가 담배 핀 걸 알고 있다'는 말은 길거리에서 담배 구걸 다니는 꼬마들의 흔해빠진 레퍼토리였다. 낄낄거리는 꼬마들은 안색이 런던 날씨처럼 우중충하게 일그러져 보였다. 어린애답지 않은 까칠하고 창백한 피부에다 충혈된 눈은 졸린 듯 게슴츠레하고 사시가 아님에도 시선이 제멋대로 허공을 비벼댔다. 그 중 한 녀석은 떨리는 왼쪽 손을 점퍼 주머니에서 뺐다 넣었다, 강박적인 행동을 반복했다. 담배 니코틴만으로 저 지경이 되지는 않는다. 급성중독인지 만성중독인지는 모르겠으나 육체반응만 봐도 마약의 징후가 또렷했다.

꼬맹이들의 담배 구걸에 늘 묵묵부답으로 지나치던 권민이지만 이번에는 슬쩍 미소를 지어보였다. 미리 준비해 간 담뱃갑을 꺼내자 녀석들이 좀비처럼 모여들었다. 담배는 제이든 파텔의 찌그러진 가방 속에 있던 중국 밀수담배와 똑같은 종류였다.

"메이드인차이나? 낄낄."

"그래. 티메이트한테서 산 거지."

그중 한 녀석이 찔끔 뒤로 물러섰다. 음산한 미소가 깃들어 있는 권민의 묘한 눈빛이나 서늘하게 가라앉은 목소리 때문만은 아니었다. 권민은 감정이 허술하게 드러나는 녀석의 표정을 읽었다. 티메이트를 아는 게 분명했다. 권민이 담배 한 개비를 더 건네자 녀석은 금세 히죽대며 얼른 받아들었다. 다른 꼬맹이들도 마찬가지였다. 중독으로 이미 뇌 기능이 흐릿해진 터라 경계심 따위는 없었다.

"티메이트 만나기가 쉽지 않군."

권민의 능치는 한 마디에 계집아이가 담배 연기를 뿜어대며 낄낄 쪼갰다.

"어제 왔다갔는데. 일주일에 한 번 오는데. 오는 날이 맨날 바뀌지만."

"왜 티메이트라고 부르지?"

탁한 구릿빛 아이가 눈썹을 찡긋 치켜세웠다.

"여태 그것도 몰랐어? 트릭키 메이트잖아."

녀석들은 몽롱해진 몰골로 티메이트에 대해 주저리주저리 뇌까렸다. 이름은 트릭키 메이트(tricky mate)의 줄임말로, 다루기 힘든 녀석이란 뜻이었다. 정확히는 '경찰'이 다루기 힘든 녀석이란 의미였다. 런던 주택가 뒷골목에서 밀수 담배나 코캔디(nose candy, 코카인의 속어)를 팔러 다닐 때도 구매자로 위장한 사복경찰을 귀신같이 골라내 체포 위기마다 교활하게 피해 다니는 놈이었다. 경찰 감별 능력을 부러워하던 동종업계 떨거지들은 녀석에게 티메이트(T-mate)라는 경칭을 지어주었다.

권민은 공원을 떠나면서 아이들에게 담뱃갑을 통째로 건넸다. 티메이트가 더 자주 출몰하는 장소를 알려준 데 대한 답례였다. 길거리 배회하는 게 일상인 녀석들이다 보니 티메이트가 단골로 드나드는 점포까지 알고 있었다. 게다가 '티메이트가 머리를 보라색으로 물들였더라.'고 고급정보를 무심코 지껄여주기까지 했다.

곧장 타운센터 커머셜 로드에 있는 벤슨 상가로 갔다. 상가 옆에 곁달린 모터사이클 점포가 티메이트가 출몰한다는 곳이었다. 권민은 점포 맞은편 패스트푸드 가게에 앉아서 관찰했다. 햄버거 속 치즈가 양상추와 뒤엉켜 쉰내가 날 무렵, 보라색 염색머리가 점포에 나타났다. 20대 후반으로 보이는 백인 사내였다. 앵글로색슨의 장대한 골격과 보라색 샤기컷은 별로 어울려 보이지 않았지만, 어차피 녀석의 미적 취향은 관심 대상이 아니었다.

티메이트가 점포에서 나와 길거리로 나서자, 권민도 햄버거를 버리고 밖으로 나왔다. 녀석을 미행하면서 티메이트라는 별명이 괜히 붙은 것이 아니라는 걸 실감했다. 추적하는 동안 들킬 뻔한 적이 두 번 있었다. 행인 속에 묻어가며 산책이나 쇼핑 나온 듯 속임 동작을 취해 보기도 했지만 티메이트의 직감은 예리했다. 자기를 쫓는 사람이 누군지도 모르고 쫓는 목적이 뭔지도 몰랐음에도 누군가 자기를 따라붙고 있다는 것만은 오랜 경험으로 알아차렸다. 상대가 눈치 챘다는 걸 눈치 챈 권민은 망설임 없이 발길을 돌렸다. 탐정의 정체가 들통 나면 그걸로 끝이다.

권민은 미행을 며칠 뒤로 미뤘다. 미행 방법도 바꿨다. 변검 공연자가 수시로 가면을 바꾸듯 그녀는 미행하는 동안 틈틈이 시각적인 변화를 주었다. 어스름한 초저녁 배경에 묻어갈 수 있는 검정색 점퍼를 입고는 계속해서 모자를 바꿔 썼다. 갈색 벙거지, 캐릭터 야구모자, 꽃무늬두건, 피자집 유니폼 모자, 카키색 비니 등을 번갈아 쓰며 행인들을 보호색 삼아 자연스럽게 뒤따랐다. 녀석은 눈치꾼답게 예리하게 뒤를 살폈지만, 시야에 잡히는 건 여러 개의 모자들뿐이었다. 생물학적으로 인간의 시각은 피사체의 특징적인 이미지에만 집중되기 때문에 그 밖의 세부적인 모습들은 놓쳐버리기 쉽다. 티메이트의 시각 레이더는 각각 다른 모자 이미지만 스쳐봤을 뿐, 그 모자들을 쓴 사람이 동일인물이라는 것까지는 포착하지 못 했다. 모자들은 일종의 제복 효과를 일으킨 셈이다. 등 뒤로 보이는 경찰관, 소방관, 피자배달부가 동일인이라고 생각하기가 쉽지 않듯이 티메이트는 여러 가지 모자 속에 숨은 권민을 알아차리지 못했다. 간혹 헤드폰을 끼고 건들대며 걷거나 접이식 지팡이를 펴 뒤뚱거리는 식으로 걸음새에 차이를 줌으로써 상대방의 시각을 한 겹 더 혼란시켰다.

템스 강변에 비낀 저녁노을 위로 어둠이 밀려들었다. 관광객들이 학수고대하고 있는 야경 풍경이 만개하려면 조금 더 기다려야 했다. 상가 진열장마다 크고 작은 크리스마스 장식물이 하나둘 조명을 뿜어 올렸다. 길거리 행위예술자들이 흥얼대거나 외쳐대는 크리스마스 캐럴이 불협화음으로 지글거렸다. 포옹과 키스가 도미노로 물결치는 흥분된 번화가에서 밤의 어둠은 색 바랜 검정 페인트에 불과했다. 사람들은 낮인지 밤인지 잊어버린 채 환락에 취해 웅성거렸다.

타워브리지를 지나 거침없이 걸어가던 티메이트는 대형 펍 앞에 멈춰 서더니 오고 가는 행인들을 숙련된 눈질로 넌지시 살폈다. 루돌프 장식물 뒤에 서 있던 권민은 휴대폰 통화에 열중하는 척하면서 맞은편 산타클로스 입간판 위로 반사된 녀석을 지켜보았다. 별다른 낌새를 못 느낀 티메이트가 펍 안으로 들어갔다. 펍 안은 초저녁부터 몰려든 술손님들로 북적거렸다. 티메이트는 이런 떠들썩한 분위기야말로 최고의 위장술이라며 흐뭇해했다. 록 음악과 알코올이 질펀하게 나뒹구는 소굴에서라면 누군가 칼침을 맞는다고 해도 본숭만숭 흘려보내기 십상이다. 하물며 작은 꾸러미 하나 건네는 광경 따윈 스쳐지나가는 곁눈질조차도 받지 못한다. 티메이트는 곤두섰던 경계심을 풀고 펍 주인과 안부를 주고받았다. 주변 곳곳이 음료를 주문하러 온 사람들로 붐볐지만 그는 일부러 자연스럽게 배낭에서 꾸러미 하나를 꺼내 가게 주인에게 건넸다. 주문 행렬에 끼어 있던 뿔테 안경잡이 한 명이 티메이트가 전달하는 꾸러미를 날쌔게 훑었다. '얼 그레이 홍차 티백

50개(Earl Grey 50 Tea bags)'라고 적힌 폴리백 꾸러미였다. 펍 주인은 꾸러미를 넘겨받아 카운터 안쪽 구석 언저리로 깊숙이 감추었다.

티메이트의 산책은 계속됐다. 매끈하게 포장된 강변로를 거닐다가 세인트폴 대성당 길목으로 꺾어져서는 기다리고 있던 모터바이크 운전자에게 홍차 소포를 전달했다. 운전자는 주위를 경계하며 꾸러미를 크로스백 속에 쑤셔 넣었다. 홍차 티백 따위를 건네받는 광경치고는 너무 진지했다. 녀석이 운반하는 게 진짜 홍차 꾸러미가 아니라는 건 더 분명해졌다. 물건 챙기느라 바쁜 바이크 운전자는 행인 틈에 숨은 누군가가 자신의 모터바이크 번호판을 눈여겨보고 있다는 건 눈치 채지 못 했다.

티메이트가 방문하는 거리 곳곳에 촘촘히 널려 있는 감시카메라들은 녀석을 수많은 행인 중의 한 명으로만 흘려보냈다. 기계들은 녀석의 영악함을 당해내지 못했다. 티메이트는 꾸러미를 전달할 때마다 감시카메라의 사정거리를 교묘히 피하는 잔재주를 요리조리 뽐냈다. 티메이트뿐만이 아니었다. 이미 런던의 베테랑 범죄꾼들은 CCTV의 사각지대를 활용하는 입체적 방향 감각으로 단련돼 있었다.

티메이트는 강변로로 나와 야경을 흘끗흘끗 감상하면서 밀레니엄브리지를 산책하더니 다시 번화가로 접어들어 소극장으로 들어가 콧노래를 흥얼거리며 또 다른 홍차 꾸러미를 건넨 후, 런던아이 주변의 인파 속으로 경쾌하게 활보해 들어갔다. 티메이트가 찾아다니는 행선지는 템스 강변 관광코스와 비슷했다. 권민은 티메이트라는 관광가이드의 길잡이를 받으며 유람하는 기분이 들었다. 녀석은 집배원이 각 집에 편지를 배달하듯 특정 장소에 들러 물건을 배달했다. 장소는 달랐지만 꾸러미 모양은 똑같았다.

임무를 완수한 티메이트는 미소를 가득 몰아쉬고는 눈부신 세상을 올려다보았다. 빅벤과 국회의사당을 뒤덮은 우람한 야경이 환희에 찬 녀석을 내려다보았다. 모든 게 만족스런 티메이트는 야호를 외칠 뻔했다. '날씨 한번 끝내주는군' 하고 신소리 한 마디 내뱉는 걸로 환호성을 대신했다. 티메이트는 홀쭉해진 배낭을 건성으로 비껴 맨 채 야경에 취한 관광객 사이를 빠져나가 웨스트민스터 선착장 계단으로 내려갔다. 권민은 더 이상 쫓지 않았다. 화려한 야경 틈새 어딘가로 사라지도록 내버려두었다. 이미 충분했다. 캠코더 분량도 꽉 찼다. 녀석이 연기한 홍차 배달부 영상은 런던 야경을 배경으로 운치 있고 섬세하게 촬영되었다. 촬영일정에 따라 압수수색만 이뤄지면 경찰은 크리스마스 선물을 받을 테고 제이든 파텔의 유가족은 울분에서 조금은 해방될 수 있을 것이다.

권민은 관광객들 틈에 묻혀 웨스트민스터 다리 난간에 기대섰다. 변장 모자들이 들어 있는 배낭 안에서 휴대폰을 꺼냈다. 무음 처리해 놓았던 휴대폰을 벨소리 모드로 돌려놓았다. 같은 번호로 십여 통의 전화가 와 있었다. 모르는 번호였다. 다급한 의뢰인이거나, 술 취한 얼간이가 애인 번호를 잘못 눌렀거나. 아쉬우면 또 걸 테지.

권민은 다리 아래로 물결치는 강물을 내려다보았다. 죄다 야경만 올려다보는 군중 속에서 그녀 혼자 시커먼 강물에 마음을 빼앗겨 생각에 잠겼다. 저 위에 눕고 싶다는 생각이 밀려들었다. 권민에게 템스 강은 섬뜩한 추억이 깃든 장소였다. 강에 얽힌 기억 조각들이 저 다리 아래 칠흑 물결 위로 아른거렸다. 그 추억 속의 권민은 15세 소녀였다. 달려드는 모터사이클을 피하려다 추락한 소녀를 강물은 거센 물결로 휘감으며 제물로 삼으려 했다. 처음에는 본능적으로 발버둥 쳤다. 강물은 더 거센 물너울로 되받아쳤고 소녀는 문득 자신의 생존의지가 부질없게 느껴졌다. 죽음이 목구멍 속으로 물세례를 퍼부으며 몰아닥쳤지만 소녀는 죽음에 맞서지 않았다. 죽음을 물끄러미 받아들이려는 순간 오히려 죽음은 기세를 잃고 말았다. 누군가의 우악스런 손길이 소녀의 희미해지는 의식 속으로 넘어와 거칠게 잡아끌었다. 부드러운 물속 공간에서 건조한 허공으로 끌어올려진 소녀는 사람들의 비명소리를 몽롱히 엿들으며 의식을 잃었다. 병원에서 다시 깨어났을 때 소녀는 더 이상 예전의 평범한 소녀가 아니었다. 강물에 누워 물결을 따라 한 몸이 되는 일이 시나브로 취미생활이 되었다. 모든 고민이 물결 속으로 익사해 떠내려가는 것 같은 서늘한 느낌이 좋아졌다.

죽음의 위기를 겪었지만 권민에게 물은 공포가 되기는커녕 안락한 신세계로 다가왔다. 생사의 갈림길에서 그저 몸부림만 치다 돌아온 자는 상처만 남아 공포 속으로 함몰되지만, 생사의 경계를 초월해 그 너머까지 다녀온 자는 오히려 공포로부터 해방되는 법이다. 권민은 깨달았다. 삶과 죽음은 홀로그램 스티커의 쌍둥이 영상임을, 죽음은 옅은 안개 너머 가까이서 매순간 기다리고 있음을, 인간이 살아있을 때 느끼는 온갖 공포와 감정분출은 신기루에 불과하다는 비밀을 알아버렸다. 감정이란 것의 부질없는 실체를 깨닫고 나자 무덤덤한 평정심이 마음속에 자리 잡았다.

권민은 다리를 지나 지하철역으로 걸어갔다. 휴대폰이 다시 울렸다. 아까 그 번호였다.

"여보세요."

"아이고. 이제야 연결됐네요."

상대방은 권민임을 확인하고는 한국어로 말하기 시작했다. 부모님과 잘 아는 사이라며 한참을 떠들고 나서야 전화 건 용건을 말했다. 수사 의뢰였다. 사건 내용은 귀에 익었다. 교민사회에서 떠들썩했던 실종 사건이라 식구들의 근심어린 대화를 통해 몇 번 귀동냥한 적이 있었다. 피해자는 여전히 실종 중이라고 했다. 전화 속 사내는 꼭 좀 맡아달라며 여러 차례 당부했다.

"맡겠습니다. 어디서 만날까요."

5

독 소장과 승주는 해리슨 박을 피해 몰래 밖으로 나왔다. 해리슨 박은 약속 장소로 뉴몰든에 있는 자기 집 주소를 불러줬지만, 독 소장이 권민에게 따로 전화를 넣었다. 본인들이 사건 의뢰 당사자들이라는 점과 이수진의 법정 대리인이라는 것도 밝혔다. 제3자가 알면 곤란한 내막이 있다는 얘기를 꺼내자, 권민은 약속 장소를 바꿔주었다.

권민이 일러준 장소는 집 근처에 있는 버스정류장이었다. 독 소장과 승주는 정류장 의자에 앉아 무료한 겨울풍경을 흘끔거리며 기다렸다.

"날도 추운데 왜 하필 버스정류장이래요. 사무실로 오라고 하지. 우리가 지리가 어두워서 못 찾을까봐 그런가."

"사무실이 아예 없다더군."

"에? 사무실이 없어요? 잘 나가는 탐정이라면서요."

"전업이 아니라서 그런가 보지."

"그나저나 박 사장님 실망이 크시겠네요. 잔뜩 기대하는 눈치던데."

"별수 없지. 그 친구가 너무 자세히 알면 교민들 사이에 소문 다 퍼질 거야. 그러면 골 아파져. 나중에 술이나 거하게 사줘야지."

승주의 카키색 점퍼 색깔이 겨울바람에 질려 빛바래 보였다. 승주는 점퍼에 달린 모자를 뒤집어썼다.

"권민이란 탐정, 어떤 사람인 것 같아요?"

"글쎄, 일단 목소리가 참 묘하더군. 차분한 듯하면서도 뭔가 으스스하다고나 할까. 전화음질이 안 좋아서 그런 것 같기도 하고. 아무튼 사람 말 잘 들어주는 타입이야. 내가 얘기하는 동안 한마디도 안 끼어들고 묵묵히 듣기만 하더라고. 듣고 나서도 별 반응이 없어. 박 사장 집 말고 다른 데서 만나자니까, 그냥 곧바로 약속 장소를 바꿔주더구만. 장황하게 설명한 게 뻘쭘할 정도로 그 친구는 별 반응 없이 제꺼덕. 허허."

"한국어가 서툴러서 그런 거 아닐까요? 달변가인 소장님도 영어해야 될 때는 과묵해지잖아요."

"너는 나 놀려먹는 재미로 살지?"

"잘 아시면서. 흐."

승주가 씽긋 미소 짓고는 장갑손으로 독 소장의 뒤집힌 옷깃을 보정해 주었다.

"그 친구 한국말 무지 잘하던데. 교포스런 말투도 아니고 그냥 한국인 발음이야. 좀 국어책 읽는 듯이 딱딱한 어투긴 한데, 그건 말투 자체가 그런 거 같고."

"참, 비용도 물어보셨어요?"

"응. 박 사장 말 대로 상담료는 없고 조사가 시작되는 순간부터 비용 처리가 된다더만."

"상담료 안 받는 건 고마운데, 혹시 상담료 안 받는 대신 비용 처리로 바가지 씌우는 거 아닌가 모르겠네요. 시간당으로 받을 텐데, 날짜가 길어지면 비용이 장난 아닐 거라고요. 수진 씨 아버님이야 전 재산이 거덜나도 상관없다고 하셨지만 솔직히 그렇게 되면 안 되는 거잖아요."

"나도 걱정돼서 물어봤는데 시간당이 아니더라고. 일단은 자동차 연료비를 3일 단위로 선불로 내야 된대. 사건이 다 끝났을 때 주행거리와 연료비용 산정해서 선불 금액을 돌려주거나 더 받게 된다더군. 만약에 비행기를 타야 하는 상황이나 고가의 특수 장비가 필요한 경우에는 의뢰인에게 미리 알려주고 허락을 받는대. 그리고 최종 조사비용은 사건 끝난 후에 후불로 내면 된다더라."

"후불로요? 특이하네. 너무 비싸서 그런 건가?"

"비싸기는커녕 가격 파괴던데. 아주 합리적인 사람이더라고."

"어떻길래요?"

"일당으로 계산하는데, 하루에 100파운드야. 그 비용 안에 증거제출이나 차량추적 비용까지 다 포함되는 거고. 탐정회사들은 따로따로 청구하던데. 아무튼 비용계산은 그렇고. 15일 단위로 사건 조사를 한다는데, 그러니까 15일이 지나면 사건을 계속 맡길지 관둘지를 의뢰인에게 물어본대. 사건 조사 기간은 특별한 경우가 아니면 30일을 넘기지 않는다더군. 한 달이 돼서도 진전이 없으면 스스로 그만둔다는 얘기지. 이런 경우에는 자동차 연료비와 기본비용 300파운드만 받는대."

"우와, 완전 멋진데요. 우리 탐정 비용 얼마 받을지 고민 중인데 참고 좀 해야겠어요."

"글쎄다. 우리같이 느려터진 초짜가 그렇게 비용 처리 했다가는 손가락 빨고 살아야 돼."

"혹시 실력이 별로라서 싼 거 아닐까요? 워낙 양심 있는 양반이라 무능한 걸 금전으로나마 벌충해 주는 거죠. 아니면 그 반대일 수도 있고요. 아무 일도 안 하면서 일부러 시간만 죽이고 한 달 채운 후에 연료비랑 300파운드를 날로 먹으려는 꼼수?"

"의심은. 박 사장 얘기 못 들었어? 실력파라잖아."

"아니면 다행이고요."

"어쨌거나 지푸라기라도 잡아보자고."

"그래야죠."

돌풍이 승주의 볼을 베고 지나갔다.

"으, 완전 춥네. 왜 이렇게 안 와."

"사실 약속 시간은 아직 안 됐어."

"엥? 미리 나온 거예요?"

"응. 박 사장 따돌리느라고."

약속 시간에서 3, 4분 모자랄 무렵, 검정색 해치백 한 대가 정류장으로 꺾어져 들어와 두 사람 앞에 멈춰 섰다. 차창 문이 열리면서 운전자와 두 사람의 시선이 마주쳤다. 운전석에서 한국어 음성이 울려나왔다.

"독고잉걸 씹니까?"

독 소장이 얼굴을 얼른 들이밀며 물었다.

"권민 탐정이에요?"

"네. 타시죠."

독 소장과 승주는 뒷문으로 나란히 들어갔다. 두 사람은 권민의 뒤통수에 대고 상냥한 음색으로 인사를 건넸다.

"만나서 반갑습니다."

"저도요! 제 이름은 강승주라고 합니다."

권민은 돌아보지도 않은 채 건조하게 화답했다.

"권민입니다."

서로 인사를 주고받았음에도 머쓱한 분위기가 감돌았다. 주변 공기를 휘몰아 삼켜버리는 권민의 음성 때문이었다. 독 소장은 으스스하던 목소리가 전화음질 때문이 아니었음을 알고는 신기한 기분이 들었다. 독과 강은 저절로 과묵해져 권민이 먼저 입을 열 때까지 기다렸다.

지역에서 가장 가까운 대형마트 주차장 한편에 권민의 자동차가 멈춰 섰다. 주차료를 물지 않고도 두 시간은 머물 수 있는 공간이었다. 권민은 룸미러 각도를 조절해 거울에 비친 독 소장을 마주보며 말했다.

"사건에 대해 얘기하시죠."

"여기서요?"

"네."

승주는 거울로 비치는 권민의 서늘한 눈매가 마음에 들었다. 이성적 끌림이 아니었다. 마음을 툭 터놓고 모든 걸 맡기고 싶은, 알아서 척척 해치워버릴 것 같은 결단력이 자로 잰 듯 예리하게 품어져 있는 눈매였다.

독 소장은 그동안 벌어진 일들을 빼지도 보태지도 않고 있는 그대로만 설명했다. 권민은 한 마디 추임새도 없이 고스란히 듣기만 했다. 승주는 그녀의 반응 하나하나를 호기심으로 관찰했다. 등 돌린 채 룸미러만으로 상대방과 대화 중인 과묵한 탐정. 정말 듣기는 하는 건가? 상대방이 얘기하는 동안 몸체의 전원을 잠시 꺼두고 영혼은 딴 데 놀러가 버린 건 아닌가 의심이 들 정도로 움직임이 없었다.

용의자의 집에 침입했던 일을 고백하는 대목에서도 권민은 무덤덤했다. 간간이 눈구멍만 끔뻑 닫혔다 열릴 뿐이었다. 승주가 건네준 엽서 증거물을 확인하고 나서도 아무 논평 없이 돌려주었다. 독 소장은 더는 설명할 게 없어 또다시 머쓱한 기분이 들었다. '설명 끝~!'이라고 외쳐줘야 하나 고민이 됐다.

독 소장이 잠잠해지자, 룸미러에 비친 권민의 시선도 두 사람한테서 멀어졌다. 독 소장은 툭하면 머쓱해지는 분위기에 적응이 안 됐다. 그렇다고 오늘 처음 만난 사람인데 목을 비틀어 마주 앉힐 수도 없지 않은가. 입에 재갈이 물려진 것 같은 답답한 기분을 참으려니 온몸이 근질거렸다. 승주는 사건 생각이 잊힐 만큼 이 상황이 재밌어서 권민의 뒤통수만 뚫어져라 살폈다. 가타부타 대꾸 한 마디 없다니, 당최 뭔 꿍꿍이속인지 알 수가 없었다. 뒤통수로만 소통하고 있는 탐정의 뒤태가 너무 진지하다 못해 오히려 웃긴 이미지가 돼버렸다. 하, 뭐지, 저 양반?

기다리다 지친 독 소장이 배터리 꺼진 뒤통수에 대고 캐물었다.

"권민 씨는 어떻게 생각하세요?"

뒤통수는 2초 뒤에 대답했다.

"생각 중입니다."

승주는 웃음이 터져 나올 뻔한 걸 간신히 참았다. 독 소장이 말했던 '별 반응 없이 제꺼덕'이라는 상황이 어떤 건지 확실히 감이 왔다. 더구나 어쩜 저리 근엄한 음색이라니. 아이쿠, 웃으면 안 돼. 안 된다니까, 안 돼, 안 돼, 참담한 사건을 앞에 두고 낄낄대면 안 돼. 승주는 마음속으로 온갖 뾰족한 무기들을 떠올리며 허벅지를 찔러 웃음세포를 억누르는 상상을 반복해야 했다.

뒤통수에 다시 전원이 켜졌다.

"용의자 집에 들어갔었다고 했죠?"

사막을 헤매다 오아시스라도 만난 듯 두 사람은 동시에 반갑게 대꾸했다.

"네!"

"엽서 말고 다른 실마리는 없었습니까?"

승주가 먼저 답했다.

"딱히 없었어요. 그냥 평범하게 지저분한 집이었다고나 할까. 찌질한 남자의 게으른 집구석 분위기였죠."

독 소장은 말끝을 흐렸다.

"좀 이상한 게 있긴 했는데."

승주가 먼저 반응했다.

"이상한 거요? 저한텐 그런 얘기 안 하셨잖아요."

"사건하고 직접 관련된 건 아니었으니까. 그냥 그 사람 취향 문제일 수도 있고."

권민의 솔깃해하는 시선이 룸미러를 통해 독 소장에게 꽂혔다.

"얘기해 보시죠. 용의자의 취향이나 성향을 알면 사건 해결에 도움이 됩니다."

"그래요? 음……"

독 소장은 요리기구가 온통 전기제품뿐이었다는 점과, 가스레인지는 천으로 가려져 있었으며 화구까지 막아놓은 상태였다고 얘기했다.

승주가 고개를 갸웃했다.

"진짜 이상하네요. 가스레인지에 대한 트라우마라도 있나?"

"그런 비슷한 사건을 본 적이 있어."

"비슷한 사건이요?"

"가스는 아니지만, 특정 물건에 대한 거부감과 관련된 사건이었지. 예전에 법의학 세미나 갔을 때 과학수사 사례집을 받은 적이 있는데, 거기 있던 내용이야. 범죄 피해자들의 강박적 성향에 대한 연구 사례였어. 그중 한 명이 성폭행 피해자였는데, 시골마을이고, 피해자가 동네 밖으로 나갈 수 있는 처지가 아니라서 범인은 마을 사람 중 한 명일 거라는 게 경찰 생각이었지. 하지만 피해자가 중증 정신지체라 범인 얼굴을 봤다는데도 누군지 설명하질 못했어."

"아이고, 저런."

"그런데 피해자한테 특이한 강박증이 있다는 걸 담당형사가 발견한 거야. 사건진술 때문에 피해자가 경찰서에 왔을 때였는데, 종이컵만 보면 막 질겁하고 경기를 일으키더라는 거지."

"어떤 종이컵이요?"

"1회용 종이컵 있잖아. 커피자판기에서 나오는 거."

"아, 네."

"피해자 가족한테 물어보니까 어느 날부턴가 갑자기 집안에 있는 종이컵 뭉치를 죄다 끄집어내서 마당 구석에다 던져놓더래. 다른 집에 갔을 때도 종이컵만 보면 피하고."

"종이컵에 대해 안 좋은 기억이 있었나 보네요."

"그렇지. 가족을 재차 탐문한 결과, 종이컵 강박증이 성폭행 사건 이후에 시작된 걸로 밝혀졌어."

"오."

"그걸 토대로 다시 조사가 들어갔대. 동네 인근에 영세 공장이 몇 개 있었는데, 그중 하나가 종이컵 생산 공장이더라는 거지."

"와."

"범인이 거기 직원이었어. 임신된 아이 유전자랑 대조해 보니까 일치했지. 그 자식이 피해자를 차에 태워갖고는 종이컵이 잔뜩 쌓여 있는 공장 창고로 데려가서 몹쓸 짓을 했다더군. 옆 마을에서 출퇴근하는 외지인이라 처음에는 경찰 용의선상에 없었대. 종이컵 강박증이 아니었다면 미제가 됐을지도 몰라."

"더러운 자식, 정신지체라고 얕보다가 한방 먹었네요."

"그렇지."

"그런 단세포적인 얼간이들이 인간내면의 복잡한 메커니즘을 알 리가 없죠. 정신지체장애인의 경우, 상황파악이나 현실인식능력은 현저히 떨어지지만, 오히려 무의식과 잠재의식의 세계는 비장애인보다 더 역동적인데 말이죠. 의식으로 제대로 표출이 안 되니까 억압된 감정이 과부하 돼서 강박증이나 공포증으로 표출될 확률이 훨씬 더 높아요. 궁하면 통한다고, 어느 한 지점이 막히면 다른 쪽에서 새로운 탈출구가 생기는 법이거든요. 자연의 섭리고 인간내면의 섭리죠."

독 소장은 생면부지의 피해자를 떠올리며 숙연히 끄덕거렸다.

"그나저나 법의학 모임에 참 열심히 다니신단 말이에요. 전 시체 사진 때문에, 어휴, 법의학 쪽은 영."

"탐정이 그런 걸 두려워하면 쓰나."

"전 그냥 심리분석이나 할래요. 비위 상하는 일은 소장님께 양보할랍니다."

"그래. 제발 심리분석만 해다오. 무모한 일은 절대 하지 말고. 예를 들면, 가택침입 같은 거."

"아, 참! 그것도 있었구나. 무모한 일은 양보하기 싫은데. 한번 해 보니까, 제 적성에 딱 맞던데요."

"또, 또. 한번만 더 그러면 그날로 우린 이혼도장 찍는 거야. 명심해."

"으이고, 웬 오글거리는 비유래요. 이혼도장이라니. 윽, 썰렁."

경청하고 있던 권민의 무표정 위로 물음표가 스치고 지나갔다. 핵심을 벗어나 돌연 샛길로 빠지는 저들의 대화 취향은 자신과는 맞지 않았다. 처음 만난 자들이지만 이쯤에서 끊어줘야 한다는 사실을 육감으로 간파했다.

"가스레인지 자체에 공포증이 있을 것 같진 않군요. 가스에 대해 공포증이 있는 걸로 보입니다."

단호한 저음이 두 사람의 시선을 붙들었다. 독 소장은 고개를 저었다.

"가스도 아니에요. 가스보일러가 있었거든요. 가스 폭발이나 가스 자체에 공포증이 있다면 가스보일러도 못 쓸 거예요."

권민의 무표정 위로 이번에는 느낌표가 스치고 지나갔다. 저 의뢰인은 엉겁결에 가택 침입한 상황이었음에도 제법 섬세하게 관찰했다. 집주인의 강박증에 대해 추리해내고 동시에 가스보일러까지 확인한 순발력이 인상적이었다.

독 소장이 다시 입을 뗐다.

"곰곰이 생각해 봤는데, 가스보다는 가스 불에 대해 공포증이 있는 것 같아요. 가스레인지 화구를 막아놨다는 건 불이 아예 올라오지 못하게 하려는 거잖아요. 불에 대한 공포증이 있다면 충분히 그럴 수 있어요. 화재로 인해 피해를 입었다거나 하는 경험이 있을 것 같네요."

승주가 감탄사를 뱉으며 맞장구쳤다.

"완전 동감! 그 자식, 불에 대해 안 좋은 추억이 있는 게 확실해요. 그 정도면 꽤 심한 편인데. 공포증이 너무 병적으로 왜곡되면 거꾸로 남한테 공포를 가하려는 범죄 심리로 도착될 수가 있잖아요. 예전에 만삭의 임산부가 절도로 검거된 적이 있었는데요, 임신스트레스가 도벽으로 발현된 경우였죠. 살인환상을 가진 연쇄살인마들 중에도 강박증 가진 놈들이 종종 있더라고요."

뒷좌석 커플의 유용한 대화를 듣고 있는 동안 권민의 두뇌 속에 섬광이 일떠섰다. 불길 공포증. 저들의 주장대로 대니얼 스미스가 유력한 용의자가 맞는다면 그자의 약점을 안다는 건 큰 무기가 될 수 있다. 강력사건은 미행이나 단순조사만으로 해결되지 않는다. 추적 중이던 용의자를 사건현장에서 맞닥뜨리거나 혹은 심문해야 하는 상황이 종종 닥친다. 그럴 때마다 결정적인 도움으로 이어지는 건 격투기술도 물리적인 완력도 아니다. 적의 심리를 압박할 수 있는 심리적 비수를 준비해 놓는 것이야말로 탐정의 가장 강력한 무기가 된다는 걸 권민은 오랜 경험으로 체득했다.

룸미러 위로 각자 생각에 잠긴 두 사람이 비쳤다. 권민은 저 두 의뢰인의 배짱과 관찰력에 신뢰가 갔다. 조금만 더 밀어붙이면 유용한 퍼즐 몇 조각이 더 떠오를 것 같은 낌새가 감지됐다.

"그밖에 다른 건 더 없었습니까?"

권민이 묻기 전에 승주는 이미 기억을 더듬고 있었다. 독 소장의 가스 불 추리가 승주의 기억력을 자극했다. 그동안은 엽서에만 관심이 쏠려있다 보니 엽서 이외의 것들은 무대 저편으로 밀어둔 채 생각조차 못했다. 그날의 기억 속에서 암전으로 가려져 있던 것들을 향해 하나둘 조명을 비추어보았다. 하지만, 음, 정말 별것 없는 걸. 가스 불 공포증에 버금가는 소품은 떠오르지 않는다. 음……

침입하던 순간부터 차근히 짚어보기로 했다. 창문을 열고 바닥에 들어섰지, 그리고 현관문으로 가서, 잠깐, 그것도 뭔가 중요한 걸까? 현관문으로 가기 전에, 맞아, 비닐봉투, 똑같은 상호명이 붙은 봉지, 별나게 많았지. 승주는 찰나적으로 느꼈던 의아함이 그제야 떠올랐다. 그래, 좀 이상했더랬지. 당시에 워낙 심장이 두 근 반 세 근 반 떨려서 봉지 같은 거야 금세 잊어버렸지만, 어쨌거나 봉지가 무더기로 있던 게 특이하긴 했다. 만약 직업과 관련된 거라면, 오, 나름 단서가 되겠는걸. 좋았어!

"하나 기억났어요! 여태 그걸 놓치고 있었다니. 바보, 말미잘."

독 소장이 반색하며 승주의 어깨를 어루잡았다.

"엽서 말고 또 있었어?"

"엽서처럼 결정적인 단서는 아니고요. 아무래도 그 자식 직업하고 관련된 것 같아요."

"뭔데?"

"봉지요. 기억나시죠? 우리 신발 담았던 비닐 봉다리요."

"기억이야 나지. 그게 왜?"

"똑같은 봉지가 휴지통에 잔뜩 버려져 있었어요. 봉지 겉에는 업체 상호명이 적혀 있었고요."

"상호명? 뭐였는데?"

권민의 뒤통수가 바짝 집중해 귀 기울였다.

"마미 밀즈(Mommy Meals)였어요. 무슨 식품 회사 이름 같죠?"

"엄마 밥상쯤으로 해석되겠구먼. 그 회사 직원인가 본데."

낮은 목소리가 끼어들었다.

"도시락 업쳅니다."

"네? 도시락 업체요?"

"마미 밀즈. 주문자가 지정한 주소로 도시락을 배달하는 업체들 중의 하나죠. 가정집에서도 애용하는 사람이 적지 않습니다. 특히 독신자들."

독 소장과 승주가 반색하는 낯빛으로 끄덕거렸다.

"도시락 배달 회사 직원이면, 배달하는 집들 엿보기도 좋았겠구먼."

"그러게요. 범행 대상 물색하기엔 적절한 직업이겠어요."

권민은 생각이 달랐다.

"마미 밀즈 직원이 아니라 마미 밀즈 고객일 확률이 큽니다."

승주가 솔깃해하며 물었다.

"왜죠?"

"직원이 본인 회사 배달용 봉지 무더기를 굳이 집으로 가져와서 '휴지통'에 버릴 이유가 없으니까요. 휴지통에 버리기 위해서 가져온다는 건 이치에 맞지 않습니다. 하지만 고객이라면 흔한 광경이죠. 도시락을 꺼낸 다음, 필요 없는 봉지는 배달받을 때마다 휴지통에 차곡차곡 버렸을 겁니다."

"아, 일리 있네요."

승주와 독 소장에게는 처음으로 만족스런 답변이었다. 이제 저 뒤통수 탐정이 슬슬 생각 보따리를 풀겠구나 싶어 기대가 되었다.

"더 기억나는 거 없습니까?"

"이젠 진짜 없어요."

"알겠습니다. 그럼 이만 가시죠."

"예? 그냥 이대로요?"

뒤통수는 대답 대신 시동을 걸었다.

"어떻게 하실 건가요?"

"이제부터 밝혀내야죠."

"어떻게 밝혀내실 건데요?"

"제가 알아서 하겠습니다."

기껏 성심성의껏 얘기해 줬더니, 따돌리는 건가 싶어 독 소장은 불쾌한 기분이 치올랐다.

"가타부타 뭔 얘기를 해 줘야지 않겠소. 이렇게 저렇게 사건을 해결해 보겠다, 뭐 그런 거 말이에요."

"나중에 말씀드리죠."

"……"

뒤통수는 방향을 틀어 지나쳐온 도로로 거슬러 올라갔다. 승주가 뾰루퉁이 물었다.

"혹시 사건 안 맡으려는 거 아니에요? 단서가 충분치 않아서?"

"단서가 충분한지 아닌지는 가봐야 알겠죠."

"가본다고요? 대니얼 스미스 집에 간다는 얘기예요?"

"아니요."

"그럼 어딜 가실 건데요?"

"나중에 말씀드리죠."

"……"

권민은 의뢰인한테 탐문 일정에 대해 자세히 얘기하지 않을 뿐더러 다른 의뢰인들은 저들처럼 일일이 캐묻지 않는다. 비전문가들의 쓸 데 없는 호기심은 흘려들어야 할 잡음이다.

"권민 씨 혼자 가지 말고 우리도 같이 가십시다. 도와줄게요. 하나보단 셋이 낫지 않겠소."

독 소장은 일부러 사무적인 목소리로 말했다. 상냥한 어투는 저 무뚝뚝한 탐정의 코드와는 맞지 않아 보였다.

"의뢰인과 같이 일하는 탐정은 없습니다."

승주가 발끈 대꾸했다.

"의뢰인은 우리가 아니라 이수진 씨 부모님이죠. 우리도 탐정으로 온 거예요. 능력이 부족해서 권민 씨한테 도움을 요청하긴 했지만 조사는 같이 다녔으면 하는데요."

"한국 속담 중에, 사공이 많으면 배가 산으로 간다는 말이 있죠."

"더 훌륭한 속담이 있는데요. 백지장도 맞들면 낫다는."

"……"

뒤통수는 침묵으로 시위했다. 두 사람은 사교성 제로인 권민이 마뜩찮았지만 같이 가자고 졸라대는 모양새도 더는 싫었다.

"얼마나 걸릴지 대충이라도 알려주세요. 무한정 넋 놓고 기다릴 수 있는 처지도 아니고."

"모레쯤에 전화 드리죠."

"예? 그렇게 빨리요?"

"세상에나, 이틀 만에 사건을 해결할 수 있단 말이에요?"

"아니요. 연락을 드린다는 뜻입니다."

그러면 그렇지, 독과 강의 화들짝 부푼 마음이 화들짝 쪼부라들었다. 어쨌거나 이틀 정도라니 다행이었다. 뭔 꿍꿍이 속셈인지 일단은 기다려보기로 했다.

"용의자 사진도 있다고 했죠?"

"네. 사진으로도 뽑았고, 휴대폰에도 저장해 놨어요."

"제 휴대폰으로 전송해 주십시오."

권민의 차가 버스정류장으로 돌아와 멈췄다. 독과 강은 이수진과 대니얼 스미스의 본머스 집주소가 적힌 쪽지를 권민에게 건네주고는 차문을 열었다.

"엽서도 주십시오."

"예? 왜요?"

"제가 보관하고 있겠습니다."

독 소장이 멋쩍은 미소를 지어보였다.

"그건 곤란해요. 엽서가 얼마나 중요한 물증인데."

"제가 더 요긴하게 쓸 수 있을 것 같군요."

승주는 반발심이 목구멍까지 치밀었다. 하, 이 양반 봐라. 완전 비호감이잖아.

"누가 더 요긴하게 쓰는지는 알 수 없죠. 그리고 증거품까지 맡길 정도로 권민 씨가 신뢰 가는 사람은 아직은 아니거든요. 더구나 그쪽은 어떻게 요긴하게 사용할 건지도 말 안 해 줄 거잖아요. 엽서는 우리가 맡을 테니까 다른 단서나 찾아오세요."

권민의 목소리는 아무 동요 없이 무미건조했다.

"알겠습니다. 나중에 뵙죠."

승주와 독 소장은 곧바로 차에서 내렸다. 두 사람이 맵찬 바람에 이맛전을 찌푸리는 사이, 권민의 차는 먼발치로 사라졌다.

* * *

권민은 본머스에 가지 않았다. 이수진의 하숙집도 대니얼 스미스의 자택도 관심 대상이 아니었다. 목표물은 스미스의 주소지에서 가장 가까운 마미 밀즈 가맹점이었다.

그녀는 런던 중심가에서 벗어난 외곽 목초지로 차를 몰았다. 도심가에 흔하게 널린 감시카메라를 이 한적한 변두리에선 찾아볼 수 없었다. 길섶에 차를 세우고 넷북을 켰다. 본머스 가맹점의 마미 밀즈 웹마스터에게 도시락 대량주문 상담 이메일을 보내뒀는데, 신속한 답장이 도착해 있었다. 답장은 아예 확인하지도 않았다. 상대방이 권민의 메일을 열어봤는지 여부만 알면 그뿐이다. 답장을 보냈다는 건 이메일을 열어봤다는 뜻이고 투명망토를 쓴 트로이목마의 낚싯밥에 걸려들었다는 뜻이다.

해킹프로그램이 침투된 웹마스터의 컴퓨터는 IP와 관리자모드를 해커에게 고스란히 갖다 바쳤다. 일개 도시락 업체의 전산시스템 속에는 내부보안망 같은 기밀장치는 물론 없었다. 기업 내부 인트라넷에 몇 단계씩 걸쳐 숨겨놓은 폐쇄망도 추적해내는 권민에게는 아주 간단한 작업이었다. 좀비PC를 통해 다중으로 해킹하는 방식이기 때문에 원격 제어하는 최종 해커가 누군지 역추적되지 못한다. 어차피 넷북의 인터넷 명의도 권민이 아니었다.

고객관리 항목을 클릭하자 대니얼 스미스의 이름과 집주소가 검색되었다. 배달일은 매주 월요일과 목요일이었고 배달 품목은 가장 비싼 패키지였다. 다른 단골들과 달리 특이한 점이 눈에 띄었는데, 1주일이나 2주일씩 배달을 건너뛰는 일이 정기적으로 기록돼 있었다. 영리업체에서 배달을 안 했을 리는 없고 소비자 쪽에서 요청했을 게 뻔하다. 우유배달 등을 이용하는 사람들은 집을 장기간 비울 경우에 배달 일정을 조정한다. 그렇다면 스미스가 장기간 집을 비웠다는 얘긴데, 출장이 잦은 직업이거나 여행을 즐기는 인물이거나 둘 중 하나로 추측됐다. 배달을 건너뛴 가장 최근 기록이 권민의 눈가에 서광을 일으켰다. 배달이 중지된 기간과 이수진이 런던에 간다고 하숙집을 떠난 날짜가 일치했다. 그 다음주 목요일부터 배달이 다시 시작된 걸로 기록돼 있었다. 스미스가 집으로 돌아왔을 시점에 이수진은 이미 실종된 상태였다.

권민이 예상하고 기대했던 것도 이 부분이었다. 의뢰인들한테서 마미 밀즈 얘기를 들었을 때부터 미심쩍었다. 스미스가 이수진과 같이 동행한 게 맞는다면 배달 일정을 조정했을 거라고 추측했고 그 예상이 사실로 드러났다. 이미 엽서만으로도 동행 사실은 분명했지만, 경찰 당국과 협상할 만한 명백한 카드가 더 필요했다. 권민은 실종자 사이트로 접속해 배달을 건너뛴 다른 날짜 기록과 대조해 보았다. 권민의 메마른 눈가에 더 큰 서광이 번득였다. 스미스가 집을 비운 기간에 실종된 인물들이 여럿 나왔다. 본머스와 풀, 런던 거주자이며 모두 여자였다. 만약 이들의 실종이 스미스와 관련된 거라면 이들을 통해 단서를 얻어낼 수 있을 것이다. 이수진은 영어에 서툰 외국인이라 행방을 추적해 볼 수 있는 흔적을 남기지 못했다. 그녀가 엽서에 적은 '황홀한 펍'에 대해서도 물어볼 사람이 없었다. 하지만 영국인인 다른 실종자들은 가족과 친구들에게 스미스에 대한 단서를 남겼을지도 모른다.

실종자들 이름과 주소를 가지고 인터넷에서 그들의 흔적을 뒤졌다. 소셜네트워킹 웹사이트 몇 개가 검색 창에 잡혔다. 빨리 돌아오기를 희망하는 메시지가 아주 오래전에 남겨졌거나 그마저도 없는 폐가 분위기였다. 실종 직전에 올린 글 중에 눈에 띄는 메시지는 없었다. 딱 한 명을 제외하고는. 여자는 SNS 활동에 꽤 열심이었다. 일기 쓰듯 그날그날의 감상을 사진과 함께 기록해 두는 걸 좋아하는 부류였다. 실종되기 11일 전에 남긴 다이어리 한 대목이 권민을 집중시켰다.

솜누스 정말 최고다. 쿠키 맛이 아주 예술임. 황홀한 맛이다. 내가 가본 최고의 펍으로 인정! 런던에 살면서도 이런 황홀한 펍이 있는 줄 몰랐다니. 게다가 쿠키 만드는 아저씨까지 만났다! 펍에는 가끔만 온 다던데 엄청난 행운이었음. 와우, 쿠키 마스터! 연락처 주고받았다. 멋쟁이 아저씨. 솜누스 정말 좋아! 머리가 핑핑 도네.

권민은 '펍'에 주목했다. 이수진과 공통점이 하나 생겼다. 여기 언급된 펍이 이수진이 갔던 펍과 동일한 곳은 아닐까. 런던에 있는 솜누스 펍을 검색했다. 솜누스에 다녀온 사람들의 SNS 메시지가 줄줄이 올라왔다. 연관 태그로 쿠키, 쿠키 오브 쿠키, 슈퍼 쿠키, 섹시 쿠키 등이 곁달려 올라왔다. 펍의 위치와 주소를 알려주는 검색결과가 넷북 스크린에 나타나자 머릿속에서 톱니바퀴 맞물리는 소리가 찰카닥 경쾌하게 울렸다. 레스터 스퀘어! 솜누스의 주소지는 레스터 광장이었다. 이수진의 엽서에 있던 단서도 레스터 광장! 의뢰인이 가져온 단서와 일치되는 퍼즐조각이다.

권민은 차 안의 글러브 박스를 열어 사건조사 전용 휴대폰을 꺼내 전원을 켰다. 권민 명의가 아니라서 추적당할 위험이 없는 폰이었다. 인터넷에서 찾은 솜누스 전화번호를 눌렀다.

"여보세요."

"안녕하세요, 꽃 배달 업쳅니다. 대니얼 스미스 씨 댁인가요?"

상대방은 대수롭지 않게 대답했다.

"집은 아닌데, 대니얼이 여기 오긴 해요."

"주문자께서 여기 주소를 알려주셨는데요. 그리로 배달해도 될까요?"

"예, 그러세요."

통화가 끝나자 휴대폰은 원래 자리로 돌아갔다. 대니얼 스미스가 솜누스 펍과 관련된 인물이라는 건 확실해졌다. 이번에는 솜누스 펍을 직접 살펴볼 차례였다. 권민은 목초지 도로를 빠져나와 레스터 광장으로 운전대를 돌렸다.

* * *

독 소장과 승주는 탐정의 연락을 무작정 기다려야 한다는 사실만으로도 신경이 타들어갔다. 실종된 지 이미 많은 시간이 흘렀고 생존이 불투명하다는 점도 각오하고 있었지만 손발이 묶인 채 아무 조사도 할 수 없다는 무력감이 명치에 얹혀 혈맥을 압박하고, 과연 그 로봇 같은 탐정이 단서를 물어올까 싶어 조바심까지 합세해 울렁거렸다. 신경 줄이 날카로이 곤두서다 보니 시계소리마저 재깍재깍이 아닌 울컥울컥으로 들렸다. 실종자 가족을 위해서는 물론이요, 탐정 자신들을 위해서라도 하루빨리 해결하고 싶었다. 비극적인 사건을 뉴스가 아닌 현장에서 실시간으로 맞닥뜨리는 데서 오는 압박감과 무능력을 절감하며 자괴감에 빠져야하는 스트레스가 생각했던 것보다 더 지독했다.

독 소장이 침대에 누워 한숨을 지리던 와중에 휴대폰 벨소리가 울렸다.

"여보세요?"

"권민입니다."

오늘 오전에 만났던, 툭하면 배터리가 나갔던 뒤통수 탐정이었다. 이 밤중에 왜 전화했지? 물어볼 게 더 있나. 설마 포기하겠다는 말을 하려고?

"어쩐 일이세요."

"내일 만나시죠."

"네? 왜요?"

"보고할 게 있습니다."

희열과 의심이 동시에 스쳤다.

"벌써 무슨……"

"용량이 크니까 이메일로 보내죠. 문자로 이메일 주소 알려주세요."

"뭘 보내는데요?"

"약속 장소요. 알려드린 곳으로 나오시면 됩니다."

"어디로요?"

"이메일로 확인하시죠."

통화가 끊어졌다. 전화 매너가 마뜩찮았지만 또 갑자기 배터리가 나간 모양이라고 웃어넘겼다. 그 웃음에는 설렘도 들어 있었다. 뭔가 할 일이 생겼다는 사실에 뭉킨 체증이 조금은 해소되었다.

"승주야! 강 교수! 강 박사!"

독 소장은 세면실로 불쑥 쳐들어갔다. 손을 씻고 있던 승주가 비누 거품을 바닥에 떨어뜨리며 돌아보았다. 독 소장은 배시시 벌어진 입으로 감격스레 외쳤다.

"우리 출동이다! 다시 시작이야."

독 소장은 거실 컴퓨터에 연결된 인터넷으로 이메일을 열었다. 해리슨 박은 막걸리 페스티벌에 갔다 온 터라 곯아떨어져 참견할 겨를이 없었다. 오밤중에 들리는 인기척에 놀란 안주인이 거실로 나왔지만 독 소장임을 확인하고는 되돌아갔다. 독 소장은 이메일 내용을 프린터로 뽑아들고 2층 방으로 돌아왔다. 이메일에는 펍 이름과 주소 및 약도 그림이 들어 있었다. 레스터 광장 근처였다. 약도 그림 외에 적힌 글은 달랑 한 문장이었다. 내일 오후 1시까지 펍으로 나오라는 내용이 전부였다. 두 사람은 뭐냐는 듯 마주 보았다. 조사 결과가 간단하게라도 적혀 있을 줄 기대했던 독 소장은 김빠진 맥주를 퍼마신 기분이 들었다.

"참나, 그 뒤통수 양반 뭐죠? 대충이라도 설명을 해 줘야지."

"내일 만나서 직접 얘기해 주려나 본데."

"벌써 뭘 발견한 걸까요?"

"설마. 아니, 제발 그랬으면 좋겠구만."

"어쨌거나 뭐라도 할 일이 생겨서 다행이네요."

승주가 침대에 드러누웠다.

"일단 자자고요. 소장님 요 며칠 잠도 잘 못 주무시는 것 같던데."

"너야말로 못 자는 것 같던데."

두 사람은 전등불을 끄고 눈을 감았다. 궁금증과 조바심에 한참을 뒤척이다 간신히 잠이 들었다. 잠이 드는 건 어려웠어도 깨는 건 쉬웠다. 두 사람은 꼭두새벽부터 저절로 일어나 약속시간이 되기만을 기다렸다.

집 밖을 나서는 기분이 상쾌했다. 찾아가는 길도 편했다. 권민이 보내준 약도 그림이 꼼꼼해서 그대로 따라가기만 하면 됐다. 레스터 광장에서 길목 몇 개를 지나자 펍들이 여기저기 들어찬

거리가 나타났다. 가게들 틈새로 찾고 있던 간판이 보였다.

"저기 있네요. 솜누스."

솜누스(Somnus) 글자 밑에는 쿠키앤부즈(Cookie&Booze)라는 작은 글자가 적혀 있었다. 장식문자 느낌의 고풍스런 '솜누스' 인쇄체와는 달리 '쿠키앤부즈'는 또박또박 쓴 노력은 엿보이지만 손으로 직접 쓴 모양새라 상대적으로 조악해 보였다.

안으로 들어가 권민이 있는지 둘러보고는 달랑 하나 남은 구석 테이블에 앉았다. 펍 안 풍경은 어수선했다. 영어 잡담과 축구 중계 화면 음성이 뒤엉켜 종알거렸다.

"뭐라도 좀 시켜야 하잖아. 멀뚱히 앉아 있기도 뭐하고."

"제가 사올게요. 뭐로 하실래요?"

"기네스지 뭐. 아는 게 그것밖에 없으니."

"난 에일이나 맛봐야겠네요. 후딱 다녀올게요."

승주가 파인트 두 잔을 들고 돌아왔다. 과자가 담긴 바구니가 술잔 위에 포개져 있었다.

"바구니 좀 내려주세요."

"웬 과자야."

"이집에서 유명한 쿠키래요. 테이블마다 없는 데가 없더라고요. 이집에서 직접 만든 수제쿠키라는데 한번 사봤어요."

"펍 간판에도 쿠키앤부즈라고 적혀있더니만."

"술안주로 먹으라고 쿠키앤부즈인가 봐요. 스페셜 제품이라 비결 보안 차원에서 펍 안에서만 먹어야 한다네요. 포장도 안 되고 반출도 안 되고."

"허, 별스럽기는. 국가기밀이라도 되나."

누군가 그들 테이블로 다가와 덥석 마주 앉았다. 권민이었다.

"아유, 깜짝이야."

권민은 기척도 없이 스르륵 다가와서는 줄곧 같이 있었던 사람처럼 천연덕스레 자리 잡았다. 독 소장이 미소로 맞았다.

"딱 맞게 오셨구먼."

"밖에서 기다리고 있었습니다. 두 분이 들어가는 거 보고 온 거죠."

승주는 퉁명스레 말끝을 흐렸다.

"들어와서 기다리시지 왜."

권민 손에도 비터 쉔디 한 잔이 들려 있었다.

"술도 드시나 봐요. 오로지 맨 정신으로만 사실 것 같은 분위긴데."

"펍이니까요. 안 먹더라도 들고 있어야 자연스럽겠죠."

"하긴."

승주가 쿠키 바구니를 들어 독 소장에게 건넨 뒤 자기 입에 하나를 넣고는 권민에게도 바구니를 건넸다.

"권민 씨도 드셔보세요. 이집에서 유명한 수제 쿠키라네요."

"괜찮습니다."

독과 강은 이집 쿠키가 왜 명물이 됐는지 확인하려는 듯 세심히 씹어 삼켰다.

"맛이 아주 뛰어난 건 아닌데, 뭐랄까, 묘하게 입에 착착 감기는 기분이 드네. 알딸딸한 것 같기도 하고. 술이랑 같이 먹어서 그런가."

"와, 맛있네요. 향도 좋고."

"초콜릿향이랑 키위향이 아주 절묘하구만. 하나 더 먹어야겠는 데."

독 소장이 쿠키 바구니로 손을 뻗었다.

"단 건 별로 안 좋아하시잖아요. 짭짤한 건 좋아하셔도."

"요건 좀 땡기네. 너무 달지도 않고 감칠맛이 있어. 잘난 척할 만하구만."

권민이 무슨 얘기를 해 줄 것인가에 신경이 쏠려 있던 독 소장은 그녀와 마주 앉아 있다는 사실도 잊은 채 쿠키를 야금야금 음미했다. 권민은 술잔에는 입도 안 댄 채 두 사람이 쿠키 먹는 모습만 살피며 표정 하나하나, 안색과 얼굴 근육의 변화를 관찰했다.

독 소장은 어느새 입안에서 쿠키가 사라지자 다시 바구니로 손을 뻗었다. 지켜보고 있던 권민이 낮은 목소리로 참견했다.

"그만 드시는 게 좋을 것 같군요."

독 소장이 뭔 소린가 싶어 멀뚱히 마주보았다.

"쿠키가 단순히 맛있는 게 아니라 즐겁다는 느낌이 들지 않습니까?"

독 소장은 쿠키로 뻗치던 손을 되돌려놓고는 떨떠름하게 대꾸했다.

"글쎄요. 맛있는 게 즐거운 거지 않나요."

"다르죠. 맛있는 건 미각으로 느끼는 거고, 즐거운 건 기분으로 느끼는 거니까요."

뭔 속셈인지 독 소장은 호기심을 곤두세웠다.

"긴장감이 해소된 것 같다거나 마음이 편안해진다거나 그런 기분 말입니다."

승주가 끼어들었다.

"안정제 먹은 거 같은 기분 말하는 거예요?"

"네."

"에이, 쿠키가 아무리 맛있어도 그 정도는 아니죠."

대수롭지 않게 에일을 몇 모금 마시고 있는 승주와 달리, 독 소장은 흠칫 표정이 굳더니, 아뿔싸, 생각에 잠겨들었다.

"사람마다 반응속도가 다르니까요."

"예?"

"신체반응이 예민한 사람은 더 금방 느낄 테고요."

"알아듣게 좀 얘기하자고요. 독백하는 것도 아니고."

생각에 빠져 있던 독 소장이 벌떡 일어섰다.

"아무것도 먹지 마. 손도 대지 마. 맥주도 마시지 마."

독 소장은 냅다 세 마디 지르고는 부랴부랴 펍 밖으로 나갔다. 어디 가냐고 물을 새도 없었다. 어리둥절한 승주가 독 소장의 동선을 눈으로 쫓았다. 그는 펍 건너편에 있는 유기농 주스 매장으로 달려 들어갔다.

"저긴 왜 가신 거지?"

승주가 뻣뻣이 앉아 있는 권민을 흘끗 보았다.

"이 뜬금없는 분위기는 뭔지, 원."

생각에 잠긴 권민은 전원 꺼진 로봇처럼 미동도 없었다. 승주는 창밖 맞은편 주스 가게를 지켜보다가 영문 모를 분위기가 머쓱해 맥주잔을 들었다.

"안 마시는 게 좋겠군요."

권민이 승주와 맥주잔을 겨누어 보았다.

"배터리 나간 줄 알았더니만, 어느 틈에 또 봤대요."

"……"

"대체 뭔가요? 왜 먹지 말라는 거예요?"

독 소장이 테이블로 돌아왔다. 손에 스무디 라지사이즈 두 컵이 들려 있었다.

"웬 주스예요?"

"너는 쿠키 두 개만 먹었지?"

"아유, 네. 안 먹었어요. 손도 안 댔다고요. 권민 씨한테 물어보세요. 눈길도 안 줬구만. 큭. 욕심쟁이."

"일단 이거라도 먹어. 부스터 메뉴에 인삼추출액도 있길래 듬뿍 넣어달라고 했어."

"맥주 있는데 이건 뭐 하러."

"먹으라면 먹어."

독 소장의 곤두선 표정에 승주는 얼른 받아들었다.

"그럼 쿠키랑 같이 먹어야겠다. 쿠키 좀 더 사올게요."

승주가 일어나려는 순간 독 소장의 손이 승주의 어깨를 우악스레 끌어 앉혔다.

"안 돼~!"

"아이고, 귀청이야."

주변 테이블에서 동양인 트리오를 화들짝 돌아보았다. 승주가 미안한 눈짓을 보내자 주위 시선은 다시 제자리로 돌아갔다.

"왜 그러세요. 탐정님도 이상하고 소장님도 이상하고. 참나."

얼굴에 불쾌감이 내돋친 독 소장과 어리벙벙한 표정의 승주와 달리, 무덤덤하게 앉아 있는 권민이 무심히 말했다.

"몇 개 먹은 정도론 괜찮을 겁니다."

독 소장이 눈을 부릅뜨며 대꾸했다.

"알코올하고 같이 들어갔어요. 아무리 미량이더라도 안 좋은 게 들어갔는데 이렇게나마 희석시켜놔야지. 뭐해? 빨랑 먹어."

승주는 살벌한 분위기에 짓눌려 얼른 스무디 컵을 집었다. 독 소장은 스무디를 들이켜고는 다시 권민을 흘겨보았다.

"처음부터 알고 있었죠?"

"짐작만 했습니다. 확실하진 않았어요."

"귀띔이라도 해 줄 것이지. 우리가 실험대상도 아니고. 혼자만 쏙 빠지고."

"저도 어젯밤에 먹었습니다."

"어제요? 그럼 어젯밤에 여기 왔었단 말이에요?"

"네."

"근데 왜 또 여기서 만나자고 한 거예요?"

"다른 사람도 저랑 같은 증상인지 궁금했죠."

동병상련임을 알게 되자, 독 소장의 말투가 누그러졌다.

"권민 씨도 기분이 붕 떴어요?"

"비슷했죠."

"흠."

승주는 두 사람 대화가 뭔 뜻인지 도통 감이 안 왔다.

"자꾸 둘이서만 짝짜꿍하실 거예요?"

"넌 주스나 빨랑 마셔."

권민한테 고정된 독 소장의 눈빛이 점점 더 진지해졌다.

"대체 여기 정체가 뭔가요?"

"중요한 장소로 추정됩니다."

"중요하다면?"

"사건의 출발점일지도 모르죠."

독 소장의 긴장감이 최고조로 조여들었다. 이 로봇 뒤통수가 뭔가를 발견한 게 틀림없었다.

"자세히 얘기해 보세요."

승주는 두 사람 눈치를 살피며 스무디만 숨죽여 삼켰다. 권민이 일어서며 말했다.

"나가서 얘기하시죠."

독 소장이 까치발로 다가가 권민의 귀에 대고 속삭였다.

"쿠키 샘플을 가져가야 하지 않겠어요. 검사하려면."

"가져왔습니다. 어젯밤에."

"아."

권민이 앞장서 나갔다. 독 소장은 로봇 뒤통수를 바라보며 처음으로 신뢰감이 불끈거렸다. 승주는 스무디 컵을 든 채로 어리벙벙히 뒤따라 나갔다.

* * *

독 소장과 승주는 권민을 쫓아 세인트제임스파크 옆에 붙은 산책로를 지나갔다. 그녀는 두 사람을 '매물 팻말(for sale)'이 붙은 개인주택으로 이끌었다. 첫 대면 시에 봤던 권민의 검정 해치백이 그 집 앞뜰에 주차돼 있었다. 집 창문으로 넘겨다보이는 내부 풍경은 살림살이 흔적이 없는 빈집이었다. 주차장이 태부족한 런던이다 보니 개인주택에서 주차 공간을 빌려주고 사용료를 받곤 하지만 집주인이 없는 경우니 자연스레 무료였다. 권민은 주차된 차 안에서 쿠키의 내막에 대해 설명해 주었다.

누군가의 모터사이클이 맞은편 급커브 길로 꺾어지며 내달렸다. 이때 터져 나온 바퀴의 새된 소음이 승주의 머릿속에서도 끼이익 비명을 토했다.

"젠장, 그러니까 아까 먹은 쿠키에 마약이 들었다는 거예요?"

독 소장이 오는 길에 2리터 생수를 네 통이나 살 때도 생뚱맞다며 속웃음만 실실 쪼갰더랬다. 이제는 자신의 무신경함을 비웃을 차례였다. 고작 생과일주스와 생수 나부랭이로 해독이 될까, 상한 비위가 분노로 치밀어 심기를 볶아댔다. 승주는 생수 통을 잡아채 연거푸 들이켰다. 터져 나오려는 욕지거리를 막아내기 위해서라도 입안에 뭐든 쑤셔 넣어야 했다.

"아직 검사 결과가 확인된 건 아닙니다."

"뻔하죠, 뭐. 첫 사건부터 아주 파란만장하구나."

독 소장이 걱정스레 물었다.

"성분이 뭘까요. 해시시 마약가루로 만든 브라우니가 있다는 얘기는 들었는데. 이것도?"

"해시시가 맞을 겁니다."

"손님들이 눈치 못 채는가요? 이상하네."

"미량이라서 중독되기 전까지는 모를 거예요. 야릇한 기분이 들어도 음식 솜씨가 좋은 줄로만 알겠죠. 이미 눈치 챈 사람들은 알면서도 즐기는 걸 테고요."

"알면서도요?"

"마약 문제는 이미 영국 사회 전체에 스며들어 있어요. 마약이 미량으로 들어간 쿠키를 먹었다는 사실에 충격 받을 분위기는 아니라는 얘기죠."

"허, 그게 더 충격이네. 해시시 같은 경우, 장복하면 면역기능도 떨어지고 심하면 정신분열까지 일으킬 수 있는데."

"유럽이나 미국에선 해시브라우니를 기호품으로 보는 시각도 많죠. 담배 정도로 보기도 합니다."

승주가 눈썹을 치켜 올리며 끼어들었다.

"설마 그렇게나 많이 퍼져 있을라고요."

"지금 파운드 지폐 갖고 있죠?"

"예. 그건 왜요?"

"영국에서 통용되는 지폐의 99퍼센트에서 코카인 성분이 검출됐습니다. 어떤 검사에서는 100퍼센트였죠."

승주는 욕이 튀어나오려는 걸 간신히 집어 삼켰다. 마약쟁이 손들 사이로 수없이 거쳐 다니던 종이돈이 자신의 지갑 속으로 들어가는 광경이 상상되자 혐오가 울컥 치밀었다. 오염된 돈은 물론이고 애꿎은 지갑까지 내다버리고 싶은 생각이 울렁거렸다.

독 소장은 마약쿠키를 먹은 일은 이미 엎질러진 물, 될 대로 되라 묵새겨버린 채 사건 쪽으로 관심을 돌렸다. 권민은 마미 밀즈 사이트를 해킹해 알아낸 정보와 다른 실종자들과의 연관성에 대해 언급했다. 독 소장은 권민의 조사 실력에도 놀라고 스미스의 연쇄범죄 가능성에도 놀랐다.

"다른 실종자들도 아까 그 펍 단골이었대요?"

"네."

"하, 세상에."

독 소장 일행과 펍에서 만나기 전, 권민은 웹사이트 다이어리에 기록을 남겼던 실종자 외에 다른 실종자들 가족에게 전화 탐문을 했다. 실종자가 런던시내에서 단골로 다니던 펍이 있냐는 질문이었다. 펍이 워낙 많아 잘 모르겠다는 답변이 이어지자, 힌트를 덧붙여 다시 물었다. '쿠키를 잘 하는 펍'이라는 부연설명에 몇몇이 기억해냈다. "아, 들은 적 있어요, 쿠키가 정말 맛있다고, 황홀한 기분마저 든다고, 섹시쿠키라고 불렀어요, 같이 가기로 약속했었는데." 권민은 그 펍이 어디냐고 물었고, 수화기 너머에서 느낌표가 쩌렁 울렸다. "솜누스요!"

독 소장은 권민의 보고를 들으면서 흡족했다. 새로운 사실을 알아온 솜씨는 물론이고 신속한 일처리가 마음에 들었다. 사건 수사는 시간과 벌이는 줄다리기다. 한시라도 빨리 실마리에 접근해야만 진실을 찾아낼 수 있고 그래야만 비통함에 감금된 실종자 가족을 해방시킬 수 있다. 어쩌면 사건수사의 최종 목표는 피해자의 한을 풀어주는 게 아니라 피해자 가족이 과거를 잊고 미래로 떠나게 해 주는 게 아닐까, 독 소장은 불현듯이 숙연한 기분이 들었다.

생수 통 하나를 해치운 승주가 물방울 축축한 입술로 이기죽거렸다.

"솜누스(Somnus)! 그러고 보니 간판 이름도 그냥 지은 게 아니었네. 쳇, 겉멋은 들어갖고. 좀 있어 보이고 싶었나 보지?"

독 소장이 시선을 돌렸다.

"뭔 소리야?"

"솜누스라는 이름이요. 그것부터가 지 정체성을 드러내네요. 하긴 인터넷 아이디 지을 때도 지들 인격에 맞게 짓잖아요. 악플 다는 놈들은 닉네임도 천박하더만요."

"솜누스가 무슨 뜻인데 그래? 난 처음 듣는 말이구만. 영어는 아닌 것 같고."

"로마신화에 나오는 용어죠. 히프노스나 힙노스(Hypnos)는 들어보셨죠?"

"응. 잠의 신이잖아. 그리스 신화에 나오는."

"솜누스도 같은 뜻이에요. 술의 신을 로마신화에서는 바커스로, 그리스신화에서는 디오니소스로 부르는 것처럼 이 경우도 용어만 다르고 뜻은 같죠."

"음, 그렇구면. 근데 그게 왜?"

"신화에 따르면, 솜누스의 정원에는 양귀비꽃이 무지 많았다고 해요. 양귀비꽃에서 즙을 짜내서는 밤마다 세상 사람들한테 꽃즙을 끼얹어서 잠을 자게 했다는 전설이 있어요. 양귀비꽃이 뭐예요? 마약의 아이콘이잖아요."

"아."

"꼴에 허세 끼에 잘난 척 끼는 있어갖고 마약질이나 하는 폅 주제에 미학적으로다가 포장 좀 한 거죠. 그것 말고 얍삽한 게 또 있는데요, 힙노스라는 대중적인 용어 대신 덜 대중적인 솜누스를 택한 점이에요. 가소로운 것들. 똑같은 말을 해도 현학적인 용어 쓰면 좀 있어 보인다고 느끼는 중2병이랄까. 더구나 은유 좀 써보려는 수작까지. 잠은 곧 죽음을 뜻하잖아요. 죽음을 은유적으로 잠들었다고 표현들 하고요. 피해자들이 그 집 단골이라는 게 뭘 뜻하겠어요. 그놈의 펍 단골이면 쥐 죽은 듯이 사라진다는 거 아닙니까. 죽음으로 이끄는 펍인 거죠. 지들이 잠의 신이라도 되는 양 허세에 들떠 있는 거라니까요. 과대망상병자들."

솔깃하게 고개를 끄덕이는 독 소장과 달리 권민은 따분해 보였다.

"그자들이 그렇게 미학적일 것 같지는 않군요."

승주는 얕은 지식으로 따져 묻던 어설픈 대학생 제자를 떠올리며 권민 쪽을 곁눈질했다.

"솜누스에 그런 깊은 의도는 없을 겁니다. 대중적인 힙노스 대신 솜누스라고 지은 건 이미 주변에 '힙노스'라는 펍이 있어서겠죠. 힙노스는 오래된 펍이에요. 옆 길목으로 내려가면 바로 보입니다."

승주는 뜻밖의 지식으로 자신을 놀라게 한 대학생 제자를 떠올리며 자세를 고쳐 앉았다. 권민이 계속 설명했다.

"애초에 솜누스라는 간판을 처음 단 사람은 지금의 펍 주인이 아닐 겁니다. '쿠키앤부즈' 글자가 펍 안 메뉴판에도 있는 걸로 봐서는 '쿠키앤부즈'는 지금의 펍 주인이 직접 지었겠죠. 하지만 간판에 적힌 솜누스 글자체와 쿠키앤부즈의 글자체가 달랐어요. 솜누스 글자체는 정식 간판제조업자에게 맡긴 깨끗한 인쇄체였고, 쿠키앤부즈 글자는 사람이 직접 쓴 손글씨였죠. 이게 뭘 뜻하겠습니까. 솜누스 간판 제작 당시에는 쿠키앤부즈를 판매하는 곳이 아니었다는 걸 말해 주는 거죠. 간판 제작 시에 쿠키앤부즈 글자만 빼먹을 리가 없으니까요."

그럴 듯한 추리였다. 독 소장과 승주는 집중해서 귀 기울였다.

"그리고 간판에 허브 그림이 있더군요. 허브 그림의 색상과 그림체가 솜누스 글자 색상 및 간판 배경색과 자연스레 어울리는 걸로 보아 간판 제작 당시에 그려진 그림이 분명합니다. 펍 내부에서도 납작한 촛대 걸이가 벽을 따라 일정한 간격을 두고 박혀 있었죠. 향초를 올려놓기 좋은 크기였어요. 살펴보니 모든 걸이에 말라붙은 촛농 흔적이 있더군요. 결정적으로는, 간판에 적어놓은 쿠키앤부즈 글자 밑으로 작은 글자가 보였습니다. 쿠키앤부즈 글자를 원래 적혀 있던 그 글자 위에 덮어쓴 거죠. 줌카메라로 촬영해서 확대해 보니까 희미하게 알파벳 흔적이 보이더군요. aroma boutique였습니다. 솜누스라는 간판을 단 이전 주인의 업종은 허브나 향초 가게였을 겁니다."

독 소장 얼굴에 저절로 미소가 피어올라 입술이 꽃봉오리 만개하듯 함박 벌어졌다. 허브 가게라면 잠의 신이라는 간판명과 의미상으로도 맞아떨어졌다. 불면에 시달리는 사람들은 허브테라피에 관심이 많을 테고. 숙면과 관련된 업종이니 솜누스라는 명칭은 현학적이기는커녕 오히려 진부한 작명이 아닌가. 독 소장은 운전석에 붙박인 권민의 뒤통수가 역사적 영웅의 동상처럼 우러러 보였다.

"지금의 펍 주인은 미학적이지도 세심하지도 않은 것이죠. 오히려 미학적으로 게으른 편입니다. 원래 있던 간판에 쿠키앤부즈만 어설픈 페인트 글씨로 급조해 넣었으니까요."

감탄사를 날리기 직전이던 승주는 꾹 참았다.

"일반인들은 흔히 강력 범죄자들을 과대평가하는 경향이 있습니다. 영화나 소설의 영향 때문인지 살인마들을 천재시하는 오류를 범하곤 하죠. 실제로는 전혀 달라요. 멍청한 자들이 월등히 많습니다."

독 소장은 삐져나오려던 웃음을 억지로 눌러 삼켰다. 승주가 어색한 미소로 독 소장을 곁눈질했다. 승주 자신도 자신의 설레발에 대해 비웃음이 울컥하는 걸 느끼고는 더 웃긴 기분이 들었다.

독 소장은 뒤통수를 향해 상냥하게 물었다.

"이제 어떻게 하실 건가요? 도시락 배달 건너뛴 거며 그때마다 실종자 생기고, 이제 마약쿠키까지. 이 정도 증거면 경찰도 솔깃할 것 같은데. 경찰이 나서야 스미스 쪽도 압박할 수 있을 테고. 경찰에 넘기십시다."

"아직 안됩니다."

"왜요?"

"의뢰 내용은 대니얼 스미스가 체포되는 게 아니지 않습니까."

"예?"

"실종자 이수진을 찾는 게 의뢰 내용이죠."

"스미스를 압박하면 단서가 나오지 않겠어요?"

"전혀요. 지금 고발하면 마약 건으로만 처벌받을 겁니다. 실종자들은 펍의 단골이었을 뿐이고 행방에 대해서는 아는 게 없다고 입 다물면 그만이죠."

"그럼 어쩐다죠?"

"이제부터 밝혀내야죠."

"탐정 선생은 계획이 있을 것 같은데."

"오늘 본머스로 갈 겁니다."

"예? 왜요?"

"마미 밀즈 웹마스터의 고객관리 파일을 계속 모니터링하고 있었어요. 스미스한테 배달하는 도시락 일정이 다시 조정됐더군요. 모레부터 일주일 간 넣지 않는 걸로 변경됐습니다."

독 소장과 승주의 심장에서 첫날밤을 코앞에 둔 새신랑의 심장에서나 일어날 듯한 흥분 반응이 찌릿 끓어올랐다.

"그렇지! 꼬리가 길면 잡히는 법이지!"

"잠깐만, 세상에! 현행범으로 잡으실 생각인 거예요?"

관객이 환호성을 외쳐대도 권민은 덤덤히 마저 말했다.

"스미스의 행적을 쫓다보면 이수진에 대한 단서가 나올 확률이 큽니다."

"우리도 같이 가면 안 되는 거겠죠?"

"미행은 은밀해야 하죠. 혼자 움직이는 게 유리해요."

두 사람은 저번과 달리 모범생 표정으로 우러르며 몹시 지당하다는 듯 끄덕거렸다. 독 소장은 묻고 싶지 않았던 질문을 더 이상 미룰 수 없어 끄집어냈다. 저리 냉철한 친구라면 섣부른 희망을 품게 하진 않을 것 같았다.

"권민 탐정, 강력사건들 많이 겪어봤죠? 살인사건 같은 거."

"네."

"이수진 양 말이에요, 대개 이런 경우, 어찌 됐다고 봐야 하나요? 살해됐을 확률이 크겠죠?"

범죄 사건파일을 많이 봐온 독 소장은 비극적인 결론일 거라고 처음부터 추측했지만 현장에서 뛰는 자의 의견을 들어보고 싶었다.

"연쇄살인범들은 개인 단독으로 움직이죠. 하지만 스미스는 마약 공급과 관련된 인물이고, 마약은 대부분 갱단이 있게 마련이에요. 만약 이번 부녀자 실종이 갱단과 관련된 범죄라면 살인보다는 인신매매 쪽일 확률이 큽니다."

"아이고, 그럼 아직 희망은 있는 거네요."

독 소장의 환해진 낯빛을 향해 승주가 침울한 시선으로 삐죽거렸다.

"그런다고 뭐가 달라지겠어요. 인격이 이미 살인됐는데. 쓰레기 놈들."

"그래도 부모 심정은 그게 아닌 거야. 살아만 있어도. 제발."

우울한 희망에 잠겨 있던 두 사람은 자동차가 출발하는 소리에 현실로 돌아왔다.

"지하철 앞에 내려드리겠습니다."

"본머스로 곧장 가실 건가요?"

"네."

"고생이 많으시겠어요. 몸조심 하세요."

"스미스 집에서 가져온 엽서 지금 갖고 있습니까?"

승주가 배낭을 툭 치며 대답했다.

"그럼요. 중요한 거라 항상 갖고 다니죠."

"저한테 넘기시죠."

"네?"

"지난번에도 말했지만 요긴하게 쓸 수 있을지도 모릅니다."

승주가 미소를 찡긋 흘리며 익살스런 어투로 물었다.

"역시나 어떻게 쓸지는 말 안 해 주실 거죠?"

"어떻게 될지 아직 확실치 않아섭니다. 실제로 요긴하게 쓰게 되면 그 후에 얘기하죠."

"좋아요. 난 찬성. 소장님은요?"

"나도 오케이. 정말 요긴하게 쓸 것 같은 예감이 팍팍 드는구만."

권민의 차는 언더그라운드 표지판이 서 있는 도로에 멈춰 섰다. 상냥한 작별인사와 무뚝뚝한 화답을 끝으로 세 사람은 헤어졌다. 독과 강은 권민의 차가 주변 자동차들 틈에 섞여 사라질 때까지 전쟁터로 피붙이를 떠나보내는 심정으로 지켜보았다.

6

권민은 이수진의 하숙집부터 들렀다. 낯선 검정 차가 현관 앞뜰로 들어와 멈추자, 거실 소파에 퍼져 있던 주인여자가 경계하며 현관 창문으로 다가가 살폈다. 차에서 내린 사람은 키가 6피트 정도 돼 보이는 동양인이었다. 얼굴 생김새는 여자인데, 아시아 여자가 저리 큰 경우는 처음 보았다. 권민이 벨을 누르기 전에 현관문이 먼저 열렸다.

"무슨 일로 오셨어요?"

권민은 영어 발음을 일부러 어눌하게 꾸몄다.

"홈스테이 하시죠?"

"네."

"제 친구가 예전에 이 집에서 홈스테이를 한 적이 있습니다. 그 친구가 집주소를 알려줬어요. 아주 좋은 분들이라고 추천하더군요."

"어머 그래요?"

주인여자는 예상치 못한 칭찬에 낯빛이 누그러졌다.

"혹시 남는 방 있나요?"

칭찬보다 더 반가운 말이었다. 실종 사건 이후로 안 좋은 입소문이 돌아 홈스테이를 접어야 할 처지였다. 여자는 권민을 얼른 안으로 들여 몇 가지 캐물었다. 학생이냐는 질문에는 대학원에 진학 예정이라고 둘러대고, 왜 짐이 배낭 하나밖에 없냐는 질문엔 며칠 후에 항공편으로 도착할 거라고 꾸며댔다.

권민은 2층 방으로 안내되었다. 주인여자가 나가자마자 건너편 동네를 살폈다. 창문을 통해 대니얼 스미스의 집이 훤히 내려다보였다. 앞뜰에 은색 세단이 주차돼 있고 창문 안쪽으로 사람의 그림자가 얼비쳤다. 망원경으로 근접 주시해 얼굴을 확인했다. 의뢰인이 촬영해 온 사진 속 사내 모습과 일치했다.

권민은 심야가 될 때까지 기다렸다가 밖으로 나갔다. 대부분의 사람들이 잠자리에 들었을 야심한 시각이었다. 스미스의 집으로 걸어가며 적외선 야시경을 겨누어 살폈다. 집 내부에 사람이 돌아다니는 흔적이 없는 걸 확인하고는 집 앞에 주차된 세단 밑바닥으로 접근해 위치추적기(GPS)를 부착했다. 시계카메라로 자동차 외관과 번호판 사진도 찍었다. 미행 추적 시에 차량을 놓치지 않기 위해서 차 모양과 번호판을 알고 있어야 했다. 권민은 다시 하숙집으로 돌아왔다. 도시락 배달이 중지되는 날짜는 모레다. 당일에 움직일지 미리 움직일지 지켜볼 뿐이다.

놈을 감시하기 위해 모든 식사를 방안에서 해결했다. 순간을 놓치면 낭패다. 창문가에 붙인 의자에 망부석 자세로 정지된 채 망원경으로 스미스를 살폈다. 그는 당일 오후가 돼서야 움직였다. 외출준비를 하는 듯 주섬주섬 뭔가를 챙기는 윤곽이 포착됐다. 녀석이 휴대폰 통화를 하며 점퍼를 걸쳤다. 권민도 일어섰다. 침대 위에 3일치 홈스테이 비용과 메모를 남겨두고는 배낭을 챙겨 나왔다.

여행 가방을 든 스미스가 문단속을 하고 은색 세단에 올라탔다. 녀석의 자가용이 도로를 타고 사라지자 차 안에 대기하고 있던 권민도 은근슬쩍 뒤따랐다. 차가 움직이는 방향은 본머스에서 런던으로 이어지는 길목이었다. 도시를 가로지르는 장거리 주행이라서 도중에 행방을 놓친 적이 몇 번 있었다. 위치추적기는 이런 때 유용했다. 사방에서 치고 빠지는 차량이 많은 도로에서는 제 아무리 능숙한 운전자라고 해도 추적 차량을 쉼 없이 따라붙을 수는 없다. 주행 중에 발생하는 여러 가지 변수로 인해 어쩔 수 없이 놓치는 횟수가 여러 번 생긴다. 이번에도 그랬다. 녀석의 차가 사라질 때마다 권민은 넷북과 연결된 위치추적 화면을 통해 다시 접근해 차종과 번호판으로 확인하면서 미행을 무난히 이어나갔다.

스미스는 레스터 스퀘어로 이어지는 도로로 꺾어져 들어갔다. 차가 멈춘 곳은 '솜누스' 펍이었다. 권민은 맞은편 갤러리 앞 주차공간에 차를 댔다. 1분도 안 돼서 갤러리 직원이 구겨진 인상으로 달려 나와 차창을 두드렸다. 권민은 차창을 열며 선수 쳤다.

"컬렉터께서 고를 작품을 배달하러 왔습니다."

"아, 그러세요? 예약하셨나요?"

"저는 잘 모릅니다."

"성함이 어떻게 되시는데요?"

"레이놀스 남작님이라고만 들었습니다."

남작이라는 귀족호칭이 튀어나오자, 차디찬 추위에 사레들려 있던 직원의 뚱한 목소리가 끈적끈적한 여름 날씨로 돌변했다.

"어머, 세상에나, 언제쯤 오실까요?"

"한 시간 안에는 오실 거예요. 제가 좀 일찍 출발했네요."

"아, 네, 그러시군요. 추운데 들어와서 기다리세요. 홍차 새로 들여놓은 게 있답니다."

"고맙지만 사양할게요. 여기가 편합니다. 리무진이 보이면 바로 맞이해야 돼서요."

"아, 네, 그러시겠군요. 얘기 나눠서 반가웠어요."

권민은 망원경으로 스미스를 살폈다. 바텐더와 오랫동안 대화를 주고받고는 2층으로 통하는 계단으로 사라졌다. 펍 2층에서 스미스의 갈색머리와 야상점퍼가 희끗댔다. 베이커리 재료가 널브러져 있는 주방 풍경도 언뜻 엿보였다.

스미스가 전화를 받더니 점퍼를 걸치고 계단으로 내려갔다. 1층 테이블에 앉아 있는 여자에게 다가가서는 포옹으로 인사를 건넸다. 여자도 입맞춤으로 화답했다. 스미스는 바텐더에게 손짓을 하며 여자의 손을 맞잡은 채 펍 밖으로 나왔다. 스미스 손에는 커다란 피크닉 바구니가 들려 있었다. 바구니를 자동차 뒷좌석에 조심스레 모시고는 여자와 함께 차에 올라탔다. 권민도 시동을 걸었다.

권민의 차가 출발하자 갤러리 직원이 후다닥 뛰어나와 상냥하게 꾸민 미소로 주변을 둘러보았지만 귀족을 태울 법한 고급차량은 보이지 않았다. 직원은 권민의 차가 떠난 방향을 가늠하며 멀거니 두리번거렸다.

스미스의 차는 런던 북부로 이어지는 도로로 권민을 이끌었다. 하이게이트 부촌과 맞닿은 주택가 길목이 나타났다. 어둠에 비낀 풍경을 무심히 질주하는 차와 그저 지나가는 차, 그리고 은밀히 뒤쫓는 차 세 대가 고급 주택이 줄지어선 오크모스 애비뉴로 꺾어져 들어갔다. 집집마다 크리스마스 장식물이 마당 조경과 어우러져 빛줄기를 나부댔다. 권민은 속도를 늦춰 멀찍이 뒤따랐다. 먼발치로 은색 세단이 멈춰서는 윤곽이 눈에 들어왔다. 스미스가 피크닉 바구니를 꺼내 여자와 함께 뛰어 들어간 집은 어둠 속에서도 불빛이 쿵쾅거렸다. 보는 것만으로도 시끌벅적한 소음이 느껴졌다. 권민은 차창을 열었다. 저택에 가까울수록 방음창을 뚫고 새어나오는 음악과 웃음소리가 귀를 간지럽혔다. 커튼 너머로 보이는 남녀 몸체의 흥청대는 그림자가 녹아내릴 듯 흐느적거렸다.

어둠마저 느긋하게 내려앉은 드넓은 정원 도로에는 누군가 멋대로 주차를 해도 시비 걸 사람이 없었다. 권민은 시동과 실내등을 끈 채 어둠 속에 파묻힌 자동차 등받이에 기대 누웠다. 운전석에 깔아놓은 온열시트가 차디찬 기다림에 위로가 돼주었다.

스미스는 두 시간이 넘도록 나오지 않았다. 단순한 파티 참석인지 다른 속셈이 있는 것인지 확인해야 했다. 만약 안에서 이미 일이 벌어지고 있다면 낭패다. 단순히 행적만 추적하는 게 목적이 아니었다. 범행 현장을 잡기 위한 추적이었다. 직접 가보는 수밖에 없다.

저들 틈에 끼려면 얼추 행색을 위장해야 했다. 권민은 배낭에서 가발을 꺼냈다. 적갈색 윤기가 고급스럽게 찰랑이는 단발 가발이었다. 쌍꺼풀 액체가 담긴 병도 꺼냈다. 거울을 대신해 룸미러로 얼굴을 비춰보았다. 쌍꺼풀액 브러시로 눈두덩을 다듬자, 깊고 음산하던 눈매가 흔해빠진 쌍꺼풀눈매로 동그래졌다. 친한 자들끼리만 모인 소규모 파티장소일수록 눈에 띄지 않게 섞일 수 있는 외모여야 한다. 보자마자 경계심을 유발시키는 권민의 예리한 외까풀은 자연스럽게 섞이는 이미지와는 거리가 멀다는 걸 본인도 알고 있었다. 권민은 점퍼도 벗었다. 뒷좌석에 쟁여놓은 트위드 재킷으로 바꿔 입은 후 차문을 열었다.

저택 현관문은 잠겨 있지 않았다. 문을 열고 들어가자 술 냄새와 음식 냄새, 담배 연기가 뒤엉켜 후각을 울렁거리게 했다. 사람들은 누가 들어오거나 말거나 관심이 없었다. 정확히는 관심을 가질 정신이 없었다. 변장은 괜한 짓이었다.

음악은 제멋대로 짖어대고 눈이 풀린 남녀들은 바닥이나 소파, 벽 구석에 기대 허공을 향해 지휘를 해대거나 시시덕대며 생각에 잠겨 있었다. 혹은 초점을 못 맞춰 상대를 더듬으며 엉거주춤 애무를 비벼댔다. 텔레비전 시사프로에 컨설턴트로 종종 나오는 유명한 대학교수와 똑같이 생긴 사람이 눈에 띄었다. 섹스스캔들로 한창 시끄러웠던 미디어그룹 회장 아들도 몽롱한 낯빛으로 술잔을 홀짝거렸다. 그들 틈에 스미스는 보이지 않았다. 스미스가 가져온 바구니만 뚜껑이 젖혀진 채 바닥에 팽개쳐져 지나가는 사람들 발치에 부딪쳐 굴러다녔다. 텅 빈 바구니 속에는 솜누스 펍에서 팔던 모양과 똑같은 쿠키 파편이 드문드문 나뒹굴었다.

문이 활짝 열린 파우더룸으로 다가갔다. 금발머리 미녀가 의자에 앉아 코카인을 흡입하는 데 정신을 뺏겨 드레스 상의가 벗겨진 줄도 몰랐다. 여자 옆에는 키 큰 사내가 흡입 차례를 기다리며 몽롱히 벽에 기대 서 있었다. 얼굴이 낯익었다. 로맨스영화에 단골로 등장하는 스타배우였다.

권민이 사내에게 다가가 속삭였다.

"대니얼 어딨는지 못 봤어?"

"으음…… 대니얼……?"

"대니얼 스미스. 쿠키 가져온 친구."

"아…… 우리 빠띠쉐…… 아까 여자친구랑 나가던가…… 아, 나갔지…… 재미 보러……"

"어디로? 차는 그대로 있던데."

"저기……"

사내가 거실 쪽으로 몸을 틀더니 흐느적대는 손을 비틀비틀 뻗었다.

"저리로 가봐…… 음…… 제니, 아직 안 끝났어……?"

사내의 손이 가리킨 곳은 막힌 벽뿐이었다. 가리킨 방향에서 오른쪽으로 세 걸음 떨어진 곳에 출입문이 보였다.

권민은 뒤엉킨 남녀들을 지나 장식문양이 새겨져 있는 육중한 나무문을 열었다. 계단을 따라 뒷마당이 펼쳐졌다. 아무도 안 보였다. 주위를 휘둘러보며 뒤뜰을 가로질러 뛰어갔다. 다른 주택가로 이어지는 길이 나타났다. 놓친 것인가. 아니다. 차를 두고 멀리 가진 않았을 것이다. 도보로 움직일 만한 거리다. 권민은 저택들을 좌우로 훑었다. 왼쪽으로 두 채 떨어진 곳에 있는 저택이 눈에 들어왔다. 마당에 천막이 드리워져 있고 공사 중일 때 세워두는 철제 기둥도 여럿 보였다. 빈집임이 틀림없다. 보폭을 좁히며 마당 안으로 재빨리 숨어들었다. 1층 창 너머로 불빛이 희끗거렸다. 가까이 다가가 살폈다. 광활한 어둠 속에 놓여 있는 전기난로 불빛이 바닥 깔개에 누운 두 형상을 끈적끈적하게 비춰주었다. 엎질러진 와인 잔의 알코올 액체가 흠뻑 배어든 깔개 위에서 남녀의 알몸이 엎치락뒤치락 신음하며 뒹굴었다. 여자의 젖가슴을 움켜쥐고 허공으로 고개를 쳐드는 남자의 얼굴을 확인했다. 스미스였다.

단순한 애인인가, 또 다른 희생물인가. 일단 기다려보기로 했다. 두 사람의 열정적인 행위가 끝나려면 아직은 시간이 남아 보였다. 그 틈을 타 준비해 놓은 소품이 실려 있는 자동차를 가져와야 했다. 권민은 차가 세워진 곳으로 뛰어가 빈집 맞은편으로 몰고 왔다. 가짜 쌍까풀은 생수병 물로 닦아내고 가발과 트위드 재킷도 원래 차림으로 바꿨다. 몇 가지 소품을 점퍼 안주머니에 넣은 후, 자동차 해치를 들어 올려 소형 양철통을 꺼내들고는 저택 마당을 은밀히 밟았다.

빈집 속 커플은 여전히 뜨거웠다. 권민은 가지가 부스스 늘어진 자작나무를 참호로 삼은 채 어둠 속에 숨어 지켜보았다. 스미스와 여자는 욕망이 시들해지자 그제야 추위를 느끼고는 담요를 뒤집어쓰며 전기난로 앞으로 다가갔다. 뭐라 얘기를 나누다 시시덕거리더니 스미스가 거실 구석으로 들어가 술잔과 와인 병을 가져왔다. 여자는 술잔을 받아들어 건배를 기울이고는 단숨에 들이켰다. 스미스는 그저 지켜볼 뿐이었다. 잠시 후 여자가 술잔을 놓치며 바닥으로 널브러지는 윤곽이 포착됐다. 갑작스런 실신. 스미스가 술에 약을 탄 게 분명했다. 이제 시작인가? 권민의 집중력이 조여들었다.

스미스는 알몸 여자를 들쳐 업고는 손전등 불빛을 휘두르며 거실 저편으로 사라졌다. 권민이 창가로 다가갔다. 전기난로만 홀로 남았을 뿐 아무도 보이지 않았다. 전기난로 불빛에 거실 저편이 희미하게 얼비쳤다. 지하층으로 내려가는 계단 길목이 아른거렸다.

권민은 이미 걸쇠가 망가져 있는 현관문을 열고 거실로 들어가 계단으로 내려갔다. 손전등은 들킬 염려가 있어 위험했다. 한 손에 잡히는 소형 적외선 야시경을 길잡이 삼아 암흑을 디뎌나갔다. 귀에 모든 감각을 실어 인기척을 초 단위로 감시하며 벽에 바싹 붙어 이동했다. 바닥에 다다르자 시큼한 포도주 알코올 냄새가 흥건히 감겨들었다. 곰팡이가 거뭇하게 돋아있는 빈 오크통 서너 개와 낡은 와인 장식장이 한때 와인창고로 쓰였던 곳임을 알려주었다.

발걸음 소리와 질질 끄는 소리가 둔탁하게 울렸다. 밀폐된 공간 안에서 밖으로 새어나올 때 나는 파동이었다. 권민이 모퉁이 벽을 돌면서 소리 나는 쪽으로 시선만 슬쩍 내밀었다. 불빛이 새어나오는 닫힌 문짝 하나가 시야에 들어왔다. 방안에 있는 스미스는 휘파람을 흥얼거리며 묵직한 무언가를 질질 끌어 올리는 소음을 내고 있었다. 여자에게 몹쓸 짓을 하기 전에 녀석을 유인해야 했다.

권민은 점퍼 안쪽 주머니에서 미니 플라스틱 자명종을 꺼냈다. 5분 뒤에 알람이 울리도록 맞춘 후, 문짝에서 몇 걸음 떨어진 어둠 속 바닥에 자명종을 내려놓았다. 알람이 짖어대자, 문짝 안에서 당황한 발걸음 소리가 새어나왔다. 문을 박차고 다급히 뛰쳐나온 스미스는 권총을 처든 채 소리 나는 쪽을 노려보았다. 방안에서 삐져나온 전등 불빛에 자명종이 훤히 모습을 드러냈다. 스미스는 웃음을 터뜨리며 자명종을 발로 걷어찼다. 고장 난 알람 소리가 지글지글 멈추기 직전, 문짝 옆 어둠 속에 숨어 있던 권민이 스미스 뒤로 유령처럼 다가가 권총 든 오른쪽 손목을 꺾어버렸다. 권총이 바닥으로 떨어지는 소리와 스미스가 내지르는 비명 소리가 지하 천장에 튕겨 사방으로 울려 번졌다. 권민의 운동화가 바닥에 누운 권총을 암흑의 아가리 속으로 밀어버렸고, 스미스는 간신히 현기증을 떨쳐내며 적을 향해 주먹을 뻗었다. 녀석의 주먹질은 리듬이라곤 전혀 없이 강약과 각도 조절의 미학이 뭔지도 모르는 그저 뒷골목 깡패들이 남발하는 잡스런 몸부림에 불과했다. 권민은 막무가내로 달려드는 주먹질을 빠짐없이 받아치면서 그 반동을 이용한 단타 역공으로 상대를 무력화시켰다. 유연하게 단련된 권민의 무릎이 스미스의 복부로 칼날처럼 꽂히자 몸뚱이는 바닥으로 고꾸라졌고, 스미스는 이 갑작스런 적의 등장이 전혀 믿어지지 않는다는 생각이 뇌리를 스치기도 전에 뒷덜미 혈맥으로 쑤셔 박히는 권민의 손끝 충격파에 사지를 떨다가 정신을 잃었다.

권민은 열린 방안으로 시선을 돌렸다. 천장에 박힌 걸쇠가 눈에 들어왔다. 한때 전등이 달렸을 법한 녹슨 걸쇠에 밧줄이 걸쳐져 있고, 그 밧줄에 알몸으로 묶인 여자가 바닥에 다리를 질질 끌린 채로 곯아떨어져서 코까지 골고 있었다. 스미스의 신발 자국이 어지럽게 널린 맞은편 바닥에는 채찍과 술병이 조촐한 파티를 준비 중이었다. 이런 짓거리가 정말 재미있는 것인가, 권민은 이 따위 질문을 스스로에게 물어봄으로써 이성을 모욕하고 싶지 않았다. 그나마 현장에서 희망적인 낌새가 엿보였다. 살인환상을 가진 연쇄살인마라면 은밀한 아지트를 갖게 마련이다. 여기저기 돌아다니며 아지트를 급조하기보다는 고정된 자기만의 장소에 탐닉한다. 그자들에게 살인은 곧 의식이며 의식을 거행할 장소는 행위만큼이나 중요하기 때문이다.

그러나 이 현장은 살인마의 미학이 전혀 보이지 않는다. 준비물도 어설프다. 살인이 목적이라면 채찍만 있을 리가 없을뿐더러 밧줄 모양새는 우스꽝스러울 정도다. 낡은 전등 걸쇠에 쇠사슬이 아닌 고작 밧줄로 묶었고 그나마 밧줄 매듭도 헐거워 보인다. 약을 탄 이유도 허술함을 벌충하기 위해서일 터. 어쩌면 스미스의 최종 목표는 살인이 아닌 변태 장난질일 거라는 추측이 희망을 지폈다. 그럴 경우 이수진이 살아 있을 확률이 커진다. 현장을 잡았으니 구속 조건은 충분하다. 하지만 이수진의 행방을 최대한 빨리 캐내야 한다. 경찰조사를 통해 진실이 밝혀질 때까지 느긋하게 기다려줄 수가 없다. 권민은 바닥에 꼬라박혀 있는 스미스를 겨누어보았다. 심문이 필요한 상황이다.

권민은 지상으로 올라가 양철통을 들고 내려왔다. 플라스틱 수갑으로 포박된 채 오줌까지 흥건히 지리며 잠들어 있는 스미스를 암모니아캡슐로 자극해 깨웠다. 단잠을 방해받은 듯 잠투정하며 기지개를 켜다가 게슴츠레 눈을 뜬 녀석은 좀 전의 기억이 돌아오자마자 욕지거리를 뱉으며 몸을 격렬하게 나부댔다. 녀석의 등짝 뒤에 앉아 있던 권민이 스미스의 경동맥을 지그시 누르자 암

전해졌다.

"수진 리 기억하지?"

갑작스런 적의 갑작스런 질문이었다. 권민은 상대가 대꾸할 수 있도록 경동맥을 다시 풀었다.

"뭐야 너! 너 누구야!"

스미스는 유령에 홀린 건지 코카인 환각인 건지 가늠할 수가 없었다. 목덜미를 짓누르고 있는 덩치가 남자인지 여자인지도 가늠이 안 되었다. 혹시 외계인은 아닐까 하는 생각이 잠깐 번득였다.

"뭐지, 대체, 이거 뭐, 씨팔."

"대답이나 해."

스미스가 결박된 손을 격렬하게 휘젓자 권민이 관절을 꺾었다. 아악, 외마디가 천장으로 통통 튀겼다.

"수진 리 기억하지?"

"그, 그래, 기억해."

"어떻게 했지?"

"어떡하긴…… 그, 그냥…… 이웃집에 살던 애야…… 이름만 알아."

"너랑 같이 런던에 왔잖아."

"모, 몰라."

"죽였어?"

"모, 모올라."

"다른 여자들은? 파는 건가? 인신매매?"

스미스는 대답 대신 신음만 지렸다.

"수진 리는 어딨지? 어디다 팔았어?"

"모…… 모른다니까."

급소에 압박을 가했지만 스미스는 단호했다.

"으윽…… 모…… 몰라…… 죽어도 몰라."

스미스는 권민의 가죽장갑 손이 가리키는 방향을 반사적으로 바라보았다. 좀 전까지만 해도 겁에 질려 알아차리지 못했는데 코앞에 조그만 양철통이 놓여 있었다. 휘발유 냄새도 그제야 감지됐다. 기름에 젖은 나뭇가지가 들어 있는 양철통에 권민이 라이터를 켰다. 불길이 순식간에 솟아올랐다. 스미스는 폭군 아비와 맞닥뜨린 어린아이처럼 신음과 공포증을 사지 마디마디 얼굴 결결이 드러내며 막힌 벽으로 등짝을 짓이기며 끝없이 물러섰다. 예상대로였다. 의뢰인의 가설이 맞았다. 불길에 대한 공포증.

"수진 리는 어딨지?"

모르쇠로 일관하던 스미스가 불길에 자극받아 말문이 터졌다.

"아아…… 아니야…… 난…… 그냥…… 재미 좀 보려고…… 살인 그런 거 아니야…… 절대 아니야…… 그냥 때리는 게 좋아…… 때리면 흥분돼."

권민은 스미스의 모가지를 누른 채 불길 쪽으로 끌고 갔다. 스미스는 울부짖으며 엉덩이가 쓸리도록 앙버텼지만 경동맥이 조이자 맥없이 이끌렸다. 혼미해지는 의식 속에서도 공포감은 더 예리하게 곤두섰다. 권민은 경동맥을 눌렀다 풀었다 조율하며 스미스의 의식을 쥐락펴락 어지럽혔다.

"수진 리 어디에 팔았지?"

"모…… 모…… 몰라……."

사지를 떠는 스미스의 귓가로 권민의 낮은 목소리가 소곤소곤

울려 꽂혔다.

"불에 타는 네 모습을 상상해 봐. 우선 머리카락이 타들어갈 거야."

지옥의 목소리가 귓전을 맴돌았다. 귓구멍을 도려내는 듯한 환촉이 밀려왔다.

"아…… 안 돼…… 으으……"

한 음절 한 음절 송곳을 휘두르는 섬뜩한 목소리가 다시 귓전으로 쑤셔 박혔다.

"불길은 이마로 내려오겠지. 불은 눈썹을 다 태운 뒤 눈알을 노린다. 떠올려 봐. 네 눈알이 불타고 있어. 그래도 아직 넌 죽지 않았어. 이제 불길은 네 목을 타고 내려가."

"아악~ 안 돼. 그만. 제발. 이 악마 새끼야. 그만해…… 아, 제발…… 그만하세요…… 뭐든지 다 할게요……뭐……뭐든지."

차가운 목소리가 스미스의 뒷덜미를 전율시키며 나직이 울렸다.

"수진 리 어딨지?"

"로…… 로빈힐스 84번지……"

"인신매매 갱단 주손가?"

"아…… 아니…… 그게 아니고……"

권민이 스미스를 다시 불길 속으로 밀었다.

"주, 죽었어!"

"……"

"주, 죽었어…… 미…… 미안해…… 나…… 나도 모르게……"

"……"

스미스는 지옥 같은 목소리보다 침묵이 더 두려웠다.

"시, 실수야. 생각보다 빨리 깨버렸어. 밧줄 풀려는데 그 코리안 이 갑자기 깨나서 나를 공격했어. 내, 내 가슴을 발로 후려쳤어. 화가 나서 나…… 나도 모르게…… 목을 졸랐어…… 주, 죽일 생 각 없었는데. 지, 진짜야."

"……"

권민의 침묵이 공명돼 울려 퍼지며 스미스의 의식을 짓눌렀다. 얼굴은 보이지 않고 침묵으로만 버티고 서 있는 괴물을 느끼며 스미스는 눈물과 콧물을 게걸스레 흘렸다.

"로빈힐스 84번지?"

지옥의 목소리가 돌아왔다. 심장이 타들어갔지만 침묵보다는 나았다.

"으응…… 네에…… 정원 바닥에 묻었……"

"다른 여자들은?"

"파…… 팔았어……"

스미스는 질질 짜면서도 뜸들이지 않고 모든 걸 털어놓았다. 그는 인신매매 갱단의 중간책이었다. 젊은 여자들을 유인해 약으로 기절시킨 후 갱단에 공급하는 게 임무였는데, 갱단한테 넘기기 전에 덤으로 개인적인 쾌락도 챙겼다. 여자들을 약물로 기절시킨 뒤 변태 성욕을 푸는 게 녀석의 취미고 낙이었다. 권민은 갱단의 근거지와 연락망까지 캐낸 후 스미스를 벽기둥에 결박해 놓았다. 겁에 질린 놈은 불길 반대편 땅바닥으로 시선을 수그려 박은 채 밭은 신음만 얼버무렸다.

권민은 불길을 정리하고 1층으로 올라왔다. 거실 바닥에 떨어져 있는 여자의 외투에서 휴대폰을 꺼내 999 긴급전화에 신고하고는 저택을 빠져나왔다. 위치추적기를 회수한 후, 도로 먼발치에 세워둔 차로 돌아가 잠시 기다렸다. 멀리서 경광등 소리가 웅얼거리는 걸 확인하고는 곧바로 자리를 떴다.

로빈힐스 84번지는 언덕길 도로 하나만 타고 올라가면 나오는 동네였다. 84번지도 빈집이었다. 200제곱미터 남짓한 정원은 손전등 불빛이 훑을 때마다 추레한 모양새를 노골적으로 드러냈다. 손질 안 된 상록수와 메마른 과실수가 방치돼 있고 바닥은 잡풀로 무성했다. 정원 쪽으로 가까이 걸어가려는데 텅 빈 집안에서 불빛이 번득 새어나왔다. 권민이 상체를 낮춰 담벼락으로 몸을 숨긴 뒤 창문으로 다가가 살폈다. 성긴 나뭇가지와 신문 뭉치를 연료 삼아 피운 벽난로가 어둠에 번져 이글거리고, 바닥에는 너덧 명의 노숙자들이 더러운 담요를 휘감은 채 웅크려 잠들어 있었다. 종종 보는 광경이었다. 영국에서는 제아무리 치안 좋은 부촌이라고 해도 부랑자들이 빈집에 몰려드는 걸 막지 못한다. 빈집의 경우, 침입자를 당장 쫓아낼 수 없다는 법령이 있기 때문에 인근 유럽의 홈리스까지 원정을 오곤 한다.

권민은 손전등을 정원 수풀 쪽으로 비췄다. 200제곱미터 정도라 수풀을 헤쳐 바닥을 살피는 일은 오래 걸리지 않았다. 막대기로 흙바닥을 구석구석 두드리며 나아가는데 주변과 다른 질감이 감지됐다. 손전등을 바투 비췄다. 잘려나간 참나무 잔가지가 뭉쳐 있었다. 가지덤불을 거둬내니 움푹 헤쳐진 흙 두덩이가 전등 빛에 어룽거렸다. 막대기로 흙을 파헤쳤지만 물체가 묻힌 흔적은 없고 맨바닥 부딪치는 소리만 이어졌다.

다른 쪽 수풀로 방향을 틀어 더듬었다. 살얼음 낀 흙바닥이 들쑥날쑥 흐트러져 있는 모습이 불빛에 맺혀 서물거렸다. 인위적으로 파헤쳐진 흙바닥의 궤적을 따라 막대기를 찔러 넣었다. 막대기가 기어들어간 상록수 밑동 언저리 흙뭉치에서 덜컹하며 걸리는 게 있었다. 덤불을 걷어내자 인공연못 테두리가 보였다. 있어야할 연못물은 말라 없어지고 대신 덤불과 흙무더기가 연못을 메워놓은 상태였다. 흙 두덩을 막대기로 조심스레 헤쳐 내자 막대기의 자극에 저항하는 물체가 지면으로 불거져 나왔다. 손전등 불빛이 신속히 꽂혔다. 청바지였다. 권민은 수그려 앉아 손으로 조심스레 흙을 거둬냈다. 주머니가 달려 있는 엉덩이 부위였다. 부패되지 않은 몸체가 감지됐다. 더는 건드리지 않았다. 권민은 두 손으로 흙 두덩을 가지런히 덮은 후 덤불도 덮어주었다. 정식으로 경찰이 와서 발견해 줘야 한다. 피해자가 묻힌 지점까지 수풀 길목을 터놓았으니 정원에 들어서자마자 발견할 수 있을 것이다.

기대했던 결말은 아니지만 육신이나마 고향으로 보내줄 수 있게 됐다. 권민은 이것만으로도 다행이라는 생각은 하고 싶지 않았다. 사건은 해결됐지만 슬픔은 해결되지 못했다. 겨울 공기가 더 시리게 권민의 얼굴을 에였다. 마음속으로도 추위가 파고들었다.

이제 마무리를 짓고 떠나야 했다. 권민은 런던경시청 CID(Crime Investigation Department, 범죄수사부)에 있는 틸리 브라운에게 전화를 넣었다. 틸리는 권민을 대신해서 관할 경찰서에 연락을 넣어줄 테고, 경관들이 이미 지척에 와 있으니 출동도 빠를 것이다.

권민은 시동을 켠 채 기다렸다. 경찰차가 요란스레 몰려오는 소리를 뒤로 흘려들으며 동네를 빠져나왔다.

* * *

독 소장은 아침 잠결에 전화를 받았다. "권민입니다, 사건이 마무리됐습니다." 다짜고짜 수화기 너머로 울리는 희소식에 꿈이냐 생시냐 비몽사몽 일어났다. 점심 때 만나자는 제안을 단번에 거절하고 오전 일찍 약속을 잡고는 방망이질 치는 심장을 다독였다. 옆에서 잠자던 승주의 등짝을 두들기며 재촉했다. "승주야, 일어나, 빨리. 권민 탐정이야, 해결했단다, 끝났대!"

권민은 의뢰인과 만나기 전에 틸리 브라운에게 급송 택배를 보냈다. 스미스의 갱단 진술 및 수진 리 시체 유기장소 진술이 담긴 녹취록, 그리고 스미스와 연관된 실종자 명단과 솜누스의 마약쿠키에 대한 총체적인 보고서였다. 택배 발신란에는 '레테 조경(Lethe's Gardening Services)'이라고 적혀 있었다. 틸리 브라운은 조경업자인 척하는 정보제공자가 누군지 알지만 늘 그렇듯 이번에도 경찰에서 내사하다 해결한 사건으로 갈무리 지을 예정이었다. 권민은 자신의 신분이 노출되는 걸 원치 않았고, 브라운도 기꺼이 함구해 주었다.

독 소장과 승주는 희열에 들떠 동네 펍으로 달려 나갔다. 권민이 먼저 와 있었다. 두 사람은 자리에 앉자마자 곧장 비보를 들어야 했다. 뜸 들이는 법이 없는 권민이 본론과 결론을 일사천리로 설명하는 바람에 두 사람은 계속 이어지는 참담한 수사 과정을 전해 들으며 잠시 쉬어갈 틈도 없이 연달아 충격으로 얻어맞아야 했다.

설명은 끝났다. 할 말을 잃은 채 시선을 널브러뜨리고 있는 두 사람에게 권민은 이수진의 엽서를 케이스에 담긴 그대로 돌려주었다. 승주가 기운 빠진 눈매로 엽서와 눈을 맞추었다.

"엽서 안 쓰신 거예요?"

"쓸 필요가 없었죠."

"뭐에 쓰시려고 했는데요? 이젠 사건도 끝났으니까 말해줘도 되잖아요."

"스미스의 아지트나 자동차 혹은 가방 안에 엽서를 넣어둘 생각이었습니다."

바닥에 시선을 꼬라박고 있던 독 소장이 관심을 보였다.

"뭐 하려요?"

"이미 다른 범법행위가 많기 때문에 스미스가 이수진 사건을 계속 발뺌하면 제외될 확률이 컸을 겁니다. 이수진을 해쳤다는 결정적인 증거가 없다면 마지막으로 엽서를 증거로 남겨둘 생각이었어요. 하지만 그럴 필요가 없었죠. 시체 유기 장소가 드러났으니까."

침울해 있던 두 사람 얼굴에 통쾌한 미소가 불끈 돋쳤다. 승주는 평소 같았으면 칭찬세례를 퍼부으며 호들갑을 떨었을 테지만 이수진의 최후를 들은 터라 기분이 지하 암반 속으로 곤두박이쳐진 상태였다. 이성적으로는 권민을 업고 다니고 싶을 만큼 감격스러웠지만 피살자에 대한 애도의 감정에 압도돼 호들갑이 나부댈 틈이 없었다.

"경찰에 제출하지 않아도 될까요? 마지막 유품이라 부모님께 전해드렸으면 좋겠는데."

"가져가세요. 증거는 이미 충분합니다."

"고맙습니다. 정말."

승주는 엽서가 유골인 양 애지중지 조심스레 가방에 넣었다. 독 소장은 은인을 대하듯 권민을 응시했다.

"권민 탐정, 진짜 고맙고 감사하고 그러네요. 정말 고생 많았어요. 평생 잊지 못 할 거예요."

"두 분이 결정적인 단서를 준 덕분에 해결이 빨랐습니다."

유능한 탐정한테서 듣는 뜻밖의 칭찬이라 두 사람 낯빛에 희열이 수줍게 돋쳤다.

"한 가지 부탁드릴 게 있습니다."

"아유, 얼마든지요. 어서 말씀하세요."

"제가 이번 사건을 해결했다고 누구에게도 말하시면 안 됩니다. 이수진 씨 가족에게도 제 신분은 노출시키지 마세요. 영국인 탐정이라고만 하십시오. 이름을 물어보면 영어이름 아무거나 지어내세요."

"아니 왜요? 그런 훌륭한 능력은 여기저기 알려야죠. 입소문이 나야 일거리도 늘 테고."

"사건에 따라 다릅니다. 특정 사건에 대해서만 그렇게 하고 있죠. 이번 사건은 경찰이 다른 범죄를 내사하다가 우연히 해결한 걸로 처리할 예정입니다."

"아니, 왜, 무슨 특별한 이유라도 있나요?"

"여러 갱단이 얽인 사건이에요. 높이 나는 새는 노리는 사냥꾼이 많은 법이죠. 유명해져서 좋을 게 없습니다."

"그렇군요. 알았어요. 어차피 의뢰인 입장에서야 해결됐다는 게 중요한 거니까."

"가보겠습니다."

"비용은 오늘 안에 붙여드릴게요."

"정산내역에 의문점이 있으면 연락 주십시오."

"아유, 그럴 리가요. 더 드려도 시원찮을 판에."

권민이 일어서자 독 소장과 승주도 일어섰다. 승주가 그렁거리는 눈인사를 조아리며 숙연함이 집약된 목소리로 작별인사를 건넸다. 권민도 눈인사를 건넨 후 몇 걸음 멀어졌다.

"권민 탐정!"

독 소장이 권민 쪽으로 얼른 다가갔다. 독 소장은 그녀의 손을 양손으로 감싸 잡으며 눈시울을 붉혔다.

"수진 양 부모님 대신이에요. 영원히 모르실 텐데 나라도 대신. 정말 고마워하실 거예요."

독 소장이 손을 놔주자 권민은 다시 눈인사를 건네고는 펍 밖으로 사라졌다.

숙소에 돌아오고 나서도 독 소장과 승주는 각자 상심에 갇혀 있었다. 독 소장은 해리슨 박의 부인을 도와 집 청소도 하고 쓰레기 치우는 일까지 모조리 해 주었다. 안주인이 내놓은 과일접시를 비우자마자 2층으로 올라가 창문을 닦기 시작했다. 할 일이 없어 생각만 더 복잡해지니 노동이 절실했다. 독 소장은 삭신을 다독이며 승주가 골박혀 있는 방안을 흘끗 들여다보았다. 침대에 널브러져 있는 시무룩한 등짝이 창밖 쪽으로 고정돼 있었다. 승주는 시선을 창밖에 멀거니 걸어둔 채 탐정이 맞닥뜨릴 수밖에 없는 현실, 어쩌면 앞으로 더 많이 겪어야 할 허망한 순간들을 상상하며 한숨을 곱씹었다.

326

독 소장은 저녁식사를 하는 동안에도 졸음이 몰려왔다. 해리 슨 박이 어떻게 해결된 거냐고 2층 방까지 쫓아와 캐물었지만 경 찰이 뒷걸음질로 쥐 잡았다며 두루뭉술하게 능쳤다. 해리슨 박은 자세히 말해 보라며 계속 엉겨 붙었다. 다행히 독 소장에게는 난 공불락의 방어책이 있었다. 낮에 몸을 혹사시켜 놓은 덕분에 호 랑이가 와서 으르렁거려도 숙면을 취할 수 있을 것 같았다. 침대 에 눕자마자 역시나 단박에 곯아떨어졌고 해리슨 박은 물러설 수 밖에 없었다. 승주를 졸라볼까 싶었지만 저녁도 거르고 일찌감치 누워버린 몸뚱이는 의식이 꺼진 지 오래 돼 보였다.

승주는 새벽에 잠이 깼다. 이미 너무 많이 잤다. 그에게 우울은 곧 잠의 신이었다. 승주의 생체리듬은 울적해질 때마다 자동적으 로 수면 호르몬을 분비시키는 쪽으로 진화됐다. 툭 하면 우울로 곯아버리는 마음자리를 잠으로나마 해독시킬 수 있으니, 다정이 병인 승주에게 그런 신체적 특징은 행운이었다. 이번에도 우울함 에 곯아떨어져 꼬박 침대에 붙박여 있다 보니 허리가 뻑적지근했 다. 바깥 공기를 쐬고 싶었다.

점퍼를 챙겨 입고 계단을 내려왔다. 안주인이 예비용으로 줬던 열쇠로 문단속을 하고는 현관 앞뜰로 나왔다. 새벽녘 고요한 어 둠 속에서 눈발이 흩날렸다. 승주는 조용하다 못해 정지돼버린 거리를 무작정 걸었다. 다리가 이끄는 대로 돌아다니다 공원으로 들어섰다. 하얀 어둠이 내리고 있는 탁 트인 황량함이 마음에 들 었다. 승주의 가슴속에 핀 황량함은 아무것도 아니라는 듯, 하늘 은 제 시린 민낯을 함박눈으로 적시며 바람소리를 흥얼댔다. 황량 하지만 청량한 광경이었다. 거리를 배회하다 우연히 찾아든 선술

집에서 노회한 가수의 노래를 듣는 것 같은 기분이 들었다. 노가수의 달관한 음색이 귀에 감겨들어올 때 느끼는 위안이 이 풍경 속에도 묻어 있었다. 승주는 마음이 한결 편안해졌다. 겨울임에도 푸른 때깔을 뽐내고 있는 호랑가시나무가 무채색 풍경에 익살스레 끼어든 모습도 좋았다.

승주는 관목 군락 사이에 놓여 있는 나무벤치에 앉았다. 등 뒤 오른쪽 시야 어딘가에서 움직임이 번득 스쳤다. 호랑가시나무의 푸른 잎사귀가 빼곡히 뭉친 밑동 언저리였다. 새벽 어스름이 들이치지 못한 잎사귀 요새 속 암흑 한편에서 알사탕 크기의 불빛 두 개가 꿈틀거렸다. 승주가 가까이 다가가자, 알사탕 두 개는 얕은 신음을 끙끙대며 뒷걸음질을 쳤다. 개였다. 강아지와 성견의 중간쯤 되는 크기였다. 이파리를 헤쳐 공간을 열었다. 검은 털에 엉겨붙은 땟물과 더께가 어스름 빛에 반사돼 희끗댔다. 그렁거리는 동그란 눈동자가 겁먹은 채 승주를 올려다보았다.

"괜찮아. 이리 와."

낯선 인간이지만 자기를 향한 미소가 거짓이 아님을 알아차렸는지 검정개는 끙끙대며 눈치를 살피면서도 눈얼음이 내려앉은 차가운 바닥으로 발을 내디뎠다. 걷는 모양새가 이상했다. 몇 걸음 더 지켜보니 왼쪽 뒷다리를 저는 게 분명했다. 뼈마디가 뒤틀린 상태고 말라붙은 핏자국도 보였다. 목에는 메달이 달린 목줄이 보였다. 검정개를 들어 올리자 홀쭉한 뱃가죽이 힘없이 허공에서 휘청거렸다. 메달에는 이름과 집주소가 적혀 있었다. 길을 잃었나? 검정개는 낯선 인간의 품에 안겨 겁먹은 몸뚱이를 바들바들 떨었다.

승주는 개를 안고 집으로 돌아가 여전히 곯아떨어져 코 골고 있는 독 소장을 지나 옆 침대에 조용히 가로누웠다. 동물병원이 열릴 때까지 기다려야 했다. 수건에 돌돌 감긴 꼬마 개는 고린내만 풍길 뿐 승주 품에 안겨 도둑잠에 빠져들었다.

출근 차량이 여기저기 움직이려고 뭉그적대는 풍경이 보이자 승주는 집 밖으로 나왔다. 잠옷 차림으로 뛰어나온 아이 몇몇이 함박눈을 폴짝폴짝 만지작거리며 환호성을 키득거렸다. 승주는 길갓집 창문에서 새어나오는 캐럴송을 잰걸음으로 스쳐 들으며 눈 구경 나온 사람들을 앞질러 걸어갔다. 행인들은 승주의 점퍼 속에 안긴 검정개가 지퍼 틈새로 고개를 내민 모습을 우연히 마주치고는 웃으며 되돌아보았다.

동물병원은 아직 닫힌 채였다. 기다리던 승주는 안에서 그림자가 어른거리자 닫힌 문을 두드렸다. 파자마에 가운을 걸친 수의사가 뛰어나왔다. 승주와 그의 가슴팍에 매달린 개를 위아래로 훑으며 "아이고, 저런, 아가가 아픈가요?"라고 묻고는 세수 안 한 얼굴이란 것도 잊은 채 얼른 개를 받아 안았다. 수의사는 밤낮으로 돌봐야 하는 동물 환자가 있을 때는 병원에서 밤을 보낸다고 했다.

승주는 개를 맡겨놓고는 뿌듯한 기분에 이끌려 집으로 돌아왔다. 미세스 박은 아침 준비하느라고 정신이 없었다. 승주가 손을 씻고 부엌으로 들어가 부인을 거들었다. 웃으며 손사래 치는 부인 옆에서 알짱알짱 맴돌았다. 독 소장은 승주가 발랄한 모습으로 돌아온 걸 보고는 웬 일이냐, 최소 한 달은 찌그러져 있을 줄 알았다면서 놀렸지만 마음속으로는 천만다행이오, 고마움이 밀려들었다. 사내놈답지 않은 여린 성정에 점점 군은살이 박히나 싶어

짠한 마음도 울컥했다. 자신이 곯아떨어져 있는 사이 무슨 일이 벌어졌는지 독 소장은 아직 알지 못했다.

화기애애한 아침식사가 끝난 후 승주는 전화로 미니캡을 예약해 놓고는 동물병원으로 갔다. 눈은 그쳤지만 뒤늦게 눈 구경 나온 아이들로 거리가 어수선했다. 문종을 울리며 병원 안으로 들어서자, 한쪽 뒷다리에 깁스를 한 검정개가 뒤뚱뒤뚱 뛰어나와 엉덩이를 흔들었다. 꼬리가 없다시피 할 정도로 짧게 말려들어간 형태라 다른 개들은 꼬리 하나만 흔들어도 애정표현이 가능한데 녀석은 온몸으로 실룩거려야 했다. 수의사와 대화하던 중에 검정개의 품종이 '스키퍼키'라는 걸 알게 되었다. 꼬리 쪽에도 부상을 입은 거냐고 물어보자, 수의사는 꼬리가 원래 저렇게 생긴 견종이니 걱정하지 말라며 웃었다.

예약해 둔 미니캡이 병원 앞에 도착했다. 마지막 할 일이 남았다. 승주는 검정개를 안고 자동차에 올라탔다. 운전수는 승주가 미리 알려준 주소지로 이동했다. 목걸이 메달에 적혀 있는 주소는 녀석이 숨어 지내던 공원에서 그다지 먼 거리는 아니었지만, 아직 어려 방향감각이 떨어지는 개라면 충분히 길을 잃을 법한 거리였다. 미니캡이 퀸즈 로드를 지나 몇 굽이를 돌아들어가 킹스톤 애비뉴로 진입했다.

주소지에 해당하는 집이 나타났다. 아담한 연립형태의 단독주택이었다. 검정개의 집은 두 채가 나란히 붙은 세미단독 중의 한 채였다. 마당 잔디밭에 쭈그려 앉은 백인 노파가 녹은 눈 때문에 질척해진 낙엽 찌꺼기를 걷어내고 있었다. 검정개는 집 앞에 멈추기 전부터 차창 너머를 애달피 응시하며 낑낑거렸다. 차문을 열어주자마자 얼른 뛰어 나가 마당 잔디밭 위를 뒹굴면서 온몸으로 비벼댔다.

"실례합니다."

낯선 목소리에 노파가 올려다보고는 친절한 미소로 맞았다. 노파는 마당을 싸돌아다니는 개를 흐뭇하게 구경하긴 했지만 실종됐던 식구와 재회했을 때 보이는 반가움은 아니었다. 검정개도 노파한테는 관심이 없었다.

"개가 참 활발하네. 품종이 뭐유?"

"이 집 주인이세요?"

"그렇다우."

검정개의 집에 살면서 검정개를 모른다는 건 검정개가 살던 당시의 집주인이 아니라는 의미였다.

"혹시 최근에 이사 오셨나요?"

"아이고, 어떻게 알았수?"

"이전 주인은 어디로 이사 갔는지 모르세요?"

"우리 남편이 계약한 거라 난 잘 모르는데. 할아버지 혼자 살던 집이라는 말만 들었다우."

승주는 벽을 공유하고 있는 옆집으로 가서 초인종을 눌렀다. 중년 사내가 얼굴을 내밀었다. 깁스한 다리로 마당을 쩔뚝쩔뚝 쏘다니는 검정개를 가리키며 개주인의 행적에 대해 물었다.

"어, 럭키 아니야. 오랜만에 보니 반갑네. 럭키야, 이리 온. 럭키야!"

개는 들은 척도 하지 않았다. 그럴 만했다. 목걸이에 적힌 개의 이름은 '럭비'였다. 옆집 사내는 개 주인에 대해 얘기해 주었다. 혼자 살던 노인이 갑자기 쓰러져 병원으로 실려 갔고, 병원에서 사망했다고 한다. 친척이 병원으로 와서 장례를 치렀지만 집에 혼자 남은 개의 존재를 알리도 없고 챙길 겨를도 없었다. 검정개는 주인을 실은 응급차량을 쫓아가다가 길을 잃은 것으로 추정됐다.

옆집 사내와 승주의 대화를 듣고 있던 노파가 개를 맡아주겠다고 말했다. 노파는 안쓰러운 표정을 지으며 개가 있는 쪽으로 걸어갔다. "럭키라고 했지? 이리 온, 럭키. 집에 돌아온 게 얼마나 좋으면 저렇게 신이 났을꼬. 럭키야, 나랑 같이 살자."

검정개는 눈꽃에 묻힌 풀잎들을 물어뜯느라 정신없었다. 승주는 녀석이 자기를 봐주지 않아도 좋았다. 집에 돌아와 신난 모습을 지켜보는 것만으로도 뿌듯했다. 요 며칠 자신을 괴롭히던 무기력이 조금은 치유된 느낌이 들어서 오히려 녀석이 고마웠다. 승주는 방해하고 싶지 않아 마음속으로 작별 인사를 건넸다. 집주인 두 사람과도 인사를 나눈 후 미니캡으로 걸어갔다. 차 시동 걸리는 소리에 검정개가 깜짝 놀라 럭비공 튀 듯 달려 나왔다. 승주는 녀석의 마지막 인사쯤으로 해석하고 차를 출발시켰다. 잘 지내렴, 할머니 말 잘 듣고, 다시는 길 잃지 마, 안녕, 럭비!

백미러를 힐끔거리던 운전수가 개가 따라오고 있다고 알려줬다. 럭비가 깁스한 다리를 바닥에 질질 끈 채로 짖어대며 부지런히 달려왔다. "멈출까요?" 운전수가 머뭇거렸다. "아니요, 그냥 가세요." 승주는 뒤쪽 차창을 돌아보면서 연민을 애써 눌렀다. 결국 깁스한 다리가 힘이 풀려 널브러지며 럭비는 더 이상 쫓아오지 못 하고 도로 바닥에 주저앉아 짖기만 했다. 먼발치서 자동차들이 럭비 쪽으로 달려오는 것이 보였다.

차들이 지나가자 럭비는 낑낑대며 피하려 했지만 몸이 말을 듣지 않았다. 차 한 대가 경적을 울리며 멈춰 섰다. 운전자는 차에서 내려 개를 살피고는, "어머, 어떡해." 동정어린 혼잣말을 쏟으며 울상을 짓더니 자동차로 돌아가 휴대폰을 집었다. 신고전화를 걸 생각이었다. 휴대폰 폴더를 열면서 개가 있는 쪽을 돌아보는데, 미니캡에서 내린 동양 남자가 개를 안아 올렸다. 당신 개냐고 물을 새도 없이 동양인은 개를 차에 태우고 떠났다.

7

바다 속은 심연으로 닫혀 있었다. 달빛 한 가닥 깃들지 않는 두터운 물길이 스스로 암흑을 자맥질하며 어떤 빛도 받아들이지 않았다. 물결치는 블랙홀이 갑자기 찾아든 인간 하나를 발견하고는 차가운 물보라로 유혹하며 심연 너머로 끌어당겼다. 축축한 어둠이 겹겹이 밀려들었다. 무한대로 너울대는 칠흑의 감옥 세상을 권민은 심드렁히 돌아다녔다. 떨쳐버려야 할 잡념이 조류를 타고 권민을 뒤쫓았다. 틸리 브라운과 나눴던 대화가 겨울바다의 냉기와 뒤섞이며 머릿속을 어지럽혔다.

경찰에서는 스미스 사건을 계기로 갱단을 길들이려는 계획을 준비 중이라고 했다. 대니얼 스미스가 속해 있던 갱단의 실체가 예상한 것보다 훨씬 더 월척이었다. 스미스가 갖고 있던 글록 17 권총도 밀수품으로 드러났다. 마약과 인신매매, 총기밀매까지 영역을 넓힌 오만함에 경찰은 소탕하고픈 의지가 들끓었다. 하지만 그 정도 위기에 움찔할 갱단이 아니었다. 사업을 통 크게 벌이는 놈들이라면 반항도 통 크게 질러대는 법이다. 틸리 브라운은 갱단 놈들한테 동료 여럿을 잃은 뒤부터 몇 배로 더 신중해졌다. 권민을 대하는 말투에서부터 노파심이 돋쳐 있었다. "놈들이 독이 올랐어, 갱단 애들 분위기가 심상치 않아." 틸리의 주름진 표정에서 분노가 묻어나왔다. "조사 중이던 수사관 하나가 기습당했어, 다행히 목숨은 건졌지만 이게 끝이 아닐 거야. 그리고 티메이트 사건 역시 배후가 갱단이었어. 두 패거리가 연합을 맺었다더군. 전쟁이야. 피바람이 불 거야. 폭동이 일어날지도 몰라. 놈들이 벌써 십대 조무래기들을 선동하고 있다는 첩보가 들어왔어. 아무래도, 민, 당분간 탐정일은 하지 마라. 네 존재가 드러나면 큰일이다." 특수수사대만 섭렵해온 베테랑 경찰의 당부이자, 또 동지를 잃을까봐 전전긍긍하는 오랜 친구의 당부였다.

권민의 치밀한 조심성 덕분에 정체가 노출될 확률은 극히 낮았다. 하지만 언제나 가능성은 대비해야 했다. 만약 이번 일로 신상의 일부분이나마 노출된다면, 입소문을 타고 다른 갱단 무리들에게도 유명세가 퍼질 것이다. 스미스나 티메이트 쪽 갱단만이 문제가 아니다. 체리레드 갱단 놈들도 자신들을 무너뜨렸던 과거 사건에 대해 실마리를 얻게 될 것이다. 당시에 놈들은 사립탐정 한 명을 죽이고 경찰 서넛을 해치우며 승승장구하다가 어느 날 갑자기 범죄행각을 들키고 비밀자산까지 깡그리 공중분해 당하는 불상사를 겪어야 했다. 놈들이 여러 끄나풀을 통해 확인한 바로는 경찰이 시작한 일이 아니었다. 경찰은 그저 뒤처리만 맡았을 뿐, 익명의 누군가가 물어다준 선물을 자기들 업적으로 포장한 것에 불과했다. 도주한 갱단 간부들이 사건의 진상을 캐려고 치열하게 뒷조사했지만 원수가 누군지는 끝내 밝혀내지 못했다.

권민은 심연을 벗어나 해변으로 헤엄쳐 나왔다. 보온효과가 배가된 스쿠버용 드라이 슈트지만 여름처럼 장시간 유영할 수는 없었다. 물안경과 네오프렌 후드를 벗자 차갑지만 상쾌한 공기가 맨살을 파고들었다. 생각은 심연을 나오기 전에 이미 정리됐다. 한동안 플랫에 틀어박혀 물놀이나 하며 시간을 흘려보내는 것도 나쁘지 않다. 어차피 생업은 따로 있으니 생계 걱정도 없다. 본업인 네트워크 컨설팅 업무에 매진하면서 불특정 일반인으로 살면 된다. 그동안은 탐정 일정에 맞추느라 소수의 일감만 받고 작업방식도 원격으로만 진행했는데, 이제는 여유를 부릴 수 있게 됐다.

들쑥날쑥 변덕을 부리는 게 인생이라고 권민은 머릿속에서 중얼거렸다. 변덕스런 상황이 던져준 패에 굳이 도전정신을 발휘할 필요가 없다고 생각했다. 그녀의 가치관 속에서 인생은 상황과 의지가 씨줄날줄로 교직된 옷감이었다. 눈앞에 닥친 상황을 어떤 의지로 반응할 것인가에 따라 인생이라는 피륙의 결이 결정된다는 걸 숱하게 목격해 왔다. 누군가는 교활하게 치고 빠지며 매끈한 비단으로 인생을 직조하고, 또 누군가는 미련하게 달려들다가 구멍 숭숭한 거친 무명 한 포 남기고 산화해 버린다는 걸 권민은 종종 되새겼다. 맞서느냐, 피하느냐, 이 두 가지 선택 사이에 매달린 외줄을 타는 일이 연쇄살인마를 쫓는 탐정 일보다 훨씬 더 아슬아슬했다.

슈트의 물기를 닦은 타월을 모랫바닥 위에 깔았다. 배낭에서 샌드위치를 꺼내 타월 바닥에 내려놓고는 앉은 채로 간단한 맨손

체조를 하며 상반신 근육을 풀었다. 실수였다. 맨손체조를 마친 후에 샌드위치를 꺼냈어야 했다. 어두운 허공 틈바구니에서 비행체 하나가 급습해 권민이 한눈파는 찰나를 놓치지 않고 샌드위치를 낚아채 달아났다. 날치기꾼이 누군지는 뻔했다. 군것질 약탈은 갈매기가 출몰하는 해안가 마을에서 종종 벌어지는 일이었다. 권민의 샌드위치를 훔쳐간 갈매기 녀석은 상대가 방심하는 틈을 포착하기 위해 어둠 속에서 잠복하는 인내심까지 갖고 있었다. 녀석이 날아가면서 흘린 샌드위치 내용물 몇 가닥이 중력에 이끌려 피해자 옆 모랫바닥으로 철퍼덕 떨어져 내렸다. 권민은 다시금 깨달았다. 인생은 이렇듯 들쑥날쑥 변덕을 부린다는 걸. 다행히 시리얼바가 남았다. 다시는 뺏기지 않으려는 듯 시리얼바 두 덩어리를 양손에 꽉 쥔 채 주변을 경계하며 씹어 삼켰다.

후드파카에 파묻힌 권민은 타월 위에 누워 달안개 너머 심연 속으로 시선을 던졌다. 하늘에서 크리스마스 장식 구슬 하나가 금박 빛깔을 깐족이며 날아다녔다. 구슬을 물고 있는 건 역시나 갈매기였다. 부둣가 마을 길목에 지천으로 깔린 장식물 중에서 맘에 드는 걸 훔쳐와 바다로 나가려는 참이었다. 다른 구술도 눈에 밟혔는지 녀석은 한동안 허공을 맴돌다가 뒤따라 날아든 친구의 날갯짓에 이끌려 먼 바다로 함께 사라졌다. 두 녀석의 우정이 잔영으로 남아 권민의 시야에서 한동안 아른거렸다.

먼 어둠 속으로 기꺼이 같이 떠나주던 친구가 권민에게도 있었다. 넘쳐나는 동정심과 용기 때문에 인생을 망친 사람이었다. 템스 강에 빠진 이방인 소녀를 익사 직전에 구해내고 본인은 혼수상태로 누워 있어야 했으며, 10대 패거리에게 둘러싸인 청년을 지키기 위해 옆구리에 칼부림을 당하는 것도 모자라, 체리레드 갱단에 납치된 의뢰인을 빼내려고 맨몸으로 쳐들어갔다가 가슴에 총알이 박힌 꼴로 실려 나와 숨을 거두는 순간까지 농담이나 뇌까리던 고집불통 노인네였다. 무고한 사람들의 비극을 막아내는 일이야말로 자기가 존재하는 이유라고 떠벌리던 런던의 돈키호테 탐정은 적의 사기만 올려준 채 가족과 친구들의 마음에 치명타를 날리고 떠나버렸다. 그는 세상을 지배하는 정글의 논리는 알았지만 정글의 위험을 피해가는 방법은 알지 못했다. 그는 그저 정공법으로 세상을 상대했다. 용기가 필요한 순간에는 용기 있게 행동하면 그만이었다. 위험 정도를 따지며 잔머리 굴리는 행위를 비웃었고, 저승에서도 여전히 비웃고 있을 것이다.

하지만 권민은 생각이 달랐다. 친구의 비극에서 그녀가 얻은 교훈은 교활함이었다. 적에게 자신을 드러내는 용맹함은 덫으로 돌아올 뿐이다. 탐정으로서의 유명세는 권민이 원하는 전리품이 아니었다. 적이 모르는 적, 적일 거라 추측하지도 못하는 적, 철저히 유령으로 남는 것이 권민이 세상을 상대하는 철칙이었다.

바다에서 돌연 밀려드는 해풍에 나일론 파카가 마찰음을 일으켰다. 파도가 거세지고 있었다. 권민은 수영 장비를 챙겨 넣고는 해변 둔치를 벗어나 번화가 불빛 속으로 합류했다. 휴대폰이 울렸다. 탐정의뢰 전용 휴대폰이니 당분간 정지시켜둘 생각이다. 전원을 끄려는데 발신자번호가 눈에 익었다. 이수진 사건을 맡겼던 의뢰인의 번호였다. 마지막으로 받았다. 의뢰인은 한국으로 떠나기 전에 한 번 더 만나고 싶다며 정중히 물었다. 거절할 이유도 없었고 어차피 시간도 많았다.

* * *

"우리 내일 아침 일찍 떠나요. 하루빨리 돌아가고 싶었는데, 막상 간다고 하니까 권민 탐정이 보고 싶더라고요. 얼굴이 어찌나 삼삼하게 떠오르는지."

"아, 오해는 마세요. 우리 소장님이 지금 사랑고백 하시는 건 아닙니다요."

"생뚱맞기는. 거기 그 말이 왜 들어가."

"나이 잡순 아저씨가 젊은 여인네한테 보고 싶다느니 그런 소리 하면 오해받기 딱이라고요."

"오버하기는. 봐봐. 전혀 오해하는 표정 아니구만. 여전히 무덤덤한 표정인데 무슨. 하여간 걱정을 사서 한다니까."

"길을 막고 여자들한테 물어보세요. 오버하는 건지 배려하는 건지. 저처럼 섬세한 남자가 예쁨 받는다니까요."

"너나 열심히 예쁨 받으세요."

대화는 돌연 샛길로 빠져 연애강의로 넘어가더니 언어습관과 대인관계의 연관성에 대한 학술적 담론으로까지 이어졌다. 이 두 단짝이 수다를 지필 때면 레코드판이 튀어 엉뚱한 음률로 급전되는 튐 현상이 종종 일어난다. 독 소장과 승주는 무뚝뚝한 관객을 앞에 두고 의식의 흐름에 따라 시시각각 급변하는 만담을 늘어놓다가 문득 현실로 돌아와 마주앉아 있는 권민에게 말을 건넸다.

"한국에 가서도 계속 연락했으면 좋겠네요. 같은 업계 종사자니까 서로 자매결연도 맺고. 하하."

권민은 대꾸하지 않았다. 두 사람도 예스를 기대한 건 아니었다. 그렇다고 '언제 밥 한번 먹자' 같은 형식적인 인사치레도 아니었다. 바라마지 않지만 이뤄질 리 없는 소망 하나가 잠재의식 속에서 맴돌다 불현듯 입 밖으로 튀어나온 경우였다.

권민의 무응답에 머쓱해진 독 소장은 불쑥 화제를 돌렸다.

"권민 씨는 어쩌다 탐정이 된 거예요?"

줄곧 묻고 싶은 질문이었다. 같은 궁금증을 앓고 있던 승주는 옳거니 귀 기울이며 음모설의 실체라도 듣기 직전인 양 숨죽여 집중했다. 권민은 딱히 할 말이 없었다. 그간의 지루한 궤적을 설명하는 건 녹록치 않은 일이다. 사생활을 말하기 싫어서가 아니다. 그녀는 자신의 은밀한 사생활조차 신문기사의 기사 몇 줄 정도로 건조하게 인식할 뿐이다. 다만 실용주의자인 권민에게 신변잡기식의 장황한 설명은 불필요한 잡담에 불과했다. 권민은 그저 한 문장으로 요약해 대답했다.

"탐정이었던 친구의 부탁으로 도움을 주다가 흥미가 생겨서 파트타임으로 시작했습니다."

파란만장한 이야기꽃을 학수고대했던 두 사람은 싱거운 한 줄 요약에 잠시 머쓱했지만 특유의 수다 본성을 발휘해 자신들 얘기를 끄집어내 탐정지망생 시절에 품었던 열정에 대해 장광설을 주거니 받거니 쏟아냈다.

권민의 머릿속은 방금 전에 대답한 한 줄짜리 요약을 밀어내고는 기억세포에 저장된 장황한 영상들을 초고속 슬라이드로 흘려보냈다. 독 소장과 승주가 자기들 인생에 대해 떠드는 동안, 그녀의 머릿속도 탐정이란 키워드로 검색된 과거를 떠올리며 회상에 잠겼다.

권민의 부모는 동네 이민자 아이들이 토박이들한테 린치 당하는 걸 목격한 후 자녀 네 명을 모두 태권도장에 보냈다. 사교적인 한국인 관장은 도장 아이들을 무예동호회에 데리고 나가곤 했다. 도장을 졸업한 뒤에도 권민과 무예의 인연은 계속 진화해갔다. 이민자로 건너와 무예를 생계로 삼으며 야생성을 억누르고 사는 젊은 고수들, 혹은 현역에서는 은퇴했으나 역동적인 과거가 그리워 몸이 근질대는 노익장들이 한데 뭉친 무예 모임은 권민이 유일하게 참석하는 클럽이 되었다. 친하게 지내는 회원 중에는 필리핀 전통무술인 에스크리마를 가르치는 마스터와 혼합격투기술에 능한 미해병대 훈련교관 출신도 있었다. 그때까지만 해도 권민에게 무예는 취미일 뿐 탐정 업무를 위한 도구가 아니었다. 탐정 일을 하는 친구가 컴퓨터 쪽으로 추적을 요청할 때 도움을 줬던 게 전부였다.

별명이 돈키호테였던 탐정 친구는 사건이 끝날 때마다 권민을 찾아와 허풍 모터가 달린 수다스런 입으로 사건 내막을 낱낱이 들려주었다. 허풍을 걷어내고 들어도 흥미로운 이야기였다. 호기심은 그렇게 시작됐다. 권민은 친구의 탐정 일을 관찰하면서 추리와 무예가 비슷하다는 인상을 받았다. 인간의 몸이 걸어 다니는 용도 이상의 존재라는 걸 알게 해 준 게 무예였다면, 탐정 일은 인간의 머리가 일상생활을 위해서만 존재하는 게 아니라는 걸 일깨워주었다. 어느 순간에 적절하게 머리를 써야 하는지를 결정하는 일은 묵묵히 급소를 노리다 상대를 불시에 제압해내는 격투기술과 비슷했다. 몸이 아닌 머리로 하는 무예였다. 두뇌끼리 겨루는 새로운 형태의 무예에 관심을 가지게 되면서 그녀는 자연스레 탐정의 길로 들어섰다.

권민은 회상을 접으며 마주앉은 수다꾼들을 응시했다. 돈키호테 탐정 친구의 청년기와 노년기를 한꺼번에 보고 있는 듯한 모습이었다. 홀로그램 스티커가 움직임에 따라 다른 이미지로 교차되듯이, 저 두 사람은 지금은 만날 수 없는 돈키호테 친구의 홀로그램 이미지로 나풀거리며 권민의 추억을 자극했다.

독 소장과 승주는 잡담을 중단하고 권민을 마주보았다. 독 소장은 손자 바라보는 할아비 미소를 헤벌쭉 드러냈다.

"우리만 너무 떠들었네요. 바쁜 사람 만나자놓고는 쓸데없는 얘기만. 이놈의 주책바가지는 한국에서나 영국에서나"

"줄줄 새죠. 하하."

"나 사실 이 얘기는 안 하려고 했는데, 워낙 주책이라 속에서 자꾸 부추기네."

"뭔 얘긴데요? 나도 꾹 참고 있는 얘기 있는데."

"내가 탐정 일 시작한 지 얼마 안 됐거든요. 이번이 첫 사건이고. 권민 탐정 보면서, 캬, 한국으로 스카우트하고 싶다는 생각이 절로 듭디다. 뭐, 가당치도 않은 얘기겠지만 아무튼 마음은 그랬어요."

"어, 소장님 찌찌뽕! 나도 그 생각했는데. 차마 말은 못 하고. 어쨌거나 꿈꾸는 건 자유니까요."

두 사람은 이번에도 권민이 화답하지 않을 거라고 짐작했다. 저 무뚝뚝한 표정이 그립겠구나, 속으로 중얼대면서 이젠 정말이지 마지막 작별인사와 함께 권민을 보내줘야겠다고 생각했다.

"나쁘지 않군요."

인사말을 뱉으려던 승주는 권민의 뜬금없는 한마디에 흠칫 놀랐다.

"네? 뭐가요?"

"스카우트하겠다는 제안이요."

"예에?"

두 사람은 무슨 의미인지 감이 오지 않았다. 혹시 수락하겠다는 뜻? 설마! 말도 안 된다. 그럴 리가 없다는 직감이 냅다 솟구쳤다. 한국으로 가는 게 권민에게는 괜찮은 선택이라는 걸 두 사람이 알 리 없었다. 영국에서 한동안 보류된 탐정 일을 한국에서는 계속 할 수 있다는 점에서 그녀한테는 솔깃한 제안이 분명했다.

어리둥절 머뭇거리고 있는 두 사람을 향해 권민의 낮은 목소리가 다시 울렸다.

"농담하신 겁니까?"

그제야 두 사람은 설마가 맞았다는 걸 확신했다. 독 소장의 목소리가 다급히 삐져나오는 바람에 음 이탈된 새된 음성이 내돋쳤다.

"농담이라뇨. 그럴 리가요. 정말 우리랑 같이 일해 줄 거예요?"

"네."

"한국으로 가야 되는 데도요?"

"네."

"이런 세상에."

독 소장은 왜 그런 이상한 결심을 하게 됐냐고 캐묻고 싶었지만 다 된 밥에 코 빠뜨리게 될까봐 한국에 들어간 후 한참 나중에 물어보기로 했다. 꿈이 이루어지자 현실적인 걱정거리가 곧장 떠올랐다. 허황된 꿈이라고 생각했기 때문에 현실감각에 맞춰 꿈의 내용을 조정해 보지 못했다. 들뜬 감정은, 아뿔싸, 현실문제에 부딪혀 금세 찌그러들었다.

"저기, 연봉은 얼마나 드려야 될까요?"

"맞다, 연봉. 완전 능력자라 많이 드려야 될 텐데."

독 소장은 권민이 돈 때문에 탐정 일을 하는 사람이 아니라는 건 눈치 챘지만, 봉급 문제는 확실히 언급해 주는 게 예의였다.

"강승주 씨가 변호사님 고용인이죠?"

"예, 그렇죠."

"같은 액수로 주시면 됩니다."

"엥? 난 완전 초짠데요. 그건 좀 아니다. 탐정님 같은 능력자를 어찌 감히 헐값에."

테이블 아래에 있는 독 소장의 발이 승주의 종아리를 툭 쳤다.

"네! 그럽시다! 염치없지만 우선은 그렇게 하십시다! 대신에 숙소하고 세 끼 식사는 무료로 제공할게요. 우리 집에 빈방 두 개 있는데 맘대로 쓰세요. 애들 다 독립해서 나랑 마누라 둘만 살아서 조용해요. 아예 안방 내줄까요? 그래, 그래야겠다."

권민은 독 소장 집에 머물 생각이 없었다. 이민 온 후에도 한국에 여러 번 방문해서 체류한 적이 있기 때문에 수도권과 지방 몇 군데는 지리가 낯설지 않았다. 강이나 호수가 있는 수도권 마을을 골라 폐가를 수리하거나 전세를 얻으면 된다는 계산이 머릿속에서 단번에 정리됐다.

그녀는 영국 쪽 일을 갈무리한 다음, 한 달 후에 한국에서 만나기로 약속을 정했다. 달뜬 표정을 질질 흘리며 배웅하는 독 소장과 승주는 단 한 번도 뒤돌아보지 않는 권민의 뒤통수가 시야에서 사라질 때까지 감격스레 지켜보았다.

알록달록한 달밤 풍경 아래로 사람들이 점점 모여들었다. 인파가 내뿜는 입김이 안개처럼 자욱이 몰려다녔다. 권민은 관광객과 본토인 무리가 뒤섞인 길거리 번화가로 들어섰다. 그녀는 카메라 플래시 공해 속을 헤치며 심드렁히 걸었다. 하늘에서 폭죽이 연이어 터졌다. 사람들은 서로를 껴안거나 입을 맞추며 하늘을 향해 탄성을 내질렀다. 어둠이 번지고 있는 잿빛 스카이라인이 불꽃 유령들의 기세에 눌려 창백해 보였다. 축제에 빠진 도시 틈새로 길갓집 상가의 TV 스크린이 외로이 번득였다. 마약 스캔들과 갱단 관련 뉴스가 흘러나왔다. 마약과의 전쟁을 선포하는 총리의 결연한 선언문은 무지갯빛 불꽃놀이와 크리스마스 캐럴, 사람들의 축배 함성에 묻혀 홀로 메아리치다 잦아들었다.

길거리 군중 속에서 누군가 외쳤다. 메리 크리스마스! 분위기에 취한 사람들은 각자의 일행과 생면부지인 행인들을 향해 달뜬 목소리로 합창했다.

메리 크리스마스! 해피 뉴 이얼!

〈끝〉

재림

1판 1쇄 찍음 2014년 10월 6일
1판 1쇄 펴냄 2014년 10월 13일

지은이 | 안치우
발행인 | 김세희
편집인 | 김준혁
펴낸곳 | 황금가지

출판등록 | 2009. 10. 8 (제2009-000273호)
주소 | 135-887 서울 강남구 신사동 506 강남출판문화센터 5층
전화 | **영업부** 515-2000 **편집부** 3446-8774 **팩시밀리** 515-2007
홈페이지 | www.goldenbough.co.kr

ISBN 978-89-6017-160-2 03810

㈜민음인은 민음사 출판 그룹의 자회사입니다.
황금가지는 ㈜민음인의 픽션 전문 출간 브랜드입니다.